Vibeke Dorph
Heimkehr der Furcht

VIBEKE DORPH

HEIMKEHR DER FURCHT

Roman

Ins Deutsche übertragen von
Gabriele Haefs

LYX
EGMONT

Die Originalausgabe erschien 2014
unter dem Titel *Babyalarm* bei People's Press,
Kopenhagen, Dänemark.

Deutschsprachige Erstausgabe Oktober 2015 bei LYX
verlegt durch EGMONT Verlagsgesellschaften mbH,
Gertrudenstraße 30–36, 50667 Köln

1. Auflage
Redaktion: Sibylle Klöcker
Umschlaggestaltung & -illustration: bürosüd, München
Satz: KCS GmbH, Stelle | www.schriftsetzerei.de
Printed in Germany (670421)
ISBN 978-3-8025-9813-5

www.egmont-lyx.de

MIX
Papier
FSC FSC® C083411

Lyngby Vest, 1974

Sie merkt ihrer Mutter an, dass der Mann bald kommen wird. Zuerst freut sie sich, weil die Mutter fröhlicher wirkt. Aber die Mutter ist nie auf dieselbe Weise fröhlich wie andere Erwachsene. Ihr Mund lächelt und lacht, ihre Stimme ist laut und hektisch, aber das Graue in ihrem Blick ist stärker als alles andere. Je mehr ihre Mutter lacht und laut redet, umso größere Angst hat sie selbst.

Heute ist so ein Tag. Sie sitzt in ihrem Zimmer auf dem Bett und berührt unter dem Kissen den Schlüsselring aus Plastik, den der Mann ihr gegeben hat, und dabei beobachtet sie, wie die Mutter auf dem Flur hin- und herläuft. Die Mutter sieht aus wie ein großer abgemagerter Vogel, wenn der geblümte Morgenrock hinter ihr herflattert. Die Haare hat sie sich gewaschen und mit einem Handtuch umwickelt. Sie trinkt eine rote Flüssigkeit aus einem Glas, lässt laute Musik laufen und dreht sie die ganze Zeit immer noch lauter.

Irgendwann hört sie die Nachbarn oben laut auf den Boden klopfen. Die Mutter hört das auch, aber statt die Musik leiser zu stellen, ruft sie zur Decke hoch: »Ihr verdammten Spießer!«

Draußen wird es jetzt dunkel, sie hat seit dem Morgen nichts zu essen bekommen, sie hat Hunger, aber sie wagt nicht, vom Bett aufzustehen. Sie sagt auch nichts, als die Mutter ins Zimmer kommt. Ein scharfer Parfümgeruch begleitet sie, er beißt ihr in der Nase und mischt sich mit dem fauligen Kirschgeruch, der aus dem Mund der Mutter quillt, als die sich bückt und sie mit Augen ansieht, die ein einziges großes Weinen sind: »Du machst mir das hier nicht kaputt. Ich weiß nicht, was ich mit dir anstellen werde, wenn du anfängst zu heulen, ist das klar?«

Sie nickt. Sie weint schon lange nicht mehr. Die Mutter knallt mit dem Fuß gegen den Schreibtisch, als sie aufsteht. Sie schlägt nach dem Tisch. Dann knipst sie das Licht aus, knallt die Tür zu und schließt sie ab.

Sie kann hören, dass er gekommen ist. Die Musik ist leiser gedreht worden und mischt sich mit der Stimme der Mutter, die jetzt weich und warm und liebevoll ist: »Im Tivoli mit einer kleinen Freundin und deren Eltern«, sagt sie. »Hör doch auf, natürlich willst du.«

Die Mutter lacht.

Die Stimme des Mannes ist ein tiefes Brummen, das sie nicht deuten kann.

Sie hat ihn gesehen und weiß, dass er die Mutter und sie nicht retten wird. Er ist wegen der Mutter hier, ihretwegen kommt er, aber nicht so, wie die Mutter glaubt. Sie selbst weiß es schon lange, und ihre Mutter begreift es jetzt auch nach und nach.

Bald hört sie die beiden nebenan, im Schlafzimmer. Das Bett, das nachgibt, die Mutter, die zärtlich nach ihm ruft.

Sie selbst legt sich auf ihr Bett und zieht sich das Kissen über den Kopf, presst ihren Teddy fest an sich und versucht, die Geräusche der beiden auszusperren. Dann passiert das, was nicht passieren darf. Sie schläft ein, aber die Geräusche aus dem Schlafzimmer begleiten sie in ihre Träume. Die dunkle Stimme des Mannes, die Schreie der Mutter, und sie wird zu spät wach und weiß, dass sie selbst laut geschrien hat. Sie setzt sich im Bett auf. Horcht. Plötzlich ist es ganz still in der Wohnung. Dann hört sie den Mann wütend etwas sagen. Er schimpft. Die flehende Stimme der Mutter, die ihm zur Wohnungstür folgt. Die Wohnungstür, die ins Schloss fällt.

Einen Moment lang ist es still. Dann die nackten Füße der

Mutter auf dem Boden, eine Schublade, die in der Küche klappert, und jetzt der Schlüssel in ihrer Zimmertür. Dann steht die Mutter da. Ein langer, dünner, schwarzer Vogel. Die Mutter ist nackt, das Graue in ihren Augen leuchtet auf sie herunter. Etwas in der Hand der Mutter funkelt wie Silber.

Nansensgade, 2010

Gedanken. Lärm. Katrine hört das schrille Biep Biep Biep der Müllabfuhr unten in der Nansensgade. Die kehligen Rufe dunkler Männerstimmen. Mülltonnen, die über den Asphalt geschleift werden, Dröhnen, wenn die Müllmänner den Inhalt in die gewaltige Tiefe des Wagens ausleeren.

Sie dreht sich um und schaut auf das Display des Radioweckers. 05.30. Die roten Zahlen flimmern im Dunkeln. Sie kann hören, dass die Nachbarn nebenan schon auf sind. Sie spürt ihr Herz schlagen. Klopf. Klopf. Gleichmäßig und rhythmisch. Warum macht es weiter? Was hält es in Gang? Es könnte auch plötzlich stehen bleiben. Sie muss sich entspannen, sie muss schlafen, sie hat keinen Grund zur Besorgnis. Wirklich keinen. In Gedanken sagt sie ihren Spruch auf: Du hast eine gute Stelle. Du hast eine wunderbare Familie. Morgen brauchst du nicht einmal zu arbeiten. Du hast frei. Es liegt nichts an, sie sollte einfach schlafen. Zusammengebissene Zähne, verspannter Körper. Ihre Beine zittern. Sie ist hellwach.

Sie war todmüde. Hatte sich aber gezwungen, mit dem Schlafengehen bis halb zwölf zu warten. Aber wie soll sie schlafen können, wenn sie im Bett liegt und weiß, dass sie eben nicht schlafen kann? Na ja, eine Stunde vielleicht. Höchstens zwei. Dann wieder hellwach. Alles dreht sich in ihrem Kopf. Sie werden am Sonntag den Siebzigsten ihres Vaters feiern. Großes Fest, viele Menschen. Sie kann das nicht durchstehen, wenn sie nicht schläft. Feuer auf der Decke. Träumt sie? Sie sieht ihren Gedanken zu, während die ihre eigenen Wege gehen. Was wollen sie? Die vierte Nacht in Folge. Sie ist so erschöpft. Dann plötzlich irgendwo ein Wahnsinnskrach. Ein Haus, das einstürzt, Feuer. Doch da ist nichts, absolut nichts, worüber sie sich Sorgen machen müsste. Trotzdem wird es immer noch schlimmer. Es steigert sich.

Ihre eigene Ärztin ist bei einer Weiterbildung. Der einzige andere Arzt, der an diesem Tag Zeit hat, hat seine Praxis beim Bahnhof Sjælør. Sie kann erst einen Termin für zwölf Uhr bekommen. Da müssen sie auf das Café verzichten und sich gleich im Kaufhaus Illum treffen. Katrine ruft ihre Mutter an, um die Verabredung zu ändern. Sie hat versprochen, beim Kauf des Geschenks zu helfen.

Das sei ihr nur recht so, dass sie sich erst später treffen, sagt die Mutter und klingt weniger hektisch. Dann kann sie auf dem Weg in die Stadt noch bei dem Restaurant in Klampenborg vorbeischauen und sich davon überzeugen, dass für den Geburtstag wirklich alles vorbereitet ist.

Sie verabreden sich zum Mittagessen am Gammel Strand, die Mutter wird einen Tisch reservieren. Das Wetter soll sich später am Vormittag aufklären, sagt sie. Vielleicht können sie draußen sitzen.

Katrine kocht Kaffee und zwingt sich, eine Portion Müsli zu essen, während sie am Fenster steht und auf den regennassen Asphalt der Nansensgade hinunterblickt.

Es regnet nicht mehr, als sie in Sjælør aus der S-Bahn steigt.

Die Praxis liegt in einem alten Villenviertel hinter dem Bahnhof, im obersten Stock eines roten Klinkerbaus. Im Garten stehen Laubbäume, rote und blaue Stiefmütterchen säumen den Gartenweg. Sie steigt eine schmale Treppe hoch und muss den Kopf einziehen, als sie vom Wartezimmer ins niedrige Sprechzimmer geht.

Der Arzt ist ein älterer grauhaariger Mann, und er öffnet gerade ein kleines Fenster, als sie eintritt. Direkt davor ist eine grüne Baumkrone, sie kann hören, wie das Fenster gegen die Zweige stößt. Sie setzt sich. Der Duft des Regens und ein scharfer, süßlicher Geruch schweben ins Zimmer.

Sie dreht sich um und schaut zu dem Baum hinüber.

»Riechen Sie das?«

Er setzt sich jetzt hinter den Schreibtisch und muss dabei unter der schrägen Wand den Kopf senken. Die Tapete hinter ihm ist verschossen, sie ist hellblau und gelb geblümt. »Das ist eine Balsam-Pappel«, sagt er. »Die Knospen sind gerade erst aufgesprungen.«

Er schaut den Bildschirm an, tippt auf der Tastatur herum und mustert sie dann fragend. »Also, Katrine. Was kann ich für Sie tun?«

»Ich brauche etwas zum Schlafen.«

Von diesem Geruch wird sie am Ende noch Kopfschmerzen bekommen.

»Meine Hausärztin ist verreist, und ich weiß nicht, was sie mir sonst gibt, aber das können Sie sicher sehen.«

Sie nickt zum Computer hinüber.

Der Arzt schaut den Bildschirm an und scrollt weiter. »Ein Schlafmittel. Ist das in Ihrem Alter nicht ein bisschen übertrieben?«, murmelt er. »Haben Sie Stress? Haben Sie bei der Arbeit zu viel zu tun?«

Sie zuckt mit den Schultern. »Nicht mehr als sonst.«

»Sie sind … fünfunddreißig.«

Er dreht sich zu ihr um. Greift nach einem blauen Kugelschreiber, der auf dem Schreibtisch liegt. Klickt die Miene heraus. Katrine hasst dieses Geräusch. »Verheiratet? Kinder?«

Sie schüttelt den Kopf. »Nein.«

»Und machen Sie sich deshalb nachts Gedanken?«

»Weshalb denn?«

»Fünfunddreißig. Denken die meisten Frauen dann nicht an Mann und Kinder?« Er zuckt mit den Schultern. »Wenn sie die, die sie sich wünschen, nicht schon haben.«

Er ist bodenlos unverschämt. Wenn sie einen Psychologen bräuchte, dann hätte sie ja wohl einen angerufen. Sie schüttelt den Kopf. »Ich nicht.«

Sie zwingt sich dazu, ihn anzulächeln.

Er gibt sich nicht geschlagen. »Ich weiß ja nicht, wie Ihre Ärztin das sieht. Aber jüngeren Menschen verschreibe ich normalerweise keine Schlafmittel, ohne zu wissen, wozu sie die brauchen.«

Er sagt es ruhig, während er ein zerknülltes Taschentuch hervorzieht und sich die Nase wischt.

»Hören Sie mal …«

Sofort bereut sie ihren scharfen Tonfall. Sie muss diese Tabletten doch haben. Sie kann den Geburtstag ihres Vaters nicht überstehen, wenn sie nicht geschlafen hat. »Entschuldigung. Aber ich habe mit einem Psychologen gesprochen, mit mir ist alles in Ordnung. Ich schlafe nur nicht tief genug.«

Wieder zuckt der Arzt mit den Schultern. »Ja, mir persönlich kann das ja egal sein, ich hatte vor allem an Sie gedacht.«

Dann beugt er sich in seinem Schreibtischsessel vor und fängt an, auf seinem Computer herumzutippen.

Sie beschließt, über den Vestre Kirkegaard zur Vesterbro zu gehen. Dort liegt eine Apotheke, wenn sie das richtig in Erinnerung hat. Als sie auf dem Sjælør Boulevard das Friedhofstor öffnet, fängt es natürlich wieder an zu regnen. Sie zieht ihre Jacke fester um sich. Typisch April. Im einen Augenblick ist es fast Hochsommer, im nächsten nur noch irrsinnig kalt.

Sie zieht im Regen den Kopf ein, und es wird etwas besser, als sie eine kleine Allee erreicht und im Schutz der Bäume gehen kann. Hier riecht es nach frisch umgegrabener Erde und fauligen Blättern. Bei der muslimischen Abteilung wartet ein weißes Taxi. Die Tür steht offen. Gleich dahinter jätet ein kleiner dunkelhäutiger Mann auf einem Grab Unkraut. Ansonsten ist es hier menschenleer. Der Weg, dem sie folgt, endet bei einer Treppe. Sie hat keine Ahnung, wo sie ist, aber am Ende der Treppe sieht sie einen Weg, der nach rechts abbiegt und dann in Richtung Valby führt. Sie geht die Treppe hinunter, folgt diesem Weg. Sie muss ein Geschenk für ihren Vater finden. Sie hat keine Ahnung, was sie ihm schenken könnte, aber ihre Mutter hat ja versprochen, ihr zu helfen. Es ist der letzte Versuch. Sie möchte ihm gern etwas Einzigartiges und Besonderes geben, aber sie hat keine Ahnung, was das sein könnte. Deshalb hat sie noch nichts gekauft.

Dann spürt sie den Blick an ihrer Wange. Ganz dicht. Schon wieder. Sie blickt eilig auf. Woher kommt dieser Blick? Sie dreht sich um. Hier ist nichts. Zu ihrer Linken Büsche und Bäume, zu ihrer Rechten nur ein aufgelassenes Grab. Der Stein ist halb umgekippt und von Blättern und Zweigen fast bedeckt. Ein Porzellanvogel ist vom Stein gefallen und liegt jetzt auf dem Boden im hohen Gras. Der Vogel. Irgendwann einmal hat jemand ihn dorthin gesetzt. Ihn ausgesucht. Geliebt. Auf den Stein gesetzt. Auf das Grab. Hör jetzt auf. Sie geht trotzdem schneller. Weit vorn beim Ausgang sieht sie einen gelben Bus vorüberfahren. Sie läuft los. Der Blick brennt jetzt in ihrem Rücken. Sie wird schneller. Sie wird so zerbrechlich, wenn sie nicht schläft. Wie dünnes Glas. Warum läuft sie jetzt? Das ist doch schwachsinnig. Sie zwingt sich, ihr Tempo zu drosseln. Jetzt kann sie hören, wie die Autos an der Ampel in der Vigerslev Allé losfahren. Sie bleibt stehen. Hebt das Gesicht und atmet tief durch. Ihr Gesicht wird nass. Himmel, wie schön wird es sein, schlafen zu können.

»Ist jetzt alles geklärt?«, fragt Katrine und blickt ihre Mutter an, während sie dem Kellner die Speisekarte zurückgibt.

Sie waren bei Illum und haben ein Geschenk gekauft. Jetzt sitzen sie vor dem Thorvaldsens am Gammel Strand. Die Ausflugsboote fahren schon über den Kanal. Die Sonne hat sich zum Scheinen entschlossen. Die Mutter lehnt sich im Sessel ein wenig zurück, als der Kellner ihr Weißwein einschenkt.

»Wenn wir solches Wetter haben, dann geht sicher alles gut. Für den Nachmittag ist Regen gemeldet, aber dann sitzen wir ja im Haus. Du kommst doch am Vorabend schon zu uns, oder? Papa möchte so gern, dass wir am Sonntag zusammen hinfahren. Alle drei.«

»Das haben wir doch so abgemacht. Wie geht es ihm denn überhaupt? Freut er sich?«

»Er steht ja gern im Mittelpunkt, aber im Moment sitzt er wohl zu Hause und ärgert sich über dieses Porträt, das gerade über ihn in der Zeitung stand.«

»Das habe ich gelesen. An sich war das doch gut. Ein *Schoßkind des Glücks*. So will er sich schließlich gern sehen, oder?«

Sie hat im Verlag kaum mehr als zwei Zeilen überfliegen können. Sie streckt die Hand nach dem Brot aus und macht ihre Jacke zu. Der Wind ist kalt in ihrem Rücken. Die Mutter zuckt mit den Schultern. Sie hält sich gut, auch wenn sich jetzt graue Strähnen in den dunklen Haaren zeigen. Ihr Blick ist noch immer messerscharf und eisblau, ihre Haltung gerade. Die gute Erziehung lässt sich nicht verleugnen.

»Da hat ihn so eine junge Journalistin besucht. Solche mag er ja eigentlich gern. Und sie schien auch sehr angetan zu sein vom Haus und von, ja … von ihm.«

Die Mutter lächelt nachsichtig. »Aber sie hatte wohl nicht das Gefühl, einen richtig guten Draht zu ihm zu bekommen.«

Dann greift sie nach ihrem Glas und trinkt.

»*Einen richtig guten Draht zu ihm zu bekommen.* Also wirklich, Mama. Das schafft doch niemand. Warum wollte sie das denn überhaupt? Bloß, weil jemand Erfolg gehabt hat, muss er doch wohl nicht sein Innerstes bloßlegen?«

Katrine schüttelt sich. Es ist doch zu kalt, um draußen zu sitzen. Sie greift zu einer der Decken, die über dem Sessel neben ihrem hängen, und legt sie sich um den Rücken. »So. Kommt Jon?«

»Nein. Es ist doch Papas Fest. Und er findet nicht, dass Jon dort dazupasst. Und da hat er wohl auch recht …«

Die Mutter hebt die Hand und lässt sie links neben ihrem Teller landen. Dort, wo früher die Zigaretten lagen, mit denen sie vor über fünfzehn Jahren aufgehört hat. »Es geht ihm aber auch zu schlecht. Jon, meine ich«, sagt die Mutter und zieht die Hand wieder zurück.

»Zu dick, zu zombiehaft? Nein, er würde unter den anderen Gästen sicher zu sehr herausstechen.«

»Wann hast du ihn eigentlich zuletzt gesehen?«, gibt die Mutter zurück.

»Jon? Zu Ostern. Letztes Jahr. Bei euch.«

Katrine setzt sich gerade, als der Kellner kommt und die Teller vor sie hinstellt.

»Das war nicht letztes Jahr, sondern das Jahr davor«, sagt die Mutter und lächelt den Kellner an. »Ich wollte am nächsten Dienstag zu ihm fahren. Du könntest doch mitkommen. Wann warst du zuletzt bei ihm zu Hause? Warst du da überhaupt schon mal?«

»Am Dienstag? Dann muss ich doch arbeiten.«

»Du kannst ja wohl mal früher Feierabend machen, Katrine. Oder du kommst mal an einem Wochenende mit, wenn du frei hast. So kann das doch nicht weitergehen.«

»Okay«, murmelt Katrine und zieht die Decke fester um sich. Absagen kann sie ja immer noch.

Die Mutter hebt ihr Glas und sieht sie an. »Also. Wie geht es dir denn? Triffst du dich noch immer mit diesem … Jens?«

»Nein. Mit Henrik treffe ich mich nicht mehr.« Katrine nimmt ihr Besteck und zuckt eilig mit den Schultern. »Das hat nicht gepasst.«

Sie zerschneidet das helle Lachsfleisch.

Er war eigentlich lieb. Henrik. Grafiker und Teilzeitvater eines kleinen Mädchens. Wohnte im angesagten Viertel Kartoffelrækkerne. Liebevoll und aufmerksam, nicht zuletzt attraktiv. Aber es bedeutete nichts. Er hätte aufhören können, sie anzurufen. Oder erzählen, dass er übrigens irgendwo noch eine Frau hätte. Oder bisexuell sei. Hätte in Frauenkleidern ankommen und sagen können, dass er lieber als Frau leben wollte. Aus irgendeinem Grund hätte das alles sie nicht berührt.

»Katrine!«

Irgendwo ruft jemand nach ihr. Sie dreht sich nach der Stimme um.

»Katrine. Hör mir zu!«

Jemand packt sie an der Schulter. Was soll sie denn hören? Was will die Stimme ihr sagen?

Dann erwacht sie. Zuerst weiß sie nicht, wo sie ist. Ein Duft nach Gras und Wasser. Lange helle Vorhänge, die von einer leichten Brise aufgebauscht werden. Sie ist in ihrem Elternhaus. Dann schaut sie auf. Ihre Mutter sitzt auf der Bettkante.

»So. Da bist du. Es ist ganz schön schwer, dich zum Leben zu erwecken. Du warst ja fast bewusstlos.«

Die Mutter erhebt sich, geht zum Fenster und öffnet die Vorhänge. Katrine setzt sich im Bett auf und schaut hinaus. Eine zitronengelbe Sonne tanzt im spiegelblanken hellblauen See am Ende des Gartens. Die dänische Flagge ist gehisst und flattert im Wind.

»Es ist halb zehn. Du hast elf Stunden lang geschlafen.«

Die Mutter dreht sich vom Fenster weg und sieht sie an.

»Ich bin eben das geborene Murmeltier«, brummt Katrine und reckt sich.

»Ja. Das warst du schon immer.« Die Mutter lässt ein Handtuch auf das Bett fallen. »Und jetzt mach, dass du ins Badezimmer kommst. Papa möchte da sein, ehe die Gäste eintreffen.«

Sie lässt das Wasser über ihr Gesicht strömen. Dreht es auf und spürt es auf ihrer Haut prickeln. Dann wäscht sie ihre langen blonden Haare und verreibt den Rest des Seifenschaums unter ihren Armen, um die Brüste, zwischen den Beinen, an den Oberschenkeln, zwischen den Zehen. Setzt sich auf die warmen Bodenfliesen und hebt ihr Gesicht wieder ins Wasser. Berührt sich. Ihr Körper erwacht und lässt den Schlaf los. Wird warm. Sie senkt den Kopf und lässt ihn auf ihren Knien ruhen. Das Wasser prickelt in ihrem Nacken. Der Schlaf sitzt noch immer irgendwo in ihrem Körper. Wie ein sanfter, behaglicher Schlummer. Sie ist auf null gestellt. Sie ist wieder sie selbst.

Sie trocknet sich schnell ab und streicht die blonden Haare nach hinten. Zieht das gelbe Kleid an. Es lässt ihren Körper in einem goldenen Schein strahlen. Das Dunkle und das Helle. Blonde Haare, dunkle Augen. Sie schiebt die Füße in ein Paar verschlissene rote Sneakers und geht hinaus.

Die Terrassentüren im Wohnzimmer sind geöffnet. Von der Küche her duftet es nach Kaffee. Ihr Vater steht im Anzug auf der Terrasse, raucht eine Camel, trinkt Kaffee und schaut zu seinem See hinüber.

Auf dem Esstisch steht sein Teller, die Zeitung ist aufgeschlagen.

Die Mutter dreht sich um, als Katrine in die Küche kommt.

»Wärst du so lieb?« Sie hebt ihre schwarzen Haare hoch.

Katrine schließt den Reißverschluss des roten Kleides. »Schönes Kleid. Hast du das nähen lassen?«

»In Hongkong. Im Winter«, sagt ihre Mutter und dreht sich um.

»Die da willst du doch wohl nicht anbehalten?« Sie nickt zu den roten Turnschuhen hinunter und lächelt. Die Mutter ist so schön, wenn sie froh ist. Doch das ist sie zu selten.

»Nein. Ich ziehe Sandalen an, es ist ja Frühling.«

Katrine schenkt sich Kaffee ein. Nimmt sich ein Brötchen.

»Aber für heute Nachmittag ist Regen angesagt.«

Katrine achtet nicht auf diese Bemerkung, sondern geht ins Wohnzimmer hinüber. Hebt die Zeitung hoch und begegnet dem lächelnden Gesicht ihres Vaters. »Ein Schoßkind des Glücks wird 70.« Sie beißt in ihr Brötchen. Das ist das berüchtigte Porträt ihres Vaters. Sie sucht nach dem Namenszug. Stine Nielsen. Nie von der gehört. Sicher jung und ehrgeizig, aber offenbar keine besonders tüchtige Journalistin:

Er hat alles, dieser John Liller Thorsen. Das denkt man, wenn man vor seiner großen schönen Villa am Stadtrand von Birkerød auf der Terrasse sitzt und den See, den parkähnlichen Garten und den Mann ansieht, der sich trotz seiner Siebzig überraschend gut hält. Die graue Mähne. Die dunklen Augen. Ein Silberrücken.

Die Villa hat er natürlich selbst entworfen, und sie berichtet in ihren schlichten Linien und der strengen Prägung von dem Stil, der in den vergangenen Jahrzehnten die dänische Architektur mitgeprägt hat. Freundlich und höflich ist er, und er redet auch gern über sich selbst, wie die meisten großen Männer. Aber nur bis zu einer gewissen Grenze, merke ich bald. Denn als ich ein wenig später frage, wie es war, in einen verschworenen, geschlossenen Kreis aus kulturradikalen Architekten einzudringen, wenn man selbst als Sohn eines Bauarbeiters in Herlev geboren und aufgewachsen ist und die Mahlzeiten seiner Kindheit nicht im Schein einer Poul-Henningsen-Lampe eingenommen hat, sinkt zum ersten, aber nicht zum letzten Mal im Laufe des Gesprächs die Temperatur um einige Grad.

»Lies doch diesen Unsinn nicht.«

Ihr Vater ist von der Terrasse gekommen und steht in der Tür.

»Hilf mir lieber mal eben«, sagt er und wedelt mit dem losen Ende seiner Krawatte.

Katrine wirft die Zeitung hin.

»Siebzig Jahre, und hat noch immer nicht gelernt, sich den Schlips zu binden.«

Er riecht nach Rasierwasser. Old Spirit. Das hat er immer schon benutzt. Sein Hals ist noch leicht feucht vom Duschen.

Die Mutter kommt aus der Küche. Sie hält einen in Zellophan eingeschlagenen Strauß roter Rosen in der Hand und liest die Karte.

»Holst du mal eben die Aschenbecher, Katrine? Die stehen im Regal neben dem Waschbecken im Gästehaus. In der Waschküche.«

Sie stellt die Blumen in eine Vase auf den Tisch und rückt sie zurecht.

»Aschenbecher«, faucht der Vater und rückt seine Krawatte zurecht. »Wir brauchen ja wohl keine Aschenbecher mitzubringen. Das ist doch verdammt noch mal eins der teuersten Restaurants hier in der Gegend, Edith.«

Die Mutter mustert die Rosen. »Ja. Ich weiß ja, dass du das nicht mitgekriegt hast, John. Aber kein Mensch raucht noch, das ist inzwischen passé. Im Restaurant gibt es nur drei Aschenbecher, und wie ich dich und deine Freunde kenne, reicht das vorn und hinten nicht.«

Sie verschiebt die Vase. »Ihr dürft übrigens nur an den Tischen draußen rauchen. Also. Holst du jetzt die Aschenbecher, Katrine? Wir haben nicht mehr so viel Zeit.«

Die Tür des kleinen Gästehauses klemmt. Kälte und ein moderiger feuchter Geruch schlagen Katrine entgegen, als sie sie endlich aufreißen kann. Das Haus dient mittlerweile nur noch als Abstellraum. Sie nimmt die Aschenbecher aus dem Regal. Sie friert in ihrem dünnen Kleid. Die Glastür rechts. Sie geht nie dort hinein.

Jon. Alles ist noch genau wie damals. Durch das Glas kann sie das schwarze Sofa sehen, das er aus seinem Elternhaus in Silkeborg geholt hatte. Sie fand den schwarzen seidigen Stoff so vornehm. Die Armlehne ist jetzt von der Sonne so stark gebleicht, dass es fast grau aussieht. Der kleine Tisch. Die großen Vögel auf der Fensterbank, die er sich hat ausstopfen lassen. Sie hatte immer Angst vor ihnen und ihren runden gelben Augen. Der Teppich, den er von seiner Mutter geerbt hatte. Man durfte ihn nicht mit Schuhen betreten. Er im Sessel.

Sie dreht sich um. Draußen der grüne Garten, der blaue See, das lange weiße, vom Vater selbst entworfene Haus und ihr Vater, der jetzt in seinem feinen Anzug auf der Terrasse steht und eine letzte Zigarette raucht, ehe es losgeht.

Sie will schon gehen, öffnet dann aber doch die Glastür. Klick. Ein unsichtbares Tor aus Spinnweben reißt vor ihrem Gesicht, als sie die Tür öffnet. Sie bläst die Spinnweben weg und wischt sie sich von Gesicht und Kleid. Ein süßlicher, warmer Geruch. Nach Bier. Nach verkohltem Holz. Nach Zigarettenrauch. Nach Tee. Nach ihm. Wie viele Jahre ist es her? Zwanzig. Hier kann sie ihn doch nicht mehr riechen. Sicher bildet sie sich alles nur ein.

Sie verspürt ein Stechen im Bauch. Dort sitzt sie auf dem Sofa. Dort sitzt er in seinem Sessel. Sein Tee auf dem kleinen Tisch. Ein Duft nach Nelken und Kardamom im silbrigen Licht des Wintermorgens. Das Geräusch des Schnees, der draußen von der Dachrinne tropft. Das Holz, das im Kachelofen in sich zusammenfällt. Die Bücherstapel auf dem Regal. Der graue Plastikspaten auf dem Boden riecht faulig nach den Rotaugen, die Jon unten im See fängt. Ihr Vater hatte dafür nur ein Kopfschütteln übrig. »Rotaugen kann man doch nicht essen!«

Der Sessel mit der Nackenlehne. Der Richterstuhl. Der Königssitz. Auch den hatte er sich aus Silkeborg bringen lassen. Er saß niemals selbst darin. Er fürchtete sich davor.

Das war, ehe alles schiefgegangen ist. Sie lief aus der Birkerød Privatschule nach Hause. Weg von Simone, Vera, Louise und ihren kreischenden Mädchenspielen.

Er konnte alles verwandeln. Die blonden Haare, die ihm immer wieder ins Gesicht fielen. Die schönen grauen Augen. Er schien einem Märchen entsprungen zu sein. Er war ein Märchen. Damals.

Jetzt kann sie die Mutter rufen hören. Katrine schaut auf und geht zur Tür. Die Angeln stehen noch immer im Schilfkorb in der Ecke. Seine gelben Wasserstiefel hängen in dem kleinen Gang zu der Kammer, in der er geschlafen hat. Wenn er geschlafen hat.

Sie trinken Champagner auf der Terrasse vor dem Restaurant, während die letzten Gäste eintreffen. Der Øresund liegt im Hintergrund und glitzert hellblau in der Sonne. Die Boote sind ausgefahren und haben an diesem zeitigen Frühlingstag die Segel gesetzt. Katrine trinkt Champagner und sieht die Autos an, die noch immer in einem langsamen Strom eintreffen. Erkennt ihre Cousine, die auf dem Parkplatz steht, mit einem großen Paket in der Hand, und in ihrem knallrosa Kleid in der Brise zu frösteln scheint. Die Cousine sagt etwas zu ihrem Mann und wartet darauf, dass er das Auto abschließt.

Man braucht nicht in der Nähe zu stehen, um sie fauchen hören zu können.

»Ist der arme Mann noch immer nicht vor dieser Schreckschraube geflohen?«

Eine Hand um ihre Schulter. Katrine dreht sich um. Gunnar.

»Offenbar nicht«, sagt sie und lässt sich auf die Wange küssen.

»Schöner Tag.«

Gunnar schaut zum Sund hinüber. Seine mit Gel zurückgestrichenen schwarzen Haare leuchten in der Sonne bläulich auf.

Die Mutter behauptet, er färbe sie. Die grauen Augen wenden sich ihr zu und bleiben bei ihr.

»Du bist so schön wie immer. So ein Kleid steht dir. Du solltest häufiger eins anziehen.«

Katrine hat noch nie gewusst, ob sie ihn eigentlich leiden kann. Aber er ist der Geschäftspartner ihres Vaters. Die andere Hälfte ihres Vaters. Sie leert ihr Glas.

»Du wirst langsam zum alten Sack, Gunnar. Weißt du das überhaupt? Ein alter Sack auf der Suche nach einer jungen Schönheit, nicht wahr?«

Gunnar mustert sie eine Weile. Sie ist nicht sicher, ob er jetzt beleidigt ist. Aber dann lacht er plötzlich, so laut, dass die Leute neben ihnen sich zu ihnen umdrehen und sie anstarren.

»Zum alten Sack, ja. Irgendwas muss man vom Altwerden doch haben«, sagt er.

»Flamboyant …«

Gunnar legt eine kleine Pause ein, nachdem er dieses Wort in den Raum gestellt hat. Er schaut zunächst die Gäste an, dann richtet er seinen Blick wieder auf den Vater und setzt seine Rede fort.

»*Flamboyant* war das Wort, das in einem dieser Zeitungsporträts über dich verwendet wurde, und davon hat es vor deinem großen Tag ja nicht wenige gegeben. Ich bin aber kein Akademiker wie du, John. Also musste ich erst mal im Fremdwörterbuch nachschlagen. Und ja, das passt wirklich verdammt gut. Denn du bist ein Lebemann, du füllst den Raum wie ein Elefant, wenn du ein Zimmer betrittst, aber dazu hast du wirklich auch allen Grund. Denn du bist auch ein Mann, der sich aus dem Nichts nach oben gekämpft hat. Das ist dir nicht peinlich, aber du hast auch keine Lust, lange darauf herumzureiten, wie eine junge Journalistin erfahren musste, als sie dich kürzlich bei dir zu Hause besucht hat.«

Die Gäste lachen leise und wechseln vielsagende Blicke. Gunnar lächelt in die Runde und genießt diesen Moment. Dann mustert er den Vater wieder mit ernstem Blick.

»Geld ist nicht alles.«

Er dreht sich zu den Gästen um. »Nein, das nicht. Geld ist nicht alles. Nicht für die, die genug davon haben, wohlgemerkt. Und anders als die meisten von euch, liebe Gäste, sind John und ich an einem Ort aufgewachsen, wo es einfach niemals Geld genug gab. Ich will jetzt keine traurigen Einzelheiten aufzählen, denn ich weiß, dass John das überhaupt nicht recht wäre. Aber was ich damit sagen will, ist Folgendes: Als John und ich uns vor inzwischen fünfundfünfzig Jahren hinter den Wohnsilos von Herlev kennengelernt haben, war uns klar, dass wir eine sehr wichtige Gemeinsamkeit hatten: Wir wollten weg, wollten weiter. Wir wollten Geld verdienen, wir wollten ein anderes Leben, und wir wussten, dass wir dafür schuften würden. Das haben wir getan.«

Jetzt sieht Gunnar wieder den Vater an. »Wir haben wie die Tiere geschuftet, um dahin zu gelangen, wo wir heute sind. Und jetzt sage ich etwas, was ich noch nie gesagt habe, was aber gesagt werden muss: Wir hätten es nie so weit gebracht, wenn du nicht gewesen wärst, John. Nur wenige Menschen haben in ihrem Leben so viel erreicht wie du. Du bist nicht nur einer der größten Architekten unseres Landes. Du bist auch Unternehmer, Firmeninhaber, Verleger und Autor und Angehöriger so vieler Fonds und Aufsichtsräte, dass ich nicht einmal weiß, ob du da selbst noch den Überblick hast. Und es soll kein Geheimnis sein, dass in unserem Paarlauf immer du der große schöpferische Geist warst, und ich der dumme kleine Scheißer …«

Jetzt lachen alle. Katrine dreht sich zu ihrem Vater um, während Gunnars Rede weitergeht. Ihr Vater ist angemessen verlegen. Blickt zu Boden und hört weiter zu. Lächelt und schüttelt ein wenig beschämt den Kopf. Sie weiß, dass er es genießt, und die ganze Zeit wandert sein Blick zurück zu Gunnar. Die beiden kennen sich fast ihr Leben lang. Und haben in den vergangenen fünfzig Jahren mehr Zeit miteinander verbracht als mit ihren Frauen. Jetzt haben sie alles verkauft. Jetzt wird das Leben gelebt, wie Gunnar laut ausruft, während er nach seinem Glas greift, um anzustoßen. Der Vater und die Mutter. Wie soll das gehen, wenn sie ihrer eigenen Gesellschaft überlassen sind? Jetzt wird mit den Stühlen gescharrt. Alle erheben sich. Sie prosten dem Vater zu und trinken auf sein Wohl.

Sie haben gerade das zweite Lied beendet, als der Kellner zum Tisch kommt und sich zum Vater vorbeugt. Er flüstert ihm etwas ins Ohr und reicht ihm eine Karte. Ein leichter Regen schlägt jetzt gegen die großen Fenster zum Sund.

Als Katrine sich wieder umdreht, ist der Stuhl des Vaters leer.

»Na. Wie läuft es denn so in deinem kleinen Verlag?«

Gunnar faltet die Hände und beugt sich dicht zu ihr hinüber. Ehe Katrine antworten kann, fügt er hinzu: »Wir haben den schwedischen Käufern die Bedingung gestellt, dass sie dich behalten müssen. Ja. Es ist ja kein Geheimnis, dass der Laden nie eine Goldgrube war«, sagt er und trinkt.

»Aber was ist mit Belinda?«

»Belinda?«

Gunnar lässt sich zurücksinken, als der Kellner sein Glas von Neuem füllt, gleich wird das Hauptgericht serviert werden. »Ach, deine kleine knatschverrückte Freundin. Na ja, das weiß ich wirklich nicht.«

Er nimmt sein Glas und schlägt damit gegen Katrines. »Prost, du Schöne.«

Dann redet er von dem Boot, das er und der Vater zusammen gekauft haben. Es liegt im Hafen von Rungsted und wartet auf sie und den Sommer.

»Sieh doch mal nach, wo er steckt.«

Katrine schaut auf. Ihre Mutter steht hinter ihr. Sie riecht nach Wein und Halspastillen. »Er ist jetzt schon so lange weg.«

Die Stimme sinkt ein wenig, dann nickt die Mutter zur Küchentür hinüber, wo zwei Kellner von einem Fuß auf den anderen treten. »Der Hauptgang kann jetzt serviert werden. Wir warten nur noch auf ihn.«

Katrine legt die Serviette hin und steht auf. Als sie durch das Restaurant geht, kann sie sehen, dass an einigen Tischen das Gespräch verstummt ist.

Die Rezeption ist leer.

»Kann ich irgendwie behilflich sein?«

Katrine dreht sich um. Hinter einem Tresen sitzt eine junge Frau und lächelt. Sie rollt mit ihrem Schreibtischstuhl von ihrem Computer weg.

»Ich suche meinen Vater«, sagt Katrine und nickt in Richtung Restaurant.

»Herrn Thorsen? Der ist da rausgegangen.«

Die Frau zeigt auf die Glastür, die hinaus in den Regen führt. Dann steht sie auf. »Möchten Sie nicht lieber einen Schirm ausleihen? Jetzt gießt es ja richtig.«

Der Lärm aus dem Restaurant ist nicht mehr zu hören, als die Tür hinter ihr zufällt. Der Wind packt den Regenschirm. Draußen auf dem Øresund streben die Boote dem Hafen zu. Hier an Land ist es menschenleer. Sie kann ihren Vater nirgendwo sehen.

»Papa«, ruft sie durch den Regen.

Als sie um die Ecke biegt, entdeckt sie ihn unten auf dem Parkplatz. Der Schlips flattert im Wind. Die grauen Haare fliegen um seinen Kopf. Er schlingt sich die Arme um den Leib. Friert. Es schüttet. Was macht er da? Und mit wem redet er? Sie geht weiter und kann nur den Rücken eines Regenmantels erkennen.

»Papa«, ruft sie wieder, und diesmal hebt er das Gesicht und sieht sie. Er fährt sich mit einer Hand durch die widerspenstigen Haare und sagt rasch etwas zu dieser Person, mit der er da redet, dann läuft er Katrine entgegen, wird vom Regenmantel aber zurückgehalten. Katrine kann nur eine Silhouette ahnen, ein Gesicht ist nicht zu erkennen. Der Vater nimmt etwas entgegen, dann geht er los, ein Päckchen in der Hand. Er packt Katrine am Arm und reißt sie mit sich.

»Wer war das?«

»Niemand Besonderes«, antwortet er eilig, ohne sie anzusehen.

Als sie das Haus betreten, lässt er das ungeöffnete Päckchen in der Rezeption in einen Papierkorb fallen. Streicht sich die nassen Haare nach hinten und bleibt einen Moment lang mit dem Rücken zu Katrine vor der Tür zum Restaurant stehen, um wieder zu Atem zu kommen. Sein Jackett ist triefnass. Dann geht er hinein.

Katrine liefert den Schirm am Rezeptionstresen ab. Auf dem Weg ins Restaurant kann sie sich einfach nicht beherrschen. Sie dreht sich um und zieht das Päckchen aus dem Papierkorb. *Rosendahl* steht auf dem kleinen goldfarbenen Plastiketikett. Das blaue Seidenband ist nass geworden. Sie reißt das weiße Papier herunter und öffnet die Schachtel. Es ist ein Aschenbecher von Stelton.

Die Kellner servieren bereits das Hauptgericht. Sie setzt sich wieder, der Vater hat Platz genommen und grinst über eine Bemerkung Gunnars. Er schaut rasch zu Katrine herüber. Sie will den Aschenbecher hochheben und ihm zeigen. Dann sieht sie seinen Blick, das Lachen kommt nicht bei seinen Augen an. Zerbrochenes blaues Glas. Sie steckt den Aschenbecher wieder in ihre Handtasche.

Katrine schiebt die Tür zur Terrasse ein wenig auf und steckt sich eine der Camels ihres Vaters an. Es regnet nicht mehr. Der Geruch nach feuchtem Gras schwebt in den Raum.

»Ich dachte, du hast aufgehört.«

Die Mutter schließt die Tür zu den Schlafzimmern hinter sich. Sie hält ihre hochhackigen roten Schuhe in der Hand, geht zum Wohnzimmertisch und greift nach einem halbvollen Weinglas.

»Manchmal schon. Schläft Papa?«

»Möchtest du?«

Ohne auf Antwort zu warten, füllt die Mutter ein weiteres Glas, kommt zu Katrine und reicht es ihr.

»Schöner Abend. Was für ein Fest.«

Katrine nimmt das Glas und lehnt sich an die Tür. Ihre Füße tun vom Tanzen weh.

»Wer war das, mit dem Papa draußen gesprochen hat?« Die Mutter sieht sie über den Glasrand an und trinkt. Ihr Gesicht ist aufgedunsen. Sie hat zu viel getrunken.

»Irgendwer. Ich weiß nicht.«

»Mann oder Frau?«

»Ich habe es nicht gesehen, Mama, das hab ich doch gesagt. Es hat geregnet. Sie standen auf dem Parkplatz.«

»Dieser Vollidiot.«

Die Mutter schaut zum schwarzen Wasser im See hinüber. Sie hat ein wenig Wein auf den Kragen ihres roten Kleides vergossen. Im Moment ist sie betrunken. Morgen wird sie wieder alles im Griff haben. Die Silkeborg-Gene, wie der Vater sagt. Die sind nicht kleinzukriegen.

»Du und Papa. Ihr seid füreinander ein blinder Fleck.«

Sie trinkt noch einen Schluck. Schaut Katrine mit etwas zu weinseligen Augen an.

»So viele schöne Worte heute, was? *Ein lebensfroher Lebemann.*«

Die Mutter schnaubt und rückt dichter an Katrine heran. »Man wird zynisch, wenn man darauf besteht, immer von der Sonne beschienen zu werden. Das ist so, Katrine!«

Jetzt steht sie ganz dicht vor ihr. Ein süßlicher Geruch nach Wein und Halsbonbons. »Ich weiß es ja. Du bist Papas Kind. Seine Prinzessin. Aber du bist nicht nur er, oder? Glaub das ja nicht. Du bestehst auch aus allem möglichen anderen. Aus dir. Aus mir. Jon …«

»Jon, Mama. Jon ist krank.«

»Ja. Aber das war er nicht immer, oder? Er war auch einmal ein ganz normaler Junge. Ein wenig sensibel. Ein bisschen wild. Wie du selbst, als du klein warst. Ihr hattet damals so viele Gemeinsamkeiten, als er hier gewohnt hat. Ihr habt so viele verrückte Dinge angestellt. Das hat dir auch gutgetan. Er hat dich geliebt. Er fragt immer nach dir.«

»Und wer hat das zerstört?«

Katrine schiebt die Hand der Mutter weg. Unten am See schnattert ein Blässhuhn. Sie will jetzt nicht darauf eingehen. Sie will weg. In der Dunkelheit verschwinden. Schlafen. »Habt ihr ihn denn nicht weggeschickt und aus dem Weg geräumt, oder was?«

Sie drückt die Zigarette aus, geht ins Haus und stellt das halb volle Glas auf den Wohnzimmertisch.

Die Mutter ist ihr gefolgt.

»Ich war das nicht«, kann sie noch sagen, ehe Katrine ihr ins Wort fällt.

»Das war ein langer Tag, Mama. Das müssen wir jetzt nicht auch noch haben, oder?«

Sie nimmt ihre Tasche und geht zur Tür. »Gute Nacht, Mama. Geh jetzt ins Bett. Du bist doch auch müde.«

Katrine wirft sich die Reisetasche über die Schulter und schaut auf die Uhr. Viertel vor zehn. Die Mutter schlief noch, als sie aufgestanden war, ihr Vater saß mit der Zeitung da. Sie ist zu weit gegangen. Sie muss nachher die Mutter anrufen und versprechen, dass sie Jon bald besuchen wird. Das ist das Letzte, wozu sie Lust hat. Aber sie ist es ihrer Mutter schuldig. Ja. Und sicher auch Jon.

Es hat sich aufgeklärt, als sie den Bahnhof Nørreport verlässt. Die Sonne scheint. Die Tauben flattern von den Bodenfliesen auf, als sie am Würstchenwagen vorbeigeht.

Der Vater hatte müde ausgesehen, als er sie am Bahnhof Birkerød abgesetzt hat, aber er hatte sich über das Fest gefreut. Er und Gunnar wollten nach Rungsted und nach dem Boot sehen.

»Jetzt übertreib nicht mit dem Boot«, sagte sie, als sie aus dem Auto ausstieg.

Er ist siebzig. Eines Tages wird er nicht mehr da sein. Sie schüttelt diesen Gedanken ab.

Es ist schon ziemlich warm, als sie über den Gråbrødretorv geht. Vor den Restaurants werden die Tische gedeckt. Zwei Penner sitzen auf der Bank unter dem großen Baum mitten auf dem Platz und streiten sich. Sie hat den Schlüssel vergessen und drückt auf die Klingel an dem schiefen gelben Haus, in dem der Verlag untergebracht ist. Gleich darauf betätigt Belinda den Summer. Die Stufen knarren, als Katrine durch das enge Treppenhaus zum ganz oben gelegenen Verlag hochsteigt. Die Tür ist angelehnt.

»Kaffee?«, ruft Belinda aus der Küche.

Katrine lässt ihre Tasche auf Belindas Schreibtisch im Vorzimmer fallen. »Und Wasser«, ruft sie zurück und fährt sich durch die Haare.

»Na, war es ein schönes Fest?«

Belinda kommt mit zwei Tassen Kaffe und einer Kanne Wasser aus der Küche und stellt alles auf den Schreibtisch.

»Es war nett. Meine Mutter hat sich ziemlich abgeschossen, aber sonst …«

Katrine nimmt zwei Fensterbriefe hoch, die auf dem Tisch liegen, sieht sie an und lässt sie wieder fallen. Darum muss sich Belinda kümmern.

»Sie bezahlt einen hohen Preis für ein großes Haus und einen reichen Mann, deine Mutter«, sagt Belinda, setzt sich in ihren Sessel und bläst auf ihren Kaffee.

»Ach, hör auf. Meiner Mutter fehlt es an nichts.«

»Was weißt du denn davon?«

Belinda schaut auf. Ihre Pupillen sind zwei schmale Striche in dem grünen Blick. Ein Jaguar. Anfangs dachte Katrine, Belinda schiele, wenn sie so aussah. Aber in Wahrheit war sie wütend. Ist sie das heute auch?

»Du weißt doch, Geld ist nicht alles. Oder weißt du das überhaupt? Du kennst es ja gar nicht anders«, sagt jetzt Belinda.

Doch. Sie scheint wütend zu sein.

Katrine klemmt sich die Tasche unter den Arm und nimmt ihren Kaffee. »Jetzt sei nicht so giftig. Das brauch ich heute wirklich nicht.«

Sie geht durch den engen Gang und stößt mit dem Fuß ihre Bürotür auf. Die Sonne scheint durch die großen Fenster, es ist heiß und stickig. Sie stellt den Kaffee auf den Schreibtisch mitten im Zimmer, fährt den Rechner noch und öffnet beide Balkontüren. Schaut hinunter auf den Gråbrødretorv. Auf der

Bank kommt es inzwischen zu Handgreiflichkeiten. Katrine streift ihre Turnschuhe ab. Drückt auf den Knopf und fährt die Markise aus, sodass das große Zimmer im Schatten liegt. Sie geht zur Stereoanlage und schaltet sie ein. Maria Callas kreischt aus den Lautsprechern. Katrine setzt sich an den Schreibtisch, trinkt Wasser und sieht ihre Mails durch. Als sie eine von einer gewissen Laura Olesen vom Wahlströms-Konzern öffnet, geht ihr auf, warum Belinda so sauer ist. Laura schreibt, dass sie und der neue Konzerndirektor um vier Uhr zu einem informellen Besuch bei ihnen erscheinen werden.

Ihr Vater hat sie schon vorgewarnt. Und noch gestern hat Gunnar es erwähnt. Ein elitärer kleiner Verlag wie dieser, der sich mit Architektur beschäftigt und seit Jahren rote Zahlen schreibt, kann doch lieber gleich stillgelegt werden. Vor allem von einem frischernannten Konzernchef, der Eindruck machen will. Für Gunnar und ihren Vater war der Verlag ursprünglich ein idealistisches Projekt. In den letzten Jahren wurde er dann wohl eher aus Liebhaberei betrieben. Zwei feste Angestellte, sie und Belinda. Das Drucken in Polen kostet nicht viel. Ein Tropfen im Meer im Vergleich zu ihren vielen anderen Unternehmungen. Aber all das ist jetzt vielleicht zu Ende.

»Werden wir den Haien zum Fraß vorgeworfen?«

Belinda steht in der Tür und hat die Hände in die Taschen ihrer Jeans geschoben. Sie nickt zu Belindas Computer hinüber. »Ja, du hast die Mail ja sicher gesehen.«

Sie geht zur Stereoanlage und dreht sie leiser. Sie ist barfuß, ihr T-Shirt ist wie immer zerknittert. Dann setzt sie sich an die unverputzte Wand unter dem großen gemalten Bild von Christiania, das Katrine im Winter zu einem viel zu hohen Preis gekauft hat.

»Ich möchte das ja nur wissen«, sagt Belinda nun und steckt sich eine Zigarette an, lässt den Kopf zurücksinken, bis ihre langen roten Haare fast über den Boden streifen. »Hjalmar sitzt. Ich muss an Sille denken. Miete. Kita. Stromrechnung. Ja, ich weiß, das klingt banal und lächerlich. Aber es ist eben mein Leben.«

»Nein, lächerlich ist das wirklich nicht«, sagt Katrine und merkt dennoch, dass sie sich ärgert. Sie hat Belinda vor einigen Jahren diese Stelle besorgt, als Belinda ihr Studium geschmissen hatte. Aber wenn man jemandem den kleinen Finger reicht … »Aber wir sind da jetzt machtlos. Wir haben neue Inhaber.«

»Haben sie denn nichts gesagt? Dein Vater? Gunnar? Darüber, was sie vorhaben, die Schweden?«

Katrine kann Belinda ansehen, dass es ihr selbst unangenehm ist, wie verzweifelt sie klingt. Der bittende Tonfall passt auch nicht zu ihr.

»Nein«, lügt Katrine. »Aber kauf ein paar Blumen, eine Menge Mineralwasser und sicherheitshalber eine Flasche Weißwein. Und dann müssen wir eben sehen, was kommt.«

Sie stehen vor dem kleinen Gemälde von Asger Jorn, das Katrine neben der Eingangstür an die Wand gehängt hat.

Die junge Frau dreht sich als Erste um. »Hallo. Laura«, sagt sie und streckt die Hand aus.

Akademikerin. Bleiche Haut. Blaue Augen. Schlichte Kleidung. An der Uni gab es davon in jedem Jahrgang ein Dutzend. »Ich bin Cheflektorin bei Wahlströms. Ich habe versprochen, Thomas herumzuführen.«

Laura nickt dem Mann zu, der ihnen noch immer den Rücken kehrt und das Bild ansieht.

»Katrine«, sagt sie.

Jetzt dreht er sich um. Etwas in seinen grauen Augen vermittelt ihr den Eindruck, dass er noch immer das Bild ansieht.

»Hallo, Katrine. Thomas.«

Sein Händedruck ist fest, seine Stimme dunkel. Er mustert sie immer weiter aus seinen grauen Augen. Obwohl er einen Anzug trägt, entspricht er so gar nicht Katrines Vorstellung. Die grauen Augen wirken verlegen und unverschämt zugleich. Sein Mund scheint lächeln zu wollen, tut es aber nicht. Trotz seiner Verlegenheit scheint er sie mit Blicken zu verschlingen.

»Du hörst dich aber gar nicht besonders schwedisch an«, kann sie stammeln, dann lässt sie ihren Blick zum Bild an der Wand fliehen.

»Ich bin in Stockholm aufgewachsen. Aber meine Mutter ist Dänin, und ja, ich bin in Sorø auf dem Internat gelandet, als ich jung war«, sagt er ruhig und nickt zum Bild hinüber. »Ein Jorn. Woher habt ihr den denn?«

»Der gehört mir. Ich hab ihn von meinem Großvater geerbt. Der war Sammler.«

»Der muss ja ganz schön viel wert sein.«

Er streift das Jackett ab, hängt es über den Sessel vor Belindas Schreibtisch und krempelt die Hemdsärmel auf. Seine Arme sind dunkel. Er wirkt zu groß für das Zimmer. Die grauen Augen blicken sich eilig um. »Ich hätte früher gern mal Kunst studiert. Aber zurück zur Wirklichkeit. Ihr seid sicher ein bisschen nervös, das kann ich verstehen, also legen wir die Karten offen auf den Tisch«, sagt er und streckt die Hand nach einer Mineralwasserflasche aus. »Wie ihr wisst, hat Wahlströms in Schweden diesen Verlag und die hier erscheinenden Fachzeitschriften gekauft. Wir wollen nichts dichtmachen, was von selbst läuft, aber ich kann das mal so sagen: Der Weihnachtsmann bin ich auch nicht, was?«

»Nein, das ist schon klar.«

Von selbst läuft? Bilanzen? Um das alles hat sich Gunnar gekümmert. Katrine versteht nur etwas von Büchern.

»Wir …« Sie nickt zu Belinda hinüber. »Wir waren für den kreativen Teil zuständig. Die Bücher.«

»Ihr seid also Architektinnen?«

Thomas blickt zu Belinda hinüber, die in ihrem Schreibtischsessel sitzt. Ihre Pupillen sind wieder schmal.

»Katrine ist doch die Tochter des ehemaligen Besitzers, Thomas.«

Das ist Laura. Ihre Stimme ist hell und freundlich. Sie hat garantiert die ganze Zeit darauf gewartet, diese Bemerkung loswerden zu können.

Thomas dreht sich um. Seine grauen Augen hängen an Katrines Gesicht.

»Na gut. Also, dann weißt du ja, was hier Sache ist.«

»Sicher. Möchtet ihr nicht sehen, was wir hier machen, ehe ihr geht?«

Sie will weg von diesem Blick. Sie steht auf und will zu ihrem Büro gehen.

»Denkt übrigens an das Sommerfest am nächsten Freitag. Ihr habt doch die Einladung bekommen, oder?«, fragt Laura, schon auf dem Flur.

Katrine dreht sich um, nickt, will etwas sagen.

»Vergiss es. Da gilt Anwesenheitspflicht«, murmelt Thomas, ehe sie eine fadenscheinige Entschuldigung liefern kann.

Er interessiert sich mehr für ihr Bücherregal und das Christianiabild als für Thorkild Jensens entstehendes Buch über sozialen Wohnungsbau in Dänemark. Aber Laura sieht sich höflich die Fotos der kleinen, vernünftigen Dreizimmerwohnungen in Sydhavnen an. Als Katrine die Bilder auf dem Bildschirm gezeigt hat, begreift sie, dass er doch zugehört hat.

»Nicht, dass das uninteressant wäre, aber wer kauft solche Bücher?«

»Fast niemand. Er finanziert die Veröffentlichung selbst«, sagt Katrine.

»Ja, er ist einer der großen Unternehmer hierzulande, und

trotzdem nennt er sich Kommunist.« Es ist das erste Mal, dass Belinda den Mund aufmacht.

»Ach, so einer. Gibt's die denn wirklich noch?«

»Ja, zum Glück.« In Belindas Stimme liegt jetzt Gift. »Thorkild hat nichts dagegen, mit seinem vielen Geld den Weihnachtsmann zu spielen. Er teilt gern mit anderen. Ja, ich weiß ja auch, dass das hoffnungslos altmodisch ist«, fügt sie hinzu und ignoriert Katrines scharfen Blick.

Warum kann Belinda sich nicht zusammenreißen? Katrine schließt ihre Wohnungstür in der Nansensgade auf, legt die Sporttasche auf den Küchentisch und stellt ihre Einkäufe in den Kühlschrank. Sie ist noch immer wütend. Belinda will eine Stelle haben, will aber zugleich den Freigeist spielen und sich auf das hohe Ross setzen dürfen.

Sie lässt ihre Trainingssachen auf den Küchenboden fallen und dort liegen.

Als sie unter die Dusche geht, hört sie, wie draußen auf dem Küchentisch ihr Mobiltelefon klingelt. Sicher Belinda, die um gut Wetter bitten will. Die kann warten. Katrine dreht das kalte Wasser auf.

Als sie mit Duschen fertig ist, klingelt das Telefon wieder. Belinda lässt offenbar nicht locker. Und dazu hätte sie ja auch keinen Grund. Katrine trocknet sich ab, und als sie nackt ins Schlafzimmer geht, klingelt es abermals. So viel Eifer sieht Belinda nicht ähnlich. Katrine kommt nicht mehr rechtzeitig, kann auf dem Display aber sehen, dass es nicht Belinda ist, sondern ihre Mutter, die ausnahmsweise einmal von ihrem eigenen Handy aus anzurufen versucht hat.

Als Katrine zurückruft, nimmt die Mutter sofort ab. Ihre Stimme klingt außer Atem. Und verweint.

»Was ist denn los, Mama?«

»Papa, er hatte einen Unfall.«

Die Mutter weint.

Der Vater? Er und Gunnar im Boot. Katrine zittert plötzlich am ganzen Leib. So ist es jetzt. Das Unglück. Jetzt bricht eins nach dem anderen über sie herein. Sie sieht ihren Vater vor sich, im immer noch viel zu kalten Øresund. Bewusstlos in den schwarzen Wellen. Sein Gesicht, das verschwindet, während er langsam auf den Grund gezogen wird.

»Ist es schlimm?«

Sie bringt die Wörter fast nicht heraus, und sie will die Antwort auch gar nicht hören.

»Ich habe noch nicht mit ihm gesprochen. Aber im Krankenhaus sagen sie, dass ihn zum Glück jemand festgehalten hat, als er die Treppe hinuntergefallen ist. Aber er hat eine Menge Prellungen, und sie haben seinen rechten Arm eingegipst.«

Die Treppe hinunter. Das Bild des Ertrinkenden in den Wellen verblasst.

»Die Treppe hinunter, Mama? Sein Arm? Ich dachte schon, er sei ertrunken!«

»Was hat er denn heute Morgen zu dir gesagt, Katrine?«, fragt die Mutter und ignoriert die Erleichterung in Katrines Stimme. Ihre eigene ist spitz und plötzlich kalt.

»Was hat Papa gesagt, was er heute vorhatte?«

»Das weißt du doch sicher. Er wollte mit Gunnar segeln. Er hat mich ja in Birkerød abgesetzt, auf dem Weg nach Rungsted.«

Die Mutter sagt zuerst nichts. Dann kommt es: »Das hat er mir auch gesagt. Aber wenn er mit Gunnar in Rungsted segeln wollte, Katrine, wieso ist er dann im Hotel Plaza in Kopenhagen die Treppe hinuntergefallen?«

Der Vater schläft, als sie das Zimmer betritt. Sein Arm ist bis zur Schulter hoch eingegipst. Die linke Seite seines Gesichts ist geschwollen. Um das Auge herum ist er braun und blau, und er hat eine große Wunde an der Lippe. Sicher ist er dort aufs Geländer aufgeprallt. Er wird sich nicht freuen, wenn er sich im Spiegel sieht, er ist so eitel. Katrine packt seine gesunde Hand. Die ist groß und rau. Als sie die Hand drückt, drückt er fest zurück und hält sie fest, während er sich mühsam zu ihr umdreht.

»Katrine«, flüstert er.

Er sieht plötzlich so alt aus.

»Wie siehst du denn aus, Papa«, flüstert sie und lächelt. Sie kann sehen, dass es wehtut, als er versucht, das Lächeln zu erwidern.

»Wo ist Mama?«, fragt er.

»Die ist nach Hause gefahren, um dir etwas zum Anziehen zu holen.«

Er dreht sich um und schaut mit seinem gesunden Auge zur Decke hoch.

»Du musst mir erzählen, was passiert ist, Papa. Mama ist total außer sich.«

»Na ja, Gunnar und ich …«

»Mama hat mit Gunnar gesprochen«, fällt sie ihm ins Wort. »Sie soll grüßen, und er bedankt sich für das fantastische Fest. Er liegt schon den ganzen Tag zu Hause auf dem Sofa mit einem Eisbeutel auf der Stirn und will nirgendwohin.«

»Au«, stöhnt der Vater, hebt die gesunde Hand und berührt das Veilchen, das um sein Auge herum erblüht. Sie kann sehen, dass die Hand zittert.

»Ich wollte doch nur, dass Mama sich keine Sorgen macht.« Seine Stimme ist heiser. »Aber da war so ein Idiot, der auf einer Unterredung bestand. Er hatte gehört, dass ich die Firma verkauft habe, und er meint, wir schuldeten ihm Geld. Viel Geld.«

Der Vater dreht sich um und mustert sie mit seinem gesunden Auge. »Aber das stimmt überhaupt nicht.«

»War das der, der auch gestern auf deinem Geburtstag aufgetaucht ist?«

»Nein. Doch.«

Er dreht sich wieder um und schaut weg. Seine Hand zittert ein wenig, als er sie auf die Decke legt. Wie ein alter Mann sieht er aus. Aber das ist er ja schließlich auch.

»War er es auch, der dich geschubst hat?«

»Mich geschubst? Hör doch auf, Katrine. Ich bin gefallen.«

»Erzählst du mir jetzt die Wahrheit?«, flüstert sie.

»Ja, was hast du dir denn vorgestellt?«

»Dich. Im Hotel Plaza? Du hast gesagt, du wolltest mit Gunnar segeln. Ich weiß nicht, was ich mir vorgestellt hatte. Aber ich weiß, wie das bei Mama aussieht.«

Katrine steht auf und will aus dem Zimmer gehen. »Du musst schlafen.«

»Hältst du mich auch für einen oberflächlichen alten Narren, Katrine?«, flüstert er, als sie sich zum Abschied über ihn beugt.

»Nein, Papa. Hör doch auf. Hast du das von dieser Journalistin? Du redest doch sonst nicht so.«

»Ich bin doch ein Fossil aus der Steinzeit.«

Er versucht, sich aufzusetzen. Aber die Kanüle in der Hand ist dabei ein Problem. »Von damals, als man noch nicht die ganze Zeit über alles reden musste.«

Er dreht sich mühsam zum Nachttisch um. »Gib mir einen Schluck Wasser.« Er nickt zu dem Glas auf dem Tisch hinüber. Das Wasser schwappt über, als sie es ihm reicht. »Au. Kannst du mir helfen?«, murmelt er, ohne sie anzusehen. »Meine Hände wollen heute einfach nicht so wie ich.«

Sie nimmt ihm das Glas aus der Hand und hält es ihm an den Mund. »Jetzt denk nicht an so was, Papa. Schlaf ein bisschen«, sagt Katrine und stellt das Glas auf den Tisch.

»Katrine. Du und Mama. Ihr seid das Beste, das in meinem Leben passiert ist. Ich hoffe, du weißt, dass alles, was ich tue, und alles, was ich getan habe, für euch war?«

Sie nickt. Was ist denn nur los mit ihm?

Sie reißt überstürzt die Tür auf. »Das weiß ich, Papa. Schlaf jetzt, damit du wieder du selbst wirst.«

Das Geräusch dringt in ihre Träume ein. Berge. Schnee. Etwas, das irgendwo klingelt. Katrine wacht auf. Mondlicht durch die Jalousien. Es klingelt wieder. Ihre Decke ist warm und feucht. Dann erkennt sie das Geräusch. Es ist das Telefon im Wohnzimmer, das in der Dunkelheit laut und schrill klingelt. Dieses Geräusch ist so ungewohnt, sie benutzt den Festnetzanschluss so gut wie nie. Nur ihre Eltern rufen manchmal dort an, aber auch die nehmen inzwischen vor allem die Mobilnummer. Dann fällt ihr alles wieder ein. Die Eltern. Der Vater.

Sie springt aus dem Bett, taumelt und stößt das Wasserglas auf dem Boden um. Findet das Telefon hinter dem Sofa und kann eben noch abnehmen, ehe sie hört, dass am anderen Ende der Leitung der Hörer wieder aufgelegt wird. Kaum hat sie sich aufgerichtet, da fängt es wieder an zu klingeln.

»Mama?«, flüstert sie, aber am anderen Ende wird nicht geantwortet.

»Wer ist da?«, fragt sie und will schon auflegen, als sie das Geräusch bemerkt. Ganz dicht vor dem Hörer am anderen Ende der Leitung atmet jemand. Sie erschaudert.

»Jon, bist du das?«, flüstert sie, aber noch immer kommt keine Antwort. Nur ein gleichmäßiges Atmen. Jemand, der zuhört.

Sie knallt den Hörer auf die Gabel. Gleich darauf klingelt es wieder. Sie reißt den Stecker aus der Wand. Jon kann das nicht sein. Er würde ihr niemals Angst einjagen wollen.

Oder ... was weiß sie denn über ihn? Sie hat ihm schon vor

Jahren durch ihre Mutter ausrichten lassen, dass er sie in Ruhe lassen soll. Er hatte sie nach dem Osteressen bei ihren Eltern angerufen. »Geht es dir gut, Trinchen? Bist du sicher?«

Katrine steht vom Boden auf, geht in die Küche und lässt Wasser in ein Glas laufen. Durch das Küchenfenster kann sie in den kleinen Hinterhof hinabblicken. Die Nachbarn haben schon die Stühle hinausgestellt.

Jon. Sie hatte ihn fast nicht erkannt, als sie bei ihren Eltern zu dem schön gedeckten Ostertisch ins Wohnzimmer gekommen war. Ihre Mutter war angespannt. Ihr Vater war stumm, er war sicher nicht versessen auf dieses Essen gewesen.

Der große schlanke Mann mit dem feinen Gesicht und den schönen grauen Augen war völlig verwandelt. Er war aufgedunsen, seine Augen waren schwer und standen vor, und sie klebten an ihrem starr lächelnden Gesicht, als ob sie weder an ihr Lächeln noch an die Worte glaubten, die aus ihrem Mund kamen.

Die ganze Zeit bei diesem Essen klebte ihm etwas im Mundwinkel. Er schaufelte die Mahlzeit mit mechanischen und steifen Bewegungen in sich hinein. Katrine selbst brachte keinen Bissen hinunter. Und sie hätte sich fast übergeben, als er anfing zu reden, über damals, als er sie dazu gebracht hatte, im See zu schwimmen, um Teichrosen zu pflücken. Er suchte ihren Blick. Er rauchte zwischen den Gängen. Verschlang die Zigaretten geradezu. Das Wohnzimmer war blau vor Rauch. Nicht einmal ihr Vater konnte damit Schritt halten. Sie hatte Jon starr angelächelt und sich dann abgewandt. Er war so dick und rund geworden. »Die Medikamente«, flüsterte ihre Mutter ihr in der Küche zu. »Aber seine Hände zittern immerhin nicht mehr.«

Der schöne Jon, bei dem alles so schiefgelaufen war. Der arme Jon. Der kranke Jon.

Sie hätte ihn anschreien sollen, dass sie keinerlei Gemeinsamkeiten mehr hätten. Vielleicht damals, vor vielen Jahren, als sie ein Kind gewesen war. Aber nicht jetzt. *Ich bin nicht wie du. Nicht mehr. Begreif das doch endlich, Mensch!*

Zum Glück hatte sie das nicht gesagt. Sie hatte Kopfschmerzen und zählte die Minuten, bis sie aufstehen und gehen könnte. Aus dem Zimmer fliehen. Weg.

Am Ende hatte sie es nicht mehr aushalten können und zu ihrer Mutter gesagt, sie müsse jemanden anrufen. Und in dem Augenblick, in dem sie die Tür hinter sich zugeworfen und sich eine Zigarette angezündet hatte, überkam sie eine gewaltige Erleichterung, doch zwei Sekunden darauf stellte sich das vertraute schlechte Gewissen wieder ein und fing an zu bohren. *Er ist doch ein armer Teufel. Er ist so einsam. Warum besuchst du ihn nie? Warum kannst du ihm nicht ein wenig entgegenkommen?*

Das ist jetzt zwei Jahre her. Sie hat ihn seither kein einziges Mal besucht.

Sie lässt noch mehr Wasser in das Glas laufen. Alle Lampen in den Häusern auf der anderen Seite des Hofes sind gelöscht. Es ist zwei Uhr nachts, sieht sie, als sie ins Schlafzimmer zurückkommt.

Sie hatten damals so viel zusammen gemacht. Es stimmte doch, was ihre Mutter gesagt hatte. Sie hatten zusammen in einem glücklichen Märchen gewohnt. Bis alles explodiert war und mit einem Krachen geendet hatte.

Sie bleibt liegen und schaut an die Decke hoch. Dann gibt sie die Sache auf, tritt die Decke weg, geht zum Badezimmerschränkchen und greift nach den Schlaftabletten.

Sille sieht Kinderfernsehen. Sie dreht sich erst um, als Katrine gegen einen blauen Ikea-Kasten voller Legosteine tritt.

»Hallo, Sille.«

Katrine legt ihren Rucksack ab, stellt den Weißwein auf den Kiefernholztisch und gibt Sille eine Tüte Matadormix. Sille macht sich sofort darüber her.

Belinda kommt mit zwei Gläsern in der Hand aus der Küche. »Du darfst dir drei nehmen.«

Das Kind wühlt bereits konzentriert in der Tüte herum. Sille schaut aus ihren großen blauen Augen zu ihrer Mutter auf, kann aber kein weiteres Bonbon ergattern, denn nun hat Belinda sich die Tüte geschnappt. »Drei Stück, hab ich gesagt! – Du bist doch nicht mit dem Auto gekommen?«

»Nein. Mit dem Rad.«

»Wie gut. Ich muss mir erst mal diese Woche aus dem Leib spülen.«

Sie füllt beide Gläser und reicht Katrine das eine. »Prost, Katrine, und entschuldige das von neulich. Aber diese Leute! Grauenhaft! Die machen sich überall breit, mit ihren Rollkragenpullovern und ihren Kalkulationstabellen.«

Ehe Katrine etwas sagen kann, hat Belinda schon in die Hände geklatscht.

»Komm, Schatz. Es ist schon spät. Viel zu spät für so ein kleines Mädchen.«

Sie kann hören, wie die beiden in der Küche mit Zähneputzen beschäftigt sind. Dann wird die Schlafzimmertür geschlossen.

Katrine nimmt einen Stapel Wäsche von einem Stuhl und setzt sich an den Tisch. Neben einem halbvollen Aschenbecher liegt eine offene Packung Blue King. Sie schnappt sich eine und gibt sich mit der Stearinkerze Feuer. Draußen regnet es jetzt. Hier ist nicht gerade viel Platz. Silles Spielzeug ist auf dem Boden verteilt. Im Zimmer nebenan steht neben einem alten Schreibtisch mit einem großen Computer ein Wäschetrockner. Die Tapete an der Wand hat sich gelöst. Keine Vorhänge vor den Fenstern.

Katrine ist Hjalmar nie begegnet, aber es kann nicht leicht sein, mit einem Typen zusammenzusein, der sich eingebildet hat, ein großer Rockstar zu sein, und der jetzt vor allem im Szeneviertel Pisserenden herumhängt und sich aufspielt, wenn er nicht gerade wegen kleiner hoffnungsloser Einbruchsversuche einsitzt.

Belinda sieht müde aus, als sie aus dem Schlafzimmer kommt. Ihre Haare sind zerzaust, und sie wischt sich die Augen.

»Sie will nicht schlafen. Ihr Papa fehlt ihr.«

Sie greift nach ihren Zigaretten und steckt sich eine an. Dann trinkt sie einen Schluck Wein.

»Warum setzt du diesen Idioten nicht endlich vor die Tür?«

Belinda lässt sich in den Sessel fallen.

»Weil er mein Liebster und der Vater meines Kindes ist, Katrine. Warte nur, bis du an die Reihe kommst. Denn eines schönen Tages ist es hoffentlich so weit. Dann macht es peng, und du bist verloren. Dann bist du nicht mehr die kleine umschwärmte Katrine. Dann bist du nicht mehr nur du selbst.«

Belinda leert ihr Glas und stellt es weg. Beugt sich vor und reibt sich die Augen. »Entschuldige. Noch mal. Ich bin nur neidisch, oder nein, das bin ich nicht. Ich habe nur Angst, meinen Job zu verlieren. Was ist mit diesem Fest am Freitag? Müssen wir da wirklich hin?«

»Natürlich müssen wir das.«

Katrine hält ihr das Glas hin, und Belinda schenkt wieder ein.

»Sie haben heute angerufen und gefragt, ob wir daran gedacht haben, einige von unseren Autoren einzuladen. Sie halten sicher Ausschau nach denen, die sie brauchen können, und danach machen sie den Laden dicht«, sagt Belinda.

»Aber wir haben doch niemanden eingeladen.«

»Nein, aber ich habe zwei angerufen. Thorkild will mal vorbeischauen. Aber er tut das nur unseretwegen – nicht Wahlströms zuliebe.«

Belinda trinkt wieder, dann lässt sie sich im Sessel zurücksinken. »Aber sollten wir nicht über etwas anderes reden? Ist dein Vater aus dem Krankenhaus entlassen worden?«

Es ist halb drei Uhr nachts und sie haben zwei Flaschen Wein getrunken. Das Letzte, was sie abgemacht haben, war, im Sommer mit der Kleinen für eine Woche nach Kreta zu fahren. Katrine zieht Belindas Haustür kräftig hinter sich zu. Die Tür ist immer defekt. Kreta! Na ja, es steht ja nicht fest, dass daraus etwas wird. Sie macht sich am Fahrradschloss zu schaffen, aber als sie losfahren will, merkt sie, dass beide Reifen platt sind. Drecksgören. Sie schaut sich in der dunklen und menschenleeren Hjort Lorenzensgade um. Sie muss weiter hinten auf dem Boulevard ein Taxi erwischen. Sie geht zum Ende der Straße und will gerade die Rasenfläche überqueren, die den Radweg vom Boulevard trennt, als sie es hört. Dicht hinter ihr. Etwas Warmes. Einen Atemzug. Ein Schatten. Sie kann sich nicht mehr umdrehen, denn schon trifft sie ein harter Schlag im Nacken. Licht flackert auf. Das Gras kommt ihr entgegen. Eine Stimme ruft, als sie fällt. Dann ist sie nicht mehr da.

»Alles in Ordnung?«

Katrine öffnet die Augen. Wo ist sie? Ein heller Mantel.

Eine Frau beugt sich über sie und schaut auf sie herab. Katrine wendet sich ab, erbricht sich und verspürt im Nacken einen brennenden Schmerz. Weit hinten auf dem Radweg zur Rantzausgade kann sie im gelben Schein einer Straßenlaterne ein Moped und zwei herüberstarrende Gestalten in dunklen Daunenjacken ahnen. Dann sieht sie zu der Frau hoch. Die hält Katrines Rucksack in der Hand.

»Sicher, dass alles in Ordnung ist?«

Die Frau hockt sich neben sie.

Katrine nickt und versucht, sich aufzusetzen.

»Nein, um Himmels willen. Sie dürfen doch nicht so schnell aufstehen. Soll ich nicht lieber einen Krankenwagen rufen?«

Die Frau legt Katrine den Arm um die Schultern und drückt sie vorsichtig wieder nach unten.

»Nein, danke. Was ist denn passiert?«

»Ich glaube, Sie sind niedergeschlagen worden. Ich war gerade auf dem Weg zu meinem Auto dahinten.«

Sie nickt in Richtung Hjort Lorenzensgade.

»Ich hab Sie schreien gehört.«

Sie reicht Katrine den Rucksack. »Hier, den haben diese Typen weggeworfen, als sie abgehauen sind. Aber ich fürchte, die haben Ihre Brieftasche mitgenommen. Der Rucksack war offen.«

Katrine fasst sich an den Kopf.

»Vorsicht«, sagt die Frau. »Lassen Sie mich mal eben nachsehen.«

Sie hebt Katrines Haare hoch. »Nein, das blutet nicht. Aber Sie werden eine ordentliche Beule kriegen. Unmöglich, diese Rowdys. Wollen Sie die Polizei anrufen?«

Katrine schüttelt den Kopf. »Nein. Ich will bloß nach Hause. Ich hatte nur fünfhundert Kronen und meinen Führerschein in der Brieftasche. Meine Bankkarte liegt zu Hause.«

Die Frau besteht darauf, sie heimzufahren. Als sie im Auto sitzen, dreht sie sich zu Katrine um. Draußen wird es jetzt hell. »Ich heiße übrigens Helle«, sagt sie und reicht Katrine die Hand.

Katrine schüttelt den Kopf. »Entschuldigung. Ich hab zu viel getrunken, und dann dieser Riesenschock.« Sie streckt ebenfalls die Hand aus. »Katrine.«

»Wo geht es denn hin?«, fragt die Frau und biegt auf den Jagtvej ab.

Katrine nennt ihre Adresse.

Sie arbeite als Immobilienmaklerin am Gammel Kongevej, erzählt die Frau, während sie in Richtung Innenstadt fahren. Bei *Frederiksberg Immobilien*. Sie habe eben erst angefangen. Sie ist jünger, als Katrine zunächst angenommen hatte. Um die vierzig. Sieht gut aus. Wirft die ganze Zeit ihre langen dunklen Haare zurück, während sie redet und dabei den Verkehr im Auge behält. Sicher lässt der helle Burberrymantel, der übrigens Schlammspritzer abbekommen hat, wie Katrine jetzt sieht, sie älter wirken. Sie muss unbedingt anbieten, die Rechnung für die Reinigung zu übernehmen.

Die Frau steigt aus und öffnet ihr die Tür, als sie in der Nansensgade angekommen sind.

»Danke«, sagt Katrine und umarmt sie. »Ich weiß überhaupt nicht, wie ich dir danken soll.«

Die Frau lächelt, öffnet ihre Tasche und zieht etwas heraus. Eine Visitenkarte. »Du hast dich doch bedankt. Aber hier. Wenn du mal im Gammel Kongevej zu tun hast, dann schau doch vorbei und erzähl mir, wie es dir geht.«

Katrine nimmt die Karte. Erst als das Auto weiter durch die Nansensgade fährt, fällt ihr das mit dem Mantel wieder ein. Sie steckt die Karte in die Jackentasche. Sie muss bald mal mit einem Blumenstrauß im Gammel Kongevej vorbeigehen.

»Da ist jetzt nur noch eine kleine Beule.«

Belinda lässt Katrines Haare fallen und mustert sie im Spiegel. »Wieso habt ihr in deiner Familie im Moment so viel Pech? Das passt doch gar nicht zu euch Goldvögeln.«

Katrine beugt sich vor und spuckt Zahnpasta ins Waschbecken. »Ich weiß nicht. Schlechtes Karma vielleicht.«

»Wird aber auch mal Zeit«, murmelt Belinda und lächelt. »Komm jetzt. Wir müssen schnell was trinken, ehe wir uns in den Raubtierkäfig begeben.«

Wahlströms Sommerfest ist schon in vollem Gange, als sie dort auftauchen. Mehrere Hundert Gäste sind eingetroffen. Sie müssen sich durch die Menge drängen und finden Thorkild hinten bei der Bar. Er trägt seine Maurerjacke und hat ein Bier in der Hand, und er scheint sich überhaupt nicht wohl in seiner Haut zu fühlen. »Jetzt hab ich Flagge gezeigt, da kann ich doch auch wieder gehen, verdammt noch mal«, ruft er durch den Lärm, als sie ihn erreicht haben.

»Nein, warte doch noch einen Moment, einen müssen wir zusammen trinken, ehe du dich verdrückst.«

Katrine winkt dem Kellner. Als sie ihre Gläser in der Hand halten, stoßen sie mit Thorkild auf sein Buch an, und Belinda verschwindet auf der Toilette, während Thorkild sich in einen langen Vortrag über sozialen Wohnungsbau stürzt, von dem Katrine nicht einmal die Hälfte hören kann. Er nickt dennoch kurz, als der Kellner ihm ein neues Bier hinstellt und das leere Glas mitnimmt.

»Oben gibt's Disco«, ruft Belinda, als sie zurückkommt. Ihre Augen leuchten. »Noch ein Glas, dann gehen wir auch tanzen.«

Als sie den nächsten Gin Tonic halb geleert hat, merkt Katrine, dass es schon zu viel war.

»Ich muss mal kurz raus.«

Sie nickt in Richtung Toilette.

Die Schlange ist endlos lang, und als sie sich endlich zu ihrem Platz an der Bar zurückgezwängt hat, sieht sie Thorkild zur Tür hinausschlüpfen. Belinda ist verschwunden. Sie ist bestimmt nach oben gegangen. Katrine dreht sich um, schaut sich einen Moment lang um und stellt fest, dass sie hier kein einziges bekanntes Gesicht entdecken kann. Doch. Genau eines: Thomas'. Er blickt zu ihr herüber. Umgeben von einem Kreis aus Sakkoträgern und einer einzigen Frau, in der Katrine Laura erkennt. Einer der Männer erzählt ihm gerade etwas, aber die ganze Zeit sieht Thomas Katrine an. Er hebt sein Glas und lächelt. Sie kann das Lächeln noch schnell erwidern, dann dreht sie sich ganz schnell um. Warum macht sie das? Warum ist sie so verwirrt?

Der Kellner nimmt ihr leeres Glas vom Tresen. »Noch eins?«

»Lieber ein Glas Weißwein und etwas Wasser, bitte.«

Jetzt steht Thomas neben ihr. Als sie den Kopf wendet, sieht sie direkt in seine forschenden grauen Augen.

Sie lächelt. Er erwidert das Lächeln nicht.

»Du hast hier etwas«, flüstert er und wischt etwas von ihrer Wange.

Er steht so dicht vor ihn. Sie kann die Musik von oben hören. Seine Stimme ist dunkel. Dort, wo er sie berührt hat, kitzelt es. Er sieht sie immer weiter an. Sie greift nach ihrem Glas, als der Kellner zurückkehrt. Warum zittert ihre Hand? Thomas soll gehen. Er steht geduldig da und wartet darauf, dass sie sich beruhigt. Lächelt. Genießt er diese Situation?

»Wo hast du denn deine temperamentvolle Freundin gelassen?«

Sie räuspert sich. Was ist nur los mit ihr?

»Ich glaube, sie ist zum Tanzen nach oben gegangen.«

»Wer war der Typ, mit dem du vorhin gesprochen hast? Der komische Kauz in Clogs und Maurerkittel?«

Sie zwingt sich dazu, ihn für einen Moment anzuschauen.

»Thorkild. Der mit dem sozialen Wohnungsbau.«

Diese Augen. Er ist so ruhig.

»Ach ja, der kommunistische Milliardär. Ich hab mich nach ihm erkundigt. Dem gehört doch halb Kopenhagen. Tüchtiger Bursche. Möchtest du etwas trinken?«

Sie schüttelt den Kopf und zeigt auf ihre beiden Gläser. Ihr Mund ist wie ausgedörrt. Sie kann nichts sagen.

»Stimmt was nicht? Sollen wir mal an die Luft gehen?«

Er berührt ihre Schulter. Seine Hand ist groß und warm. Sie gleitet am dünnen Stoff des Kleides nach unten.

»Nein, es geht schon wieder.«

Sie ist so unruhig. Kommt das noch von dem Überfall? Plötzlich hat sie Angst vor ihm.

»Ich muss Belinda suchen.«

Sie bewegt sich, zu schnell und ungeschickt.

Er packt sie, hält sie fest. Sehr fest.

»Moment mal, Schwester.«

Sein Gesicht ist ganz dicht vor ihrem. »Ganz ruhig jetzt«, flüstert er und sieht sie an. »Du läufst mir doch wohl nicht weg? Ohne dich zu verabschieden?«

»Nein.« Lügt sie.

Dann lässt er sie los.

Zuerst weiß sie nicht, wo sie ist. Eine Taube sitzt da und starrt sie durch ein Dachfenster aus ihren schwarzen Knopfaugen an. Hinter der Taube die Sonne, die ins Zimmer scheint und sie unbarmherzig blendet. Sie liegt in einem Doppelbett. Dann weiß sie es wieder.

Zuerst Fragmente. An der Bar, mit Belinda. Irgendwo hinter ihr Thomas und Laura, ins Gespräch vertieft. Sie kann die beiden nicht aus den Augen lassen. Ihr Magen krampft sich zusammen, wenn sie hinüberschaut. Laura, leicht vorgebeugt, einen Arm auf die Rücklehne des Sofas gelegt. Ihre Hand ruht in Thomas' Nacken. Katrine merkt, dass sie schon ziemlich angetrunken ist. Einmal dreht sie sich widerwillig um und erwidert seinen Blick. Er lächelt sie an und macht eine Bewegung. Ein Zeichen, das sie nicht deuten kann. Dann ist der Blick verschwunden. Rasch dreht sie sich wieder um und blickt in Belindas schmale grüne Augen.

»Lass bloß die Finger von dem Kerl«, sagt sie. »Mit dem würdest du nur Ärger kriegen, Katrine.«

Sie öffnet den Mund und will etwas sagen, aber Belinda schüttelt den Kopf. »Hör doch auf. Ich seh es dir an. Ich bin ja nicht blind, also vergiss es einfach«, sagt sie dann und winkt dem Kellner.

Auf der Toilette spritzt Katrine sich Wasser ins Gesicht und beschließt, nach Hause zu gehen. Sie gibt Belinda in der Bar ein Abschiedsküsschen und schaut ganz bewusst nicht zu dem Tisch hinüber, als sie die Tür öffnet und in die kühle Frühlingsnacht hinausgeht. Sie bleibt ein wenig auf der Straße stehen und versucht, zur Besinnung zu kommen. Die roten Sandalen scheuern, sie hat das Gefühl, auf Stelzen zu gehen, als sie die ersten Schritte macht.

Als sie nach rechts in die Købmagergade abbiegen will, spürt sie einen harten Griff um ihren Arm. Als es passiert, weiß sie sehr gut, dass sie darauf gewartet hat.

»Katrine!«

Er bleibt stehen und ringt nach Atem. »Ich hab dir doch gesagt, du darfst nicht einfach so gehen, oder?«

Er hält noch immer ihren Arm fest, tritt nun aber einen Schritt zurück, sein Atem beruhigt sich. Späte Gäste aus den Lokalen der Stadt laufen vorüber. Einer stößt von hinten gegen sie und schiebt sie auf Thomas zu. Der wischt sich mit einer Handfläche den Mund ab und scheint etwas sagen zu wollen. Dann überlegt er sich die Sache offenbar anders. Stattdessen kratzt er sich rasch an der Schläfe.

»Ja«, sagt er dann und tritt auf sie zu, ganz dicht, und legt plötzlich die Hände um ihr Gesicht. »Du bist so wunderschön …«

Sie spürt seine Lippen, sie spürt seinen Mund wie ein Kitzeln im Hals. Das breitet sich überall in ihrem Körper aus.

»Du bist, Katrine …«

Er riecht nach Bier und einem starken, würzigen und fremden Duft. Sie kann seinen Atem hören und spürt durch sein Hemd, wie sein Herz klopft. Seine Hand fasst ihre Haare, er zieht sie an sich, dann küsst er sie. Sie lässt es geschehen.

»So, ja«, flüstert er, während er die Augen schließt und sie durch ihr Kleid hindurch berührt.

Sie lässt ihn widerstandslos gewähren. Sie stehen mitten auf der Købmagergade und küssen einander. Er hat die Hand unter ihr Kleid geschoben. Berührt sie überall. Sie lässt es geschehen.

Thomas' Wohnung ist groß und kahl. Es ist dunkel, aber das weiße Mondlicht fällt durch die schrägen Dachfenster. Katrine sieht, wie er ein Fenster öffnet und durch den großen Raum zur offenen Küche geht. Seine Schuhe lärmen auf dem nackten Holzboden. Er bleibt einen Augenblick stehen, dann fährt er sich rasch durch die dunklen Haare, öffnet einen Schrank, nimmt ein Glas heraus und füllt es mit Wasser.

Er kommt zurück, reicht ihr das Glas und sieht ihr ungeduldig beim Trinken zu. Als sie es geleert hat, nimmt er es ihr aus der Hand und stellt es auf die Fensterbank. Dann steht er wieder vor ihr, sie kann ahnen, wie er den Mund bewegt, sie kann das Licht der grauen Augen sehen, die sie noch immer mustern, und sie hört seinen raschen Atem.

»Ist das hier okay für dich?«, flüstert er. »Ist es das?«, fragt er noch einmal.

Er lächelt, als sie nickt. »Komm«, flüstert er und zieht sie durch das kahle Wohnzimmer und weiter ins Schlafzimmer.

Es ist warm. Sie kann seine Silhouette in der Dunkelheit sehen, als sie auf dem Bett liegt. Er sitzt auf der Kante. Sie hat ihr Kleid ausgezogen. Er berührt ihren Knöchel, lässt die Hand am Bein hochgleiten und auf der Innenseite ihres Oberschenkels ruhen. Er berührt den Rand ihres Slips. Sie sieht ihn an. Er ist noch immer angezogen. Sie schließt die Augen, spürt, dass er sich über sie beugt, öffnet die Augen wieder und begegnet seinem Blick, der jetzt ganz dicht vor ihr ist. Er senkt sein Gesicht, lässt die Hand über ihren nackten Bauch gleiten und küsst ihre Brust. Sie spürt, wie sein Hemd über ihre Haut kratzt. Er beißt in ihre Brustwarze, so hart, dieses Gefühl hat sie noch nie verspürt. Dann küsst er sie wieder.

Er zieht sich ein wenig zurück und streift mit raschen Bewegungen Hemd und Hose ab. Gleich ist er wieder da, kann sie noch denken, dann spürt sie ihn schon wieder.

»Ich werde vorsichtig sein«, flüstert er dicht an ihrem Mund, aber in seiner Stimme liegt noch immer etwas Ungeduldiges, und er dringt so heftig in sie ein, als hätte er schon lange darauf gewartet. Während er sie küsst, bewegt er sich in ihr, atmet immer schneller und kommt schließlich in ihr, mit einem gewaltigen, tiefen Stoß.

Jetzt kann sie seine Stimme draußen in der Küche hören. Er telefoniert. Sie schaut die Taube an, die sie vom Dach her mit einem seltsamen Blick anstarrt. Die Taube flattert und fliegt weg, als Thomas die Schlafzimmertür öffnet. Er lächelt auf sie herab, als er sieht, dass sie wach ist. Er ist nackt.

»Diese Sonne!«

Er geht hinüber und zieht einen Vorhang vor das Fenster, der sofort die Sonnenstrahlen aussperrt und im Zimmer nur ein weiches Orange von der Sonne hinterlässt. Sie schließt die Augen und kann hören, dass er sich auf die Bettkante setzt. Jetzt spürt sie seine Hand, die durch ihre Haare streicht. Sie öffnet die Augen. Er sieht so ernst aus. Er hebt die Decke an, legt sich neben sie und schmiegt sein Gesicht an ihres. Hier ist es so still. Das Bett ist warm. Es duftet nach Seife und nach ihm. Sie kann hören, dass die Taube zurückgekehrt ist und jetzt auf dem Dach herumscharrt. Sie schließt die Augen und legt ihm den Arm um den Hals. Bald darauf spürt sie, wie er sich über sie legt und wieder in sie eindringt.

Belinda bleibt mit Sille in der Karre auf dem Gammel Kongevej stehen, während Katrine Blumen kauft. Sie nickt anerkennend zu den Rosen hinüber, als Katrine in den Sonnenschein draußen zurückkehrt. »Die sind aber schön.«

Dann mustert sie Katrine eingehend. »Kommst du frisch aus seinem Bett? Warst du seit dem Fest überhaupt schon wieder zu Hause?«

Katrine schüttelt den Kopf. »Nein, aber können wir nicht über irgendwas anderes reden?«

Als sie das Büro von *Frederiksberg Immobilien* an der Ecke Bülowsvej erreichen, ist die Tür abgeschlossen. Sie wollen gerade gehen, als Katrine jemanden aus dem Hinterzimmer laufen sieht. Als die Gestalt näher kommt, erkennt Katrine die Frau von neulich. Helle. Helle winkt mit einem Schlüsselbund und lächelt, als sie die Tür öffnet.

»Was für ein Glück«, sagt sie und holt Atem. »Ich wollte nur schnell etwas holen. Wir haben doch Besichtigungen. Und ich bin allein hier. Kommt rein.«

Katrine reicht ihr die Rosen. »Wir wollten nur einen Augenblick bleiben. Ich wollte mich doch bedanken, weil du mich neulich an dem Abend gerettet hast.«

»Ach, was heißt schon gerettet.«

Helle schaut den großen Rosenstrauß an. Sie trägt eine graue Hose und ein violettes Seidenhemd. Ihre langen glatten, kastanienbraunen Haare sind frisch gewaschen. »Du brauchst dich doch nicht zu bedanken, aber was sind sie schön!«

Sie duftet ein wenig nach Parfüm, als sie sich vorbeugt und Katrine auf die Wange küsst. Dann nimmt sie Katrines Hand und drückt sie. »Und dir geht es gut, Katrine? Ich habe so oft an dich gedacht. Das war ja wirklich kein schönes Erlebnis für dich, nicht?«

»Ihr geht es so gut wie der Made im Speck«, sagt Belinda, die jetzt mit der Karre vor der Infotafel steht und sich Wohnungsangebote ansieht.

»Vielleicht solltest du mit deinem Millionärs-Thomas hier euer neues gemeinsames Heim kaufen, Katrine. Die kosten ja nur vier, fünf Millionen und aufwärts.«

Katrine befreit sich von Helles Hand.

»Hör doch auf, Belinda.«

Dann lächelt sie Helle an. »Ja, ich wollte mich nur kurz bedanken. Und wir müssen weiter. Wir haben eine Verabredung.«

»Aber wollt ihr nicht wenigstens eine Tasse Kaffee trinken oder so was? Ihr seid doch gerade erst zur Tür reingekommen.«

»Nein, danke. Komm schon, Belinda.«

Ganz ehrlich. Im Moment reicht es ihr mit der Geselligkeit. Sie hat nachts bei Thomas insgesamt vier Stunden geschlafen. In weniger als einer Stunde wird sie mit ihrer Mutter draußen bei Jon sitzen und zappeln wie ein Fisch auf dem Trockenen. Sie hat diesen Besuch nicht noch länger aufschieben können.

»Ich ruf bestimmt an, wenn ich irgendwann mal eine Wohnung brauche. Ich hab ja deine Karte«, sagt sie dennoch.

Helle schließt hinter ihnen ab. Als sie über den Gammel Kongevej gehen, dreht Katrine sich kurz um. Sie sieht, dass Helle hinter der Fensterscheibe steht und ihnen nachschaut. Plötzlich hat Katrine ein schlechtes Gewissen. War sie unhöflich? War es unfreundlich, einfach so zu gehen? Andererseits. Helle hat ihr an jenem Abend geholfen, aber ansonsten haben sie keine weiteren Gemeinsamkeiten. Sie wollte sich doch nur bedanken.

»Craven A. Davon verkaufen wir wirklich nicht viele.«

Der Mann im Laden dreht sich um und nimmt drei Packungen aus dem Karton im Regal, lässt sie auf den Tresen fallen und lächelt. Er hat rote Haare und Sommersprossen. »Wir führen die nur, weil ein Kunde hier aus der Gegend die raucht.«

»Das ist sicher der, den ich besuchen will«, sagt Katrine und wühlt in der Tasche nach ihrem Portemonnaie.

»Jon?« Der Kaufmann mustert sie aus hellblauen Augen.

»Das ist mein Onkel.«

»Warum kommt er nie mehr her? Jetzt kaufen meistens diese reizende Dame oder eine der jungen Pflegerinnen seine Zigaretten. Früher war er oft hier und hat mit dem Alten geredet.«

Der Verkäufer nickt zu einigen knallbunten Fotos hinüber, die neben dem Tresen hängen. Ein sommersprossiger älterer Mann mit rötlichem Teint lächelt sie mit einem riesigen Fisch in den Armen an. Er steht in einem Boot. Hinter ihm spiegelt sich die Sonne in sehr blauem Wasser, das zu den Augen des Mannes passt. Das muss der »Alte« sein. Der Apfel fällt nicht weit vom Stamm.

»Ja, das ist mein Vater. Der verrückte alte Kerl. Jetzt ist er zum Angeln in Neuseeland. Hat nichts anderes im Kopf.«

Der Kaufmann scannt die Zigaretten ein. »Und Sie wollen also Jon besuchen. Mein Vater hat gesagt, er kommt aus einer feinen Familie. Die waren ja beide total angelverrückt, deshalb haben sie sich viel darüber unterhalten. Aber so viel hat Jon ja nicht fischen können. Und jetzt war er schon lange nicht mehr hier.«

Der Kaufmann reicht ihr die Zigaretten. »Könnten Sie ihm nicht sagen, dass er mal wieder reinschauen soll?«

»Doch. Aber ich glaube, es geht ihm nicht so gut.«

Katrine zückt ihre Bankkarte, aber der Kaufmann scheint es nicht eilig zu haben.

»Ich würde verdammt noch mal auch verrückt werden, wenn ich den ganzen Tag lang in einer Zweizimmerwohnung sitzen und in die Luft glotzen müsste«, sagt er. »Das ist doch kein Leben.«

»Ja. Das ist traurig.«

Katrine blickt fragend auf das Display der Kasse. »Wie viel macht das?«

Vor der Eingangstür bleibt sie stehen und wartet auf ihre Mutter. Die Straße ist lang und schmal. Bis auf eine Einkaufstüte, die im Wind bei den Mülltonnen vor dem Laden raschelt, ist es hier wie ausgestorben. Ein süßlicher Geruch nach Weichspüler steigt aus einem offenen Kellerfenster hoch. Jetzt kann sie sehen, wie der kleine weiße Volvo ihrer Mutter um die Ecke biegt. Sie parkt vorsichtig vor dem Laden ein. Die Mutter fährt noch immer wie eine, die gerade erst den Führerschein gemacht hat.

»Warum bist du nicht schon reingegangen?«, ruft sie, während sie den Wagen abschließt.

»Ich wollte auf dich warten«, lügt Katrine.

»Sag ihm aber nichts über die Sache mit Papa. Dann macht er sich nur Sorgen«, sagt die Mutter, als sie Katrine erreicht hat und sich an einem Schlüsselbund zu schaffen macht. »Und auch nichts über das Fest.«

»Wie geht es ihm denn? Papa, meine ich.«

Die Mutter öffnet die Haustür. »Papa? Dem geht es ausgezeichnet. Er hat den Schock überstanden. Gestern konnte er auch schon wieder ein Glas Wein trinken. Und leider hat er auch die Zigaretten wieder herausgekramt«, sagt sie und hält Katrine die Tür auf.

»Ich habe eine Überraschung für dich«, ruft die Mutter ins Wohnzimmer, als sie die Wohnungstür aufgeschlossen hat. Katrine folgt ihr in die Dunkelheit, durch eine kleine Diele, wo es nach Toilet te riecht. Im Licht, unter dem Fenster, sieht sie ihn dann. Sein Gesicht liegt im Schatten. Eine schwere Gestalt in einem Sessel. Unbeweglich. Blauer Zigarettenrauch steigt von ihm auf.

»Warum willst du immer im Dunkeln sitzen?«

Die Mutter macht Licht, ihre Stimme klingt vorwurfsvoll, und jetzt verschwindet sie in der kleinen Küche hinter dem Wohnzimmer.

»Hier.«

Katrine hält dem Mann im Sessel die Zigaretten entgegen; als er sie nicht nimmt, wirft sie die Schachteln auf den Tisch und setzt sich auf das Bett, das neben seinem Sessel steht. Erst jetzt hebt er den Kopf und sieht sie an. »Du bist doch gekommen.«

Er will noch mehr sagen, aber stattdessen reibt er mit einer Hand über sein braunes Hosenbein. Die Hose ist voller Ascheflecken. »Du musst entschuldigen. Es ist so ein Tag …«

»Warum hast du nicht gesagt, dass dir Kaffee und Milch ausgegangen sind?«

Die Mutter ist aus der Küche zurückgekehrt. Sie passt überhaupt nicht in diese kleine dunkle und verräucherte Wohnung. Greift zu Mantel und Tasche. »Ich geh schnell runter zum Kaufmann und besorge alles.«

Katrine will schon sagen, dass sie mitkommt, aber das würde doch seltsam wirken. Bald kann sie die Schritte der Mutter auf der Treppe hören.

»Darf ich ein Fenster aufmachen?«

Jon gibt keine Antwort. Sie reißt das Fenster auf, bleibt stehen und zieht die kühle Luft tief in ihre Lunge. Sie sieht sich um. An den Wänden hängen keine Bilder. Es ist so dunkel und still hier. Sie kann hören, wie er tief Atem holt.

»Warum gehst du nie mehr aus dem Haus?«

Sie dreht sich um und sieht den Mann im Sessel an.

Der zusammengesunkene Körper. Darinnen wohnt der stattliche Mann mit dem schmalen Gesicht, den blonden Haaren und den grauen Augen. Er, der mit aufgekrempelten Hosenbeinen in der Dämmerung unterwegs war, um Krebsreusen einzusammeln. Er, dem nur noch das letzte Examen gefehlt hat. Er, den sie heimlich geliebt hat.

Der große Mann im Sessel gibt keine Antwort.

»Du könntest doch einfach mal einen kleinen Spaziergang machen. Zum Kaufmann. Ich soll grüßen, die haben dich schon vermisst.«

Sie versucht, aufmunternd zu wirken, aber sie kann hören, dass ihre Stimme zu schrill klingt. »Du könntest ...«

»Was könnte ich?«, fällt er ihr ins Wort. »Ich kann es kaum aushalten, hier im Sessel zu sitzen. Du weißt nicht, wie das ist. Das sollst du auch nicht wissen.«

Er schaut zu ihr hoch. »Lauf nicht die ganze Zeit hin und her. Setz dich doch mal.«

Sie zwingt sich, zurückzugehen und sich wieder aufs Bett zu setzen. Nah genug, um ihn zu riechen. Ein süßlicher Geruch nach altem Tabaksrauch, vermischt mit etwas Fauligem. Damals war er noch immer eitel. Hätte niemals braune Opahosen aus Gabardine getragen. Hätte niemals ein T-Shirt voller Kaffeeflecken angezogen.

»Musst du diese ganzen Medikamente nehmen? Davon geht es dir doch auch nicht besser, oder?«

Sie kann es nicht lassen. Es kommt aus ihr heraus wie wütendes Gekläff. Aber jetzt ist sie zusammen mit dem Mann aus dem Märchen, und sie redet auf das Wrack im Sessel ein.

Zuerst sagt er nichts. Sitzt nur da und macht sich an der Zigarettenpackung zu schaffen.

»Es sind die Gedanken. Die Stimmen. Die laufen mit mir davon. Und dagegen sollen die Medikamente mir doch helfen.«

Er sieht sie nicht an, als er das sagt. Sein Rücken ist so krumm geworden. Sein Gesicht ist zwischen seine Schultern gesunken. Jetzt zieht er eine Zigarette aus der Packung. Hält sie mit Fingern, die gelb vor Nikotin sind, fasst die Zigarette, während er sich Feuer gibt und hart daran zieht.

»Es sind doch nur Gedanken, Jon. Gedanken sind doch nicht gefährlich, oder? Die machen doch höchstens eine Menge Krach im Kopf.«

Er schaut sie kurz an, während er den Rauch ausstößt. »Gedanken? Gefährlich. Was weißt du denn davon?«, murmelt er vor sich hin, dann greift er plötzlich nach ihrer Hand und legt sie in seine raue Handfläche. »Du bist verliebt?«

Das kommt so plötzlich. Die blauen Augen mustern sie müde. »Ja. Das kann ich sehen.«

Sie zieht die Hand weg. »Wieso sagst du das?«

Warum liegt noch immer dieses nervöse Bellen in ihrer Stimme?

Er sieht sie an. »Es ist etwas an deinem Gesicht. Etwas Helles. Du wirkst glücklich. Als ich dich zuletzt bei deinen Eltern gesehen habe, warst du so allein. Ich habe mir Sorgen gemacht …«

»Ach, hör doch auf.«

Sie rutscht auf dem Bett weiter weg. Wendet sich ab. Der Blick. Sie spürt ihn jetzt an ihrer Wange. Er riecht nicht gut. Er angelt nach ihrem Vertrauen. Das bekommt er nicht. Nicht noch einmal.

»Hör mit den Pillen auf, Jon. Du sitzt doch hier wie ein lebender Toter.«

Sie kann die Verachtung in ihrer Stimme hören. Das wirkt. Jetzt schaut er weg. Jetzt begreift er. Sie sind nicht auf Augenhöhe. Sie schämt sich, aber sie kann es nicht lassen. Jetzt hört sie die Mutter an der Tür. Eine leichte weiße Wolke aus Leben in diesem Totenreich. Wann können sie weg von hier?

Sie liegt unkonzentriert da und versucht, einem englischen Krimi zu folgen. Die Mutter hat sie an der Ecke Gyldenløvesgade abgesetzt. Sie hatte gefragt, worüber Katrine und Jon gesprochen haben, als sie unten beim Kaufmann war. Sie fand, Jon habe traurig gewirkt, als sie zurückkam. Traurig? Worüber genau denn traurig?, hatte Katrine gedacht.

Dann hatte sie gelogen und behauptet, nur von ihrer Arbeit erzählt zu haben.

Sie sieht wieder das Display ihres Telefons an und legt es zurück auf die Kommode. Seit sie nach Hause gekommen ist, liegt sie auf dem Bett, ohne Ruhe zu finden. Sie hat zwischen belanglosen Fernsehsendungen herumgezappt. Ist aufgestanden und ein wenig durch die Wohnung gewandert. Hat sich wieder hingelegt. Plötzlich ging ihr auf, was Belinda gemeint hatte. *Gefangen.* So fühlt sie sich jetzt, als sie auf dem Bett liegt und keine Ruhe finden kann. Sie sehnt sich. So hat sie das noch nie erlebt.

Jetzt sieht sie, wie das Handy auf der Kommode aufleuchtet und kurz piepst. Er muss es ja nicht sein, mahnt sie sich und greift dennoch viel zu gierig nach dem Telefon.

Vermisse dich. Darf ich kommen?

Er ist es. Ihre Hand zittert, als sie ihm antwortet.

Zwanzig Minuten später steht er vor ihr in der Diele. Wirklich und unwirklich zugleich, während er rasch Luft holt und auf sie herunterschaut.

»Du musst entschuldigen«, murmelt er. »In meiner Wohnung riecht alles nach dir.«

Sein Mantel ist kalt und voller frischer Luft. Sie fröstelt, als sie den Kopf gegen seine Schulter presst.

»Katrine«, flüstert er, während sie mit unruhigen Händen sein Hemd aufknöpft und auf den Boden fallen lässt. Sein Mund schmeckt nach Salz. Er küsst sie, während seine Hand auf dem Weg unter ihren Pullover ist.

»Komm«, flüstert er und nickt zu ihrem Schlafzimmer hinüber.

Natürlich hatte er ein Leben vor ihr. Andrea. Als sie danach im Bett liegen, erzählt er von ihr. Sie liegt auf dem Bauch und sein Kopf ruht auf ihrem nackten Rücken. Andrea. Katrine schließt die Augen. Sie war jetzt zweimal mit ihm im Bett, man kann sie wirklich nicht als Paar bezeichnen. Trotzdem lodert in ihr die Eifersucht.

»Hat sie dich verlassen?«, flüstert sie.

Es dauert zu lange, bis er antwortet.

»Nein. Am Ende bin ich gegangen. Ich war verrückt nach ihr, aber ich habe sie auch sehr unglücklich gemacht. Und man will doch die, die man liebt, nicht unglücklich machen, oder?«

Er streicht ihre Haare zurück und lässt seine Hand um ihren Nacken gleiten. »Andrea war auch auf Sorø. Wir waren befreundet, ehe wir ein Paar wurden. Jetzt sind wir einfach wieder Freunde, wenn du verstehst.«

Sie dreht sich um und sieht ihn an. Die dunkle Haut. Die markanten Wangenknochen. Die schräg sitzenden grauen Augen. Sein Mund steht halb offen, während er sie konzentriert mustert. Forschend. Wer ist er? Was will er von ihr? Irgendwo tief in ihr ruft plötzlich eine warnende Stimme. Ein Vogel, der aufflattert. Schwarze Flügel. Dann streckt Thomas die Hand aus und zieht sie fest an sich.

Alles ist verzaubert.

Sie ist nicht zu Thomas gezogen, aber sie sind immer bei ihm. Vor zwei Wochen hat er ihr einen Wohnungsschlüssel gegeben. In der Regel ist sie vor ihm zu Hause. Er hat seine Umzugskartons noch immer nicht ausgepackt, und die Wohnung ist fast kahl, aber Katrine findet es trotzdem wunderbar, mit Einkaufstüten voller Wein und Lebensmitteln diesen großen Raum zu betreten. Sie stellt zu gern die Tüten in der offenen Küche ab und geht dann ins Schlafzimmer, beugt sich über das Bett, bohrt die Nase in die Decken, riecht ihn und weiß, dass sie bald wieder zusammen in diesem Bett liegen werden.

Sie war noch nie so glücklich, das denkt sie, während sie auf bloßen Zehen durch die Küche schwebt und auspackt. Sie stellt den Weißwein kalt, stellt die Blumen in die Vase, während der Lärm der Straße und des Sommers durch die offenen Fenster strömt. Sie macht das Essen immer erst fertig, wenn er zu Hause ist. Wenn sie seine Schritte auf der Treppe hört, wird sie für einen Moment von einem warmen, erwartungsvollen Zittern im Körper erfüllt, das ganz leise explodiert, wenn er das Wohnzimmer betritt und seine Jacke auf einen Umzugskarton wirft. Dann geht sie ihm entgegen, und ohne etwas zu sagen, vergräbt er sein Gesicht an ihrer Schulter. Dann hebt er sie hoch, trägt sie ins Schlafzimmer und lässt sie aufs Bett fallen. Erst danach wird gekocht. Sie treffen sich nie mit anderen.

Sie hat Belinda von Thomas erzählt. Sie weißt, dass er nicht nach Belindas Geschmack ist, aber Belinda hat nur den Kopf geschüttelt und gemurmelt: »Gleich und gleich gesellt sich eben gern.«

Zum Glück hat sie dabei gelächelt.

Seither hat Belinda sie in Ruhe gelassen.

Es fällt ihnen schwer, sich morgens zu trennen, Thomas und sie, und sie haben es eilig, wieder nach Hause zu kommen. Sie gerät in Panik, wenn sie auf dem Heimweg noch etwas erledigen muss, das nichts mit ihr und Thomas zu tun hat. Ihr Leben hat eine absurde und glückliche Routine gefunden. Sie wachen auf und lieben sich. Kommen immer zu spät aus dem Bett. Nippen an ihrem Kaffee und gehen ins Badezimmer. Laufen los, um rechtzeitig zur Arbeit kommen. Sehnen sich. Sehnen sich. Sehnen sich. Schnell den Einkauf machen und nach Hause. Dann lieben sie sich wieder. Essen. Trinken. Lieben sich noch einmal. Schlafen. Es ist zu schön, um wahr zu sein, denkt Katrine, wenn sie zur Taube im Fenster und dem schummrigen Morgenlicht hochschaut, während er schläft und sie dabei im Arm hält. Viel zu schön.

Es ist früher Abend, und sie kommt nach Hause. Sie kennen sich jetzt seit knapp zwei Monaten. Es ist etwas später als sonst, denn Belinda hat sie überredet, nein, gezwungen, in einem Café unten am Gammel Strand einen Kaffee zu trinken. Es war auch nett, aber sie hatte die ganze Zeit das rastlose Gefühl, am falschen Ort zu sein und unbedingt nach Hause zu müssen. Es fiel ihnen schwer, das Gespräch in Gang zu halten.

Als sie bezahlt hatten und Belinda auf ihr Rad gestiegen und losgefahren war, rannte Katrine los. Nach Hause, nach Hause, nach Hause.

Jetzt ist sie zu Hause, und die Wohnung liegt still im letzten zarten abendlichen Sonnenlicht. Er ist noch nicht da. Es ist warm, und sie reißt die Fenster auf, während sie durch die

Wohnung geht. Die Einkaufstüten lässt sie auf den Küchentisch fallen, Wein und Fisch bringt sie im Kühlschrank unter. Tasche und Jacke legt sie auf das Bett im Schlafzimmer, wo das Fenster noch immer von dem weißen Laken verhangen ist und wo es stickig nach ihm riecht, nach ihnen, nach Sex. Sie legt sich auf das Bett und zieht seine Decke an ihr Gesicht. Riecht ihn. Bald wird er hier sein, bald wird er hier neben ihr liegen. Sie schließt die Augen. Es ist wie ein Traum, es ist kaum zu glauben. Sie vergräbt ihr Gesicht tief in der Decke und dreht sich um.

Als sie aufwacht, weiß sie für einen Moment nicht, wo sie ist. Sie setzt sich verwirrt auf und schaut sich um. Im Schlafzimmer ist es jetzt dunkel. Sie blickt auf die Uhr. Es ist Viertel vor neun, sie hat anderthalb Stunden geschlafen. Wo ist er? Sie fischt das Telefon aus ihrer Tasche, aber er hat keine Nachricht hinterlassen. In der Küche füllt sie ein Glas mit Wasser und trinkt durstig. Was hatten sie verabredet? Eigentlich gar nichts. Das tun sie doch nie, es ist wie eine stumme Abmachung, dass sie beide nach Hause stürzen, sowie sie mit der Arbeit fertig sind. Soll sie ihn anrufen und fragen, wo er steckt? Andererseits hätte er ja auch selbst Bescheid sagen können, dass er später kommt. Wäre es nicht übertrieben, wenn sie anruft?

Als sie das Gemüse gewaschen, Wasser für die Pasta aufgesetzt und das erste Glas Weißwein getrunken hat, macht sie sich nun doch Sorgen. Inzwischen ist es Viertel nach neun. Sie steht da und starrt das leere Display ihres Telefons an. *Wo bleibst du denn nur?*, schreibt sie, löscht diese Nachricht aber ganz schnell wieder. Es klingt so vorwurfsvoll. *Willst du mit mir essen?*, schreibt sie stattdessen. Total vernünftig und todlangweilig, wie ein altes Ehepaar. Sie löscht auch diese Nachricht.

Sie dreht die Herdplatte aus, als das Wasser kocht, und schenkt sich Wein nach. Er kann mit Freunden ausgegangen sein. Er kann noch arbeiten. Er schuldet ihr doch keine Erklärung. Aber dennoch. Hätte er sie denn dann nicht angerufen? Sie trinkt einen Schluck Wein, dann stellt sie das Glas auf den Küchentisch. Kann ihm etwas passiert sein? *Alles okay? Vermisse dich,* schreibt sie und drückt auf Senden, ehe sie sich die Sache anders überlegen kann. Egal, was sie schreibt, es wird pathetisch klingen. So ist es eben.

Nach einer Stunde hat sie über die Hälfte der Weinflasche geleert, das Nudelwasser ist kalt geworden, und sie hat noch immer nichts von ihm gehört. Jetzt macht sie sich wirklich Sorgen. Auf ihre SMS hätte er doch antworten müssen. Die hätte er doch nicht einfach ignoriert, oder vielleicht doch? Wie gut kennt sie ihn eigentlich? Hat er sie satt? Sie greift wieder zu ihrem Handy, starrt das Display an und wartet nur darauf, dass es piept. Aber das Telefon schweigt. Sie ruft wieder seine Nummer auf und merkt, wie nass ihre Handflächen sind. Warum meldet er sich nicht? Warum ruft er nicht an? Wer ist er eigentlich? Warum behandelt er sie so, er muss doch wissen, dass sie hier in der Wohnung ist und auf ihn wartet. Sie holt ihre Zigaretten aus der Tasche und raucht am offenen Fenster. Sie hat jetzt überhaupt keinen Hunger mehr, aber sie will mehr Wein trinken. Sie könnte den Rest der Flasche in einem Zug leeren. Bewusstlos umkippen und ihre Unruhe wegschlafen. Sie füllt das Glas zur Hälfte und trinkt.

Auf der Fensterbank neben dem Telefon liegt Thomas' kleines schwarzes Notizbuch, aus dem einige Papiere herausschauen.

Es ist so niederträchtig, in den Sachen anderer zu schnüffeln, denkt sie, während sie in dem Buch blättert und eifrig jede Seite durchsieht. Sie berührt die Buchstaben. Seine Schrift. Du bist schon zu weit gegangen, denkt sie, als sie die mitten im Buch liegenden A4-Bögen auseinanderfaltet. Die kommen von seiner Bank. Hinten im Buch liegt eine Postkarte, die einen kleinen, von Bäumen umstandenen Platz zeigt. Der Text ist fast unleserlich. Aber das Unterste kann sie lesen: *Sehn mich auch*, steht da. Gefolgt von einem Herzen und einem A. A für Andrea? Sie sieht die Adresse an. Die Karte wurde hierhergeschickt, und vom Datum her kann sie sich ausrechnen, dass sie vor nur einer Woche angekommen ist. *Sehn mich auch.* Er hat diese Karte bekommen, während sie zusammen waren. Ihr Mund wird trocken, eilig legt sie die Karte zurück und klappt das Buch zu. Wie konnte sie das tun? In seinen Sachen wühlen. Eine Frau hat ihm geschrieben, dass sie sich auch nach ihm sehnt. Sie spürt, wie die Eifersucht in ihr aufwogt. Und was soll sie mit diesem Wissen jetzt anfangen? Sie schaut zum Spargel hinüber, der auf dem Schneidebrett bereitliegt. Zu der fast leeren Weinflasche. Den Blumen in der Vase. Wer ist er? Thomas? Was macht er aus ihr?

Bloß weg. Er darf sie nicht so sehen. Sie springt auf. Spürt den Wein, den ausgedörrten Mund. Sie stellt die Flasche in den Kühlschrank und spült das Glas. Gießt das Wasser aus dem Kochtopf und wirft den Spargel in den Mülleimer. Weg. Schaut auf die Uhr. Es ist fast zehn.

Als sie mit dem Mantel in der Hand aus dem Schlafzimmer kommt, hört sie den Schlüssel in der Tür, und gleich darauf stehen sie sich gegenüber, jeweils an einem Ende des großen Wohnzimmers.

»Hallo«, sagt er. Zögert einen Moment, nimmt den Schlüssel aus dem Schloss und zieht die Tür hinter sich zu. Dann sieht er den Mantel in ihrer Hand.

»Willst du gehen?«

Er wirft eine Tüte auf den Umzugskarton neben der Tür und kommt auf sie zu. Sie wagt nicht, seinen Blick zu erwidern, als er ihr mit einer Hand durch die Haare fährt. Sie hat Angst vor ihm.

»Katrine. Stimmt irgendwas nicht? Du zitterst ja am ganzen Leib.«

Er hebt ihr Gesicht mit der Hand und schaut ihr in die Augen. Sie kann hören, wie er atmet. Diese Augen. »Und du hast eine Fahne. Hast du getrunken?«

Er lacht, aber er hört damit auf, als er sieht, dass sie nicht mitlacht. »Was ist passiert?«

Er legt die Arme um sie.

»Nichts. Ich hab mir nur solche Sorgen gemacht«, murmelt sie in sein Hemd hinein und kommt sich blöd vor.

»Sorgen?«

Er schiebt sie von sich weg und hält sie an den Schultern fest, während er sie ansieht. »Weshalb denn bloß?«

»Weil ich nicht wusste, wo du warst.«

»Wo ich war? Aber ich hatte doch einen Termin mit ein paar Schweden, und die wollten natürlich noch nach Nyhavn, was trinken gehen.«

Er zuckt mit den Schultern. »Du weißt doch, wie die Schweden sind.«

Jetzt lächelt er.

Hättest du nicht anrufen können? Hast du meine SMS nicht bekommen? Hast du überhaupt nicht daran gedacht? Das alles wirbelt ihr jetzt durch den Kopf.

»Das ist schon seltsam. Ich bin es nicht gewohnt, dass es so ist«, sagt sie stattdessen. »Ich bin nicht gewohnt, so verrückt nach einem anderen Menschen zu sein.«

Er drückt sie an sich und wiegt sie eine Zeit lang in seinen Armen. Mitten im Zimmer. Sie hält noch immer den Mantel in der Hand.

»Das ist schon seltsam«, murmelt er dicht an ihrem Ohr. Sein Hals ist warm. Sie möchte, dass er mehr sagt, aber das tut er nicht. Die Postkarte im Notizbuch hinter ihnen beim Telefon.

Sehn mich auch. Ihre Mitteilung in seinem Telefon. *Eines Tages bist du gefangen, dann macht es peng, dann bist du nicht mehr du selbst. Dann bist du eine andere.* Belindas Worte.

»Komm«, murmelt er und nimmt ihr den Mantel aus der Hand.

»Ich hab gar nicht gewusst, dass du so bist.«

Thomas dreht sich im Bett um. Die Bettdecke raschelt. Er streicht ihr die Haare aus dem Gesicht.

»Aber jetzt hast du entdeckt, dass ich eine dumme kleine, verwirrte Tussi bin, wie alle anderen. Sag es ruhig.«

Er sagt nichts. Streichelt nur immer weiter ihre Haare.

»Nein, normalerweise bist du nicht wie andere Frauen, die ich gekannt habe. Du machst nicht alles so schwer. Bei dir komme ich mir nicht vor wie ein großer Idiot.«

Er lächelt auf sie herunter. »Ich hätte einfach kurz anrufen müssen, was? Entschuldige. Ich bin noch so daran gewöhnt, nur an mich selbst denken zu müssen.«

»An dich selbst?«

»Ich bin in jungem Alter aus dem Nest geschubst worden. Als mein Vater gestorben ist.«

»Und?«

»Und meine Mutter hat wieder geheiratet und ist mit ihrem neuen Mann nach Südfrankreich gegangen.«

»Und was wurde aus dir? Da kannst du doch noch nicht so alt gewesen sein. War das wirklich so?«

»Ja, sicher.« Er zuckt mit den Schultern. »Ich war so um die zwölf. Ich kam ins Internat. Zuerst in eins in der Nähe von Uppsala. Das ging nicht so gut. Da waren einige richtig gemeine Kinder. Dann hat sie mich in Sorø untergebracht. Und das ging dann sehr gut«, fügt er hinzu. »Da bin ich geblieben.«

»Aber hast du nicht mit ihr gesprochen? Hast du deine Mutter in all den Jahren gar nicht gesehen?«

»Ich habe sie in den Ferien besucht. Jetzt spreche ich nicht mehr so oft mit ihr. Wenn ich Zeit habe, sie anzurufen, dann hat sie sich meistens gerade ihren dritten Gin Tonic genehmigt.«

Er zieht sie an sich. Streichelt ihre Haare. »Darüber wollen wir jetzt nicht reden. Dazu bin ich zu müde. Wir hatten doch über dich gesprochen. Du erzählst nie was über dich selbst. Sag mal was. Erzähl ein Märchen aus deiner Kindheit. Über diesen Onkel, der dir in eurem See das Krebsefangen beigebracht hat.«

»Jon? Darüber kann ich jetzt einfach nicht reden.«

Sie schmiegt sich dichter an ihn. »Es ist eine so lange und traurige Geschichte.«

»Das kann ein Märchen doch auch sein«, murmelt er. Aber sie hört, dass er müde ist. Er ist schon fast eingeschlafen. Sein Arm liegt auf ihrem Bauch. Das Laken ist halb vom Fenster gerutscht, ein leichter Nieselregen lässt das schwarze Glas der Fenster funkeln. Bald darauf hört sie seine ruhigen Atemzüge. Sie spürt sein Herz schlagen. Der Regen prasselt gegen das Fenster. Sie nickt ein. Dreht sich im Bett um. Die Gedanken wandern still und leise in den Schlaf. Ihre Augen sind schwer. Dann steht er vor ihr. Mitten im Zimmer. Er will ihr etwas sagen. Er versucht es, aber sie kann es nicht hören. »Jon.«

Sie wird davon geweckt, dass sie laut seinen Namen sagt. Thomas dreht sich hinter ihr im Bett um. Die Decke raschelt. Dann schläft er weiter. Sie setzt sich auf. *Wenn du es nicht aussprichst, dann verfolgt es dich in deine Träume.* Sie reibt sich die Augen. Was ist das hier? Die Nemesis.

Sie hat Durst, und vom Wein hat sie Kopfschmerzen. Ihr ist schlecht. Das Glas auf dem Boden ist leer.

Vorsichtig steht sie auf und geht ins Wohnzimmer. Öffnet das Fenster zur Straße. Die Geräusche der Stadt kommen zu ihr nach oben. Sie lässt Wasser ins Glas laufen. Leert es auf einen

Zug. Füllt es wieder. *Erzähl ein Märchen aus deiner Kindheit.* Ja, danke.

Warum ist Mama so traurig?, hatte sie eines Tages Jon gefragt, als sie unten am See saßen. Es regnete. Sie saßen unter der Trauerbirke, wie in einer Höhle. Jon angelte. Geruch von Modder und feuchtem Gras. Platsch, machte es, wenn er die Schnur auswarf und der Blinker auf das Wasser auftraf. Draußen auf dem See peitschte der Regen den Wasserspiegel. Auf dem Hügel hinter ihnen thronte das Haus.

»Traurig? Wie meinst du das?«, fragte Jon.

»Sie läuft nachts im Wohnzimmer hin und her. Wenn Papa weggefahren ist. Sie weint.«

Und er drehte sich um und sah sie an. »Sie weint? So was darfst du nicht für dich behalten, Katrine. Das musst du aussprechen. Sonst bleibt es bei dir. Verfolgt dich in deine Träume. Wird zu einem Albtraum. Abstürzende Flugzeuge. Brennende Häuser.«

Sie hatte jedes Wort verschlungen. Vergessen, dass der, von dem diese Worte kamen, schon längst nicht mehr wie andere Menschen redete. Schön blöd von ihr.

Abends hatte sie es angesprochen. Der Vater war dabei. Beim Essen war er still und kurz angebunden. Sie hatte Angst vor ihm, wenn er so war. Jetzt war er die ganze Zeit so. Die Fingerknöchel der Mutter wurden weiß, wenn sie nach dem Glas griff.

Der Vater drehte sich zu ihr um. »Was ist los mit dir, Kind? Hast du die Sprache verloren?«

Sie zwang sich, aufzuschauen. Die anderen musterten sie im grellen Lampenschein. Sie wurde geblendet von dem Licht, das auf den weißen Tisch auftraf. Die Augen der Mutter waren geschwollen. Das war früher nie so gewesen. Jetzt war es die ganze Zeit so. *Warum bist du so traurig, Mama? Warum läufst du nachts im Wohnzimmer hin und her und weinst?* Sie traute sich doch nicht, das in dem hellen, schönen Zimmer zu sagen. Aber was, wenn sie es nicht tat? Sie drehte sich um und sah ihren Vater an.

»Onkel Jon sagt, wenn man etwas nicht erzählt, kann einen das in die Träume verfolgen.«

Der Vater starrte sie an, schaute kurz zur Mutter hinüber und wandte sich dann wieder ihr zu. »Ach, das sagt dein Onkel also? Interessant. Was sagt er denn sonst noch so, der kluge Bruder deiner Mutter?«

Eine Woche verging. Dann wohnte Jon nicht mehr bei ihnen.

Katrine schließt das Fenster. Dann geht sie ins Schlafzimmer und kriecht unter die Decke. Thomas liegt mit dem Rücken zu ihr und schläft. Jetzt dreht er sich im Schlaf um und greift nach ihr.

Es ist Mittwochvormittag. Katrine sitzt mit dem Telefon in der einen Hand im Büro und blättert in ihrem Terminkalender, um Zeit für einen Zahnarzttermin zu finden, als ihr aufgeht, dass etwas nicht stimmt. Es ist das kleine, eilig hingekritzelte »R« mit dem Kreis, das sie darauf aufmerksam macht. Diese Gewohnheit, das »R« anzukreuzen, hat sie seit vielen Jahren, und daraus hat sie gelernt, dass ihre Regel immer überaus pünktlich kommt. Jetzt ist Mittwoch, der 15. Sie ist fünf Tage überfällig. Sie kann das nicht verstehen. Schließlich haben sie aufgepasst. Oder vielleicht doch nicht? Es ist vorgekommen – und sogar oft –, dass sie mitten in der Nacht aufgewacht sind und sich geliebt haben, ohne richtig wach zu werden. Oder die Male, wenn sie auf dem Wohnzimmersofa übereinander hergefallen sind, in der Küche, im Badezimmer …

Am Samstagvormittag ist noch immer nichts passiert. Sie hat Thomas nichts gesagt. Sie frühstücken in einem Café. Sie hat den Gedanken verdrängt, aber dennoch streckt Thomas ihr über den Tisch die Hand hin und fragt, ob etwas nicht stimmt.

Er muss am Sonntagmorgen nach Stockholm. Sie schüttelt den Kopf. »Nein, alles in Ordnung.«

Danach gehen sie ins Magasin du Nord. Thomas will eine neue Reisetasche kaufen. Sie bummeln Hand in Hand durch Strøget, die belebte Fußgängerzone. Als sie an der Ampel vor dem Nobelkaufhaus stehen, hat Katrine plötzlich ein seltsames Gefühl. Jemand sieht sie an. Sie fühlt sich überwacht. Ihr Herz beginnt zu rasen. Sie muss weg. Aber jetzt sieht Thomas sie an, zieht sie fest an sich und küsst sie. Und das Gefühl ist verschwunden.

Die Reisetasche ist teuer, aber Thomas scheint das egal zu sein. Er bezahlt mit seiner Visakarte und lässt sich die Tasche in eine große gelbe Tüte packen. Danach kaufen sie noch in der Feinkostabteilung ein. Filetsteak, Spargel, Kartoffeln. Rotwein und Champagner. Für einen kurzen Moment dreht sich Katrine der Magen um, als er das Paket mit dem roten Rinderfilet bei der Kasse auf das Laufband legt. Sie versucht, das zu verdrängen. Es kann doch so viele Gründe haben. Es kommt immer wieder vor, dass für einen Moment alles vor ihren Augen flimmert. Sie lebt in einem Traum. Einem wilden Traum. Vielleicht ist das der Grund?

Als sie durch die Stadt nach Hause schlendern, haben sich die Wolken des Morgens verzogen, der Himmel über den Dächern ist jetzt blau. Beim Storchenbrunnen sitzen Menschen und genießen die Sonne. Als sie den Gråbrødretorv überqueren, will Thomas plötzlich Mittag essen. Er bestellt Bier und Schnaps zu seinem Hering. Sie reden nicht viel, während sie auf das Essen warten. Er hält auf dem Tisch ihre Hand und lächelt die Touristen an, die mit dem dänischen Smørrebrød kämpfen. Katrine mustert sein Profil. Sie liebt die Art, wie seine Lippen sich wölben. Sie liebt das Forschende und ein wenig Verlegene, das immer seinen Blick prägt. Das Dunkle, Fremde. Auch jetzt, während er ihre Hand hält. Es gibt etwas in ihm, das sie nicht kennt.

Sie sitzt auf der Toilette und liest die Gebrauchsanweisung für den Schwangerschaftstest. Die Kirchenglocken in der Vor-Frue-Kirche läuten, ansonsten herrscht sonntägliche Stille.

Blödsinn, war es ihr durch den Kopf gegangen, aber trotzdem hatte sie am Freitag im Supermarkt ganz schnell den Test aus dem Regal neben der Kasse genommen.

Jetzt öffnet sie die Packung, zieht den Test heraus und pinkelt. Legt den Test auf den Rand des Waschbeckens und wartet.

Thomas ist früh aufgestanden, sein Flug nach Stockholm ging um acht Uhr dreißig. Sie wurde kaum richtig wach, als er sich über sie beugte und sie zum Abschied küsste. Er roch nach Seife und Rasierwasser.

»Ich ruf heute Abend an«, flüsterte er und ließ ihre Hand los.

Thomas und sie. Sie kennen einander seit etwas mehr als drei Monaten. Außer Belinda weiß wohl kaum jemand, dass sie zusammen sind. Sie weiß eigentlich nichts über ihn. Außer, dass sein Vater an einer Gehirnblutung gestorben ist, als Thomas noch klein war, und dass seine Mutter in Südfrankreich wohnt und offenbar zu viele Gin Tonics trinkt. Aber sie hat keine Ahnung vom Rest seiner Familie, seinen Freunden oder seiner Vergangenheit. Sie weiß, dass es irgendwo eine Andrea gibt, die er verlassen hat, und die er lieber nicht erwähnt, die ihm aber noch immer Postkarten schreibt und sich *auch sehnt*. Sie weiß, dass es ihm ungeheuer wichtig ist, alles unter Kontrolle zu haben, und dass er im Beruf ehrgeizig ist. Sie weiß, dass er verrückt nach Sex ist.

Sie hebt den Test vom Waschbeckenrand hoch und sieht ihn an.

Er ist positiv.

»Du bist eigentlich die erste Frau in meinem Leben, die nicht auf Wohnküche und Kinderwagen aus war, sowie wir länger als fünf Minuten zusammen waren.«

Thomas legt seine Jacke auf den Küchentisch. Er kehrt ihr den Rücken zu.

Sie hat es ihm gerade gesagt.

Jetzt sitzt sie da und hält das Parfüm in der Hand, das er ihr am Stockholmer Flughafen gekauft hat. Ein Dior-Parfüm in einer goldenen Flasche. Der Duft ist süß, blumig und ein bisschen vulgär. Ihre Marke ist das nicht.

Er dreht sich um und sieht sie an. »Und du bist ganz sicher?«

Als sie nickt, geht er zum Fenster und öffnet es. Der Lärm der Straße dringt in das stille Wohnzimmer ein. »Na gut. Es ist ja auch nicht so, dass wir besonders gut aufgepasst hätten. Ich bin wohl davon ausgegangen, dass du irgendeine Verhütung benutzt«, sagt er.

Sie dreht die Parfümflasche in der Hand. »Es ist nicht so, dass ich dich reinlegen wollte. Es war nur einfach alles so überwältigend.«

Er dreht sich sehr schnell um. Bleibt am Fenster stehen und schaut auf sie herunter. »Ich bin wirklich verrückt nach dir, Katrine. Aber wir kennen uns ja kaum. Oder wie siehst du das?«

In diesem Augenblick spürt sie es. Dass sie ein Kind möchte, und dass sie es mit ihm zusammen haben möchte. Und sie weiß, dass sie es will, weil sie solche Angst davor hat, was jetzt kommt.

Dass er sagen wird: Bin noch nicht so weit. Hab keine Lust. Will nicht.

Sie räuspert sich. »Nein. Wir kennen uns nicht besonders gut. Aber du bist verrückt nach mir, und ich bin verrückt nach dir, und es ist doch nicht das erste Mal in der Weltgeschichte, dass zwei Menschen auf dieser Grundlage ein Kind bekommen, oder?«

Sie zwingt sich, aufzublicken und seinem Blick standzuhalten.

»Du möchtest es also behalten. Willst du das damit sagen?«

Sie nickt. »Ich bin fast sechsunddreißig, Thomas. Ich bin mit dem einzigen Mann zusammen, in den ich jemals wirklich … verliebt gewesen bin. Wenn nicht jetzt und mit ihm, wann denn dann?«

Jetzt hat sie es gesagt. Sie gibt sich alle Mühe, ihn nicht anzusehen. Sie hat alles gesagt, was er bestimmt nicht hören wollte. Das Gefährliche. Dass sie mehr will als das hier.

Sie kann seine Schritte im Zimmer hören. Einen Schrank, der geöffnet wird. Er nimmt die Whiskeyflasche und füllt ein Glas. »Ich hatte dich einfach anders eingeschätzt. Ich hätte nicht gedacht, dass du so etwas im Sinn hast.«

»Das hatte ich auch nicht. Aber alles verändert sich. Menschen ändern sich. Ich auch. Aber wenn du kein Kind willst, bekomme ich es nicht.«

Thomas leert sein Glas in einem Zug. Zieht eine Grimasse, schüttelt das Glas und schaut hinein.

»Kinder. Davon habe ich eigentlich nie so richtig geträumt«, murmelt er. »Andrea wollte Kinder, das war einer der Gründe, warum das mit uns in die Brüche ging.«

»Du wolltest nicht?«

»Nein. Nicht mit ihr.«

Er zuckt mit den Schultern. »Andrea ist eine fantastische Frau, aber sie hatte auch ein fantastisches Talent dafür, alles für sich und ihre Umgebung ungeheuer kompliziert zu machen.«

»Du brauchst kein Kind zu bekommen, wenn du nicht willst.«

Er kommt zu ihr und geht vor ihr in die Hocke. »Nein, das brauche ich nicht. Aber wenn ich nun eben ein Kind mit einer Frau haben soll, dann glaube ich nicht, dass ich eine finden könnte, mit der ich lieber eins wollte als mit dir. Du bist schön und klug, und du bist nicht so ein Labyrinth, in dem ich mich verirre. Denn wenn wir zusammen ein Kind bekommen, dann darf das Leben nicht kompliziert werden. Ich habe eben erst eine neue Stelle angetreten, ich habe wahnsinnig viel zu tun. Auf dir wird also der Hauptteil der Belastung liegen. Ist dir das klar?«

»Das ist mir klar.«

Sie hätte nicht geglaubt, dass sie sich so freuen würde.

»Und ich will noch immer Sex. Viel Sex«, murmelt er und umarmt sie, als sie sich vorbeugt.

»Na, was glaubst du denn?«

An ihrem Hals kitzelt es.

»Und du versprichst, keins von diesen frustrierten Frauenzimmern zu werden, die nur noch über Kinder reden?«

»Was glaubst du denn ...«

Sie schiebt die Hand unter sein Hemd.

»Ich werde es mir überlegen, aber ich werde euren Laden wohl so oder so dichtmachen müssen. So gesehen passt es ja vielleicht ganz gut.«

»Ja. Dann werde ich erst mal Hausfrau und Mutter.«

»Nein. Nie im Leben. Versprich mir, dass du genauso bleibst, wie du jetzt bist«, flüstert er.

»Das ist aber ein Zufall.«

Helle legt Katrine eine Hand auf die Schulter. Dann stellt sie die beiden Kaffeetassen auf ihren Schreibtisch.

»Was ist so komisch?«

Thomas dreht sich um und sieht sie von der Informationstafel mit den Wohnungsangeboten her an.

»Ich wollte gerade meinen Wagen waschen. Und dann habe ich das hier gefunden.«

Helle legt ein Paar helle Lederhandschuhe auf den Tisch.

»Die lagen unter dem Beifahrersitz. Ich dachte, die müssten von dir sein. Dass sie dir neulich nachts aus der Tasche gefallen sind.«

Sie sieht Katrine an. »Dann habe ich mir deine Nummer rausgesucht und dich angerufen. Und da stellt es sich heraus, dass ihr eine Wohnung sucht.«

»Das ist lieb von dir«, sagt Katrine und nimmt die Handschuhe. »Ich hatte sie noch gar nicht vermisst. Und ich hätte angerufen, aber ich war noch nicht so weit, und dann bist du mir zuvorgekommen.«

»Das macht doch alles nichts.«

Helle dreht sich zu Thomas um. »Siehst du irgendwas, was dir zusagt? Ansonsten ist gerade etwas reingekommen. Eine Scheidungswohnung in der Frederiksberg Allé. Sonnenseite. Ein echtes Liebhaberstück.«

Sie zieht eine Schublade auf. »Ich habe noch keine Objektbeschreibung. Aber ich habe Bilder. Und an dem Preis ist nichts auszusetzen.«

Sie setzt sich in ihren Sessel hinter dem Schreibtisch und schaut Katrine an. »Da hat deine Freundin ja doch recht gehabt, was? Sollen wir gleich mal eine Besichtigung machen?«

Helle öffnet mühsam die Tür zu der Wohnung in der Frederiksberg Allé.

»Ja. Das Treppenhaus ist ja typisch für die Häuser in dieser Straße. Breit und elegant. Und der Stuck an der Decke macht sich doch gut, oder?«

Sie deutet nach oben und sieht dann Katrine an.

»Ja. Das ist schön hier. Und hell«, sagt Katrine, als sie die Diele betreten und dann in die beiden Wohnzimmer weitergehen. »Schöne Fenster.«

Sie tritt an eins der großen Bogenfenster, die auf die Frederiksberg Allé hinausgehen. Es regnet. Die Bäume werden vom Wind gerüttelt und sehen aus wie wütende Trolle. Vor dem Café gegenüber sind die Tische unter einem kleinen Vordach aufgestapelt worden.

»Das ist schön hier«, flüstert sie, als sie spürt, wie Thomas von hinten den Arm um sie legt.

»Und jetzt sehen wir uns mal kurz den Rest an.«

Er nimmt ihre Hand und folgt der Immobilienmaklerin durch einen langen Flur.

»Drei Zimmer, neben den drei Wohnräumen mit Durchgangstüren, die zur Allee hin liegen«, sagt Helle und zeigt auf die einzelnen Räume. Und eine riesige Küche am Ende des Flures. Die solltet ihr euch eigentlich zuerst ansehen.«

Als sie die Küche erreicht haben, dreht Helle sich um und sieht die beiden an. »Toll, was?«

Sie lehnt sich an den Küchentisch. Es ist eine große Küche mit weiß gestrichenen Schränken und Holzboden. »Maßarbeit. Und alles Massivholz. Alles. Das ist schöner als dieses ganze

Furnier, das heute verwendet wird. Überall. Ich hab diesen Anblick so satt. Geht es dir nicht so?«

Sie schaut Katrine an.

»Doch. Das ist schön«, sagt Katrine.

Sie kennt sich mit Küchen nicht aus. Aber sie kann schon sehen, dass es eine schöne Küche ist, und anstandshalber öffnet sie eine Schublade.

»Kochst du gern? Dann muss das hier doch so ungefähr eine Traumküche sein.«

Katrine zuckt mit den Schultern. »Ich bin keine besonders gute Köchin.«

Sie tritt hinter den großen Tisch aus Eichenholz, der mitten im Raum steht, und schaut hinunter in den Hof. Der ist absolut nicht so prachtvoll. Von den Mauern ist die Farbe abgeblättert, und sie leuchten nicht mehr so ockergelb wie auf der zur Allee hin gelegenen Seite. Es ist eigentlich ein ziemlich trostloser Hof. Mitten darin steht eine große alte Eiche. Die scheint zu schlafen. Es gibt auch Wäschepfähle, aber an einigen Stellen ist die Wäscheleine heruntergefallen und schlägt jetzt im Wind hin und her.

»Der Hof ist ja nicht gerade eine Augenweide«, murmelt Katrine.

Helle tritt neben sie und schaut nach unten. »Nein. Das ist typisch Frederiksberg. Die Fassade soll schön aussehen, aber auf der Rückseite gibt man sich dann keine große Mühe mehr. Bei allem, was andere nicht sehen können, nicht wahr?«

Sie lächelt Katrine an. »Aber die Wohnung ist schon schön«, fügt sie hinzu, als Katrine nichts erwidert.

»Wie weit kann man den Preis wohl drücken?«

Das ist Thomas, der jetzt zu ihnen getreten ist. Helle holt sich ihren Ordner.

»Der Markt ist ja noch immer ziemlich träge. Und ich habe so das Gefühl, dass sie die Wohnung so schnell wie möglich loswerden wollen. Sie haben sich total zerstritten, das kann euer Glück sein. Ein paar Hunderttausend Kronen kann man noch runterhandeln, nehme ich mal an. Vielleicht auch mehr. Ich werde sehen, was ich tun kann, wo ihr es doch seid.«

Sie klappt den Ordner zu und lächelt die beiden an. »Aber wollt ihr denn den Rest nicht sehen?«

Thomas streckt Katrine die Hand hin. In seinem Blick liegt etwas Neckendes. »Doch. Du musst dir das Schlafzimmer ansehen, Schatz.«

»Ja. Komm, das musst du sehen, Katrine.« Helle legt den Ordner auf den Küchentisch.

»Nein, ist schon gut«, sagt Thomas. »Bleib du nur hier. Wir können uns doch selbst mal umsehen. Komm, Schatz. Jetzt musst du dir einfach das Schlafzimmer anschauen.«

»Wow!«

Katrine betritt das große Eckzimmer, das offenbar als Schlafzimmer gedient hat, denn noch immer steht mitten im Raum ein großes Bett. Die früheren Bewohner hatten offenbar keine Lust, es in ihr neues Leben mitzunehmen. Das Zimmer ist groß und hell. Noch immer hängen dünne helle Vorhänge vor den Fenstern. In der Ecke steht ein weißer Kachelofen. Der reicht bis an die Decke.

»Das ist doch fantastisch hier«, sagt Katrine und dreht sich um. Thomas steht noch immer in der Tür. Sieht sie an. Dann zieht er die Tür hinter sich zu und kommt herüber.

»Glaubst du, wir können hier glücklich werden?«, flüstert er und fängt an, Katrine den Mantel auszuziehen.

Dann begreift sie plötzlich. »Thomas, du bist verrückt. Sie sitzt doch draußen in der Küche und wartet auf uns.«

Sie kann sich ein Kichern aber nicht verkneifen.

»Na und?«, flüstert er.

»Aber sie kann uns hören. Und sie kann sich sicher denken …«

Er legt ihr die Hand auf den Mund. »Sie wird schon warten«, flüstert er und beißt ihr in die Wange. »Sie will die Wohnung doch verkaufen, oder was? Komm.«

Er führt sie zum Bett und drückt sie vorsichtig darauf.

»Knöpf dein Kleid auf. Ich will dich erst ansehen.«

Er bleibt für einen Moment vor dem Bett stehen. Öffnet seine Hose und lächelt.

Das Bett ächzt laut hörbar, als er sich gleich darauf über sie legt. Er legt die Hände um ihr Gesicht und küsst sie. Bestimmt hört sie uns draußen in der Küche, kann Katrine noch denken. Gleich darauf hat sie es vergessen.

Helle kehrt ihnen den Rücken zu und schaut aus dem Fenster, als sie wieder in die Küche kommen. Sie dreht sich um, und auch wenn Katrine nicht wagt, sie anzusehen, kann sie doch ihre Verlegenheit spüren. Sie hat sicher fast alles gehört. Und wenn nicht, dann kann sie sich ja denken, was sich in den vergangenen zwanzig Minuten hinter der geschlossenen Schlafzimmertür abgespielt hat. Thomas ist es egal. Er tritt in die Türöffnung, lehnt sich an den Rahmen.

»Die Wohnung gefällt uns«, sagt er. »Was brauchst du noch?«

Sie weiß es. Katrine kann es sehen, als Helle sich umdreht. Sie wirkt betreten und wagt kaum, Thomas anzublicken.

»Ich brauche eine Bankbürgschaft, und das kann ja einen Moment dauern …«

»Das wird bei uns kein Problem sein«, fällt er ihr ins Wort.

»Na ja, wenn das so ist …«

Helle schaut sie beide kurz an und klappt dann ihren Ordner zu. Das Verlegene ist aus ihrem Gesicht verschwunden. Jetzt lächelt sie. »Dann muss ich sehen, dass ich den Verkäufer erwische, und versuchen, den Preis so weit wie möglich zu drücken.«

Sex. Schon bald kann Katrine ihr Versprechen nicht mehr halten. Ihr ist schlecht, als sie sich über die Toilettenschüssel beugt. Der Arzt hat gesagt, dass es spätestens nach den ersten drei Monaten aufhören wird, aber es geht immer noch weiter. Sie versucht, sich einen Finger in den Hals zu stecken, aber es kommt nichts heraus.

Sie sitzt den ganzen Tag in ihrem Magen, diese Übelkeit, macht sie müde und lustlos. Thomas kommt herein und stellt etwas in den Badezimmerschrank, während Katrine sich noch immer über die Toilette beugt.

Sie sind in die neue Wohnung gezogen. Ihre Eltern haben vorbeigeschaut und Thomas kennengelernt. »Das ging aber schnell«, sagte die Mutter, als sie Katrine für einen Moment in der Küche allein erwischte, während die gerade die Teller in den Schrank stellte.

Sie konnte der Mutter ansehen, dass die gern mehr gewusst hätte. Aber sie merkt auch, dass ihre Eltern Thomas sympathisch finden. Sie hat die Mutter abgespeist, indem sie versprochen hat, sie und den Vater einzuladen, wenn sie sich erst richtig eingerichtet haben. Das möchte sie ja auch, aber im Moment schafft sie es gerade mal, sich morgens aus dem Bett zu quälen, sich zur Arbeit zu schleppen und sich dann wieder nach Hause zu quälen.

Katrine knipst das Badezimmerlicht aus, geht ins Schlafzimmer und lässt sich wieder auf das Bett fallen. Sie hat mit Belinda noch nicht über die Zukunft sprechen können. Und sie hat Thomas auch nicht gefragt, was genau darunter zu verstehen ist, dass sie »den Laden dichtmachen« wollen. Wann er das tun will. Sie weiß, wenn sie fragt und eine Antwort bekommt, dann muss sie mit Belinda darüber sprechen, und das traut sie sich im Moment einfach nicht zu. Also schiebt sie es vor sich her. Wie sie auch alles Mögliche andere vor sich herschiebt.

Sie schaltet den Fernseher ein und hört Thomas draußen in der Küche. Gerade werden die ersten Abendnachrichten gesendet.

Der Vater hat gesagt, sie solle nicht an die Wohnung in der Nansensgade denken. Die Preise seien im Moment ohnehin so weit gesunken, dass er keine Lust hat, zu verkaufen.

Sie haben ein Sofa und einen Ecktisch und einige Sessel von Paustian gekauft. Genauer gesagt, Thomas hat das getan. Er hat auch ein teures Boxspringbett gekauft, das kürzlich geliefert wurde. Dort verbringt sie nun alle ihre Zeit damit, miese Fernsehsendungen zu sehen und zu versuchen, die Übelkeit in Schach zu halten.

Wie jetzt, wo sie doch mit ihm in der Küche stehen und kochen müsste.

Sie haben noch immer Sex. Aber sie muss zugeben, dass es der Schlaf ist, der sie mitreißt, wenn sie abends unter der Decke liegt und Thomas hereinkommt. Sie weiß, dass er das merkt. Sie hat deshalb ein schlechtes Gewissen, und wenn sie Sex haben, ist es oft kurz und beinahe mechanisch, wie etwas, das einfach überstanden werden muss. Es wird sich ändern, wenn das Kind erst da ist. Das muss es doch, sagt sie sich.

Denn es ist ja nur sie, die sich verändert hat. Thomas ist derselbe, und jetzt merkt sie seine Rastlosigkeit, wenn er durch die Wohnung läuft oder vor dem Fernseher sitzt, während sie mit ihrer Übelkeit im Bett liegt. So hatte er sich das nicht vorgestellt. Das ist ihr nur zu bewusst.

»Möchtest du auch etwas essen?«

Jetzt steht er in der Tür und schaut zu ihr herein. Sie schüttelt den Kopf. Fischgeruch dringt zu ihr vor. Sie würde ihn gern bitten, die Tür zu schließen.

Er hat sich nicht beklagt, hat nichts gesagt, aber er arbeitet neuerdings bis spät abends, und neulich, als sie mitten in der Nacht aufwachte und sich im Bett umdrehte, sah sie, dass er wach lag und zur Decke hochstarrte.

»Natürlich habe ich sie auch eingeladen.«

Thomas bläst das Streichholz aus und stellt den Kerzenleuchter mitten auf den Esstisch. Er streicht die Tischdecke glatt und küsst Katrine. »Sie hat mir eine halbe Million erspart. Leute wie Helle muss man sich warmhalten. Solche sammele ich. Willst du dieses Kleid anbehalten?«

Katrine schaut an sich hinunter. Ihr Bauch wölbt sich jetzt ein wenig vor. Das Kleid spannt außerdem im Rücken. Sie kommt sich vor wie ein Wal und sieht jetzt offenbar auch wie einer aus.

Sie hatte keine Lust auf diese Party, aber Thomas ließ sich nicht davon abbringen.

»Ich werde verrückt, wenn ich nicht bald ein paar Menschen sehen kann«, sagte er eines Morgens, küsste sie auf die Wange und sprang aus dem Bett.

Seit diesem Tag wirkt er fröhlicher und besser aufgelegt. Er freut sich darauf, andere Menschen zu sehen.

Es sind seine Freunde, die kommen werden. Seine alten Schulfreunde von der Eliteschmiede Sorø. Und dann offenbar noch Helle, die Immobilienmaklerin, die Thomas eine halbe Million erspart hat. Und Belinda, darauf hat Katrine bestanden, auch wenn sie merken konnte, dass er auf sie lieber verzichtet hätte. Sie und Thomas haben die Sache mit dem Verlag noch immer nicht richtig besprochen. Katrine schaut das Porzellan auf der weißen Tischdecke an, je ein Essteller auf einem Platzteller. Den Wein, der auf der Fensterbank unter dem großen

Bogenfenster atmen soll. Sie versucht, sich Belinda dort an dem Tisch hinter dem weißen Porzellan vorzustellen. Jetzt bereut sie die Einladung auf jeden Fall.

Jørgen und Birgitte sind die ersten. Jørgen und Thomas sind seit Sorø befreundet, erzählt Jørgen, als sie die beiden durch die große Wohnung führen. Birgitte ist Wirtschaftsprüferin. Sie ist bei den ersten beiden Schwangerschaften auch vor Übelkeit fast gestorben, beim dritten Mal ging es besser, vertraut sie Katrine an, als sie in der Türöffnung zum angehenden Kinderzimmer stehen.

»Ich war noch dazu total wirr im Kopf. Du musst unbedingt Ingwer essen, das hilft gegen die Übelkeit. Du hast aber auch ganz schön zugelegt«, sagt sie und nickt zu Katrines Bauch hinüber. »Und dann mit Thomas. Ein Kind! Er ist wirklich der Letzte, dem ich das zugetraut hätte.«

Helle kommt allein. »Das ist so lieb von euch. Es freut mich so, zu sehen, was ihr aus der Wohnung gemacht habt.«

Sie hat einen Strauß cremefarbener Rosen in der Hand, den sie Katrine reicht, während sie in der Diele auf Stöckelschuhe überwechselt. Ihre Zehen tun weh, erzählt sie. Sie hatte an diesem Tag fünf Besichtigungen, und sie musste auch noch nach Hause und packen, weil sie am nächsten Morgen mit ihrer Mutter nach Paris fliegt, wozu sie eigentlich gar keine Lust hat.

Während sie in der Küche einen Drink servieren, tauchen Troels und Irene auf. Troels ist Psychiater und ebenfalls ein alter Freund aus Sorø.

Jetzt fehlt nur noch Belinda. Wie üblich kommt sie zu spät. Sie stoßen an. Die Eiswürfel klirren in den Gläsern, in der Stille, die sich über die Küche legt, nachdem sie getrunken haben. Katrine trinkt nur Tonic mit Eis. Ein milder Duft von Parfüm und dem im Restaurant geholten Essen, das im Ofen warmgestellt ist. Troels räuspert sich und deutet auf Katrines Bauch.

»Sag unbedingt Bescheid, wenn du Hilfe brauchst. Ich bin schließlich Psychiater, und in dem Zustand dreht ihr doch manchmal durch.«

»Troels!«

Irene schüttelt den Kopf, während die anderen lachen.

»Kann das wirklich passieren? Dass eine durchdreht?«

Das ist Jørgen. Er lässt seinen Drink um Glas umherrollen.

»Ja, spinnst du? Hast du denn nie diesen Film von Polanski gesehen, *Rosemarys Baby*? Die haben doch auch in so einer großen alten Wohnung gewohnt«, sagt jetzt Troels und blickt mit Unschuldsmiene zur Decke hoch, während die anderen wieder lachen und endlich die Türklingel ertönt.

Belindas Haare sind triefnass und ihr grüner Parka ebenfalls.

»Entschuldigt, dass ich zu spät komme. Meine Güte, wie das gießt.«

Sie setzt sich in der Diele auf den Boden und fängt an, ihre Gummistiefel auszuziehen, eine Wasserlache sammelt sich um die blauen Stiefel, als sie die dann wegstellt.

»Ist schon gut«, sagt Katrine ganz schnell und schüttelt den Kopf, als Belinda die Lache entdeckt und sie fragend anblickt. Belinda greift zu ihrer großen blauen Plastiktasche von IKEA und geht auf Strümpfen in das große Wohnzimmer.

»Meine Güte!«

Sie schaut sich den schön gedeckten Tisch an. Die weiße Damastdecke. Das glänzende Porzellan, die Kerzen, die im Luftzug flackern. Die Gäste lachen laut in der Küche. »Schöne Verhältnisse, was?«, flüstert sie und dreht sich zu Katrine um.

Sie lächelt, aber in ihren grünen Augen liegt etwas Ängstliches.

»Warum flüsterst du?«

Belinda schneidet eine Grimasse und versetzt ihrer blauen Plastiktasche einen leichten Tritt. »Ich hab ein paar Sachen von

Sille mitgebracht, du kannst sie haben, wenn du willst. Dieses Babyfon hier ist ganz toll.«

Sie bückt sich und zieht einen großen grauen Gegenstand aus der Tasche und reicht ihn Katrine. »Dann kannst du den Kinderwagen unten in den Hof stellen, während du hier oben bist. Das ist nicht mehr ganz neu, aber es funktioniert. Und es gibt nicht Tausende von Knöpfen, die du erst mal durchschauen musst.«

Katrine legt das Babyfon hin und schaut in die Tasche, die mit Babykleidung gefüllt ist. Sie zieht einige verwaschene Kleidchen hervor. »Ach, das ist aber lieb von dir.«

»Ja, ein paar Sachen sind ein bisschen verschlissen, aber sie brauchen sie ja nie besonders lange. Dann kannst du die später an andere weiterreichen, wenn du welche kennst. Das hier ist von H & M, ich hab es von meiner Kusine. Ist das nicht niedlich?«

»Doch. Das ist hübsch.«

Katrine legt das Kleidchen in die Tasche und sucht höflich ein bisschen darin herum, und dabei denkt sie an Thomas, der immer die geschälten Tomaten abspült, ehe er sie in den Kochtopf gibt.

Thomas schlägt an sein Glas, als sie die Vorspeise verzehrt haben. Belinda sitzt zwischen Jørgen und Troels und sieht aus wie ein zerzauster Vogel, der im falschen Nest gelandet ist. Troels hat den Tisch mit Geschichten über den Ärztekongress unterhalten, den er und Irene in zwei Wochen in den USA besuchen werden – alle Unkosten werden erstattet.

Als Katrine Belindas Blick einfängt, hebt die müde die Augenbrauen.

»Ich hoffe, Speis und Trank sagen euch zu«, sagt Thomas und erhebt sich. »Alles kommt von Nimb. Kochen ist nämlich im Moment nicht gerade die Spitzenkompetenz meiner Liebsten.«

Er legt Katrine eine Hand auf die Schulter. Die Gäste lachen.

»Aber Katrine kann so viel anderes«, sagt er und hebt sein Glas. »Sie kann zum Beispiel im Handumdrehen schwanger werden. Wir hatten uns kaum ausgezogen, schon hatten wir ins Schwarze getroffen, nicht wahr, Schatz?«

Er schaut auf sie herab und fügt hinzu: »Aber egal. Ich wollte nur sagen, dass wir uns darüber freuen, dass ihr alle gekommen seid, um uns und unsere etwas plötzlich eingetretenen glücklichen Umstände zu feiern. Ein Prost auf Katrine. Ein Prost auf die Freundschaft.«

Stühle scharren. Als Katrine ebenfalls aufstehen will, drückt Thomas sie mit der Hand zurück auf den Stuhl. »Nein, bleib du nur sitzen, Schatz.«

Dann trinken sie.

Helle und Belinda stehen am Fenster und rauchen, als Katrine mit den Tellern in die Küche kommt.

»Hier ist es so schön geworden«, sagt Helle und dreht sich um. »Bist du nicht einfach total vernarrt in die Küche?«

Katrine stellt die Teller weg und wischt sich die Hände an einem Geschirrtuch ab. »Doch, wir freuen uns über alles«, sagt sie und lehnt sich an den Küchentisch. Belinda kehrt ihr noch immer den Rücken zu und schaut aus dem Fenster.

Helle räuspert sich. »Hast du einen Aschenbecher?«

Sie hält die Zigarette in der Hand.

»Nein. Doch. Moment mal.«

Katrine öffnet den Schrank. Ganz hinten steht die Schachtel mit dem Stelton-Aschenbecher. Sie nimmt ihn heraus und stellt ihn auf den Tisch.

»Na, ihr habt ja doch einen Aschenbecher.«

Das war Belinda.

»Der gehört eigentlich meinem Vater«, sagt Katrine und zuckt mit den Schultern. »Er hat ihn zum Geburtstag bekommen. Ich weiß eigentlich nicht, warum er ihn nicht haben will.«

Helle drückt ihre Zigarette aus. »Ich muss mal schnell ums Eck«, sagt sie, nimmt ihre Tasche und geht zur Toilette.

»Was ist los mit dir, Belinda«, flüstert Katrine, als Helle verschwunden ist.

»Was sind das bloß für Leute?«

Belinda schneidet eine Grimasse.

Katrine zuckt mit den Schultern. Das sind Thomas' alte Freunde von Sorø. Was soll sie sagen?

»Protzen mit einem Ärztekongress in den USA, alle Unkosten erstattet. Widerlich. Na ja, entschuldige.«

Belinda drückt ihre Zigarette aus. »Wenn du nur glücklich bist.«

Sie schaut zur Decke und lächelt herablassend. Sie hat ein wenig zu viel von dem schweren Wein getrunken. »Und jetzt gibt's wohl Kaffee und ein Gläschen dazu? Und vielleicht ein Plätzchen …«

Liegt in ihren Augen ein Hauch von Gewitter?

Katrine streckt die Hand nach dem Wasserkocher aus.

Inzwischen sind alle angetrunken. Katrine hat die Schuhe ausgezogen, sitzt am Kopfende des Tisches, reckt ihren wehen Rücken und trinkt Wasser. Weil ihr so schlecht ist, ist sie die ganze Zeit müde. Troels und Irene sind nach Hause gegangen. Jørgen hat seinen Schlips gelockert und sein Jackett abgelegt. Er und Thomas trinken Whisky und reden mit Helle über die Finanzkrise, die immer noch ihren Schatten wirft. Belinda hat ihnen den Rücken zugekehrt und widmet sich ihrem Rotwein, während sie Birgitte zuhört. Oder so tut, als ob sie Birgitte zuhörte. Denn plötzlich dreht sie sich zu den hinter ihr Sitzenden um.

»Was redest du da eigentlich?«, fragt sie laut und sieht Thomas an. Im Zimmer ist es still, und in den grünen Augen lodert es. Jetzt entlädt sich das Gewitter. »Ja. Wir machen dies dicht.

Vielleicht machen wir auch jenes dicht. Feuerst du mich gerade vor den Ohren deiner Freunde, du Weihnachtsmann? Findest du nicht, dass du vorher mit mir sprechen müsstest? Es ist immerhin mein Job, den du da gerade abbaust.«

Jørgen räuspert sich, lässt sich im Sessel zurücksinken und schaut zu Boden. Helle greift nach ihrem Wasserglas. Katrine nimmt die Füße vom Stuhl. Thomas ist der Einzige, der Belinda ansieht. Er hat zu viel getrunken.

»Hör mal gut zu, Belinda. Nein, ich bin kein Weihnachtsmann, tut mir leid. Ich bin leider auch kein Zauberkünstler, der rote Zahlen schwarz zaubern kann. Und ich darf bei mir zu Hause ja wohl reden, worüber ich will.«

Er nimmt sein Whiskyglas und leert es aus. Stellt es weg und sieht aus, als ob er seinen Ausbruch bereut, nur ist es ja zu spät.

Belindas Hand zittert, als sie ihren Sessel zurückschiebt. »Ich spiel hier nicht mehr mit«, murmelt sie und steht mit Sesselscharren auf.

Katrine geht hinter ihr her in die Diele. Legt ihr die Hand auf die Schulter. Belinda dreht sich in der Tür noch einmal um. »Da hast es die ganze Zeit gewusst, oder? Dass wir dichtgemacht werden.«

Katrine schüttelt den Kopf. »Nein, nicht richtig.«

»Nicht richtig? Ach, nur ein bisschen? Und was ist mit dir, wirst du auch gefeuert? Oder halten deine Männer die schützende Hand über dich, wie üblich?«

Sie hat die Türklinke gepackt.

»Hab ich mir doch gedacht«, sagt sie, als Katrine nicht antwortet. »Du bist ja eigentlich so wie sie, oder was, Goldvogel? Aber weißt du was, Süße: Dann kannst du von mir aus in deinem goldenen Käfig verfaulen.«

Sie reißt die Tür auf und lässt sie offen stehen, während sie eilig die Treppe hinunterläuft.

Als Katrine ins Wohnzimmer zurückkommt, sind Birgitte und Jørgen aufgestanden.

»Was für ein Temperament«, murmelt Jørgen und nimmt den Mantel, den Birgitte ihm reicht.

Er bindet den Gürtel des hellen Baumwollmantels. Dann schaut er seine Frau an. »Fährst du?«

Thomas bringt die beiden zur Tür, während Katrine stehen bleibt und den chaotischen Esstisch betrachtet. Als ob sie ihre Gedanken gelesen hätte, erhebt sich Helle.

»Ich muss auch sehen, dass ich nach Hause komme.«

Katrine nickt. Thomas kommt zurück. Setzt sich und leert sein Glas. Er wirkt wie ein eingesperrtes Tier.

»Hast du wirklich vor ihren Ohren darüber gesprochen, dass der Verlag dichtgemacht werden soll?«

Sie räumt einige Gläser vom Tisch und wartet auf seine Antwort. *Goldvogel im Käfig.*

Er lässt sich im Sessel zurücksinken. Reckt sich. Seufzt.

»Ach, hör doch auf, Katrine! Ich hatte nicht daran gedacht. Aber nein, wir können es uns nicht leisten, euch noch länger Verlag spielen zu lassen. Das weißt du doch, ich hab es dir ja gesagt.«

»Ich gehe«, sagt Helle von der Tür her. »Danke für den schönen Abend, Katrine.«

»Verlag *spielen.* Tu ich das in deinen Augen?«

Sie kann hören, wie Helle die Wohnungstür öffnet. Gleich darauf fällt die Tür ins Schloss.

»Nein. Doch. Hör doch auf, Katrine. Benimm dich nicht wie ein Kind. Wir dürfen nicht so werden. Nicht diese Sticheleien, oder?«

Er steht auf, und sie kann hören, dass er in die Küche geht. Jetzt kommt er zurück. Bleibt in der Türöffnung stehen. Hat er vor, um Entschuldigung zu bitten? Offenbar nicht. Kurz darauf hört sie, wie die Wohnungstür ins Schloss fällt.

Sie blickt über den Esstisch. Flaschen, heruntergebrannte Kerzen, halbleere Gläser, Rotweinflecken auf der Tischdecke. Dann schaut sie sich im Zimmer um. Sofa. Eichentisch. Sessel von Wegner. Alles hat er ausgesucht und bezahlt. Alles ist sein Geschmack. Wo ist sie bei allem hier? Wo sind ihre Sachen? Dann spürt sie das Kind in ihrem Leib. Die Übelkeit, die sich wieder einstellt. Sie ist so müde.

Sie wird vom Telefon geweckt. Draußen ist es hell. Rasch dreht sie sich im Bett um. Thomas' Decke ist glatt, darauf liegen die Zeitung von gestern und ein Buch über den Wirtschaftsboom in Südamerika, das er gerade liest. Er ist nicht nach Hause gekommen. Wieder klingelt das Telefon, sie findet es unter der Decke und nimmt es in der Erwartung, dass er es ist. Es ist ihre Mutter, stellt sie dann zu spät fest, und am liebsten würde sie sofort auflegen.

»Hast du noch geschlafen?«

Die Mutter hört sich überrascht an. »Es ist fast halb zwölf.«

Halb zwölf? Wo ist Thomas?

»Katrine, bist du da?«

»Ja«, murmelt sie und kann sich aufsetzen. Sofort ist ihr wieder schlecht. »Ich bin nur so schrecklich müde. Wir hatten gestern Gäste. Und dann ist mir so schlecht.«

»Das gibt sich. Wir wollten vorbeischauen«, sagt ihre Mutter. »Gegen vier. Ich muss Jon ohnehin ein paar Einkäufe vorbeibringen, und Papa hat irgendwelche Papiere, die du unterschreiben musst. Irgendwas mit der Wohnung in der Nansensgade. Das will er aus der Welt schaffen. Wir können Kuchen mitbringen, ja?«

Kuchen mitbringen. Durch die Tür kann sie im Wohnzimmer Gläser und Flaschen sehen, die noch immer auf der verschmutzten weißen Decke stehen und von der misslungenen Dinnerparty berichten. Ihrer ersten

»Das passt heute nicht so gut, Mama«, kann sie hervorstammeln. Und sie kann selbst hören, wie belegt ihre Stimme klingt.

»Stimmt etwas nicht, Schatz?«

»Nein. Nein. Wirklich alles in Ordnung.«

Wo ist er? Sie dürfen nicht kommen. Das hält sie nicht aus.

»Wir müssen das auf nächstes Wochenende verschieben. Heute geht es nicht.«

Jetzt hört sie den Schlüssel in der Wohnungstür. Sie steht aus dem Bett auf.

»Nächstes Wochenende, Mama. Ich ruf dich nachher noch mal an«, sagt sie und legt auf, viel zu abrupt, und ehe ihre Mutter noch etwas sagen kann. Sie wirft das Telefon auf den Nachttisch. Sie kann hören, wie er durch das Wohnzimmer läuft.

Als sie hinübergeht, schaut er hinunter auf die Straße.

»Thomas.«

Er fährt sich mit einer Hand durch die dunklen Haare. Dann dreht er sich zu ihr um. Die grauen Augen mustern sie müde. Das dunkelblaue Hemd ist zerknittert. Er hält eine Dose Cola in der Hand.

»Entschuldige.«

Seine Stimme klingt gepresst. Er lehnt sich an die Fensterbank.

»Wo warst du?«

Er spielt mit dem Öffner an der Dose. Knack, knack. Das Geräusch klingt laut in dem großen stillen Zimmer. Dann schaut er auf. Die grauen Augen sind verlegen und wütend zugleich.

»Unterwegs«, sagt er und trinkt.

Das Trotzige ist verschwunden, als er die Dose wieder sinken lässt. »Ich will nicht so werden, Katrine. Nicht so.«

Er nickt zu dem chaotischen Esstisch hinüber, sein Blick kehrt zu ihr zurück. Jetzt sieht sie, was er sieht: eine verschwitzte und vorwurfsvolle Frau in einem zerknitterten Nachthemd. *Du musst versprechen, nicht so ein frustriertes Frauenzimmer zu werden,* hatte er damals in der Küche gesagt.

»Wir können doch nicht von morgens bis abends heißen Sex haben und auf Wolke sieben schweben, oder?«, gibt sie dennoch zurück.

Weil er dort steht und so attraktiv und müde und lebendig aussieht. Weil sie hier steht und ihr schlecht ist und sie genau so aussieht wie das, was sie ihm versprochen hatte, niemals zu werden.

»Siehst du. Genau das habe ich gemeint.«

Er zieht ein zerknittertes Päckchen Zigaretten hervor. Steckt sich mit einem lila Einwegfeuerzeug eine an. Sie hat ihn noch nie rauchen sehen. Jetzt bläst er wortlos seinen Rauch ins Zimmer. »Wir bekommen ein Kind. Ich kaufe eine Wohnung für sechs Millionen, besorge Handwerker, suche die Einrichtung aus und schufte außerdem fünfzig Stunden jede Woche. Und dann stehst du da und bezeichnest mich als kindisch.«

Er schaut seine Zigarette an. »Pfui«, sagt er und drückt sie auf der Coladose aus.

»Wo hast du heute Nacht geschlafen, Thomas?«

Sie kann es nicht lassen.

Er nimmt die Coladose und presst sie mit einer Hand zusammen. Dann erhebt er sich von der Fensterbank und kommt auf sie zu. Legt ihre eine Hand an die Wange.

»Ich war in der Stadt noch einen trinken. Und danach bin ich in ein Hotel gegangen und habe geschlafen. Denn ich konnte die Vorstellung nicht ertragen, nach Hause zu kommen und diesem vorwurfsvollen, unglücklichen Blick zu begegnen, den ich jetzt gerade sehe, verstehst du? Ich dachte, wir verstünden einander. Wären so ungefähr aus demselben Holz geschnitzt.«

»Wie meinst du das?«

»Du verwirrst mich. Es ist so, als ob du eine andere geworden wärst. Ich mache die ganze Zeit alles verkehrt.«

Sie zuckt mit den Schultern. »Vielleicht ist das bei uns beiden so.«

Sie legt die Arme um ihn. Es ist so still im Raum. Er riecht nach Zigaretten und Alkohol. Und nach etwas anderem, das sie nicht richtig einordnen kann.

»Das ist ja fantastisch geworden«, ruft ihr Vater, als er das große Wohnzimmer betritt. »Du hast jetzt wirklich alles, mein Mädchen«, sagt er und streichelt vorsichtig Katrines runden Bauch.

Die Mutter hat den besagten Kuchen mitgebracht. Sie trinken im Fernsehzimmer Kaffee. Die Mutter ist still, aber immer, wenn Katrine aufschaut, begegnet sie ihrem Blick. Die Schlaflosigkeit ist wieder da. Kann die Mutter sehen, wie müde sie ist?

Thomas und der Vater sprechen über den Verlag.

»Na ja. Wir haben ja gewusst, dass es so kommen würde, oder, Katrine?« Der Vater bläst auf seinen Kaffee. »Und es sieht ja nicht so aus, als ob es dir an etwas fehlt.«

Er schaut sich vielsagend um. Thomas hat den kleinen Jorn neben den Fernseher gehängt. Das Christianiabild steht im Kellerraum.

»Was ist mit deiner Freundin? Belinda? Hat sie schon etwas anderes?«

Das war die Mutter.

»Ich weiß nicht.«

Sie weiß, dass Thomas Belinda ein halbes Jahresgehalt gezahlt hat. Drei Monate mehr als eigentlich nötig. Sie hat mehrmals versucht, Belinda anzurufen. Beim letzten Mal kam eine SMS, Katrine solle sie gefälligst in Ruhe lassen.

»Die kommt schon zurecht«, sagt der Vater und rührt seinen Kaffee um. »Dir geht es ja offenbar gut, Schatz.«

Die Mutter hebt den Blick von ihrer Tasse. *Sie kann dich einfach durchschauen. Sie kann sehen, dass du müde bist und nicht geschlafen hast. Sie kann sehen, dass du verzweifelt bist. Sie kann sehen, dass du ihnen etwas vorspielst, und sie kann sehen, dass es dir nicht gelingt.* Woher kam die? Die Stimme? Katrine dreht sich eilig um, als ob etwas hinter ihr stünde. Dann zwingt sie sich, den Blick des Vaters zu erwidern.

»Doch. Mir geht es gut.«

Das ganze Zimmer ist plötzlich hell und nackt. Die Fenster weinen. Das Herz schlägt ihr plötzlich bis zum Hals. »Aber es ist ein wenig …«, die Wörter kommen aus ihrem Mund. Es sind nicht ihre eigenen. Aber wessen Wörter sind sie dann? Der Blick der Mutter. Die Kaffeetassen auf dem Tisch. Das klirrende Besteck. Die Eltern ihr gegenüber in den Sesseln. Thomas neben ihr. Ein Puppenhaus. Sie versinkt im Sofa und sieht ihren Vater an. *Du hast alles.* Plötzlich geht alles ganz langsam. Alle Augen im Zimmer sind auf sie gerichtet. Die kleinen blauen Augen ihres Vaters, die nur das Schöne sehen wollen. Was liegt dahinter? *Du hast alles.* Ihr Mann, den sie nicht kennt. Sie spürt seinen Arm um ihren Rücken. Den Arm eines Fremden, auch er ist ein Fremder. Sie trägt sein Kind in ihrem Leib. Ein Kind? Es ist in ihrem Körper. Was ist passiert? Wie ist es passiert? Belinda – weg. Eine unsichtbare Hand packt ihren Hals und drückt zu. Jon, jener Tag. Was sind das für Gedanken?

Sie muss hier weg. Sofort. Nein, du musst nicht weg. Ein lauter, schriller Vogelschrei. Sie wird hier sitzen und Thomas ihre Hand halten lassen. Entlarvt. *Sieh doch verdammt noch mal woandershin, Mama.* Das wird in ihrem Kopf gefaucht, in ihren Gedanken. Woher kommen sie? Die Stimmen.

»Sieh mich nicht so an«, flüstert sie.

»Katrine?«

Thomas scheint sich erschrocken zu haben. Er beugt sich eilig vor und legt ihr die Hand in den Nacken. »Ist was nicht in Ordnung?«

Lügen, flüstert die Stimme und verschwindet mit Flügelschlagen. Und plötzlich ist alles weg.

Ihr ist heiß und kalt zugleich. Was ist passiert? Sie schaut ihre Mutter an und streckt den Rücken durch.

»Ja, natürlich freue ich mich. Es ist nur alles ein bisschen zu schnell gegangen.«

Sie ist plötzlich so müde.

Die Mutter stellt ihre Tasse mit scharfem Klirren auf den Tisch. »Das ist klar.«

Ihre Augen. Hat sie es gesehen? Hat sie gesehen, was da eben passiert ist?

»Natürlich müsst ihr euch beide erst an den Gedanken gewöhnen.«

Die frohen Kinderaugen des Vaters verbrennen ihre Wange. Sie dreht sich um und erwidert den Blick. Vogelaugen. In seinem Blick liegt jetzt etwas Schwarzes, Warnendes.

Sie spricht nicht mit Thomas darüber, aber das Erlebnis geht ihr nicht aus dem Kopf. Die Angst. Eine Drohung, die irgendwo in ihr liegt. Die einen Zipfel ihres wahren Gesichts gezeigt hat. Wird sie es wieder tun?

Die Angst steht die ganze Zeit mit geladener Pistole da und zielt auf sie. Wird sie Katrine zerstören? Sie denkt an Jon, damals, als der ein gut aussehender, junger und vielversprechender Jurist war, dem nur noch die letzten Prüfungen fehlten. Jetzt sitzt er in einer verräucherten Zweizimmerwohnung in Sydhavnen. Zerstört. Das Leben kann sich von einem Augenblick auf den anderen ändern. Zusammenbrechen.

So denkt sie, als sie abends neben Thomas im Bett liegt und nicht schlafen kann. Sie haben keinen Sex mehr. Er sagt nichts. Eben noch haben sie sorglos Champagner getrunken und sich geliebt. Jetzt liegen sie hier wie Fremde nebeneinander im Bett.

Er beklagt sich nicht. Er ist lieb und fürsorglich. Aber sie spürt seine Rastlosigkeit. Ein Tier, das sie in die Falle gelockt und eingesperrt hat. Er vergräbt sich in der Arbeit, und wenn er spät nach Hause kommt, ist er müde, legt sich aufs Sofa und sieht fern. Wartet. Worauf? Sollen sie so weiterleben? Vielleicht hoffen sie beide nur darauf, dass alles anders wird, wenn das Kind erst da ist.

Katrine hat Thomas nicht gesagt, dass sie in der Wohnung nicht allein sein mag. Sie weiß schon, dass er nichts von dem empfindlichen und unsicheren Wesen wissen will, zu dem sie geworden ist. Ihr geht es selbst nicht anders. Jetzt muss er von der Firma aus zu einem Seminar in Vindbæk, und er wird dort übernachten, weil es abends ein Essen und ein Fest im Hotel Marina gibt.

»Kannst du nicht zu Hause bleiben?«

Das ist ihr herausgerutscht, als er morgens im Schlafzimmer stand und seinen Wochenendkoffer packte.

Er drehte sich um und sah sie an. Dann setzte er sich aufs Bett und nahm ihre Hand.

»Das kann ich nicht, Katrine. Da kommen fünfzig Menschen und gehen davon aus, dass ich den Kurs für das nächste Jahr festlege.«

Sie legte den Arm um ihn und hätte ihm gern erzählt, wie es in ihr aussah. Aber das tat sie nicht. Und das war gut. Denn als er vom Bett aufstand und weiter packte, sagte er es. Leise und ohne Zorn: »Ich weiß nicht, was mit uns los ist. Wir ziehen uns ja gegenseitig nur noch herunter. So kann das doch nicht weitergehen.«

So kann das doch nicht weitergehen. Er hatte die Pistole geladen und hält den Finger auf den Abzug. Jetzt ist er gefahren. Und als es später am Abend dunkel wird, merkt sie, dass sie hier wirklich nicht allein sein will. Alles ist so groß und still. In ihrer alten Wohnung in der Nansensgade hat sie sich nie allein gefühlt. Die war klein und übersichtlich, und sie konnte immer hören, wie der Nachbar über ihr herumstapfte, Wasser laufen ließ und den Fernseher ein wenig zu laut drehte, oder sie hörte die Kinder, die bei den anderen Nachbarn lärmten. Hier sind kaum Geräusche zu hören, und die wenigen Menschen, die ihr im Treppenhaus begegnet sind, grüßen nur kurz und gleichgültig.

Die Wohnung hier ist für starke und lebensfrohe Menschen gedacht, die gern im Licht baden. Menschen, die sich auf dem Fußboden lieben und laute Musik laufen lassen und lachen. Menschen wie sie und Thomas, damals, als sie hier eingezogen sind. Die Katrine, die jetzt durch die Zimmer wandert, hat die Wohnung durchschaut, und die Wohnung weist sie kühl zurück und verbirgt gar nicht, dass sie nichts mehr mit ihr zu tun haben will. Die großen Fenster starren sie feindselig an, die hohen Wände ragen überlegen über ihr auf. *Du hast hier doch nichts zu suchen,* flüstern sie. Und die ganze Zeit gibt die Wohnung seltsame Geräusche von sich, die Katrine Angst machen und in Schrecken versetzen.

Deshalb lässt sie jetzt im Wohnzimmer den Fernseher laufen, und sie hat ihn laut gedreht, damit sie ihn auch in der Küche noch hören kann, wo sie jetzt steht und versucht, sich zusammenzureißen und zu kochen. Bisher hat sie nur Nudeln gekocht. Sie schlägt sich den Plan, Speck zu braten und Käse zu reiben, aus dem Kopf, und gießt einfach nur ein wenig Ketchup darüber. Dann setzt sie sich ins Wohnzimmer, zappt zwei Stunden lang zwischen den Sendern hin und her, ohne sich auf irgendetwas konzentrieren zu können. Mehrmals überprüft sie ihr Telefon, aber von Thomas ist keine Nachricht gekommen. Beim Zähneputzen glaubt sie, von der Diele her ein Geräusch zu hören. Sie geht durch den dunklen Flur, schaut in die beiden noch leeren Zimmer und überzeugt sich davon, dass die Wohnungstür abgeschlossen und die Sicherheitskette vorgelegt ist. Sie dürfen nicht vergessen, die Schlösser bald auswechseln zu lassen.

Als sie im Bett liegt, spürt sie, wie sich das Kind in ihrem

Bauch bewegt. Sie ist mittlerweile schwer und plump geworden und findet nur mit Mühe Ruhe. Ihr bleibt noch ein knapper Monat. Sie versucht, ein wenig zu lesen, legt das Buch dann aber weg und versinkt in einem leichten, unruhigen Schlaf. In der Nacht wacht sie mehrmals auf und macht am Ende in der Diele, im Wohnzimmer und in der Küche Licht. Trotz des Lichts glaubt sie die ganze Zeit, im Wohnzimmer Schritte zu hören. Irgendwann ist sie sicher, dass jemand die Küchentür zu öffnen versucht, die mit einem Knirschen nachgibt. Als sie in die Küche geht und das Ohr an die Tür legt, fühlt sie sich für einen Moment töricht, aber nur, bis sie das Geräusch von Füßen hört, die sich die Hintertreppe hochschleichen. War hier wirklich jemand? War da nicht ein Atmen zu hören auf der anderen Seite der Tür? Das Telefon, das in der Nansensgade klingelte. Die Stille. Jemand, der horchte und Atem holte.

Sie greift nach der Küchentür und stellt fest, dass die nicht abgeschlossen ist. Es steckt kein Schlüssel im Schlüsselloch, und als sie die Tür zum Treppenhaus öffnet, sieht sie, dass auch dort keiner ist. Sie klemmt einen Stuhl unter die Türklinke. Sie kommt sich dumm vor und hat zugleich schreckliche Angst. Dann geht sie wieder ins Schlafzimmer und legt sich ins Bett. Sagt sich, sie sei einfach nur übermüdet und überspannt. Aber sie hat Angst, und sie fühlt sich allein. Sie würde gern jemanden anrufen. Sich anziehen und aus der feindseligen Wohnung fliehen. Aber wohin sollte sie gehen? Zu Belinda?

Belinda ist fertig mit ihr, und das aus gutem Grund. Zu ihren Eltern? Um drei Uhr nachts.

»Ich traue mich nicht, in meinem eigenen Zuhause zu sein.«

Sie würden sie für verrückt halten, und das mit Recht.

Sie ist gerade erst eingeschlafen. Sie hat versucht, sich einzureden, dass sie sich das alles hier nur einbildet. Sie ist an dem Punkt angekommen, wo die Träume sich in ihre Gedanken einschleichen und dort die Herrschaft an sich reißen, als das Geräusch einer knirschenden Tür sich in ihren Traum mischt. Da schaut mich jemand an, denkt sie. Ein undeutliches Gesicht, und sie fährt aus dem Schlaf hoch. Niemand ist da, aber als sie aufsteht und in die Küche geht, steht die Küchentür offen und schlägt hin und her. Der Stuhl steht davor auf seinen vier Beinen. Als sie vorsichtig ins Treppenhaus schaut, begegnet ihr nur Dunkelheit.

Sie erwacht bei der Tür auf dem kalten Küchenboden. Es wird jetzt hell. Sie schaut auf die Uhr. Es ist halb fünf. Dann sieht sie den Schlüssel. Er liegt mitten auf dem Küchentisch. Sie geht hin und fasst ihn im trüben Morgenlicht an. Es ist ein großer alter Schlüssel. Sie weiß, dass er gestern noch nicht dort gelegen hat. Dann merkt sie, dass etwas über ihre Oberschenkel läuft. Sie schaut auf den hellen Holzboden hinunter. Ein kleiner dunkelgrüner See mit etwas Rotem hat sich zu einer Lache gesammelt. Blut. Sie hebt ihr Nachthemd und sieht, wie es über ihre Beine läuft. Grün. Dunkel. Und blutig.

»Bleiben Sie ganz ruhig. Die kennen sich mit so was aus«, sagt der Sanitäter, als sie aus dem Krankenwagen gehoben wird. Aber sie hat gehört, dass sie mit Sirene durch die Stadt gefahren sind, und sie sieht, wie er unruhig Ausschau nach einem Pfleger hält, der jetzt aus der Notaufnahme gelaufen kommt, dicht gefolgt von einer Krankenschwester.

»Wir übernehmen«, ruft die Krankenschwester.

Während der Pfleger sie eilig durch die Rezeption und einen langen Gang fährt, greift die Krankenschwester nach ihrem Arm und schaut auf die Uhr, während sie ihr den Puls misst.

»Ihr habt einen Notfall, höre ich.«

Ein Mann in einem weißen Kittel kommt aus einer Tür. Er kaut etwas, überprüft den Tropf und schaut auf Katrine hinunter.

»Wir bringen sie sofort in den OP«, sagt die Krankenschwester. »Die Ärzte werden gerade verständigt, aber das hier muss wirklich schnell gehen. Der Puls ist hoch, und im Krankenwagen konnten sie kaum Herztöne finden. Ich ruf noch mal an.«

Die Krankenschwester verschwindet. Katrine schaut zu dem Mann hoch, der jetzt neben der Rolltrage geht. »Was ist los? Stimmt mit dem Kind etwas nicht?«

Er gibt keine Antwort.

»Hier geht's rein«, sagt er stattdessen zum Pfleger und öffnet die Tür zu einem großen Saal. Sie kann mitten im Raum eine Lampe über einem Krankenhausbett sehen. Eine Frau mit blauer Haube streift sich gerade Plastikhandschuhe über.

»Wir fangen sofort an«, ruft der Mann.

Die Krankenschwester nickt und zieht sich rasch einen Mundschutz vor. »Habt ihr angerufen?«, fragt sie durch den Stoff und hält den Wagen fest, während der Pfleger Katrine hochhebt.

Sie friert. Sie hat Angst. Die Augen hinter der Maske schauen gebieterisch auf sie herab. »Sie dürfen sich nicht bewegen. Sie müssen ganz still liegen.«

Alles in ihr bebt. Sie kann nicht still liegen. Sie ringt die Hände, aber davon zittert sie nur noch mehr.

»Können wir ihr etwas zur Beruhigung geben?«, fragt der Mundschutz und dreht sich um. »Wir müssen sie runterbringen.«

»Noch nicht.«

Der Krankenpfleger im weißen Kittel kommt herüber und legt ihr die Hand auf den Kopf. »Sie müssen versuchen, sich zu entspannen, Katrine. Holen Sie Luft. Bis tief in den Bauch hinunter.«

Sie schaut zu ihm auf. »Was ist los? Warum können Sie keine Herztöne finden? Ist mein Kind tot?«

»Wir wissen noch nicht genau, was los ist, aber wir tun, was wir können.«

Er streichelt ihr über die Haare.

Die Türen werden aufgerissen. Zwei Ärzte kommen herein, gefolgt von einer weiteren Krankenschwester.

»Alle, die hier nichts zu suchen haben, verlassen den Raum«, ruft der eine. »Ist ein CTG gemacht worden?«

Er schaut zur Krankenschwester hinüber.

»Ist auf dem Weg.«

»Das hier muss schneller gehen«, murmelt der Arzt, während die Krankenschwester ihm die Handschuhe überstreift. »Alles für die Narkose vorbereiten«, ruft er in den Saal.

»Im Krankenwagen konnten sie keine Herztöne finden?«

Die Krankenschwester nickt.

»Gut. Das Kind muss raus. Wie weit ist sie denn?«

»Etwas über acht Monate«, sagt in einer Ecke des Raumes eine Stimme.

»Schön«, murmelt der Arzt.

Die Tür geht wieder auf und zwei Pfleger bringen einen Apparat. Katrine hebt den Kopf und schaut nach unten, während etwas um ihren Bauch geschnallt wird.

»Den Kopf zurücklehnen. Sie dürfen sich nicht bewegen«, sagt der Arzt, dreht sich um und schaut den Computer an, der jetzt eingeschaltet wird. »Gut. Da sind die Herztöne. Die sind nicht ganz stabil, aber wir machen erst noch einen Ultraschall, ehe ich wage, irgendwas zu unternehmen.«

Er dreht sich vom Computer weg und sieht Katrine an. »Das kann ziemlich hart werden, Katrine. Ist schon jemand hierher unterwegs, um bei Ihnen zu sein?«

»Die haben vom Krankenwagen aus versucht, ihren Mann zu erreichen«, sagt eine Stimme in der Dunkelheit hinter der Lampe. »Der ist bei einer Tagung in Vindbæk. Und meldet sich nicht am Handy.«

»Was macht ein Mann um sechs Uhr morgens mit einer hochschwangeren Frau und einem ausgeschalteten Telefon?«, murmelt der Arzt und geht weg.

»Können wir jemand anderen anrufen?«, flüstert die Krankenschwester, die gerade einen Tropf anbringt. Katrine schüttelt den Kopf. Wer sollte das denn sein?

»Zum Telefonieren ist jetzt keine Zeit mehr«, sagt der Arzt und setzt sich auf einen Hocker neben dem Kopfende.

Es tut weh, als die Schwester sticht.

»Jetzt machen wir einen Ultraschall«, sagt der Arzt.

Sie spürt etwas Kaltes am Bauch. Er schaut auf einen Bildschirm. Dann durchjagt sie plötzlich ein furchtbarer Schmerz. Sie schreit.

Der Arzt neben ihr nimmt ihre Hand.

»Das sind die Wehen. Versuchen Sie, ganz still zu liegen, bis mein Kollege mit dem Ultraschall fertig ist.«

»Das hier sieht gut aus«, murmelt der andere Arzt und wendet sich vom Computer ab.

»Gut, dann wollen wir das Kind mal rausholen.«

Der Arzt steht auf und sieht sie an. »Wir geben Ihnen jetzt eine Narkose. Und wenn Sie wieder aufwachen, dann haben Sie ein schönes gesundes Kind, davon gehen wir aus. In Ordnung?«

Ehe sie nicken kann, hat er sich wieder umgedreht. »Lene«, ruft er laut, »ist die Spritze fertig?«

»Ihr Blutdruck ist noch immer zu hoch«, murmelt eine Schwester von irgendwo.

»Das ist mir jetzt scheißegal«, sagt der Arzt und richtet die Lampe auf Katrines Gesicht. »Ich will das Kind holen. Sofort!«

Sie kann eben noch die Spritze auffunkeln sehen, als die ihm überreicht wird. Die Nadel, die im Lampenlicht glitzert. Drei maskierte Gesichter, die stumm dastehen und sie ansehen. Das Licht der Lampe, das sie blendet. Äthergeruch. Es ist still hier. Nur das Geräusch des CTG-Geräts ist zu hören. Biep, biep, biep. Dann ein langes Heulen. Woher kommt das? Ist es tot? Ihr Kind? Was ist damit? Wird es leben? Stirbt sie jetzt? Sterben sie beide?

Die Nadel in ihrem Arm. Dann wird alles schwarz.

Lyngby Vest, 1974

Der Mann ist gekommen. Jetzt schimpft er im Wohnzimmer mit ihr. Die Mutter hat ihn angerufen. Geweint und geweint. Dann hat sie wieder angerufen. Wieder geweint.

Sie sitzt in ihrem Zimmer und hält sich so fest die Ohren zu, dass ihre Fingerknöchel weiß geworden sind, aber sie hat keine Angst mehr. An ihren Händen läuft noch immer Blut hinunter. Auf dem Boden liegen die Scherben einer zerbrochenen Flasche. Eine Zeichnung und zwei Stifte. Sie hat sie eben gemacht. Die Zeichnung. Für Mama, steht dort. Aber die Buchstaben sehen so verkehrt aus. Sie hat es nicht geschafft, schön zu schreiben, ihre Hand hat zu sehr gezittert. Jetzt ist auch noch Blut darauf getropft. Sie muss ein neues Bild zeichnen.

Sie kann hören, wie der Mann auf die Türklinke drückt. Sie weiß, dass die Tür abgeschlossen ist. Sie sieht, wie der Türrahmen nachgibt, als er dagegen schlägt. Jetzt steht er mitten im Zimmer und schaut auf sie herab.

»Nein, was ist denn hier los? Das ist doch Wahnsinn, Mensch!«, ruft er dann hinüber zum Wohnzimmer.

Er dreht sich um. Weiß nicht, was er mit sich anfangen soll. Jetzt bückt er sich. Zieht eine Glasscherbe aus ihren Haaren. »Was hast du denn gemacht, du Irrsinnsweib?«, murmelt er und mustert seine Finger.

Er hat jetzt Blut an den Händen.

»Wie lange sitzt sie schon hier?«, ruft er laut zum Flur hinüber.

Sie kann hören, wie die Mutter im Wohnzimmer Flaschen umstößt. Sie weint. Jammert. Wimmert.

Der Mann nimmt die Bettdecke und hebt sie hoch. »Komm, jetzt schaffen wir dich weg von hier.«

Sie macht sich steif in seinen Armen, aber er hält sie fest. Die Zeichnung. Die Mutter. Was wird mit ihrer Mutter?

Der Mann setzt sie hinten in das rote Auto. Er breitet die Decke über sie, bleibt für einen Moment über sie gebeugt stehen und schaut ihr forschend ins Gesicht. Er berührt sie vorsichtig mit der Hand an der Schläfe. Es tut weh, sie krümmt sich und weicht auf dem Sitz zurück. Er sieht seine Hand an, neues Blut ist darauf gekommen, als er die Wunde berührt hat. Jetzt schüttelt er den Kopf. »Was zum Teufel hat sie mit dir gemacht«, murmelt er und schlägt die Autotür zu. Er setzt sich hinter das Lenkrad. Sie kann seinen Rücken sehen.

»Nein. Nein. Nein«, hört sie ihn murmeln.

Er lässt den Motor an, fährt aber nicht los. Als ob er nicht weiß, wo es hingehen soll.

Frederiksberg Allé, 2011

»Ach, was ist sie reizend!«

Die Mutter schaut in die Wiege hinab. Berührt die kleinen Finger des Babys.

Katrine gibt dem Vater ein Stück Kuchen.

»Es ist also doch alles gut gegangen? Warum hast du nicht angerufen, Katrine?«, fragt die Mutter von der Wiege her.

»Es ging alles zu schnell.«

»Das war ja wirklich nicht schön, dass du das alles allein durchstehen musstest«, murmelt die Mutter und schaut wieder ihr schlafendes Enkelkind an.

Thomas und ihr Vater sitzen schon auf dem Sofa. Spüren auch sie die Verlegenheit, die das Zimmer füllt? Wie dieser große Tag sein müsste, und wie er ist.

»Ach, ich hab es doch noch geschafft.«

Das ist Thomas auf dem Sofa. Liegt in seiner Stimme ein Hauch von Reue?

»Ich hab ja immer schon gefunden, dass eine Geburt nichts für Männer ist«, sagt der Vater und kommt ihm damit zu Hilfe. »Das ist purer Unsinn, dass wir dabei sein sollen. Wir stehen ja doch bloß im Weg.«

Katrine verschwindet in die Küche. Stellt den weißen Pappkarton vom Bäcker weg und legt das Messer auf den Küchentisch. Als sie wieder auf dem Weg ins Wohnzimmer ist, dreht sie sich um und sieht das Messer auf dem Küchentisch an. Sie geht zurück und wirft es ins Waschbecken. Warum hat sie damit angefangen? Sie bleibt einen Moment stehen und schaut in den

Hof hinab. Grauer Regen am Fenster. *Was macht ein Mann um sechs Uhr morgens mit einer hochschwangeren Frau und einem ausgeschalteten Telefon?*

Sie hatte geglaubt, sie müssten sterben. Sie selbst und das Kind. Jetzt sitzen alle im Wohnzimmer und warten auf neuen Kaffee.

Sie haben sich um den Tisch gesetzt, als sie zurückkommt. Sie müssen selbst einschenken. Diesen Teil der Vorstellung schafft sie nicht.

Thomas war um neun Uhr morgens im Krankenhaus aufgetaucht. Da war sie mit der Kleinen schon auf die Wochenstation gebracht worden. Er roch nicht nach Alkohol, stellte sie fest, als er sich über ihr Bett beugte und sie küsste und dabei sagte: »Das war ja richtig krass, hab ich gehört. Nabelschnur um den Hals, das klingt schrecklich. Wie schön, dass es trotzdem gut gegangen ist, Schatz.«

Allein. Sie hatte ihr Kind allein auf die Welt gebracht. Er hat noch immer nicht gesagt, warum es so lange gedauert hat, bis er gekommen ist.

Sie schaut in ihre Kaffeetasse und jagt diese Gedanken weg.

»Du siehst müde aus, Schatz.«

Das ist ihre Mutter. Sie hält eine Tasse in der Hand. Der Blick. Ausweichen.

»Das ist doch normal nach einer Geburt.«

Das ist der Vater. Er kann die Irritation in seiner Stimme nicht verbergen. Den Vorwurf. Jetzt sind sie hier. In der großen Wohnung. Mit dem neugeborenen Enkelkind. Es ist ein Tag der Freude. Alles ist gut. Solche Bemerkungen haben in dieser Vorstellung nichts zu suchen.

Das Kind wimmert in seiner Wiege. Katrine steht erleichtert auf, geht hinüber und nimmt es auf den Arm. Es wiegt nichts. Riecht süßlich, seltsam. Ihre Eltern sehen sie an, als sie es in den

Armen hält. In ihren Augen liegt eine große Finsternis, Katrine fühlt sich beobachtet, kann sich vor diesem Blick nicht verstecken.

»Ich glaube, sie muss neu gewickelt werden«, lügt sie, um wegzukommen.

Sie hat das Kind vor weniger als einer halben Stunde frisch gewickelt, ehe der Besuch gekommen ist. Sie geht ins Badezimmer und legt es auf den Wickeltisch. Steht da und sieht es an. Ein fremdes Wesen. Ein blaugraues Huhn in der Gefriertruhe im Supermarkt. Warum denkt sie das? Es ist doch ihr eigenes Kind.

Sie hebt das Kind hoch und trägt es zurück ins Wohnzimmer. Es wimmert wieder, als sie es in die Wiege legen will. Dann schreit es laut und schrill, sodass es in Katrines Ohren klingelt.

»Vielleicht hat sie Hunger, Katrine«, sagt die Mutter, die gleich hinter ihr steht.

»Kleine Kinder weinen manchmal auch ohne Grund«, hört sie den Vater murmeln.

Er hat recht. Kleine Kinder weinen auch ohne Grund. Dieses Kind hier weint oder jammert die ganze Zeit. Schläft nur wenig und ist ansonsten unruhig, aber Katrine versteht nicht, was es von ihr will.

Sie nimmt das Kind dennoch auf den Arm, setzt sich ein Stück vom Sofa entfernt in einen Sessel und legt es an die Brust. *Hör auf zu weinen. Hör auf, mich so anzuglotzen.* In ihr zittert alles. Die Unruhe. Woher kommt die? Schleicht sich in ihren Leib und hält sie besetzt. Sie zwingt sich, ihr Gesicht zu heben und sich umzuschauen. Das schöne Wohnzimmer. Das schöne Zuhause. Ihre Eltern. Er. Sie hat doch alles. Wirklich. Warum sitzt sie also hier in diesem Sessel und muss kämpfen, um nicht zusammenzubrechen?

Das Kind hat den ganzen Morgen ununterbrochen geschrien. Wütend. Ohne Ruhe finden zu können. Jetzt ist es plötzlich ganz umgänglich, als die Hebamme es hochhebt und auf das ungemachte Doppelbett legt.

»Chaos? Das ist doch kein Chaos. Und Chaos macht mich jedenfalls nicht nervös«, sagt die Hebamme.

Sie dreht sich um und sieht Katrine an. »Im Gegenteil. Zu viel Ordnung, zu viele Bücher über Kinderpflege und Kindererziehung, so was finde ich viel bedenklicher.«

Katrine ist plötzlich erleichtert darüber, dass die Hebamme zu früh gekommen ist, sodass sie das Bett nicht mehr machen konnte.

»Sie ist ja so niedlich, wie heißt sie denn?«

Als Katrine nicht sofort antwortet, dreht die Hebamme sich um und schaut sie an.

»Ida … glaube ich.«

Die Hebamme wirft ihr einen prüfenden Blick zu, dann lächelt sie. »Ja, es ist durchaus praktisch, wenn man sich an den Namen des eigenen Kindes erinnern kann.«

Sie dreht sich wieder dem Kind auf dem Bett zu.

»Die Sache ist, wir … wir sind uns einfach noch nicht ganz einig«, sagt Katrine bei der Tür. Viel zu hektisch. Die Wörter sprudeln nur so aus ihr heraus und stolpern so hektisch übereinander, dass die Hebamme sich kurz von dem Kind abwendet und sie wieder ansieht, und für einen Moment spürt Katrine, dass die Panik gleich den Sieg davontragen wird.

»Möchten Sie Kaffee?«, flüstert sie in der Hoffnung, dem Zimmer für einen Moment entkommen zu können.

»Nein, danke. Ich habe heute noch viel zu viele Hausbesuche vor mir. Aber vielen Dank.«

Eine Welle der Erleichterung breitet sich in ihr aus. Das war wirklich dicht vor dem Abgrund, aber jetzt weiß sie, dass sie den Rest schaffen wird. Keinen Kaffee. Sie hat die ganze Nacht wach gelegen und sich davor gefürchtet. Dass sie zusammen mit der Hebamme auf dem großen Sofa im Wohnzimmer gefangen sein könnte. Das Kind in der Wiege. *Doch, danke, es geht gut. Ja, es ist einfach fantastisch.* Die Tasse heben, ohne dass die Hände zittern. Still sitzen bleiben und den durchbohrenden Blick erwidern, den die Hebamme durch ihre Stahlbrille auf sie wirft.

Das wird nicht passieren. Für dieses Mal ist sie erlöst.

Jetzt nimmt die Hebamme das Baby vom Bett. »Feines Mädchen«, murmelt sie, während sie das Kind vor sich hinhält. Das Kind sagt nichts, es sieht die Hebamme nur vertrauensvoll an. Wenn es Katrine wäre, die es hielte, würde es sofort verzweifelt losbrüllen.

Sie beschließen, das Baby im Wohnzimmer auf das Lammfell zu legen.

»Und Sie, wie geht es Ihnen denn?«, fragt die Hebamme, während sie der Kleinen zuschauen, die auf dem Fell mit den Beinchen strampelt. »Das war ja eine harte Geburt.«

Katrine setzt sich auf die Sofakante. Sie zwingt sich, den besorgten Blick der Hebamme zu erwidern.

»Ich bin einfach todmüde. Es ist doch alles ziemlich anstrengend«, sagt sie und versucht, es auf eine ungefährliche Weise klagend klingen zu lassen.

»Sie haben die Einladung zu den Treffen der Müttergruppe bekommen, nicht wahr? Ich glaube, ich habe Sie bei unserem ersten Termin nicht gesehen.«

»Doch, aber ich konnte an dem Tag nicht, und jetzt habe ich ein bisschen das Gefühl, dass es zu spät ist, um noch einzusteigen.«

Zum Glück konzentriert sich die Hebamme zu sehr auf die Motorik des Kindes, um Katrine anzusehen, die jetzt aufstehen muss. Sie zupft einige gesunde Blätter von dem Farn auf der Fensterbank.

»Wir treffen uns am Mittwoch wieder«, sagt die Hebamme jetzt hinter Katrines Rücken. »Es ist ja alles in Ordnung, aber ich finde, Sie sollten trotzdem kommen. Wir können ein bisschen über alles sprechen. Und Sie haben dann auch die Möglichkeit, mit vielen anderen frischgebackenen Müttern zu reden.«

Mit vielen anderen frischgebackenen Müttern. Katrine bleibt stehen und schaut weiter das Fenster an. Ihre Hände zittern. Sie wagt nicht, sich umzudrehen. Es ist plötzlich so still. Ob die Hebamme sie jetzt anstarrt? Sie durchschaut? Wenn sie fragt, ob etwas nicht stimmt, wird Katrine sich nicht länger beherrschen können.

»Sie hat ein bisschen Milchschorf auf dem Kopf, schauen Sie doch mal. Sie müssen ein wenig Öl ins Wasser geben, wenn Sie sie baden.«

Katrine holt tief Luft und dreht sich erleichtert um. Die Hebamme hockt neben dem Kind auf dem Teppich. Katrine wird schwindlig, als sie auf das Kind zugeht. Sie versucht, sich zu sammeln, und kniet neben dem Kind nieder, wie die Hebamme es jetzt auch tut.

»Wo?«, fragt sie verwirrt und sieht die Hebamme an.

»Ja, mich sollen Sie hier nicht ansehen«, antwortet die Hebamme und kratzt ein bisschen an der Kopfhaut des Babys. »Sehen Sie?«

»Ich habe Johnson's Babyöl«, sagt Katrine, als sich die Hebamme aufrichtet.

»Dieses amerikanische Zeug ist vollgestopft mit Parfüm.« Sie schaut auf die Uhr und seufzt. »Kaufen Sie immer nur Bioprodukte, Katrine. Und dann sehen wir uns am Mittwoch. Rufen Sie an, wenn etwas sein sollte.«

Die Hebamme bleibt noch für einen Moment in der Tür stehen und sieht sie durch die Brille an. Ein wenig zu lange, findet Katrine, und zwingt sich dazu, ihren Blick zu erwidern. Gleich hat sie es hinter sich. Jetzt. Sie verspürt eine gewaltige Erleichterung über sich hereinbrechen, als sie die Tür schließt und den Kopf an die Wand lehnt. Doch dann muss sie an den Mittwoch denken. Das Treffen der Müttergruppe. Die Panik kehrt zurück, sie weiß, dass es von jetzt an nur noch schlimmer werden wird. Dieser Gedanke wird sie nachts nicht schlafen lassen und sie quälen. Sie will zu keiner Müttergruppe. Das überlebt sie nicht. Sie würde entlarvt werden, und sie würden ihr das Kind wegnehmen.

»Es ist doch bloß ein Treffen einer Müttergruppe, Katrine.«

Thomas schlägt die Kühlschranktür zu.

Katrine verbrennt sich die Zunge, als sie einen Schluck glühend heißen Tee trinkt. Die Kleine schläft noch immer, wie fast schon die ganze Nacht. Nur Katrine selbst hat sich im Bett von einer Seite auf die andere gedreht und keine Ruhe finden können. *Schlaf doch einfach, dann findet sich schon alles.* So hatte sie sich am Vorabend zu beruhigen versucht, während sie vor dem Badezimmerspiegel stand und sich die Zähne putzte. Es gibt doch keinen Grund, sich wegen einer Müttergruppe dermaßen zu ängstigen. Das ist doch krankhaft. Aber natürlich konnte sie nicht schlafen.

Die Stimme. Die hat sie die ganze Nacht hindurch wach gehalten. *Du wirst zu müde sein, weil du nicht schlafen kannst. Du wirst deine Maske nicht aufbehalten können. Du wirst entlarvt werden.*

Das Treffen morgen. Wie soll sie das Zimmer betreten? Was, wenn es etwas zu trinken gibt? Wie soll sie die Tasse heben, ohne dass ihre Hände zittern und sie verraten? Es wird eine Katastrophe geschehen. Die vielen Augen, die sich auf sie und auf das Kind richten. Vor allem die Augen der Hebamme. Sie weiß, dass sie es nicht aushalten könnte. Sie würde zusammenbrechen. Völlig in Panik ausbrechen. Sie würden es sehen, und sie würden ihr das Kind wegnehmen.

Als Thomas ins Bett kam, kehrte sie ihm den Rücken zu und stellte sich schlafend. Sie hätte sich gern zu ihm umgedreht. Sich an ihn geschmiegt. Seinen warmen Körper gespürt. Aber sie hat sich nicht getraut. *Ich habe Angst vor der Hebamme. Ich trau mich nicht, zu diesem Treffen zu gehen.* Was würde er dann denken? Sie ist schon seltsam genug, deshalb blieb sie hellwach liegen, während er neben ihr schlief. Am Ende stand sie auf und ging ins Wohnzimmer. Als sie sich für einen Moment auf einen Stuhl setzte, zitterten ihre Beine. »Aufhören, aufhören, aufhören«, flüsterte sie und wusste, dass das nichts half. Es ist zwei Uhr. Es ist drei Uhr. Es ist halb fünf. Du musst schlafen. Noch acht Stunden. Noch fünf Stunden.

Erst, als es draußen langsam hell wurde, gab ihr Körper nach. Sie versank in einem oberflächlichen, unwirklichen Schlaf und lag wie ein verschwitztes und erschöpftes kleines Bündel auf dem Sofa in dem großen Wohnzimmer. Dort fand Thomas sie um halb acht, er weckte sie und fragte, warum sie die Kleine, die jetzt in ihrer Wiege im Schlafzimmer laut und vorwurfsvoll schrie, nicht gestillt habe.

Sie kann ihm ansehen, was er sieht, als er jetzt am Küchentisch steht und sie mustert. Eine bleiche und irritierende Frau, die ihm mit ihren vielen Klagen und ihrer Antriebslosigkeit schon auf die Nerven geht. Nicht die Frau, nach der er so verrückt war. Nicht die Katrine, die alles im Griff hatte und alles geradeheraus sagte. Nicht die Frau, die zu bleiben sie ihm versprochen hatte.

Thomas stellt seine Tasse in die Spülmaschine. Er kommt herüber und legt ihr die Hand auf die Schulter. »Geh doch bitte zu diesem Treffen, Katrine«, sagt er dann und drückt ihr einen flüchtigen Kuss auf die Wange. »Ich rufe heute Abend an, und dann erzählst du mir, wie es gelaufen ist.«

Anrufen? Die Angst flammt erneut in ihr auf. Sie hat total vergessen, dass er wegmuss. Schon wieder. Diesmal zu einem Führungsseminar nach Oslo. Er wird erst am Donnerstag zurückkommen. Also sind sie allein. Sie und das Kind. Die Wohnung wird leer sein, wenn sie von dem Treffen zurückkommt. Wird kalt und feindselig auf sie warten.

»Das ist da unten und dann rechts.«

Die Sekretärin zeigt mit dem Kugelschreiber eine Treppe hinunter und lächelt, als ob sie um Entschuldigung bitten wollte, weil das Telefon klingelt. Katrine hebt die Babytasche vom Stuhl. Sie geht die Treppe hinunter, umklammert den Tragegriff der Tasche und ballt die andere Hand im Dunkel ihrer Manteltasche zur Faust. *Du darfst da nicht reingehen. Das kannst du nicht schaffen.*

Sie versucht, nicht auf die Stimme zu achten, die auf dem ganzen Weg hierher auf sie eingeredet hat. Stattdessen geht sie weiter durch den langen engen Gang, der vor ihren Augen schwankt, den hellen, unbeschwerten Frauenstimmen entgegen, die leise miteinander reden, und dem Geräusch eines Babys, das aufheult. Die anderen haben ihre Mäntel neben der Eingangstür aufgehängt. Hier riecht es nach Feuchtigkeit und frischer Luft. Hat es auf dem Weg hierher geregnet? Sie kann sich nicht daran erinnern.

Sie stellt die Babytasche weg, zieht den Mantel aus und hängt ihn an den Haken. Ihre Bewegungen sind steif. Mechanisch. Ein letzter panischer Gedanke, dass sie den Mantel nehmen und weglaufen könnte, meldet sich, aber sie weiß, dass es zu spät ist. Sie hat eben erst oben bei der Sekretärin gestanden und ihr Eintreffen gemeldet, und die Hebamme ist in diesem Moment an ihr vorbeigegangen. Ein langer weißer Schatten, der vorüberglitt. Sie hat Katrine angelächelt und sie aus ihren kleinen blauen Augen hinter den Brillengläsern angesehen, und dabei hat sie beifällig genickt.

»Dann sind Sie ja doch gekommen, sehr schön, Katrine«, sagte sie und ging weiter.

Im Raum ist es dunkel. Sie haben auf dem großen weißen Tisch Teelichte angezündet und Kaffee, Tee und Wasser hingestellt. Die Hebamme ist noch nicht gekommen, aber die anderen, die als kleine Gruppe hinten im Raum sitzen, schauen Katrine neugierig an, als sie hereinkommt. Ihr Gespräch verstummt für einen Moment, als Katrine die Babytasche auf einen Stuhl stellt und sich neben eine junge Frau setzt, deren Lächeln sie zu spät erwidert.

»Du wohnst also oben im Værnedamsvej. Für welche Krippe hast du dich denn angemeldet?«

Das vorsichtige Kennenlerngespräch geht bei den sieben anderen Frauen weiter. Zwischen ihnen stellt sich schon eine gewisse Nähe ein, eine Wärme breitet sich aus, Katrine kann es förmlich spüren. Doch sie sitzt außerhalb dieses Kreises und schaut hinein, sie kann nicht zu ihnen gehören. Sie konzentriert sich auf das Atmen. In einer Stunde ist alles überstanden, versucht sie, sich zu beruhigen. Aber die Angst wird immer heftiger. Sie bekommt Herzklopfen, schwitzt.

Da kommt eine kräftige junge Frau atemlos herein. »Entschuldigung«, sagt sie und lächelt, knöpft ihren Mantel auf, stellt die Babytasche auf den Tisch und schaut ihr Kind an. Lässt eine

Hand am Gesicht des Babys entlanggleiten, öffnet dessen Jacke, überzeugt sich davon, dass es nicht zu warm ist. Beugt sich zu dem Kind hinunter und küsst es.

Katrine denkt daran, wie sie die Tasche mit ihrem eigenen Kind hinter ihren Stuhl gestellt hat. Sie hat nicht einmal nachgesehen, ob die Kleine nass ist und ob sie noch immer schläft.

In diesem Moment kommt die Hebamme herein und zieht hinter sich die Tür zu.

Jetzt gibt es kein Zurück mehr.

Die Hebamme geht ans Ende des Tisches. Unterwegs streichelt sie einen Säugling, der in den Armen seiner Mutter liegt, und sagt lobend: »Ach, die ist seit neulich aber schon richtig gewachsen, Cæcilie.«

Sie lächelt der Mutter vertraulich zu und setzt sich, legt einige Papiere hin und lächelt die Frau auf ihrer linken Seite an, die offenbar eine witzige Bemerkung gemacht hat. Dann wird es still im Raum. Die Hebamme gießt sich aus einer bauchigen Keramikkanne ein wenig Tee ein, erwartungsvolle Stille senkt sich über den Raum, und die schweigenden Frauen sehen die Hebamme an, die ein bisschen in ihrer Tasse rührt, während sie eine nach der anderen mustert und lächelt. Der durchdringende Blick hinter der Stahlbrille kommt auch bei Katrine an. Und Katrine hat das Gefühl, dass die kleinen blauen Augen bei ihr länger verharren als bei den anderen. Die Hebamme stellt die Tasse weg, schaut Katrine über die Teekanne hinweg an und nickt ihr zu. »Möchtest du gar nichts trinken, Katrine?«

Alle anderen haben sich Tee oder Kaffee oder Wasser genommen. Nur vor Katrine ist der Platz leer. Katrine schüttelt kurz den Kopf. »Ich warte noch«, kann sie hervorstammeln, während die Angst über sie hereinbricht wie eine kalte Welle.

Die blauen Augen durchbohren sie. Sehen es passieren. Das hier wird niemals gut gehen. Niemals. Sie schaut zu der geschlossenen Tür hinüber. Die große junge Frau neben ihr verwandelt sich in eine Riesin, an der kann sie nicht vorbei. Sie ist in dem dunklen Raum gefangen und eingesperrt, und gleich wird sie entlarvt werden.

»Gut …«, hört sie die Hebamme sagen.

Katrine kann nur mit halbem Ohr folgen, während ihr Herz wieder wie wild zu klopfen beginnt, und sie spürt, dass die Panik in ihr hochsteigt. Gleich wird sie aufstehen und gehen müssen.

» … eine Runde, wo jede ein wenig darüber erzählt, wie es ihr seit der Geburt ergangen ist«, hört sie die Stimme der Hebamme in weiter Ferne sagen.

Für einen Moment ist es ganz still, dann räuspern sich die anderen verlegen und ein bisschen erwartungsvoll. Die Hebamme zeigt auf die Frau auf ihrer rechten Seite, die gerade ihr Kind stillt.

»Wir fangen mit dir an, Cæcilie«, sagt sie und lächelt die Frau an.

Die eine Hand von Cæcilies Baby umklammert die Brust seiner Mutter, während es trinkt. Cæcilie sieht die Hebamme ganz gelassen an, während sie stillt. Dann holt sie tief Luft, lässt sich auf ihrem Stuhl noch weiter zurücksinken und lächelt zwei Frauen an, die ihr gegenübersitzen. Katrine bekommt nur einen Bruchteil davon mit, was Cæcilie erzählt. Sie lächelt starr und mechanisch, wenn die anderen über Cæcilies offenherzige Geständnisse über ihren ersten Monat als frischgebackene Mutter lachen. Sie lächelt mitfühlend, wenn sie sieht, dass die anderen das auch tun.

Cæcilie sitzt da und wirkt so liebenswürdig und berichtet so freimütig über ihre ganze Ohnmacht und Unsicherheit als Anfängerin in der Mutterrolle, aber ihr Anblick widerlegt alles, was sie da sagt. Denn sie ist eine Göttin auf ihrem Thron, mit dem ruhigen kleinen Kind in den Armen. Sie fließt vor Mütterlichkeit geradezu über.

Katrine merkt, dass ihr Mund wie ausgedörrt ist. Jetzt redet die Frau neben Cæcilie. Nach ihr ist Katrine an der Reihe. Sie muss etwas trinken, ehe sie an die Reihe kommt, aber sie wagt nicht, die Hand nach einem Glas auszustrecken und sich einzuschenken. Das Glas vor den anderen zum Mund zu heben, ist unvorstellbar. Ihre Hände würden zittern und das Wasser würde überschwappen, sie weiß, dass das passieren würde. Sie hört kein Wort davon, was die Dicke neben ihr sagt. Sie kann nicht einmal so tun, als ob sie zuhörte. Alles in ihr konzentriert sich darauf, ruhig auf dem Stuhl sitzen zu bleiben und gleichmäßig zu atmen. Sie schwitzt heftig, und jetzt ist die Dicke offenbar fertig, denn plötzlich entdeckt Katrine, dass es ganz still im Zimmer ist, und dass die Augen der Hebamme sie durch die Brille mustern.

»Katrine«, hört sie die Hebamme sagen. »Katrine. Wir warten auf Sie.«

Aller Augen sind auf sie gerichtet. Die Wörter hallen in ihren Ohren wider.

»Es geht sehr gut …«, beginnt sie, während das Zimmer verschwimmt und die Blicke sich in sie hineinbohren.

Mehr kann sie nicht sagen. Die Augen. Jetzt wird das Urteil fallen. Sie zwingt sich dazu, ihr Gesicht zu heben. Der aufmerksame Blick der Hebamme hinter der Brille explodiert in ihrem Kopf. Wie in einem Nebel sieht sie, dass die Frau links neben ihr wegschaut, die Stirn runzelt und fragend die Frau ihr gegenüber ansieht. Cæcilies Augen sind voller verständnisloser Unruhe. Die Dicke rückt ein wenig von ihr ab. Weiter hinten ahnt sie eine Gestalt, die sich über den Tisch vorbeugt und sie anstarrt. Alle sitzen ganz still da. Alle warten auf sie. Neugierig und unruhig. Jetzt muss sie aufstehen und gehen. Jetzt. Sie will schon den Stuhl zurückschieben, zwingt sich dann aber, sitzen zu bleiben. Das Kind. Wenn sie jetzt aus dem Raum stürzt, ist sie entlarvt. »Es geht sehr gut, aber ich habe heute Nacht nicht so gut geschlafen, die Kleine war sehr unruhig.«

Die Wörter quellen zu rasch aus ihrem Mund, und sie nickt zu der dunklen Tasche hinter ihrem Stuhl hinüber. Weg. Weg. Weg. Sie sitzt da und redet die Tischplatte an, und als ihr das bewusst wird, zwingt sie sich mit einer letzten Anstrengung, die Augen zu heben und den Blick der Hebamme zu erwidern. »Ich bin heute nicht so ganz bei mir, vielleicht hat das Zeit bis zum nächsten Mal«, sagt sie und ringt nach Luft. Sie kann das Flehende in ihrer Stimme hören, während sie unter dem Tisch die Hände ringt. »Die Kleine, ihr wisst schon«, stammelt sie mühsam und zwingt sich zu einem Lächeln, während sie ihren Blick um den Tisch irren lässt. Die Dunkelhaarige neben ihr schafft es nicht rechtzeitig, Katrines viel zu eifriges und einladendes Lächeln zu erwidern. Eine kühle Verwunderung spricht aus den braunen Augen. Eine Frau räuspert sich. Ansonsten ist es still. Alle sind verlegen.

»Das ist kein Problem.« Die Hebamme lächelt sie an. »Ist alles in Ordnung, Katrine?«

Katrine kann nicht noch mehr herausbringen. Sie nickt stattdessen viel zu schnell, und in ihr wird alles dunkel. Dann sieht sie, dass der Blick der Hebamme zu ihrer Nachbarin weiterwandert.

»Elise, und wie ist es mit Ihnen und dem kleinen Gustav?«

Es nieselt, als sie als eine der Ersten auf die Straße tritt. Die anderen stehen noch drinnen und plaudern. Sie hat Angst, die Hebamme könnte herauskommen und sie zurückrufen, aber das passiert nicht.

Der Regen wird stärker, als sie den Peter Bangsvej hinaufgeht.

Er sticht ihr wie mit Nadeln ins Gesicht, als sie gegen den Wind ankämpft und den Kinderwagen mühsam vor sich herschiebt. Sie kann hören, dass die Kleine jetzt wach ist und unten in der Dunkelheit jammert. Sicher hat sie Hunger. Auf dem Verdeck des Kinderwagens hat sich eine Regenlache gebildet. Sie hatte sich diese Situation am Morgen einfach nicht vorstellen können, hat weder Regenkleidung noch den Regenschutz für den Kinderwagen mitgenommen. Und jetzt gießt es wie aus Kannen. Die wenigen Menschen, die auf der Straße unterwegs sind, laufen mit eingezogenem Kopf durch die Dunkelheit, einige haben unter dem Vordach des Supermarktes Schutz gesucht und warten darauf, dass der Regen nachlässt. Sie ist schon durchnässt. Das Wasser ist durch ihre zu dünne Jacke gesickert, und sie wagt einfach nicht, daran zu denken, wie es dem Kind wohl geht. Sie bringt es nicht über sich, im Wagen nachzusehen.

Sie müsste ein Taxi oder wenigstens einen Bus nehmen, aber sie ist nicht sicher, ob sie es schaffen würde, mit der Kleinen in einem Taxi zu sitzen, und in einen Bus voller Menschen zu steigen ist unvorstellbar. Also geht sie weiter und überquert die Falkoner Allé im Laufschritt, während sie den Wagen vor sich herschiebt.

Als sie am Frederiksberg Centret vorbeikommt, ist das Wimmern der Kleinen in Weinen umgeschlagen. Katrine schiebt eine Hand unter die Decke und betastet die Beine des Kindes. Sie sind feucht, der Regen hat den Wagen durchnässt. Das Kind schreit immer lauter.

Als sie die Frederiksberg Allé hochgeht, fällt ihr ein, dass sie keine Windeln mehr hat. Also muss sie doch in den Laden an der Ecke gehen. – »Denk da jetzt nicht weiter drüber nach«, flüstert sie sich zu und weiß, dass sie genau das tun wird. Sie stellt den Wagen unter das Vordach des Ladens an der Ecke und spielt für einen Moment mit dem Gedanken, das schreiende Kind im

Wagen liegen zu lassen. Aber die Kleine weint jetzt so durchdringend, dass eine Frau, die gerade aus dem Laden kommt, zuerst den Kinderwagen forschend mustert und dann Katrine. Katrine hebt das Kind hoch. Es schreit und macht sich in ihren Armen steif.

Sie kann den Kaufmann mit seiner großen Brille im Laden stehen sehen, er plaudert freundlich mit der Kundschaft. Vor der Kasse wartet eine Schlange, dieser Schlange ist sie nicht gewachsen, das weiß sie, und jetzt fängt ihr Herz wieder an zu hämmern. Wie soll sie das hier schaffen? Wie soll sie die nächste Stunde schaffen, den nächsten Tag, die nächsten Tage? Das Leben. So kann es doch nicht weitergehen. Es muss aufhören. Es hört nicht auf.

Sie wischt sich Regen aus dem Gesicht, geht in den Laden, bleibt aber stehen, als sie die Kassenschlange sieht, die noch länger geworden ist, die vielen Menschen, die dort still stehen. Alle schauen sie plötzlich an, als sie mit dem schreienden Kind in den Armen den Laden betritt. Sie bleibt in der Tür stehen. Nein, das hier schafft sie nicht. Sie muss es schaffen. Das Kind kommt ohne Windeln nicht zurecht. Sie geht wieder hinaus, als ob sie etwas vergessen hätte, und tut, als ob sie die Sonderangebote an Gemüse musterte, die vor dem Laden aufgereiht sind. Ich bin doch krank, stellt sie fest, während sie einige Äpfel berührt.

»Katrine.«

Eine Hand auf ihrem Arm. Die wird zu einem festen Griff, als wisse die Hand, dass Katrine unter der regennassen Markise jeden Moment zusammenbrechen kann.

»Katrine«, sagt die Stimme noch einmal.

Sie dreht sich zu der Stimme um. Es ist Helle. Sie lächelt kurz und nickt zu dem nassen, weinenden Kind hinüber. »Ich hab euch im Laden gesehen. Ihr seid ja beide triefnass.«

»Ich brauche Windeln.«

Helle zögert kurz und schlägt dann vor: »Geh doch einfach mit ihr hoch, und ich erledige den Rest.«

Das Weinen des Kindes hallt im Treppenhaus wider, als Katrine die Treppe hochsteigt. Sie schließt die Tür auf, geht weiter zum Schlafzimmer und legt die Kleine auf das Bett. Sie zieht ihr die nassen Sachen aus. Der nackte kleine Körper ist feucht und kalt. Sie hört, dass Helle klingelt, geht hinaus und öffnet ihr die Tür. Helle reicht ihr wortlos die Windeln und läuft dann mit einer Tüte in der Hand weiter in die Küche. Katrine geht zurück. Zieht dem Kind eine trockene Windel und einen Pullover an. Dann legt sie sich auf das Bett, zieht eine dünne Decke über sie beide und merkt, wie das Kind an ihrer Brust zur Ruhe kommt, während es durstig trinkt und die winzigen Nägel in ihre Brust bohrt. Danach schläft es ein.

»Alles okay?«, flüstert Helle, als Katrine aus dem Schlafzimmer kommt.

»Ja.«

Katrine schüttelt den Kopf. Das Weinen steckt ihr im Hals. »Danke. Es war einfach nur der Regen, und dann hat die Kleine so geschrien und die Windeln waren voll. Möchtest du nicht einen Moment bleiben? Auf eine Tasse Tee?«

Wirkt sie zu verzweifelt? Sie kann die Vorstellung einfach nicht ertragen. Die große leere Wohnung. Die Geräusche. Sie und das Kind allein.

»Natürlich, gerne.«

Sie kann die Überraschung in Helles Blick sehen, aber sie kann auch sehen, dass Helle am liebsten weit weg wäre.

Helle hängt aber dennoch ihren Mantel über den Stuhl. Setzt sich. »Ich war gerade auf dem Heimweg von der Arbeit. Wo warst du noch mit ihr, was hast du gesagt?«

Katrine setzt Wasser auf. »Bei der Müttergruppe. So was macht mich völlig fertig. Das ist doch total albern.«

Sie stellt zwei Tassen auf den Tisch.

»Ich habe auch von anderen gehört, denen es so gegangen ist«, sagt Helle ruhig. »Zu viele Frauen auf einmal. Zu viel Hühnerhof. Ein unangenehmer Hühnerhof, kann ich mir vorstellen.«

Für einen Moment ist es still. Dann räuspert sich Helle. »Das ist übrigens witzig, meine Mutter hat es erwähnt, als wir auf dem Weg nach Paris im Flughafen standen. Wir sahen uns Zeitschriften an. Und sie griff zu einer dieser Mutter-und-Kind-Zeitschriften und sagte, die müssten verboten werden. Sie fand es schrecklich, Mutter zu werden. Aber nur ganz zu Anfang. Dann fand sie es wunderbar.«

Helle lächelt und lässt sich zurücksinken. Katrine mag sie plötzlich sehr gern.

»Wie geht es denn sonst? Wohnt ihr noch immer gern hier?«

Katrine schaut die Tischplatte an. »Ja. Nein. Manchmal habe ich das Gefühl, mit einem Mann zusammenzuwohnen, den ich überhaupt nicht kenne.«

Sie kann hören, dass Helle verlegen auf ihrem Stuhl herumrutscht. Warum erzählt sie einem fast fremden Menschen auch solche Dinge? Vielleicht deshalb. Oder weil sonst niemand da ist. Sie schaut auf und erwidert Helles Blick. Doch, Helle ist verlegen. »Entschuldige. Ich will dich da wirklich nicht reinziehen.«

»Ist dein Mann nicht einfach so ein Typ, Katrine? Ich meine, jemand, der in seiner Arbeit aufgeht, nicht so viel redet.«

Helle trinkt einen Schluck Tee.

In diesem Moment hört Katrine, dass die Kleine im Schlafzimmer aufgewacht ist. Helle steht auf und nimmt ihren Mantel.

»Ich muss los. Ich hab noch eine Verabredung.«

»Helle!«, ruft sie, als Helle schon die Treppe hinuntergeht. »Das war so lieb von dir. Wir haben in drei Wochen eine kleine Party, am 25. Damit alle die Kleine kennenlernen. Thomas liebt so was. Hast du nicht Lust zu kommen?«

Helle dreht sich um. »Ja, das wäre nett.« Sie lächelt Katrine an. »Kommst du zurecht? Sonst ruf einfach an. Ich wohne ja fast um die Ecke.«

Katrine nickt.

Aber als sie durch den dunklen Flur zurückgeht und das Kind hört, dessen leises Wimmern jetzt zu einem schrillen und fordernden Weinen geworden ist, ist ihr klar, dass Helle die Ruhe mitgenommen hat, als sie gegangen ist.

Katrine wird von einem durchdringenden Lärm in der Wohnung geweckt. Sie setzt sich mit schwerem Kopf auf und schaut auf die Uhr. Es ist zehn. Die Sonne scheint durch das Fenster herein. Das Kind liegt in seiner Wiege und schläft. Es klingelt wieder. Jetzt kann sie das laute Geräusch lokalisieren, es ist die Türklingel. Sicher Werbung. Sie kann sich nicht aufraffen zu öffnen. Sie hat elend schlecht geschlafen. Wieder hat sie fast die ganze Nacht wach gelegen und in die Dunkelheit hinausgehorcht. Die Wohnung spielt mit ihr. Sie hat nie an Gespenster geglaubt, aber jetzt kann sie sie sehen. Die ganze Zeit. Am Ende stand sie auf, öffnete eine Flasche Wein und trank zwei Glas. Das machte sie aber nur noch wacher.

Wieder klingelt es. Und jetzt raschelt auch noch die Decke in der Wiege. Sie steht auf schwankenden Beinen auf. Als sie durch den dunklen Flur geht, ertönt die schrille Türglocke ein weiteres Mal.

»Ja, ja! Könnt ihr verdammt noch mal endlich woanders klingeln«, ruft sie, drückt auf den Summer und geht in die Küche und öffnet den Kühlschrank.

Gleich darauf wird an die Tür geklopft. Sie zögert. Es klopft wieder, und sie geht hin und reißt die Tür auf.

»Mama?«

»Darf ich reinkommen?«

Die Mutter trägt einen Rock und einen hellen Baumwollmantel. Sie nimmt die Sonnenbrille ab und steckt sie in die braune Schultertasche, während sie Katrine ansieht, die barfuß, mit zerzausten Haaren und in einem verschwitzten T-Shirt vor ihr steht.

»Seid ihr denn noch nicht aufgestanden?«, fragt sie, als sie an Katrine vorbei in die Wohnung tritt. »Es ist doch schon später Vormittag.«

Katrine geht hinter ihr her in die Küche und sieht, dass die Mutter stehen bleibt und den Blick über den chaotischen Küchentisch gleiten lässt. Der Blick bleibt an Weinflasche und Glas haften.

»Ich hatte Besuch«, sagt Katrine zu schnell und schaut das einsame Glas an. »Warst du bei Jon?«

Die Mutter gibt keine Antwort, geht zum Fenster, bleibt dort stehen und schaut in den Hof hinunter.

»Nein, ich war nicht bei Jon«, sagt sie dann und dreht sich um. »Katrine, ich mache mir Sorgen um dich. Wir machen uns Sorgen. Und Thomas auch.«

»Thomas?«

Plötzlich weiß Katrine, warum die Mutter gekommen ist. »Hat er dich angerufen, Mutter?«

»Ja. Er macht sich Sorgen um dich. Und mir geht es genauso. Du bist nicht mehr du selbst. Du gehst nicht aus dem Haus, du willst keinen Menschen sehen. Wir haben euch ich weiß nicht wie oft eingeladen. Du hast immer irgendeine Entschuldigung, Katrine.«

Sie tritt dichter an Katrine heran. »Was ist aus meiner schönen, sorglosen Tochter geworden? Meinem kleinen Sonnenschein?«, fragt sie und versucht zu lächeln.

Katrine befreit sich von ihrem Blick, geht zum Spülbecken und lässt Wasser in ein Glas laufen. Ihre Hände zittern, als sie das Glas an den Mund hebt und gierig trinkt. Der Blick der Mutter folgt dem Glas.

Katrine stellt es weg und schaut aus dem Fenster. »Vielleicht ist es eben nicht so leicht, Mama.«

»Was ist nicht so leicht, Katrine?«

Die Mutter starrt sie noch immer an.

Schau doch endlich woandershin, flüstert die Stimme.

»Alles.«

Mehr bringt sie nicht heraus. Das Weinen steckt ihr in der Kehle.

»Aber das verstehe ich nicht, Katrine. Du hast doch alles. Einen lieben Mann. Ein reizendes Kind. Was kannst du dir denn sonst noch wünschen?«

Katrine gibt den Versuch zu antworten auf. Sie geht an ihrer Mutter vorbei, ins Badezimmer und zieht einen Morgenrock an. Sieht ihr Gesicht im Spiegel. Ihre Haare sind schweißnass und zerzaust. Der Mund verschmiert. Die Augen geschwollen. Sie sumpft in ihrem Leben herum.

Als sie zurückkommt, ruft die Mutter sie aus dem Schlafzimmer. Sie beugt sich über das schlafende Kind. »Sie ist ja so niedlich«, flüstert sie und nimmt das Händchen der Kleinen. Dann richtet sie sich auf und sieht Katrine an. »Ich weiß ja, dass das alles nicht so leicht ist. Das ist es nie. Bei mir war es das auch nicht.«

»Wie meinst du das, Mama?«

»So, wie ich es sage.«

Sie wirft sich ihre Tasche über die Schulter. »Nichts ist leicht. Papa und ich – im Laufe der Zeit haben wir uns arrangiert. Und das werdet ihr auch. Du wirst jetzt einfach erwachsen, Katrine«, sagt sie und lässt ihren Blick über schmutzige Wäsche und zerknüllte Decken wandern. »Geh duschen. Mach mit der Kleinen einen Spaziergang. Draußen ist jetzt Sommer. Stell sie unten in die Sonne. Schau am Wochenende bei uns vorbei. Wach auf, Schatz. Und sorg dafür, dass du ab und zu hier rauskommst.«

Ihre Mutter hatte ja recht. Und jetzt würde sie sich zusammennehmen.

Zwei Tage danach suchte sie das Babyfon heraus, das sie von Belinda bekommen hatte. Es lag noch immer in der blauen IKEA-Tasche unten in einem Schrank. Der Sommer war jetzt da, und Thomas fragte immer wieder, warum um alles in der Welt sie keinen Spaziergang machte oder die Kleine zumindest in eine schattige Ecke unten im Hof stellte. Das Tor sei doch abgeschlossen und falle von selbst zu, und der Kleinen werde es guttun, an die frische Luft zu kommen, statt immer mit Katrine im Haus zu sein.

Thomas war natürlich allem gegenüber skeptisch, was mit Belinda zu tun hatte. Er bestand deshalb darauf, das Babyfon zuerst zu testen, und nachdem Katrine mit der Kleinen oben in der Wohnung gesessen hatte, während Thomas unten im Hof umherging, um die Reichweite zu prüfen, wurde es akzeptiert.

Am nächsten Tag machte sie einen Versuch. Der Hof war leer und sonnig. Sie fuhr den Kinderwagen in den Schatten unter dem großen Baum gleich bei den Wäschepfählen. Die Kleine schrie wie immer, wenn sie in den Wagen gelegt wurde, hörte aber überraschend schnell wieder damit auf. Nachdem sie eine Weile den blauen Himmel angestarrt hatte, den sie durch das Moskitonetz vielleicht ahnen konnte, schloss sie die Augen und schlief ein. Am ersten Tag hatte Katrine einige Meter vom Kinderwagen entfernt in der Sonne gesessen und dabei den Empfänger des Babyfons in der Hand gehalten. Sie konnte hören, wie die Kleine sich umdrehte, hörte ab und zu ein leises Seufzen. Das Babyfon funktionierte also wirklich. Nach einer Stunde ging sie zu ihr und schaute nach. Das Kind schlief friedlich mit roten Wangen unter dem Netz. Katrine fühlte unter der Decke nach ihren Händen, die waren weder zu kalt noch zu warm. Dann ging Katrine mit dem Babyfon nach oben in die Wohnung, und noch immer konnte sie hören, wie die Decke ab und zu raschelte und wie das Kind tief Atem holte oder sich im Schlaf umdrehte.

Es war seltsam gewesen, ohne das Kind in der Wohnung zu sein. Die Wohnung kam ihr plötzlich so hell und sorglos vor. Die Schlafzimmertür stand jetzt offen und ragte nicht dunkel und bedrohlich auf, während das Kind dahinter unruhig schlief. Katrine konnte durch die Zimmer gehen, ohne die Angst, die Kleine zu wecken. Nach zwei Stunden war sie fast ungeduldig oder jedenfalls unruhig. Auch wenn das Babyfon immer wieder leise Geräusche des Kindes hören ließ, ging sie dann doch wieder nach unten und schaute nach der Kleinen und hielt ihr einen Finger vor die Nase, um sich davon zu überzeugen, dass sie atmete. Das tat sie.

Erst um drei Uhr nachmittags wurde die Kleine wach. Sie hatte inzwischen fast vier Stunden lang geschlafen. Das hatte sie noch nie getan, und sie erwachte, ohne darauf aufmerksam zu machen und ohne ihr übliches schrilles, unzufriedenes Geschrei. Katrine hatte nur gehört, wie sich die Decke ein wenig mehr bewegte, dann ein seltsames Plappern. Als sie von ihrem Stuhl unten auf dem Hof aufstand und zum Kinderwagen ging, lag die Kleine da und schaute mit glasklarem Blick und roten Wangen zu ihr hoch. Katrine glaubte fast, um die Lippen des Kindes ein Lächeln zu ahnen. Und dieser Tag, der ihr so lang und unüberschaubar vorgekommen war, war fast schon vorüber.

Es war, wie aus einem langen und düsteren Traum aufzuwachen, dachte Katrine, als sie das Kind aus dem Wagen hob. Danach schickte sie Thomas eine SMS. *Ida hat im Hof 4 Stunden geschlafen, gerade erst aufgewacht.* Ehe sie auf »senden« drückte, änderte sie Ida zu »die Kleine«. Als sie den Namen vorgeschlagen hatte, hatte er eine Grimasse gezogen. »Ida! Was für ein Proletariername! Hinterhof-Ida!«, hatte er gesagt.

Tüchtiges Mädchen, antwortete Thomas kurze Zeit später, und sie wusste nicht, welche von ihnen gemeint war, aber das war ja auch egal. Der lange Schlaf hatte das Kind offenbar entkräftet. Es hatte keine Energie mehr, um unzufrieden in der Wiege zu liegen und zu jammern, oder in einen verzweifelten und unerklärlichen Weinanfall auszubrechen, wie es das bisweilen ohne Vorwarnung machte. Auch nachts war die Kleine nur zweimal aufgewacht, um zu trinken, um dann gleich wieder in einen tiefen, komaartigen Schlaf zu versinken.

In den ersten Nächten hatte Katrine hellwach gelegen und auf die Wiege gelauscht. Aber nach zwei Nächten hatte sie selbst den tiefen und schweren Schlaf erlebt, der ihr nach der Geburt des Kindes abhanden gekommen war. Für wenige Augenblicke hatte sie das Gefühl, das Leben sei wieder gut. Die Angst war weniger aufdringlich, weniger präsent, sie hatte mehr Energie. Und seit zwei Tagen genoss sie geradezu die drei Stunden, in denen die Kleine im Schatten des Baumes unten auf dem Hof schlief. Sie hatte soeben geputzt, sie war im Badezimmer gewesen, während das Babyfon ruhig und mit grünem Blinken auf der Waschmaschine stand. Als sie in den Hof hinunterging, stand der Kinderwagen noch immer im Schatten der großen Eiche. Die Kleine schlief friedlich. Danach hatte sie sich zum ersten Mal ins Schlafzimmer gelegt und ein wenig in der von Thomas abonnierten Tageszeitung gelesen, während das Fenster zum Hof auf Kipp stand. Sie schlief über der Zeitung ein und fuhr voller Panik aus dem Schlaf hoch. Das Kind! Aber als sie die Schlafzimmervorhänge aufzog, stand der Kinderwagen weiterhin im Schatten der Eiche unten im Hof.

Die Ruhe ging auch auf sie und Thomas über. Vielleicht war es ein Zufall, aber neuerdings kam er früher von der Arbeit nach Hause. Er sah zudem besser aus und wirkte fröhlicher. Und am Vorabend hatte er vorgeschlagen, zum Essen ein Glas Wein zu trinken. Sie hatten beim Essen nicht viel gesagt. Aber das hatte keine Rolle gespielt. Der Wein hatte sie beide schläfrig gemacht, und danach hatten sie den Rest im Wohnzimmer getrunken und dabei mit wenig Aufmerksamkeit die Nachrichtensendung im Fernsehen verfolgt. Als Katrine merkte, wie seine Hand ihren Rücken streichelte, war das wie ein elektrischer Stoß. Er zog die Hand rasch wieder zurück, aber immerhin hatte er sie angefasst. Danach dachte sie, dass vielleicht doch noch alles gut werden würde.

»Zieh sie heute lieber nicht zu dick an, wenn du sie nach unten bringst.«

Thomas stellt den einen Fuß auf den Küchenstuhl und fängt an, seinen Schuh zuzubinden. Er stampft danach auf den Boden auf und schaut an sich herunter, während er sich das Hosenbein abwischt. »Und pass auf die Sonne auf. Die ist im Moment angeblich extrem stark. Es kann bis zu achtundzwanzig Grad werden.«

Katrine trinkt einen Schluck Nescafé und reicht ihm seinen Tee. Vielleicht sollte sie auf das Moskitonetz verzichten. Der Kinderwagen wirkt dann so eingeschlossen, und die Bienen sind ohnehin noch nicht da.

»Vielleicht sollten wir am Wochenende an den Strand fahren?«

Der Gedanke war ihr spontan gekommen. Noch vor einer Woche hätte sie es nicht gewagt, einen solchen Vorschlag zu machen. Aber plötzlich kann sie sich gut vorstellen, wie sie zwischen anderen Menschen in der Sonne am Strand sitzt. Zusammen mit Thomas und der Kleinen.

Thomas gibt keine Antwort, sondern steht mit dem Rücken zu ihr am Küchentisch und schneidet eine Banane.

»Ja, wir könnten doch einen Sonnenschirm kaufen«, fügt sie hinzu.

Er zögert mit der Antwort. »Nein, kleine Babys an einem glühend heißen Strand, Katrine. Das kommt mir nicht vor wie eine gute Idee«, murmelt er und streut die Bananenscheiben über sein Müsli.

Etwas in seiner Stimme versetzt sie wieder in Unbehagen. War sie jetzt zu übermütig gewesen? Vielleicht war es eine schlechte Idee, mit einem Säugling an einen warmen Sandstrand zu gehen. Vielleicht war es eine unsinnige und egoistische Idee. Aber Thomas sagte doch die ganze Zeit, Katrine solle versuchen, mit der Kleinen mehr aus dem Haus zu gehen. Jetzt fand er sie vielleicht dann doch zu hektisch? Im Treppenhaus aber drehte er sich noch einmal um und lächelte sie an.

»Denk daran, es wird heute heiß«, sagte er noch einmal, bevor er weiter die Treppen hinunterlief.

Sie legt die Kleine auf einer weißen Wolldecke auf den Küchenboden, während sie nach dem Frühstück aufräumt. Danach wickelt sie das Kind neu und wäscht es mit einem weichen Schwamm. Es ist ruhig und schaut vertrauensvoll zu ihr hoch, als ob es endlich glaubt, in guten Händen zu sein. Katrine zieht ihr eine neue Windel und ein wenig von der leichten, hellroten und sicher schweineteuren Babywäsche an, die sie von ihrer Mutter bekommen haben. Ist das wohl genug? Katrine zögert. Der Kinderwagen steht im Schatten, es kann durchaus kühl werden, wenn Wind aufkommt. Sie holt eine weiße und noch nie benutzte Strampelhose und zieht sie dem Kind an. Sie sucht sich den kleinen weißen Baumwollhut heraus, den sie ebenfalls von ihren Eltern bekommen hat. Zieht man Kindern so was nicht an, wenn die Sonne scheint? Sie sieht die dünne Seidenschnur an, mit dem der Hut festgebunden werden soll. Vielleicht könnte das Kind sich damit strangulieren, während es schläft. Plötzlich sieht sie es vor sich. Rasch legt sie den Sonnenhut weg.

Die Kleine versinkt in einem leichten Schlummer, als Katrine sie gestillt hat. Katrine hebt sie vorsichtig hoch, legt sie in die Babytasche und geht über die Hintertreppe nach unten.

Obwohl es erst halb elf ist, schlägt ihr eine feuchte Hitze entgegen, als sie die Tür zum Hof aufmacht. Es ist fast, wie am Mittelmeer aus einem Charterflugzeug zu steigen und in die Hitze zu treten. Sie stellt den Kinderwagen unter den Baum und bleibt lange stehen, ohne sich entschließen zu können, ob sie die Daunendecke über das Kind legen will oder sich mit einer Wolldecke begnügt. Sie schaut die nackten weißen Arme des Kindes an und entscheidet sich für die Daunendecke. Es ist kühl im Schatten, heißt es nicht so? Die Kleine öffnet für einen Moment die Augen. Sie sieht aus wie eine kleine Eule, wie sie da unten in der Tiefe des Kinderwagens liegt und aus ihren großen dunklen Augen zu Katrine hochschaut. Katrine verspürt, wie sie für einen Moment von Zärtlichkeit überwältigt wird. Sie berührt die kleinen Fäuste, die auf der Decke liegen, in der Mitte zusammengeführt wie zum Gebet. Die Händchen, immer zu Fäusten geballt. Es ist seltsam, aber vielleicht muss man sich darüber keine Sorgen machen.

Sie überprüft das Babyfon und zieht dann rasch ihren Stuhl aus der Sonne und in den Schatten unter dem Baum. An der Wäscheleine hängen einige weiße Laken und bewegen sich in der warmen Brise. Sie hat hier bisher nur selten andere gesehen. Sie schaut zu dem grauen, rissigen Asphaltboden hinüber, zu den Mülltonnen und den alten Schuppen. Von der Straße her wirken die Häuser elegant und herrschaftlich, aber der Hinterhof ist leer und armselig. Als wäre das Haus eine Maske, die verlogen auf die Frederiksberg Allé blickt.

Katrine überzeugt sich davon, dass die Kleine schläft, dann geht sie über die Hintertreppe nach oben und legt das Babyfon auf den Küchentisch. Danach öffnet sie das Fenster. Sie reckt sich und sieht die Laken an, die unten an der Wäscheleine im Wind wogen. Die Hitze macht sie müde. Sie müsste aufräumen, aber dazu kann sie nicht aufraffen. Endlich scheint der Schlaf sie in seine Fänge gebracht zu haben. Sie geht in die Diele und hebt die Tageszeitung vom Boden auf. Sie nimmt das Babyfon vom Küchentisch und trinkt ein Glas Wasser. Dann geht sie ins Schlafzimmer und lässt sich aufs Doppelbett fallen.

Das Schlafzimmer ist kühl und dunkel. Die Jalousie bewegt sich ein wenig in der Brise, die durch das offene Fenster kommt. Die Decke duftet nach Thomas. Sie hält sich den weißen Stoff an die Nase und riecht durch die Baumwolle seinen warmen würzigen Duft. Sie merkt, dass die Wärme unter der Decke noch immer von ihm stammt, als sie sich darunter rollt und für einen Moment in der Dunkelheit der Decke verschwindet. Sie denkt an alles, was sie miteinander gemacht haben, ehe das Kind da war. Seinen feuchten Mund. Seinen warmen Körper. Sie berührt sich, während sie sich vorstellt, wie er sie hart vögelt. Danach schläft sie ein, aber vorher kann sie noch denken, dass sie sich seit der Geburt zum ersten Mal angefasst hat.

Klopfen und Schreie schleichen sich in ihren Traum ein und reißen sie gewaltsam wieder heraus. Dunk. Dunk. Dunk. Katrine dreht sich im Bett um. Zuerst hat sie keine Ahnung, wo sie ist. Jalousie. Zimmer. Wärme. Wo ist sie? Dann wieder das Geräusch. Hartes Klopfen an die Küchentür.

»Ist sie da?«, ruft vom Hof her eine laute Stimme, und jetzt wird noch energischer gegen die Tür gehämmert.

Dann hört sie den Schrei. Das Kind!

Sie stürzt, als sie versucht, aus dem Bett aufzustehen.

»Hallo, da drinnen!«, ruft eine wütende Frauenstimme auf der anderen Seite der Küchentür. Der schwere Schlüssel klemmt, und Katrine müht sich damit ab, ehe sie die Tür öffnen kann. Sie kann das Kind noch immer unten im Hof schreien hören. Sie kann gerade noch eine rote Brille sehen und erkennt die Frau, die weiter oben im Haus wohnt, dann rennt sie schon an ihr vorbei und die enge Küchentreppe hinunter hinaus in die sengende Sonne.

Sie kann gerade noch registrieren, dass der Kinderwagen nicht mehr unter der Eiche steht, dann sieht sie eine ältere Frau, die in der Sonne an einem Wäschepfahl lehnt und das schreiende Kind in den Armen hält.

»Aufpassen, sie hat sich verbrannt«, flüstert die Frau und dreht sich mit dem Kind auf dem Arm ein wenig weg von Katrine, als die bei ihr ankommt und die Hände nach der Kleinen ausstreckt.

»Geben Sie sie mir!«

Die Frau dreht sich um, schaut das schreiende Baby an und reicht es widerwillig an Katrine weiter. Der Körper des Kindes ist glühend heiß. Das Unterhemdchen ist verrutscht, als ob das Kind in seiner Verzweiflung versucht hätte, es sich vom Leib zu reißen. Die Windel ist aufgegangen. Während Katrine das schreiende Kind an sich drückt, kommt auch die Nachbarin von oben wieder auf den Hof.

»Vielleicht sollten Sie mit ihr in den Schatten gehen«, hört sie die Frau flüstern. »Für heute hat sie sicher Sonne genug.«

Katrine trägt die Kleine in den Schatten der Eiche und entdeckt dabei mitten in der ganzen Unwirklichkeit, dass sie unter Thomas' weißem T-Shirt nackt ist.

»Ziehen Sie sie aus.«

Das ist die Frau von oben, die jetzt den Kinderwagen bringt und ihn mit angezogener Bremse unter den Baum stellt. Katrines Hände zittern, während sie versucht, das Unterhemd aufzuknöpfen, und merkt, dass die Frau sie nicht aus den Augen lässt.

»Sie müssen mit ihr zum Arzt.«

Die Stimme der Nachbarin hat nichts von ihrem Befehlston verloren. Und erst jetzt sieht Katrine die roten Blasen auf den weißen Ärmchen des Kindes. Das Gesicht der Kleinen ist dunkelrot und wirkt angeschwollen, aber Katrine kann nicht sehen, ob das an Angst oder Sonnenbrand liegt. Sie betastet die Wangen des Kindes, sie glühen.

»Wie ist das nur passiert?«, murmelt sie und spürt, wie die Angst mit frischer Kraft in ihr aufwallt. »Ich habe sie doch in den Schatten gestellt. Ich habe sie doch in den Schatten gestellt.«

Was ist passiert? Das Kind in der sengenden Sonne. Muss die Kleine jetzt sterben? War sie dabei, ihr Kind umzubringen? Sie hat über zwei Stunden geschlafen. Hat die Kleine so lange geschrien und sie hat nichts gehört? Das Babyfon. Was ist mit dem Babyfon passiert?

»Das Babyfon. Wo ist das Babyfon?«

Die Nachbarin hebt die Hand. »Meinen Sie das hier?«

Sie reicht ihr das Babyfon. Plötzlich sieht es so alt und armselig aus, denkt Katrine und nimmt es der Frau aus der Hand.

»Warum ist das ausgeschaltet?« Katrine sieht die Frau verständnislos an.

»Vielleicht, weil Sie es nicht eingeschaltet hatten«, sagt die und deutet auf das schwarze, erloschene Display.

»Aber ich hab es doch eingeschaltet«, sagt Katrine und ist plötzlich nicht sicher, ob das auch wirklich stimmt.

Die Frau sieht sie ausdruckslos an. »Na, aber das ist ja offenbar auch ein älteres Modell. Und nächstes Mal sollten Sie auch die Bremse anziehen, ehe Sie den Kinderwagen irgendwo abstellen.«

»Aber das hab ich doch gemacht …«

»Vielleicht sollten Sie Ihrem Kind jetzt lieber etwas zu trinken geben«, schaltet sich die andere Frau ein, die jetzt zu ihnen getreten ist.

Katrine erkennt in ihr noch einen von den anonymen Menschen, die im Treppenhaus schweigend an ihr vorübergehen. Flüssigkeit. Warum hat sie nicht schon selbst daran gedacht?

Kann sie überhaupt denken? Katrine schaut auf das Kind hinunter, das jetzt ganz still und mit abgewandtem Gesicht daliegt. Es wirkt plötzlich so apathisch. Die Blasen an Armen und Beinen zeichnen sich jetzt kräftiger auf der weißen Haut ab. Sie nimmt das Kind hoch. Es hängt schlaff in ihren Armen und lässt keinen Ton hören.

»Ja, sorgen Sie dafür, dass sie Flüssigkeit bekommt. Und dann muss sie zum Arzt. Es scheint ihr ja nicht gerade gut zu gehen.«

Die Frau von oben nimmt ihre Tasche, die sie unter den Baum geworfen hatte. Sie haben sich sicher beeilt, als sie das Kind entdeckt haben.

»Danke«, flüstert Katrine mühsam.

»Ja, was für ein Glück, dass wir sie gehört haben. Ich mag mir ja gar nicht vorstellen, was sonst hätte passieren können.«

Sie sieht Katrine, die in T-Shirt und mit nacktem Unterleib dasteht, einen Moment lang an. Dann nickt sie ihrer Freundin zum Abschied zu und wirft sich die Tasche über die Schulter, während sie den Kopf schüttelt, als ob sie Katrines Gedanken zu Ende dächte: Eine nackte Mutter. Ein Kind, das in der Sonne verbrennt.

»Jetzt gehen Sie schnell mit ihr ins Haus und rufen Sie den Arzt an«, sagt die andere mit etwas freundlicherer Stimme und lässt im Vorübergehen eine Hand über Katrines Schulter gleiten.

»Du hättest ein Taxi nehmen können, Katrine. Oder einen Krankenwagen rufen.«

Thomas hupt, weil ein Müllwagen die schmale Durchfahrt zur Vesterbrogade blockiert. Er steckt den Kopf durch das Fenster, reißt den Wagen auf die Gegenfahrbahn, fährt an dem Müllwagen vorbei und kann den Kopf gerade noch zurückziehen, ehe ein hupender Mercedes vorüberjagt.

Katrine hat die Kleine im Arm. Das Kind ist in ein feuchtes Handtuch gewickelt, das hat Thomas gemacht, sowie er zur Tür hereingekommen war.

Das Kind hatte ein wenig getrunken, als sie auf ihn warteten, aber vielleicht nicht genug. Sie ist noch immer sehr still und liegt mit geschlossenen Augen wie ein schlaffes kleines Bündel in Katrines Armen.

»Ich weiß nicht, ich konnte nicht klar denken … ich wusste doch nicht, wie ernst das war«, murmelt sie hilflos und sieht sein Profil an, das sich auf den Verkehr konzentriert.

Sie stand unter Schock, als sie in die Wohnung zurückkam. Sie zitterte und konnte nur dastehen und ihr Kind anstarren. Sie hätte beim Notruf anrufen müssen, aber alles war so unwirklich. Das Einzige, was sie schaffte, war, Thomas anzurufen. Sie wusste ja nicht, dass er auf Holmen in einer Besprechung saß und dass es so lange dauern würde, bis er zu Hause wäre. Sie hatte nur gedacht, dass er hier sein müsste. Das hier konnte sie allein nicht schaffen. Aber in dem Moment, in dem er zur Tür hereinkam, wurde ihr klar, dass sie einen riesigen Fehler begangen hatte. Sie hätte sofort losfahren müssen. Sich selbst um alles kümmern.

»Und du bist sicher, dass du das Babyfon überprüft hast?«, fragt Thomas und schaut das Kind an, während er vor einer roten Ampel hält. »Mieser alter Schrott. Das hattest du von Belinda bekommen, oder?«

»Ja, warum?«

»Das kann jetzt egal sein«, murmelt er fast an sich selbst gerichtet und legt die rechte Hand auf die jetzt von roten Blasen und Ausschlag bedeckten Arme des Kindes. »Sie ist doch glühend heiß«, murmelt er. »Katrine, verdammt. Wie konntest du sie einfach so in der Sonne braten lassen? Was hast du gemacht?«

»Ich war eingeschlafen …«

Hinter ihnen hupt ein Auto, er hebt den Blick und sieht, dass die Ampel auf Grün umgesprungen ist.

»Eingeschlafen!« Er gibt Gas. »Also wirklich …«

Er gibt den Versuch auf, einen Parkplatz zu finden, und hält im Parkverbot dicht vor der Kreuzung in der Vester Voldgade.

»Warum bist du auch in einer Praxis, die so weit weg ist«, ruft er verärgert und verriegelt die Autotür mit einem Klicken. Er wartet weder auf Katrine noch auf eine Antwort, nimmt ihr das Kind aus den Armen und läuft auf den Rådhusplads zu. »Welche Hausnummer war das noch?«

Sie kann sich an die Nummer nicht erinnern, sondern zeigt nur atemlos auf ein Haus, als er sich wütend umdreht, weil sie keine Antwort gibt.

»Welche Nummer?«, ruft er lauter und bleibt stehen.

»Jetzt komm schon zu dir, Katrine«, faucht er, als sie ihn eingeholt hat. »Es geht hier um dein Kind.«

Sie schüttelt den Kopf, das Weinen schnürt ihr die Kehle zu. »Da neben dem Uhrmacher«, kann sie dann flüstern.

»Jetzt fang nicht an zu weinen. Jetzt nicht. Es geht hier um unser Kind. Nicht um dich!«

Die Ärztin tritt nach der Untersuchung einen Schritt vom Kind zurück und mustert es dann.

»Das sieht schlimmer aus, als es ist. Sie ist zwar arg verbrannt, aber sie hat keine inneren Verletzungen davongetragen.«

Katrine sieht zuerst das Kind und dann die Ärztin an.

»Aber warum ist sie so schlapp? So ist sie doch sonst nicht.«

Die Ärztin streichelt der Kleinen übers Haar. »Wenn sie so lange in der Sonne gebraten hat, muss sie doch jetzt total erschöpft sein.«

Katrine spürt, dass etwas in ihr losbricht. Und zwar die Angst. Bisher hat sie die zurückhalten können, aber jetzt kommt sie, wie eine große, heftige Welle in ihrem Bauch, ungeheuer physisch, und sie muss sich vorbeugen. Gleich wird sie sich erbrechen. »Oh Gott.«

Sie tritt von der Untersuchungsliege zurück und merkt, wie die Übelkeit sich in ihrer Kehle einen Weg nach oben bahnt.

Die Ärztin dreht sich um und nimmt sie am Arm.

»Ganz ruhig jetzt, Katrine. Sie schafft es. Gut, dass Sie sie in das kalte, feuchte Handtuch gewickelt haben.«

Sie schaut Katrine aufmunternd an.

Katrine schüttelt den Kopf. »Nein, nein. Das war … Thomas. Ich konnte nicht, ich konnte einfach nicht …«

Was, wenn er nicht gekommen wäre? Wäre sie dann einfach wie gelähmt im Wohnzimmer stehen geblieben und hätte zugesehen, wie ihr kleines Kind vor ihren Augen stirbt? Sie kann nicht atmen, das Weinen kommt in kurzen, harten Schluchzern. Ihr Herz hämmert. Sie ist kurz vor dem Ersticken. »Nein, nein«, flüstert sie und wagt erst jetzt, den furchtbaren Gedanken zu Ende zu denken, der die ganze Zeit drohend am Horizont hing. Sie merkt, wie die Hand der Ärztin durch ihre Haare gleitet, während sie sich zusammenkrümmt und spürt, wie die Angst in ihrem Körper pocht. Gleich wird die Angst explodieren, endlich.

Jetzt geht die Ärztin in die Hocke und nimmt Katrines zur Faust geballte Hand.

»Katrine«, flüstert sie und legt die Arme um sie. »Sie haben einen Schock erlitten. Ihre Kleine schafft das schon.«

Die Wärme aus der Hand der Ärztin gibt Katrines Weinen nur noch mehr Kraft.

»Sie hat einen schweren Schock erlitten«, hört sie die Ärztin Thomas zuflüstern.

»Das haben wir ja wohl alle.« Thomas' Stimme ist kühl. »Können wir ihr irgendetwas zur Linderung geben?«

Die Ärztin streicht Katrines Haare glatt. »Nein, am besten,

Sie bringen sie nach Hause und verwöhnen sie ein bisschen, das kann sie jetzt brauchen.«

»Ich rede hier von meiner Tochter.«

Katrine hebt das Gesicht und erwidert Thomas' Blick. Er lehnt an der Wand. Seine eine Hand hält noch immer den Arm des Kindes fest. Aber mit seinem Blick mustert er Katrine und die Ärztin. Er ist zornig.

Die Ärztin richtet sich wortlos auf. »Ich verschreibe ihr eine Salbe, mit der reiben Sie sie ein, bis sie eingeschlafen ist. Und halten Sie sie kühl, aber nicht zu kalt.«

Die Autorität ist in die Stimme der Ärztin zurückgekehrt. Sie hat Thomas' spöttischen Unterton nicht überhören können, und sie verbirgt durchaus nicht, dass sie den nicht leiden kann. Jetzt geht sie zu ihrem Computer, während Katrine mit eiligen, ungeschickten Bewegungen die Kleine in die Tragetasche legt.

»Passen Sie gut auf sie auf. Auf alle beide«, sagt die Ärztin und sieht Thomas durchdringend an, als sie das Sprechzimmer verlassen.

Das Kind war schon den ganzen Tag unruhig. Als Katrine ihm den Arm neu verbindet, sieht sie den Grund. Die große Blase ist geplatzt. Ein Hautfetzen hängt am rechten Arm lose. Sie hat sich nicht getraut, den wegzumachen. Jetzt hat die Kleine eine große offene Wunde. Die nässt, und die Kleine schreit, als Katrine die Wunde vorsichtig berührt. Sie kann ihr Kind nicht trösten. Kann nur zusehen, wie es versucht zu schlafen, während sich der kleine Körper ab und zu mit einem unruhigen, schmerzhaften Rucken bewegt.

Endlich schläft sie dann ein. Katrine verlässt das Schlafzimmer und zieht die Tür hinter sich zu.

Thomas steht am Küchentisch und schneidet mit gleitenden, geübten Handbewegungen einen Seeteufelkiefer auf. Katrine lehnt sich an den Türrahmen und sieht ihn an.

»Wie viele werden wir eigentlich sein?«

Er antwortet nicht sofort, sondern schlägt mit dem Messer auf das Schnittbrett, dreht den Wasserhahn auf und spült es ab. Als er das Messer unter dem Strahl umdreht, funkelt die Schneide im Licht der Abzugshaube auf wie ein kleiner scharfer Blitz.

»Jørgen und Birgitte. Emilie und Peter. Andrea mit ihrem neuen Freund. Und dann hast du ja noch Helle eingeladen, was sehr praktisch ist. Jørgen und Birgitte finden Ordrup jetzt doch reichlich passé. Sie möchten nach Frederiksberg aufrücken.«

Er dreht sich um, reibt das Messer mit Spülmittel ein und säubert es gründlich. Erst, als er die scharfe Klinge vorsichtig mit einem Geschirrtuch trocknet, erwidert er ihren Blick.

»Bin ich blöd, wenn ich sage, dass ich es doch seltsam finde, dass deine Verflossene dabei ist?«

Thomas legt das Messer weg und kommt herüber. Er hat das Geschirrtuch über der Schulter liegen. Er riecht nach Mann und nach Rasierwasser. Er sieht fantastisch aus. Etwas, das sie noch nie gesehen hat, liegt in seinem Blick, als er ihr die Haare aus dem Gesicht streicht.

»Nein. Aber du kannst ganz beruhigt sein. Ich kenne Andrea, seit wir achtzehn waren. Wir waren befreundet, ehe wir ein Paar wurden. Sie ist ein Teil meiner alten Clique. Und sie bringt ja außerdem ihren neuen Freund mit, oder?«

Er nickt zu ihrem T-Shirt hinunter. »Warst du noch nicht im Badezimmer?«

Sie hat daran noch gar nicht denken können. Etwas in ihr will nicht wahrhaben, dass dieser Abend stattfinden soll. Sie hat versucht, ihn zum Absagen zu überreden. Die Einladung wegen des Kindes zu verschieben, aber er will nicht, jetzt, da er alle diese Leute eingeladen hat. *Alle diese Leute.* Ein Tisch, an dem sie sitzen soll. Besteck, mit dem sie hantieren, Gläser, mit denen sie anstoßen muss. Eine Wohnung, aus der sie nicht mit einer fadenscheinigen Entschuldigung fliehen kann. Alle seine alten Freunde. Seine Exfreundin. Alle, die kommen, um das Kind zu besichtigen. Das kleine verbrannte Kind, das jetzt in seiner Wiege liegt.

»Geh jetzt unter die Dusche. Ich deck schon mal den Tisch.«

Er legt den Arm um sie. »Komm jetzt. Wach doch mal auf. Wir müssen auch mal Menschen sehen. Ein bisschen Spaß haben.«

Er lächelt. Er sieht sie an wie eine Fremde. Er spricht mit ihr wie mit einem Kind. Das hat sich seit dem Unglück mit der Kleinen so entwickelt. Die Verwunderung. Die Unruhe. Das Mitleid. Sein Lächeln kann das alles nicht verhehlen.

Obwohl sie das heiße Wasser voll aufgedreht hat, fröstelt sie unter der Dusche. Irgendwo in ihr steckt ein harter Knoten aus Kälte und Angst, über den sie keine Kontrolle mehr hat. Sie mustert im Spiegel ihren Körper, während sie sich abtrocknet. Ihre Haut ist weiß. Als sie sich zuletzt gewogen hat, brachte sie fünf Kilo weniger als ihr Normalgewicht auf die Waage. Sie hat sich seitdem nicht mehr getraut, sich zu wiegen. Das ganze Essen, das sie in sich hineinzwingen soll. Sie nimmt zwei Paracetamol aus dem Schrank. Sie hat keine Kopfschmerzen, aber sie hat irgendwo gelesen, dass diese Tabletten der Angst die Spitze abbrechen können. An den letzten Tagen hat sie so viele genommen, dass sie nicht sicher ist, ob sie noch wirken. Sie zieht ihr gelbes Kleid an, mit einem Gürtel, den sie bis zum innersten Loch straff ziehen muss. Dennoch hängt es zu lose. Sie kämmt sich die langen Haare und schlägt sich auf die Wangen, um denen ein bisschen Farbe zu geben. Sie versucht, sich zu schminken, aber durch die schwarze Wimperntusche und den dunklen Eyeliner sehen ihre Augen nur groß und verzweifelt aus. Ihre Haut wirkt noch bleicher und fast schon bläulich. Große, hohle Augen in einem schmalen weißen Gesicht. Wie ein Totenkopf.

Helle steht in der Küche und nimmt gerade Besteck aus der Schublade, als Katrine aus dem Schlafzimmer kommt. Helle trägt hochhackige türkise Sandalen und ein figurbetontes, sandfarbenes ärmelloses Kleid, das ihre braungebrannte Haut betont. Die dunklen Haare hat sie hochgesteckt, sie sieht attraktiv aus.

»Hallo«, sagt Helle, legt das Besteck auf den Küchentisch und kommt zu Katrine herüber. »Danke noch mal für die Einladung. Du siehst aber hübsch aus«, sie lächelt und mustert Katrines Gesicht und ihr Kleid.

»Nein«, murmelt Katrine. »Das tu ich nicht.«

»Doch.«

Helle dreht sich um. »Tut sie das nicht?«

Thomas schaut vom Herd auf. »Doch. Tut sie.«

Aber in seinem Blick liegt etwas Zögerndes, und er widmet sich sofort wieder seinem Kochtopf. Ob Helle wohl die Verlegenheit spürt, spürt, wie fremd sie einander geworden sind?

»Frierst du? Du zitterst ja am ganzen Leib.«

Jørgen legt den Arm um Katrine. Sie spürt, wie sich in ihr alles zusammenkrampft. Sie bekommt keine Luft. »Ein bisschen«, kann sie hervorstammeln, und sie sieht zu Thomas hinüber.

Reiß dich endlich zusammen, steht in seinem Blick geschrieben.

»Ich zieh mir schnell einen Pullover über«, murmelt sie, läuft aus dem Schlafzimmer und knallt mit der Badezimmertür. Sie spürt die fragenden Blicke der anderen im Rücken.

Es ist genauso schrecklich, wie sie befürchtet hatte. Sie kann das nicht schaffen. Das weiß sie jetzt. Die anderen stehen mit ihren langstieligen Gläsern im Schlafzimmer.

Sie hatte alle freundlich begrüßt, stand neben Helle in der Küche, und für einen Moment hatte sie gedacht, dass es wohl gehen würde. Sie sah sich selbst aus der Ferne. Sie war ein ganz normaler Mensch. Eine wie die anderen auch. Aber dann sagte Thomas, sie sollten sich das Kind ansehen, und in diesem Moment meldete die Stimme in ihr sich wieder bedrohlich zu Wort. Sie hatte das alles zu leicht genommen. Das hier geht nicht gut.

»Das ist eine Verbrennung«, hatte Thomas gesagt, als alle um die Wiege des schlafenden Kindes standen.

Birgitte hatte die Decke etwas beiseitegeschoben und es entdeckt.

»Eine Verbrennung?«, fragte sie langsam, beugte sich über das Kind und zog vorsichtig die Decke noch ein wenig mehr zur Seite.

Katrine konnte sehen, wie Emilie sich die Hand vor den Mund schlug, als der Arm des Kindes entblößt wurde.

»Oh, großer Gott«, flüsterte Emilie. »Wie konnte das denn passieren?«

Emilie dreht sich zu Katrine um, aber nun war die Angst schon stärker als alles andere und Katrine konnte nur aus ihren großen Augen starr dreinblicken und den Mund zu einem steifen, versteinerten Lächeln verziehen.

»Thomas, was ist passiert?«

Emilie achtete nicht auf Katrines albernes Lächeln, sondern sah fragend zu Thomas hinüber.

»Das ist ein Sonnenbrand«, sagte er leise, beugte sich über das Kind und deckte es vorsichtig wieder zu.

»Ein Sonnenbrand?«

Peter drängte sich zwischen die anderen. Musterte das Kind in der Wiege. »So kleine Babys dürfen doch nicht in die Sonne.«

Er sah verlegen zuerst seine Frau und dann Thomas an.

»Das Babyfon hat nicht funktioniert«, konnte Katrine stammeln.

Jetzt waren sofort alle Blicke auf sie gerichtet. Aller Blicke. Ihr wurde schwindlig.

»Ja, das hat nicht funktioniert.« Sie schüttelte den Kopf. »Aber es ist nur eine Verbrennung ersten Grades«, fügte sie mit einer So-schlimm-ist-das-auch-wieder-nicht-Stimme hinzu und bereute das sofort.

»Nur«, konnte sie Emilie murmeln hören, während sie eine Hand über den Rand der Wiege gleiten ließ und das Baby betrachtete. Katrine sah, dass Peter einen Arm um seine Frau legte. Und sie konnte merken, dass Thomas' Blick schwer auf ihr lastete.

Und dann legte Jørgen den Arm um sie und fragte, ob ihr kalt sei.

Die anderen sind im Wohnzimmer, als sie aus dem Badezimmer kommt. Sie kann hören, wie sie mit den Stühlen scharren, munter plaudern und sich gegenseitig zu neuen Gesprächsthemen weiterhelfen, während sie versuchen, sich von dem Anblick des Kindes zu befreien. Bald wird sie zu ihnen gehen und mitten unter ihnen sitzen müssen.

»Katrine?«

Sie dreht sich um und sieht Helle mit einer Zigarette in der Hand am Küchenfenster stehen. Sie winkt Katrine zu sich. Hält die Zigarette in der einen Hand und hält ihr ein Glas hin, als Katrine zu ihr kommt.

»Trink das hier«, flüstert sie. »Du siehst aus, als ob du das brauchen könntest.«

Hier wird nicht um den heißen Brei geschlichen, kein vorsichtiges Klopfen auf den Busch. Katrine will schon etwas sagen, gibt es dann aber auf, nimmt Helles Glas und leert es in einem Zug. »Danke«, flüstert sie und wagt nicht zu fragen, ob es wirklich so deutlich zu sehen ist, dass es ihr dreckig geht. Aber so muss es doch sein. »Ich weiß nicht, ob ich das hier schaffe«, flüstert sie.

»Doch, das schaffst du«, flüstert Helle und kippt den letzten Rest aus der Champagnerflasche, die auf dem Tisch steht. »Das nennt sich Gastgeberinnenfieber. Und ist ziemlich leicht zu heilen.«

Helle reicht ihr das Glas. »Hier ist die Medizin.«

Katrine nimmt brav das Glas und trinkt durstig. Es ist ihr egal, dass ihre Hände zittern.

»Das sind nur die Nerven, Katrine.«

Helle streckt die Hand aus und fasst sie am Arm. »Komm, jetzt gehen wir rein und betrinken uns.«

Zum Glück fehlen noch zwei Gäste, als sie ins Wohnzimmer kommen. Andrea und ihr Freund. Sie trinken Wein und die anderen werden langsam lockerer. Die Männer reden über alte

Schulkameraden aus Sorø. Birgitte hat sich einen Schal um die Schultern gelegt und spricht vertraulich mit Emilie. Helle gießt Wein und Wasser in Katrines Glas und redet auf sie ein. Katrine sagt nicht viel, aber Helle scheint das nicht zu stören.

Andrea kommt eine Dreiviertelstunde zu spät. Sie ist groß und schlank und hat kurze dunkle Haare. Sie sieht ein bisschen aus wie ein Junge, wie ein bildhübscher Junge, sie riecht nach frischer Luft und bringt keinen Freund mit.

»Wir haben uns gestritten.«

Sie fährt sich mit einer Hand durch die kurzen glänzenden Haare. Dann lachen ihre strahlenden grünen Augen. Sie scheint sich den Streit nicht sonderlich zu Herzen zu nehmen.

»Andrea und die Männer!«

Jørgen hebt sein Glas und trinkt Andrea zu, und die nimmt das Glas, das Thomas ihr hinhält.

»Ja, das läuft nicht immer so gut«, sagt sie und trinkt, während sie Katrine anlächelt. Ihre Augen sind wie Jade. Schön und lebendig steht sie mitten im Zimmer, in ihren hohen schwarzen Stiefeln und dem eng anliegenden hellen T-Shirt. Sie hat etwas Lässiges, und sie ähnelt jedenfalls keiner verzweifelten Hormonbombe, die nur an Kinderwagen denken kann.

Beim Essen sprechen vor allem die Männer und Andrea. Sie kann Thomas ansehen, dass er sich entspannt. Er lacht mit den anderen, aber wenn sein Blick auf sie fällt, verschwindet das Lebendige aus seinen Augen.

Katrine ist so beschwipst, dass sie die Angst vergisst, aber ab und zu, wenn sie zufällig aufschaut, begegnet sie Emilies ernstem und nachdenklichen Blick.

Helle hilft ihr beim Abräumen. Sie kann hören, dass Thomas im Wohnzimmer Musik aufgelegt hat. Sie geht ins Schlafzimmer und schaut nach der Kleinen.

Als sie herauskommt, hat Thomas die Musik lauter gedreht. Sie kann ihm ansehen, dass er angetrunken ist. Andrea steht bei ihm und erzählt ihm etwas. Sie hat seinen einen Arm gefasst und den Kopf dicht über sein Ohr gebeugt. Sein Mund ist sehr dicht bei ihrem, als er sie jetzt ansieht. Sie scheinen sich in ihrer ganz eigenen Welt zu befinden, aus der alle anderen ausgesperrt sind.

Katrine versucht, das zu verdrängen. Es zu ignorieren und zu lächeln, als sie Birgittes unruhigen Blick einfängt. Hat die es auch bemerkt? Katrine geht zurück in die Küche und leert ein halbes Glas Champagner, das irgendwer neben dem Spülbecken abgestellt hat.

»Das reicht jetzt. Der Abend ist noch lang.«

Das ist Thomas. Sie hat ihn nicht kommen hören. Er nickt zum Glas hinüber. Sie ist zu betrunken, um es sich zu Herzen zu nehmen.

»Ihr scheint euch ja köstlich zu amüsieren, du und diese Andrea.«

Sie stellt ihr Glas weg. Es kippt mit lautem Klirren ins Becken.

Jetzt steht er hinter ihr. »Hör auf. Andrea ist total fertig, er hat sie doch sitzen lassen.«

Katrine geht an ihm vorbei. »Sie sieht aber nicht sonderlich verlassen aus. Im Gegenteil.«

»So was kann man doch nicht sehen«, sagt er und hält sie fest. »Wie oft muss ich dir das noch sagen. Ich kenne Andrea schon seit vielen Jahren. Wir sind befreundet. Solltest du nicht mal ein bisschen großzügiger sein? Und weiter sehen als bis zu deiner selbstsüchtigen kleinen Nasenspitze?«

Sie reißt sich los und läuft ins Wohnzimmer.

Obwohl sie immer mehr trinkt, will der Knoten in ihrem Magen nicht verschwinden.

Die anderen tanzen jetzt. Helle reicht ihr einen Drink. Der ist stark. Irgendwann sieht sie Thomas und Andrea im Nebenzimmer verschwinden. Er zeigt auf die Wände, offenbar führt er sie herum.

»Mach dir nichts draus«, hört sie Helle in ihr Ohr flüstern.

Katrine trinkt einen großen Schluck, greift nach Jørgen und zieht ihn hoch.

Und dann stellen sich die schwarzen Löcher ein.

Sie tanzt und trinkt. Thomas ist weg. Sie trinkt mehr und tanzt. Thomas ist noch immer weg. Schwarze Löcher. Jetzt steht sie in der Küche und weint. Sie trinkt mehr, und dann steht sie vor der Toilette und versucht, sich zu übergeben. Später steht sie vor der Wiege und sieht die Kleine an. Das alles sind kurze flackernde Augenblicke, die sie später verzweifelt zusammenzusetzen versucht. Aber die schwarzen Löcher bleiben. Fatale schwarze Löcher.

Dann ist plötzlich Thomas da. Er lässt kurz eine Hand durch ihre Haare gleiten, als er an ihr vorbeigeht und die Musik lauter dreht. Draußen wird es hell. Jetzt tanzt er mit Helle. Sie sieht, dass Andrea sich ihren Mantel überwirft und die Wohnung verlässt. Sie sieht, dass Peter in seinem Sessel eingeschlafen ist. Sie sieht, dass Emilie aufsteht und in die Küche geht. Katrine macht sich am CD-Spieler zu schaffen, legt Michael Jackson ein und dreht lauter. Sie sieht, dass Thomas herüberkommt und leiser dreht. Sie stürzt beim Tanzen und spürt, dass Jørgens Hand nach ihr greift, um ihr auf die Beine zu helfen. Sie sieht, dass Thomas sich umdreht und auf sie herabschaut. Sie sieht das Düstere in seinem Blick, ehe er sich abwendet. Sie sieht Birgitte mit ihrem Schal am Fenster stehen und sie erschrocken anstarren. Sie hört sich selbst hysterisch lachen, als sie auf dem Boden sitzt. Und ihr geht plötzlich auf, dass sie viel, viel betrunkener ist als alle die anderen.

Dann kommt Emilie mit einem panischen Blick aus der Küche, der ausweichend an der inzwischen halb aufgerichteten Katrine vorbeifegt. Sie sieht Emilie durch das Zimmer laufen und Thomas am Arm packen. Sieht sein schweißnasses Gesicht und das Lächeln um seine Lippen, während er Emilie zuhört. Dann ist das Lächeln verschwunden. Er reißt den Mund auf und greift nach Emilie. Sie sieht, wie er gefolgt von Emilie aus dem Zimmer läuft. Sie sieht, dass Helle sie besorgt anschaut. Sie richtet sich auf und will auf Helle zugehen, aber dann merkt sie, dass ihr das Gehen schwerfällt. Sie lacht albern, aber dann sieht sie, dass Helle ihr Lächeln diesmal nicht erwidert.

Dann geht ihr auf, dass die anderen alle still stehen und sie anstarren. Jemand packt sie grob am rechten Arm, sie fährt herum und begegnet Thomas' wütendem Blick. Sie nuschelt etwas, aber er zerrt sie durch das Zimmer und weiter ins Schlafzimmer. Sein Griff ist hart, es tut weh. Es ist warm im Schlafzimmer, und es riecht nach Baby, das kann sie gerade noch denken, während sie die Kleine in der Wiege ansieht. Und sieht, dass Thomas etwas aus dem Bett zieht. Es funkelt, als die Messerklinge das Licht der Lampe reflektiert. Das Messer. Will er sie umbringen? Sie schlägt die Hände vors Gesicht.

»Nein, Thomas!«, schreit sie laut und betrunken.

Er reißt ihr die Hände herunter und schlägt sie hart ins Gesicht.

»Was hast du denn angerichtet!«

Sein Gesicht ist schweißnass. Er zittert vor Wut. Da, wo er sie getroffen hat, brennt ihre Haut. »Was zum Teufel ist denn los mit ihr? Wolltest du sie damit erstechen? Wolltest du dein eigenes Kind umbringen?«

Sie dreht sich zu Emilie um, aber die wendet sich ab und geht ins Wohnzimmer. Sie hört, wie die Musik ausgedreht wird. Die Stimmen, die leise miteinander reden. Scharrende Stühle. Eine Frauenstimme, die laut ruft: »Nein! Oh Gott, nein!« Sie erkennt diese Stimme als Birgittes.

Gleich danach werden die Stimmen leiser. Dann fällt die Wohnungstür ins Schloss.

Thomas schaut noch einmal das Messer an, dann wirft er es aufs Bett.

»Emilie hat dich gesehen«, sagt er ruhig. »Sie hat dich in der Küche weinen sehen, Katrine. Du warst total aufgelöst. Und dann hat sie gesehen, wie du zu der Kleinen gegangen bist und die Tür hinter dir zugezogen hast. Du warst lange im Schlafzimmer. Sie dachte, du seist eingeschlafen. Aber später hat sie dich herauskommen sehen. Du warst leichenblass. Da hat sie sich Sorgen gemacht. Sie ist reingegangen. Und dann hat sie das hier gefunden.«

Er hebt das große Messer auf und hält es ihr hin. Seine Hand zittert ein wenig. Jetzt ist er nicht mehr ruhig. »In der Wiege, Katrine. Gleich neben deinem kleinen Kind. Ganz ehrlich. Was ist los mit dir? Was geht in dir vor?«

Sie dreht sich im Bett um. Schaut an sich hinunter. Blut. Ein Messer. Woher kommt das Blut? Ist sie wach? Träumt sie? Warum hält sie ein Messer in der Hand? Das Kind. Die Wiege ist leer.

Ihre Hand zittert, als sie sie an ihr Gesicht hebt. Ihr Herz rast. Ihre Haare sind feucht. Das Messer. Das Kind. Die Wiege ist nicht mehr da. Hat sie das alles geträumt? Den Abend. Die Nacht. Ihren Filmriss.

Dann hört sie sie. Thomas und Helle. Draußen in der Küche.

Die Spülmaschine wird geöffnet.

Sie bleibt ganz still liegen. Ihr Mund ist wie ausgedörrt und sie glaubt, sich erbrechen zu müssen. Aber sie wagt nicht, aufzustehen. *Die Hebamme. Die Ärzte.* Worüber reden die beiden da draußen?

Jetzt räumen sie Geschirr in die Spülmaschine. Porzellan klappert.

»Ich weiß einfach nicht mehr, was ich machen soll.«

Das ist Thomas. Sie kann hören, wie er etwas Schweres auf den Tisch stellt. Dann wird der Wasserhahn aufgedreht. Katrine legt sich unter der Bettdecke vorsichtig auf die andere Seite. Der Knoten in ihrem Magen wird jetzt zu einer kalten, klebrigen Finsternis. Sie friert.

»Ich weiß es auch nicht. Aber wenn du sagst, dass sie vor dieser Hebamme panische Angst hat, dann ist die wohl eher nicht die richtige Hilfe.«

Ein scharrender Stuhl. Das Geräusch eines Glases, das gefüllt wird. Thomas, der sich seufzend hinsetzt. »Ich kann doch nicht die Verantwortung für sie übernehmen. Ich kann sie jetzt nicht mehr mit dem Kind allein lassen.«

In seiner Stimme liegt etwas Fragendes und Hilfloses. Diesen Ton hat er Katrine gegenüber noch nie hören lassen. »Aber sie braucht doch Hilfe.«

In fünf Sekunden wird sie sich erbrechen. Katrine dreht sich auf den Rücken und schiebt sich auf dem Kissen ein bisschen höher. Zwingt sich, die Übelkeit zu unterdrücken. Sie will nicht zu den anderen. Sie dürfen nicht merken, dass sie wach ist. Sie will nichts mit diesem Gespräch zu tun haben. Sie kann sich nicht verantworten. Sie kann nicht hier sein. Sie kann nirgendwo sein.

»Sie war betrunken.«

Das ist Helle. »Sie war doch schon total fertig mit den Nerven, als ich gekommen bin. Sie war nervös, außer sich, und deshalb hat sie so viel getrunken.«

Helles Stöckelabsätze auf dem Küchenboden. Sie wühlt in ihrer Tasche. Jetzt hört Katrine, wie ein Feuerzeug angeknipst wird. »Und entschuldige, dass ich das sage. Aber die Sache ist ja auch nicht besser davon geworden, dass du dich mit dieser Dunkelhaarigen offenbar so ungeheuer gut verstanden hast.«

Das Letzte sagt sie in ruhigerem Tonfall. Als Feststellung.

»Andrea? Sie war traurig. Ich habe doch nur mit ihr geredet. Fängst du jetzt auch noch an?«

»Und dann seid ihr verschwunden.«

»Ich habe ihr unsere neue Wohnung gezeigt.«

Etwas in Katrine möchte sich unter der Decke vergraben und die Ohren versiegeln. Sie will nicht mehr hören. Das Herz schlägt ihr bis in den Hals. Sie weiß, was jetzt kommen wird. Sie hat es in seinem Blick gesehen. Gleich wird es aus seinem Mund kommen. Abscheu. Hass. Verachtung. Katrine hält sich den Mund zu. Sie dürfen sie nicht weinen hören.

»Was glaubst du, was das für ein Leben ist! Versuch, es dir vorzustellen«, sagt Thomas leise. »Ich bin eben erst nach Kopenhagen gezogen. Auf einem Fest lerne ich eine wunderbare Frau kennen. Ich gehe mit ihr ins Bett, bin total verrückt nach ihr, und sie wird schwanger. So hatte ich das nicht geplant, aber sie scheint die Sache im Griff zu haben. Sie ist geradeheraus und offen, und ich denke, wenn ich überhaupt ein Kind bekommen will, dann ist sie dafür die Richtige. Aber ehe ich piep sagen kann, hat sie sich in ein neurotisches Nervenwrack verwandelt. Und jetzt bin ich gefangen. Ich habe ein kleines Kind, eine Menge Verpflichtungen und nicht die geringste Chance, zu entkommen. Denn das kann ich doch nicht, oder? Eine frischgebackene Mutter sitzen lassen. Sie ist zudem noch immer meine Angestellte. Was glaubst du, was die Chefs in Schweden sagen werden, wenn sie erfahren, dass ich eine meiner Angestellten geschwängert und mich dann dünngemacht habe? Das wäre ein gefundenes Fressen für meine Gegner im Unternehmen.«

Katrine kann hören, wie der Wasserhahn aufgedreht wird. Die Tür zum Mülleimer wird geöffnet und energisch wieder zugeknallt. Helles hohe Absätze auf dem Küchenboden. Flüstern. Dann wieder Helles Stimme: »Hör doch auf. Katrine braucht keine Hebamme und keine Ärzte. Sondern dich.«

Sie braucht Hilfe. Sie legt die Toastscheibe auf den Küchentisch. Sie hat zwei Bissen davon gegessen, und die haben sich in ihrem Mund in einen großen Teigklumpen verwandelt, den sie mit Wasser hinunterspülen musste. Das Brot steckt ihr aber immer noch im Hals. Für einen Moment ringt sie mit der Panik. Sie bekommt keine Luft. Dann beugt sie sich über das Spülbecken und erbricht Brot und Wasser. Sonst kommt nichts, denn in ihrem Bauch ist nichts anderes.

Sie hat sich morgens erbrochen, nachdem Thomas gegangen war. Sie lag im Bett und lauschte auf die Kleine, die still in ihrer Wiege schlief. Er wird frühestens in zehn Stunden wieder nach Hause kommen. Sie schläft nicht mehr. Manchmal schwebt sie in einem hellen Dämmern voller Bilder davon, die sie wieder zurückjagen. Sie kann zwischen Traum und Wirklichkeit keinen Unterschied mehr erkennen. Beides verschwimmt miteinander.

Sie hatten sich nach der Party beide große Mühe gegeben. Sie hatte ihm nicht erzählt, dass sie sein Gespräch mit Helle gehört hatte. Aber die ganze Zeit spürte sie seinen Blick, wenn sie das Kind berührte. Wachsam. Forschend. Wenn sie das Kind überhaupt anfassen durfte, denn die meiste Zeit hat er sich um die Kleine gekümmert.

»Katrine. Ich glaube, du brauchst Hilfe«, sagte er, als sie am Sonntagabend gegessen hatten. Nur das Geräusch ihres Bestecks auf den Tellern war zu hören gewesen. Das Licht in der Küche war gelb. Draußen lag die Finsternis, in ihr lag die Finsternis. Tiefschwarz. Er streckte die Hand aus und legte sie auf ihre, als er das sagte. »Meinst du nicht, du solltest mit einem Psychologen sprechen? Oder vielleicht mit deiner Ärztin? Mir sagst du doch nichts.«

Er ließ sich im Sessel zurücksinken und sah sie an. Es hatte so unschuldig geklungen, so freundlich. Er will es aus ihr herauslocken. *Kann nicht mehr. Sie kann doch mit dem Kind nicht allein sein.*

Wenn sie ihm jetzt erzählte, wie es in ihr aussah, würde er das nicht verstehen können. Sie verstand es ja selbst nicht. Die Finsternis. Die hatte ihre schwarzen Flügel um sie geschlagen. Wie ein großer schwarzer Vogel, den außer ihr niemand sehen konnte. Es gab keine Worte, in die sie das alles kleiden könnte, es gab keine Sprache dafür. Wenn sie es versuchte, würden die Wörter sich gegen sie wenden und auf sie zeigen und rufen: Verrückt! *Sie nehmen dir das Kind weg.* Die Stimme. Jon im Sessel in der kleinen Wohnung. Sie sind blutsverwandt. Wird sie auch so enden? Nein. Sie muss es in den Griff bekommen. Das wird sie.

»Ich brauche keinen Psychologen, Thomas.«

Sie versuchte, das ruhig zu sagen. »Ich war sehr betrunken. Alle deine Freunde, die Kleine mit ihren Verbrennungen … Aber ich würde meinem Kind doch niemals etwas antun!«

Sie zwang sich dazu, seinen Blick zu erwidern. »Und nicht ich habe das Messer dahingelegt. Das muss ein Versehen gewesen sein. Irgendwer wollte Brot schneiden und hat die Kleine weinen hören. Ich weiß es nicht, ich habe keine Ahnung, aber ich war es nicht.«

Sie versuchte, überzeugend zu klingen. Sie versuchte, zu glauben, was sie hier sagte, und sie konnte ihm ansehen, dass er nicht überzeugt war. Aber sie konnte auch sehen, dass er nichts lieber wollte, als ihr zu glauben. »Ich verspreche dir, Thomas. Ich kann das schaffen. Können wir nicht einfach versuchen, einen neuen Anfang zu machen?«

Er nickte, er drückte ihre Hand, aber dabei sah er sie nicht an.

Danach saßen sie im Wohnzimmer vor dem Fernseher. In ihr war ein seltsames leeres Gefühl. Wie ein großes weiches und unglückliches Tier. Es war im ganzen Wohnzimmer und in Thomas' Augen zu spüren. Etwas war zu spät.

Sie gaben sich alle Mühe, aber die Nächte verrieten sie beide. Sie konnte hören, wie auch er sich im Bett von einer Seite auf die andere drehte. Neben ihr konnte er keine Ruhe finden. *Wirr im Kopf. Kann nicht mehr.* Die ganze Zeit hallen diese Worte in ihrem Kopf wider.

Er hat sie gebeten, auf der Post für ihn ein Päckchen abzuholen.

»Das ist aus den USA. Morgen ist der letzte Tag, sonst wird es zurückgeschickt«, sagte er und reichte ihr den Abholschein.

Ist das ein Test? Will er sie ins Leben hinauszwingen?

Jetzt hat sie diesen Gedanken den ganzen Sonntag hindurch vor sich hergeschoben. Jetzt ist Montagmorgen. Jetzt muss sie das alles hinter sich bringen. Aufstehen. Frühstücken. Die Kleine neu wickeln. Das Haus verlassen. Durch die Stadt gehen. Einkaufen und mit Menschen sprechen. Die Hand ausstrecken und ihre Angst verbergen. Und sie hat ja nicht einmal das Frühstück bei sich behalten können.

Bald wird die Kleine aufwachen. Und sie denkt an die großen Augen, die sie aus der Tiefe der Wiege ansehen werden. So hilflos und abhängig von ihr. Sie wird von diesem Kind niemals loskommen. Sie muss Hilfe suchen. Heute muss sie normal sein. Das hier ist ihre Prüfung.

Jetzt hört sie, wie das Kind sich in der Wiege im Schlafzimmer umdreht. Hört die Kleine in ihr unzufriedenes und ungeduldiges Weinen ausbrechen. Sie bleibt stehen und lässt das Kind weinen. Das Weinen wird verzweifelt und dringlich. Was ist sie für ein Mensch, dass sie ihr eigenes Kind liegen und so schrecklich weinen lässt? Ihr eigenes kleines Kind. Sie begreift es nicht.

Sie geht zur Toilette und zieht die Tür hinter sich zu. Aber das Geschrei des Kindes verfolgt sie. Sie mustert im Spiegel ihr schmales, aschfahles Gesicht. Was soll sie in den vielen Stunden, die jetzt vor ihr liegen, mit dem Kind machen? Die Straße. Menschen. Sie. Sie wird sofort entlarvt werden. Die Fassade ist dünn wie Papier. Sie kann sich nicht im Griff halten. Und das Kind, das jetzt in seiner Wiege liegt und schreit. Ein Kissen über das Gesicht. Was ist sie für eine Mutter? Sie lehnt ihr Gesicht an die kalten Fliesen des Badezimmers. Hält sich die Ohren zu. Aber das Geschrei des Kindes durchdringt alles.

Die Kleine tritt mit ihren Beinchen um sich, als sie sie aus der Wiege hebt. Sie weint noch immer hysterisch. Teufelsbalg! Halt doch endlich den Mund. Katrine legt sie auf das Bett, denn sie wagt nicht, sie auf den Wickeltisch zu heben. Das Kind könnte herunterfallen. Sie könnte das Kind herunterschubsen. Sie will ihr eigenes Kind doch nicht umbringen. Sie sieht das Kind auf dem Bett an. Legt sich daneben und schiebt ihr weites T-Shirt hoch. Ihre Haut ist schweißnass. Ihre Brustwarzen sind wund von dem gierigen und immer hungrigen Mund des Kindes. Sie friert und spürt, wie das Kind sich an ihr festsaugt. Sie auffrisst. Sie kann das nicht ertragen. Sie muss es ertragen. Sonst stirbt das Kind.

Ihr Telefon klingelt. Sie hält es in der Hand. Es ist Thomas. Sie hat Angst, das Gespräch anzunehmen, aber sie hat versprochen, ans Telefon zu gehen, wenn er anruft, und wenn sie es nicht tut, wird er glauben, dass etwas nicht stimmt.

»Wie sieht's denn bei euch aus?«

Sie kann hören, dass er versucht, lässig zu klingen, aber in seiner Stimme schwingt noch etwas ganz anderes mit. Unruhe.

»Wir kuscheln«, hört sie ihre gepresste Stimme sagen. Die ist dunkel. Sie erkennt sie nicht wieder. Sie räuspert sich schnell und umklammert das Telefon. Ihre Fingerknöchel werden weiß.

»Wart ihr schon draußen?«, fragt er.

Sie versucht ein fröhliches Lachen. »Nein, noch nicht. Sie ist so spät aufgewacht. Aber nachher gehen wir dann los.«

Thomas hört sich zufrieden an. Er sagt, sie solle an das Päckchen auf der Post denken.

Die Post. Menschen. Blicke. Die Kleine in ihrem Kinderwagen mit ihrer verrückten Mutter. Eine Ausflucht liegt ihr schon auf den Lippen. Aber sie weiß, dass das nicht mehr geht. Ihre vielen Entschuldigungen.

»Kaufst du dann auch ein?«, fragt er, ehe sie auflegt.

Und nun weiß sie, dass er sie auf die Probe stellt.

In der kleinen Postfiliale sind zu viele Menschen. Das Kind schläft im Wagen. Sie zieht eine Wartenummer und stellt sich zu den Postkarten in der Ecke. Noch zehn Nummern, bis sie an die Reihe kommt. Eine ältere Dame in einem dunklen Baumwollmantel sitzt auf einem Stuhl und betrachtet sie. Lange, findet sie. *Was zum Teufel glotzt du denn so?*

Sie dreht sich um und gibt vor, die Karten in dem roten Gestell zu mustern. Sie spürt, wie der Blick der Frau in ihrem Nacken brennt. Als sie sich umdreht, sitzt die Frau wirklich noch immer da und starrt sie an. Erst, als Katrine sich dazu zwingt, zurückzustarren, wendet die andere sich ab.

Der dünne Zettel mit der Nummer hat sich in ihrer Hand fast schon aufgelöst. 75. Die Zahl hat sich ihr eingeprägt. Als Nummer 73 aufgerufen wird, ist sie kurz davor, aufzugeben und nach draußen zu gehen. Besser, sie geht jetzt, als … Aber sie bleibt stehen. Sie muss das Päckchen abholen. Sonst wird es in die USA zurückgeschickt. Sie hatte den ganzen Tag Zeit, um es zu holen. Die rote Ziffer an der digitalen Anzeigetafel springt um. 75.

Sie bewegt sich über das graue Linoleum. Sie spürt ihre Beine nicht und muss sich auf den Kinderwagen stützen. Sie versucht, die Frau hinter dem Schalter anzulächeln. Die Frau lächelt kurz und ohne Wärme zurück und nimmt den Zettel. Dann steht sie auf. »Moment.«

Jetzt kommt es. Es quillt in ihr auf. Sie schwitzt plötzlich heftig und muss sich an der Tischkante festhalten. Die Gesichter um sie herum verschwimmen. Werden riesig. Brechen über sie herein. Der Kinderwagen mit dem Kind gleich vor ihr. Ihr Kind. Sie ringt um Atem. Sie sieht, dass die Postbeamtin zurückkommt. Sie hält das Päckchen in der einen und die Quittung in der anderen Hand.

»Sie müssen hier noch unterschreiben«, sagt sie und hält das Päckchen fest, während sie Katrine die Quittung hinhält. »Da liegt der Kugelschreiber.«

Die Postbeamtin nickt zu dem Kugelschreiber neben Katrine hinüber. Sieht sie kurz an. Dann wird sie neugierig. Betrachtet Katrines Gesicht und lässt ihren Blick zu den Händen hinunterwandern, die fieberhaft nach dem Kugelschreiber greifen.

Katrines Hände sind so nass, dass sie den Stift nicht halten kann, und sie zittern heftig, sie spürt den brennenden Blick der Postbeamtin auf ihrer Haut. Sie kann den Kugelschreiber nicht lenken und ihre Unterschrift wird ein zittriger, unleserlicher Krakel.

Die Frau sieht sich die Unterschrift an. »Dann brauche ich auch noch einen Ausweis. Das Päckchen war ja nicht an Sie adressiert.«

Jetzt kann sie nicht mehr. Sie reißt ihre Tasche auf. Lässt den Inhalt ihrer Brieftasche in die Tasche fallen. Der Kunde neben ihr dreht sich um und glotzt. Sie findet ihre Versicherungskarte und reicht die der Postbeamtin.

Die mustert die Karte lange. Dann reicht sie ihr das Päckchen. »Ist Ihnen nicht gut?«

Katrine schüttelt schnell den Kopf. Greift nach dem Päckchen. »Nicht so ganz«, murmelt sie und wagt nicht, den Blick der Postbeamtin zu erwidern, bevor sie wegläuft.

Sie stößt mit einem Mann zusammen, als sie in viel zu hohem Tempo den Kinderwagen aus dem Postamt schiebt. Erst, als sie um eine Ecke gebogen ist, wagt sie, anzuhalten. Was ist los mit mir? Sie bedeckt ihr Gesicht mit ihrem Ärmel.

Sie weint, als sie im Wind mit dem Kinderwagen an der Straßenecke steht. Es geht nicht mehr. Es muss gehen. Sie schiebt den Kinderwagen vor sich her und schlägt den Weg zum Gammel Kongevej ein. Sie hat doch versprochen, einzukaufen. Aber sie schafft es nur bis vor den Supermarkt. Dann ist es wieder da. Sie steht vor dem Laden und schaut hinein, sie hat die Finger fest um den Kinderwagengriff geschlossen. Es ist gleich fünf, die Menschen gehen im Laden ein und aus, um einzukaufen. Sie haben es eilig. Weichen einander ungeduldig aus, drängen sich durch die Eingangstür. Käse. Brot. Fleisch. Katrine findet das Brotregal, greift zu einer Tüte Brötchen, reißt Käse aus dem Kühlfach und steckt alles in den blauen Einkaufskorb, den sie oben auf den Kinderwagen gestellt hat. Abendessen. Es erscheint ihr wie eine unlösbare Aufgabe. Sie nähert sich der Warteschlange vor der Kasse. *Sie können es dir nicht ansehen,* versucht sie sich zu beruhigen, während sie den Nacken der Frau vor sich mustert. Hinter ihr steht jetzt ein junges Paar. Jetzt ist sie gefangen. Die beiden reden miteinander, küssen sich kurz, dann schweigen sie. Sehen sie und den Kinderwagen an. Die Frau gähnt.

Es wird immer enger, je näher sie der Kasse kommen. Hinter ihr, neben ihr und vor ihr stehen Menschen. Die ältere Kassiererin redet mit einer Kundin. Sie lachen über irgendetwas, die anderen Wartenden lachen mit.

Es ist eine andere Welt, es ist nicht ihre Welt, die sie hier ansieht. Das sind die, die in der richtigen Welt leben. Im Licht. Und dann sie und das Kind, hier in der Dunkelheit eingeschlossen. Eine frischgebackene Mutter mit einem kleinen Kind. Eine seltsame Mutter mit ihrem kleinen Kind. Sie sehen es ihr an. Bald, wenn sie sich nicht mehr beherrschen kann, werden sie feststellen, dass ihre bangen Ahnungen begründet sind. Sie haben es mit einer wahnsinnigen Mutter und deren kleinem Kind zu tun.

»Ach, ich glaube, ich habe etwas vergessen.«

Katrine dreht sich viel zu schnell zu dem jungen Paar um. Die beiden lächeln sie an.

»Lassen Sie den Kinderwagen doch einfach so lange stehen«, sagt der junge Mann freundlich.

Sie schüttelt den Kopf.

»Nein«, ist alles, was sie herausbringen kann. Dann dreht sie den Kinderwagen mit einer abrupten und ungeschickten Bewegung um. Sie kann hören, dass sie etwas umstößt. Sie zwängt sich mit dem Kinderwagen vorbei an der langen Schlange und spürt die Blicke im Nacken. Sie stellt den Korb und die Windelpackung weg, kurz bevor sie den Ausgang erreicht hat.

Als sie ein Stück weiter auf dem Gammel Kongevej an der Ecke steht, hört sie, dass die Kleine jetzt weint. Sie hebt das Gesicht zu dem dunkler werdenden Abendhimmel. Die Angst hat ihren Körper verlassen. Plötzlich ist sie nur noch müde. »Ich kann nicht«, flüstert sie in den Nieselregen und den Wind. »Ich kann jetzt nicht mehr. Entschuldigung.«

Sie hört diese Wörter aus ihrem Mund kommen. Sie hat nie an Gott geglaubt.

Als sie die Bremse des Kinderwagens anzieht, fängt das Kind lauter an zu weinen. Sie schiebt das Verdeck ein wenig zur Seite und stopft die Daunendecke fest um das Kind. Berührt für einen Moment die weiche, kühle Wange. Dann schiebt sie das Verdeck wieder zurück. Hört die Kleine wimmern. Beugt sich vor und küsst ihr Kind zum Abschied. Dann geht sie.

»Sie war noch da.«

Helle öffnet die Tür ihres Büros und schiebt den Kinderwagen herein. Zeigt auf ihre bestrumpften Füße. »Ich musste die Stiefel ausziehen, als ich losgerannt bin.«

Dann schaut sie zu Katrine hinüber. Etwas in ihrem Blick ändert sich. Draußen gießt es jetzt.

»Wie geht es ihr?«

Katrine nickt zum Kinderwagen hinüber.

»Es geht schon.«

Erwartet Helle, dass sie das Kind auf den Arm nimmt? Nicht hier.

Katrine schaut sich im Büro um. Im Schein einer Schreibtischlampe sitzt ein Mann bei der Arbeit. Er sieht nicht zu ihnen herüber. Aber sicher denkt er sich sein Teil.

»Ich muss sie stillen«, flüstert sie und fängt an, den Wagen in Richtung Tür zu schieben.

»Ich begleite dich lieber nach Hause.«

Helle geht zu ihrem Schreibtisch und setzt sich auf den Stuhl. Streift die nassen Strümpfe ab und zieht ihre hochhackigen Stiefel an. Dann knipst sie die Lampe über ihrem Tisch aus. Katrine schließt die Augen. Hier hat sie vor einem Jahr mit Thomas gestanden. Frisch verliebt und voller Träume.

Dass in einem Jahr so viel passieren kann!

Unterwegs reden sie nicht miteinander. Katrine geht mit dem Kinderwagen hinter Helle her. Plötzlich bleibt sie stehen. »Helle«, sagt sie.

Helle sieht sie im abendlichen Dämmerlicht an.

»Ich weiß nicht, wie ich dir danken soll.«

Sie war ein Stück weit den Gammel Kongevej entlanggelaufen. Konnte nicht weitergehen, konnte aber auch nicht umkehren. Und dann sah sie sich um. *Frederiksberg Immobilien.* Da saß sie. Helle. Unter einer Lampe in dem fast dunklen Bürolokal. Sie hob das Gesicht und sah Katrine. Ohne zu lächeln stand sie auf. Zeigte auf die Tür. Als sie aufgeschlossen hatte, fragte sie: »Was ist passiert?«

Noch ehe Katrine alles erzählt hatte, war Helle auch schon losgestürzt. »Warte hier«, rief sie über ihre Schulter zurück und zog sich im Laufen die hochhackigen Stiefel aus.

»Danke.«

Das Wort bleibt ihr im Hals stecken. Sie spürt, wie Helle vorsichtig ihren Arm drückt.

»Jetzt komm«, sagt Helle und geht auf ihren hohen Absätzen weiter vor Katrine her durch die Dunkelheit.

Die Händchen sind eiskalt, als sie das Kind auf das Bett legt. Die dunklen runden Augen suchen nach ihren. Weiß das Kind, was Katrine getan hat? Oder genauer gesagt, was sie fast getan hätte? Das Kind hat nicht geweint, seit sie es an der Straßenecke gefunden haben. Jetzt schaut es unruhig zu Katrine hoch, während die ihm den Overall auszieht. Katrine wickelt es neu und zieht ihm saubere Kleidung an. Die Kleine wehrt sich nicht, aber sie scheint einen Moment zu zögern, ehe sie Katrines Brust annimmt. Als die Kleine die Brust dann gefunden hat, zieht sie sich plötzlich mit einer ruckartigen Bewegung eng an Katrines Körper heran, und die kleine Hand legt sich auf ihre Brust wie ein Katzenpfötchen. Katrine nimmt dabei einen warmen und sauberen Duft wahr, den sie jetzt als den ganz besonderen Geruch ihres Kindes erkennt. Dann lässt die Kleine die Brust los.

Ihr Kopf kippt zur Seite, sie schläft. Ihre kleine Faust baumelt in der Luft.

Katrine springt auf und bleibt in ihrem regennassen Mantel für einen Moment neben dem Bett stehen. Was sie getan hat, ist unverzeihlich. Eine Mutter verlässt ihr kleines Kind nicht, weil sie es nicht schafft, Mutter zu sein. Aber genau das hat sie getan.

Katrine setzt sich auf den Stuhl Helle gegenüber. Sie ist bis auf die Knochen durchnässt.

Im Moment ist die Angst nicht da. Im Moment ist Katrine nur erschöpft und müde, aber sie weiß, dass die Angst am nächsten Morgen früh neben ihrem Bett stehen wird. Bereit für einen weiteren Tag.

»Gut, dass du mich angetroffen hast«, sagt Helle und legt die Hand auf ihre. »Jetzt beruhig dich mal, Katrine. Es ist doch nichts passiert.«

Katrine schaut auf. »Ich habe euch neulich nachts gehört. Nach der Party. Dich und Thomas.«

Sie kann sehen, dass sich auf Helles Hals rote Flecken bilden, als Helle sich abwendet.

»Ich habe gehört, wie er gesagt hat, dass ich verrückt bin, und ich habe gehört, wie du mich verteidigt hast. Das war lieb von dir, wirklich. Aber so geht das nicht mehr weiter. Ich kann mit der Kleinen nicht allein sein.«

Katrine steht auf und tritt vor das Fenster.

Im schwarzen Fensterglas kann sie ihr Gesicht sehen. Ein schmaler Strich mit großen dunklen Augen. Sie ist dabei, zu verschwinden. Zu nichts zu werden. »Ich habe immer das Gefühl, dass jemand mich beobachtet. Auf mich wartet. Dass etwas Böses auf der Lauer liegt. Aber jetzt weiß ich ja, dass es in mir selbst passiert. Und ich habe Angst davor, dass andere das merken könnten.«

Sie kann hören, wie hinter ihr der Stuhl verschoben wird. Helle kommt näher. Gleich wird sie sicher etwas sagen. Ausbügeln. Aber etwas so Entsetzliches lässt sich nicht in Worte fassen.

»Hast du das ganz allein mit dir selbst ausgemacht? Weiß niemand anders davon?«

Helle fasst sie am Arm und dreht sie zu sich um.

»Hast du wirklich mit niemandem darüber gesprochen?«, fragt sie dann, als Katrine den Kopf schüttelt. »Auch nicht mit Thomas?«

Die blauen Augen mustern sie forschend.

»Thomas ist fertig mit mir. Ich kann ihn nicht noch mehr belasten. Das weißt du doch.«

Sie sieht Helle an, die viel zu schnell wegschaut.

»Thomas ist kein böser Mensch«, sagt Helle dann. »Ich glaube nur nicht, dass er mit Schwäche umgehen kann.«

»Nein. Und was glaubst du, was er machen wird, wenn ich ihm erzähle, was heute passiert ist?«

Helle blickt an ihr vorbei. In das dunkle Fensterglas. Sie steht jetzt ganz dicht vor ihr.

»Hör zu, Katrine«, flüstert Helle. »Ich sage nichts. Du kannst es ihm sagen, du kannst es lassen. Aber du musst mir versprechen, dass du Bescheid sagst, wenn du Hilfe brauchst. Ich will bald für eine Woche Verwandte in Rørvig besuchen. Ich habe da oben ein Ferienhaus geliehen. Aber ich bin ja nicht aus der Welt und du kannst mich erreichen, wenn du mich brauchst. Hörst du? Du rufst an, wenn etwas sein sollte. Ist das klar?«

Dann können sie den Schlüssel in der Wohnungstür hören. Gleich darauf öffnet die sich. Nasse Schuhe, die hart auf die Matte treten. Thomas. Sie heben im selben Moment das Gesicht.

»Thomas.«

Er hat ihr den Rücken zugekehrt und schaut auf das große Fenster. Hinter dem Vorhang kann sie das gleißende Mondlicht ahnen. Als sie zuletzt auf den Digitalwecker geschaut hat, zeigte das Display 02.00 Uhr.

Sie liegen seit zwei Stunden hier. Kehren einander den Rücken zu. Der Abend ist gut verlaufen. Sie sind einen Pakt eingegangen. Sie reißt sich zusammen, er gibt sich Mühe. Sie haben gegessen, sie haben Gespräche geführt, die immer wieder in dem Schweigen enden, das sie beide fürchten. Aber sie lassen sich nichts anmerken.

Sie hat das Kind ins Bett gelegt. Danach haben sie im Wohnzimmer ferngesehen. Als sie während der Spätnachrichten zu ihm hinüberlugte, entdeckte sie, dass auch er nicht zuhörte.

Jetzt liegen sie hier, hellwach mit geschlossenen Augen. Den Schlaf können sie nicht an der Nase herumführen. Ihre Anspannung ist beinahe mit Händen zu greifen. Sie liegen einsam und gefangen nebeneinander im Bett.

»Thomas?«

»Ja.«

Thomas dreht sich um, und sein Gesicht ist plötzlich so dicht bei ihrem, dass sie seinen Atem spürt. Der ist warm und weich. Er trifft sie wie ein plötzlicher Schlag in die Magengrube und weckt Erinnerungen von damals, als sie sich gerade erst kennengelernt hatten.

»Was ist los?«

Thomas flüstert. Der Hauch von chronischer ohnmächtiger Wut, der in den letzten Monaten in seiner Stimme gelegen hat und der auch da war, als sie vor einigen Stunden zusammen gegessen haben, ist jetzt verschwunden. Ein Panzer ist zerbrochen, sie sind beide entblößt.

Etwas in ihr schmilzt. Sie dreht für einen Moment ihr Gesicht dem Kissen zu, er soll nicht merken, dass sie weint. Er soll es nicht sehen, nicht jetzt. Dann hebt sie das Gesicht.

»Es geht nicht«, sagt sie in das Licht seiner Augen, die so dicht vor ihr sind. Die schönen, schönen grauen Augen, in denen sie einmal vollständig versinken konnte. Viel zu tief versinken.

Er seufzt. Zieht sich die Decke bis ans Kinn. »Nein«, sagt er, dreht sich auf den Rücken und legt sich einen Arm übers Gesicht. »Nein«, wiederholt er. »Es geht überhaupt nicht.«

Er klingt traurig, aber sie kann auch hören, wie die Erleichterung aus ihm hervorbricht, und sie weiß, dass er jetzt über etwas ganz anderes redet. Über sie beide. Ihre Beziehung. Aber er irrt sich. Dort ist sie nicht. So weit darf sie jetzt einfach noch nicht denken.

»Ich brauche Hilfe«, flüstert sie. »Heute … ich musste den Supermarkt verlassen, als ich einkaufen wollte. Und danach. Da habe ich sie verlassen. Ich habe das Kind verlassen.«

Sie holt vorsichtig Atem, schmeckt das salzige Wasser ihrer Augen, das in ihren Mund läuft. Mit einem Zipfel der Decke wischt sie sich die Tränen ab und hustet.

Sie sieht, dass sein Arm wie ein schwerer Schatten auf die Decke fällt.

»Ach, Katrine.«

Er setzt sich mit einer heftigen Bewegung im Bett auf.

»Ach, zum Teufel, Katrine. Das ist doch nicht zum Aushalten!«

Sie kann hören, wie sich das Kind in der Wiege bewegt. Vom

Zorn in seiner Stimme geweckt. Hat es schon gelernt, sich vor den Zwischentönen zu fürchten? Haben sie es dem Kind schon beigebracht?

»Was ist denn los mit dir, Katrine? Und warum geht das so weiter? Warum kannst du nicht einfach ein normaler Mensch sein, warum musst du immer wieder alles in die Luft sprengen und zerstören?«

Er schaut auf sie herab. Dann will er aufstehen, bleibt aber sitzen, als ob er da, in der Dunkelheit der Nacht, einsieht, dass er nicht ans andere Ende der Welt fliehen kann, er wird sie nicht los. Widerlich und klebrig ist sie. Sie weiß, was er denkt, denn sie denkt das auch, aber sie hat jetzt nicht die Kraft, sich zu wehren. Sie braucht ihn, er muss ihr helfen, sie hat sonst niemanden.

»Thomas.«

Sie streckt die Hand aus, und erst, als sie die warme Haut seines Rückens berührt und sieht, dass sein ganzer Körper erstarrt und zurückzuckt, erkennt sie, dass sie einen großen Fehler begangen hat, und ihre Hand landet auf dem Laken wie eine abgeschüttelte Ratte.

»Ich weiß ja, dass du mich hasst. Aber du musst mir helfen.«

Er sagt nichts. Sitzt still da in der Dunkelheit und schaut zum Fenster hinüber.

»Ich hasse dich nicht.«

Dann dreht er sich zu ihr um. »Aber du gibst dir alle Mühe, dein Leben zu zerstören. Und mein Leben. Das des Kindes. Ist dir das überhaupt klar? Und wenn ich gehe, bin ich für alle anderen ein Schwein. Aber wenn ich bleibe, dann ertrinke ich. Ich habe alles für dich getan. Du wolltest ein Kind. Wir bekommen ein Kind. Ich kaufe eine schöne Wohnung, wir ziehen zusammen ein. Du bist zu Hause und hast alle Zeit der Welt, um es dir mit der Kleinen gemütlich zu machen. Du bekommst alles, was du willst, aber dennoch bist du die ganze Zeit damit beschäftigt, alles in ein großes, bodenloses Loch zu schieben. Ich sage, du brauchst professionelle Hilfe, aber das willst du ja auch nicht. Ich versuche, mit dir zu sprechen, aber du schnappst zu wie eine Auster. Was zum Teufel ist nur los mit dir?«

Sie rutscht von ihm weg und sieht zu, wie er aufsteht und nach seiner Decke greift. Dann steht er mitten im Zimmer und blickt auf sie herab.

»Es ist fast drei Uhr nachts. Morgen habe ich einen Termin nach dem anderen. Ich schlafe auf dem Sofa. Ich muss einfach schlafen. Und morgen suche ich dir einen Psychiater. Zu dem gehst du dann. Hörst du, Katrine? Du brauchst wirklich Hilfe.«

Die Kleine wacht auf, als er die Schlafzimmertür schließt. Als sie sich über die Wiege beugt, schaut das Kind zu ihr auf. Hilflos und abhängig. Von ihr.

Thomas blickt aus dem Küchenfenster. Es wird draußen jetzt hell. Er hat dunkle Ringe unter den Augen. Vielleicht hat er auch nicht geschlafen. Er holt tief Luft. Dann dreht er sich um und sieht sie an. Seine Augen sind rot unterlaufen. Er riecht anders. Ein kräftiger, süßlicher Geruch, der in ihrer Nase brennt. Ein süßer, leicht fauliger Geruch. Als ob er dabei ist, sich aufzulösen.

Jetzt schüttelt er den Kopf.

»Was soll das heißen, dass du nicht mit dem Bus zu Troels fahren kannst? Du kennst ihn doch. Er war neulich bei unserem Essen hier. Er ist freundlich und hilfsbereit und hat extra für dich Zeit freigeschaufelt, damit du gleich heute zu ihm kommen kannst«, sagt er und gibt ihr den Zettel. »Nimm das Auto oder nimm ein Taxi. In einer Stunde musst du dort sein.«

Er drückt ihr den Zettel in die Hand. Sie schaut darauf. Bei Nørreport. Bus. Menschen. Das wird sie niemals schaffen.

»Kannst du nicht mitkommen?«, bittet sie.

Er schließt die Augen, fährt sich mit der einen Hand über den

Mund. Es gibt ein kratzendes Geräusch, als er über seine Bartstoppeln reibt. Er sieht verhärmt aus. Daran ist sie schuld. Sie hört ein seltsames Klingeln in den Ohren. Das hat in der Nacht eingesetzt und ist noch immer da. Eine Alarmglocke, die laut und schrill in ihr läutet.

»Ich habe meine Termine für heute Morgen abgesagt, damit ich bei der Kleinen zu Hause bleiben kann. Die soll schließlich nicht zum Psychiater geschleift werden, oder?«

Er hat seit dem frühen Morgen in seinem Arbeitszimmer gesessen. Telefoniert. Geredet. Organisiert. Jetzt hat er einen Psychiater für sie gefunden. Er ist ein Mann der Tat. Sogar jetzt noch.

»Ja, guten Tag, Katrine. Das war nett neulich. Ja, aber es ist ja doch schon eine Weile her.«

Troels schließt die Tür hinter ihnen. Sein Händedruck ist fest. »Setz dich.«

Er sieht verlegen aus, als er auf einen Stuhl vor seinem Schreibtisch deutet. Dann schaut er eilig auf die Uhr, geht hinter den Tisch und setzt sich. Dreht sich mit dem Stuhl um, schaut auf den Bildschirm, drückt auf die Maus und dreht sich wieder um.

»Also, Thomas sagt, du bist ein bisschen deprimiert.«

Er nimmt die Brille ab und sieht sie auffordernd an.

Ihr Mund ist trocken und das Heulen in ihren Ohren wird immer schlimmer.

»Ja.«

Sie schüttelt den Kopf, kann seinem Blick nicht standhalten.

»Das ist ja traurig, Katrine«, sagt er nun. »Da habt ihr doch gerade erst so ein wunderschönes kleines Baby bekommen. Da hat man doch keinen Grund, Trübsal zu blasen.«

Sie schüttelt den Kopf. Weiß nicht, was sie sagen könnte. Er fängt an, seinen Kugelschreiber klicken zu lassen. Jetzt kann sie hören, wie der Verkehr von Nørreport ins Sprechzimmer eindringt und wie seine Schuhe sich unter dem Schreibtisch bewegen.

»Warum bist du also traurig, Katrine?«

Sie hebt das Gesicht, erwidert seinen Blick.

»Mit mir stimmt etwas nicht. Ich habe die ganze Zeit Angst, und ich habe nicht die richtigen Gefühle für mein Kind.«

Troels legt den Kugelschreiber hin, beugt sich vor und legt die Arme auf den Schreibtisch. »Katrine«, sagt er und räuspert sich. »Du musst wissen, ich bin ja kein Psychologe, ich mache keine aufwendigen Gesprächstherapien. Ich bin Arzt. Ja, ich weiß nicht einmal besonders viel über gefühlsmäßige Reaktionen. Das ist nicht gerade mein Fachgebiet.«

Er räuspert sich wieder. »Du bist hier, weil ich Thomas kenne. Aber, also, über diesen ganzen Kram, dass man als Kind nicht richtig auf dem Töpfchen gesessen hat, oder dass man von der Mutter … alles, worüber Psychologen und Hebammen so gern reden, das interessiert mich ehrlich gesagt nicht die Bohne.«

Er wendet sich für einen Moment ab, dann sieht er sie wieder an. Jetzt ist das Unsichere aus seinem Blick verschwunden. »Ich bin Arzt und auf Gehirne spezialisiert. Und über die weiß ich wiederum eine ganze Menge.«

Er wendet sich seinem Computer zu. »Thomas hat mir schon erzählt, dass du unter Ängsten leidest.«

Er blickt seinen Bildschirm an und zählt auf: »Du bist unruhig. Du wagst nicht, allein zu sein. Du bist paranoid. Du leidest unter Anflügen von Verfolgungswahn. Du hast Klaustrophobie. Du hast Angst, du könntest dir etwas antun. Du hast Angst, du könntest deinem Kind etwas antun.«

Dann legt er eine Pause ein. »Und fast hättest du deinem Kind etwas angetan«, sagt er und holt tief Luft. »Ja …«

Er schüttelt den Kopf, dreht sich vom Schirm weg und sieht sie wieder an. »Gibt es in deiner Familie psychische Krankheiten, Katrine? Schizophrenie, Borderline, solche Leiden?«

Er faltet vor sich auf dem Schreibtisch die Hände. Es ist die Geste eines alten Mannes, ausgeführt von einem jungen.

»Nein. Oder doch. Der Bruder meiner Mutter. Er …«

Sie sieht Jon vor sich, in dem Sessel in der kleinen Wohnung. Der große schwere Leib. Betäubt von Tabletten. Ein Nicht-Leben. *Die Gedanken. Gefährlich. Für mich,* hatte er gesagt. Damals hatte sie nicht begriffen, wovon er redete. Jetzt tut sie es.

»Er ist als junger Mann krank geworden. Es hing irgendwie mit einem Examen zusammen. Mit der Belastung. Er ist nie wieder gesund geworden. Ich glaube, er gilt als schizoid oder schizophren.«

Sie schüttelt den Kopf. »Ich weiß es nicht mehr so genau. Es hatte ja auch nichts mit mir zu tun.«

Als sie den Blick hebt, mustert Troels sie forschend.

»Schizophrenie kann latent im Körper liegen, Katrine. Und wir sehen oft eine gewisse Erblichkeit. Bei einigen bricht sie niemals aus. Vielleicht sind sie nur ein bisschen sensibel. Ein bisschen verschlossen. Ein bisschen zu verletzlich, aber es ist nichts Ernstes. Aber bei anderen …« Er zuckt mit den Schultern. »In stressigen Lebenssituationen. Bei einer Scheidung. Einem Examen, wie bei deinem Onkel. Einer Geburt, wie bei dir. Dann kann die Krankheit ausbrechen. Das sehen wir oft.«

»Nein.«

Das schießt ihr nur so aus dem Mund. Schizophren. *Psychisch krank,* will er ihr das sagen? Ist das ihr Urteil? Lebenslänglich. Wie bei Jon. Aber hat er nicht recht?

»Und jetzt?«, flüstert sie.

Er lächelt sie an. Beruhigend. »Sei froh, dass du nicht vor hundert Jahren geboren wurdest, Katrine. Heute gibt es eine Menge guter Möglichkeiten zur medizinischen Behandlung. Und vielleicht reden wir hier nur von zwei Jahren. Das haben wir auch schon erlebt. Vielleicht musst du für den Rest deines Lebens Medizin nehmen. Aber daran brauchst du jetzt noch nicht zu denken. Es geht doch vor allem darum, dass sich dein Zustand bessert. Dass du etwas Stabilisierendes bekommst, damit du hier oben ein wenig Ruhe hast.«

Er tippt sich mit dem blauen Kugelschreiber an die Schläfe und lächelt. Dann wendet er sich wieder seinem Computer zu und fängt an zu schreiben.

Sie kauft sich an einem Imbisswagen auf Strøget eine Cola und zieht diskret die durchsichtige kleine Tüte hervor.

»Wir fangen mit etwas nicht ganz so Starkem an, es dauert an die zwei Wochen, bis es wirkt, aber das hier bricht sozusagen die Spitze ab, wenn du zu viel Unruhe im Leib hast.«

Troels hatte die Tüte geschwenkt. »Du kannst deine Tochter gern noch ein bisschen stillen, aber du solltest überlegen, ob du sie nicht abstillen willst, wenn du doch eine stärkere medikamentöse Behandlung brauchst. Und diese Tabletten hier können dich im Übrigen auch nicht umbringen, die wirken eher so, als ob du ein großes Glas Portwein trinkst.«

Ein großes Glas Portwein. Was weiß er denn darüber? Hat er die selbst schon mal genommen? Wohl kaum. Ein trockener und bitterer Geschmack breitet sich in ihrem Mund aus, als sie die Tablette mit einem Schluck Cola hinunterspült.

Als sie beim Buchladen über den Rådhusplads geht, zuckt sie zusammen.

Da ist Belinda. Sie kommt aus der Gegenrichtung über den Zebrastreifen, geht dich an ihr vorbei, hat die Jacke fest um sich gezogen und starrt zu Boden. Sie sieht müde aus.

Katrine verspürt einen stechenden Schmerz im Bauch. Instinktiv dreht sie sich um und biegt nach rechts ab. *So darf sie mich nicht sehen.* Die Tablette hat allen Speichel aus ihrem Mund gesaugt.

Es regnet jetzt, und an der Bushaltestelle drängen sich die Menschen. Katrine stellt sich an den äußersten Rand. Spürt, wie die anderen sich von hinten an sie herandrängen. Weiter unten in der Vester Voldgade sieht sie den Bus 26 durch den Regen fahren. *Du gibst dir alle Mühe, mein Leben zu zerstören.* Thomas. Und er hat ja recht. Sie hat ihn an dieses Leben festgenagelt. Denn nur so kann sie Menschen dazu bringen, bei ihr zu bleiben. Sonst würden sie doch weglaufen. Und sie würde allein in einer Zweizimmerwohnung sitzen. Das Kind würde ihr weggenommen werden. Und sie wäre zerstört.

Der Bus gibt Gas, als die Ampel auf Grün springt. Er biegt ab und kommt mit hohem Tempo auf die Haltestelle zu. Wasser spritzt zu den weiter hinten Wartenden hoch. Die Busscheinwerfer sind schwarze Augen, die sie anstarren und immer näher kommen. Dann spürt sie die Hand in ihrem Rücken. Ein leichter Stoß. Sie hat schon darauf gewartet. Auf einen freundlichen Tod. Jetzt ist er gekommen. Umarmt sie.

»Nein«, flüstert sie. Sieht für einen Moment die großen schwarzen Räder des Busses und die Scheinwerfer. Schwarze Augen. Dann fällt sie. In ihr lodert ein Licht auf. Sie schließt die Hand um die Tüte in ihrer Tasche. Friede.

Lyngby Vest, 1974

Der Mann hat ihr ein Eis gekauft. Und ein neues Kleid, das etwas zu groß ist. Jetzt sitzt sie neben ihm auf dem weißen Strand und isst ihr Eis. Er raucht eine Zigarette nach der anderen und drückt sie alle im Sand aus, während er auf das Wasser hinausblickt.

»Bist du mein Vater?«

Er fährt herum und schaut auf sie herunter.

»Wer sagt das?«

»Niemand. Ich hab das nur gedacht.«

Er wischt ihr ein wenig Eiscreme aus dem Gesicht und kneift sie in die Wange. »Wollen wir nicht einfach sagen, dass ich dein Schutzengel bin? Einer, der ein bisschen auf dich aufpasst? Einer, der dich im Auge behält, ja?«

Sie versteht nicht, was er da sagt, aber sie nickt trotzdem, denn er sieht sie an, als wollte er, dass sie es versteht.

»Kann ich dann mitkommen und bei dir wohnen?«, fragt sie und leckt den letzten Rest Eis vom Stiel.

Er schüttelt den Kopf und berührt ihre Haare. »Nein. Das geht nicht. Wir müssen uns etwas anderes ausdenken.«

Er steht auf. Er hat Sand an der Hose.

»Komm.«

Er hält ihr die Hand hin. »Wir müssen weiter.«

Sie gehen zurück zu dem roten Auto, das sich in der Sonne aufgeheizt hat. Er schließt die Tür zur Rückbank und setzt sich auf den Fahrersitz. Er schaut durch die Windschutzscheibe. Schlägt auf das Lenkrad. »Teufel«, murmelt er und lässt den Motor an.

Sie fahren erst am Wasser entlang, aber dann überlegt er sich die Sache offenbar anders, denn nun fährt er an den Rand und wendet. Er sieht wütend aus, deshalb sagt sie nichts. Sie sind lange unterwegs, und als sie eine Wohnstraße erreichen, hält er bei einem großen weißen Haus. Jetzt dreht er sich um. »Ich muss nur schnell was erledigen. Du bleibst brav hier sitzen, ja?«

Sie nickt.

Aber schon bald ist er wieder da. Zusammen mit einem anderen Mann. Der hat schwarze Haare, und er bleibt ganz plötzlich stehen, als er sie im Auto entdeckt. Schlägt sich die Hand vor den Kopf, als wollte er sich selbst ohrfeigen. Das sieht seltsam aus.

»Du machst alles kaputt, ist dir das überhaupt klar?«, hört sie den Schwarzhaarigen dem Mann zurufen. Dann dämpft er die Stimme und sie reden leise miteinander. Bald darauf verschwindet der Schwarzhaarige.

Der Mann setzt sich wieder hinter das Lenkrad. Er lässt den Motor nicht an. Er sitzt einfach nur da. Jetzt kann sie sehen, dass seine Schultern beben. Dann dreht er sich um. Seine Augen sind blank. Er nimmt ihren Arm und will etwas sagen, dreht sich dann aber wieder um. Lässt den Motor an und fährt los.

Frederiksberg Allé, 2011

»Das ist so unglaublich lieb von dir.«

Katrine zieht die Tür zu und schließt den Sicherheitsgurt. Dann lässt sie sich auf dem Autositz zurücksinken und begräbt das Gesicht im Kragen ihres Mantels. Helle steckt den Zündschlüssel ins Schloss und lässt den Motor aufheulen. Es ist kalt. Es friert jetzt nachts, die Bäume in der Frederiksberg Allé sind von Raureif bedeckt.

»Es ist doch nur schön, dass ihr mitkommen wollt. Bis auf die Woche in Paris mit meiner Mutter hatte ich dieses Jahr noch keinen Urlaub. Ich brauche Ruhe und Frieden. Und du ja wohl auch.«

Helle blinkt, schüttelt sich in der morgendlichen Kälte und dreht sich um, um nach der Kleinen zu sehen. Dann gibt sie Gas und fährt.

Schön, dass ihr mitkommt. Katrine schaut aus dem Fenster. Das ist sicher gelogen, aber Helle war ihre letzte Möglichkeit. Sie kann nicht in der Wohnung sein. Die Vorstellung, zu ihren Eltern zu fahren, ist ebenso beklemmend. Sie kann doch auch nicht die ganze Zeit mit der Kleinen im Kinderwagen auf der Straße herumlaufen. Und Helle hat selbst gesagt, sie solle anrufen, wenn sie Hilfe braucht. Es kann sein, dass Helle bereut, was sie neulich am Nachmittag gesagt hat. Aber jetzt ist es zu spät.

Als sie ein gutes Stück Autobahn und einen Höhenzug hinter sich gebracht haben, öffnet sich plötzlich die Landschaft. In schier endloser Weite erstrecken sich flache Wiesen und Felder. Große weiße Morgenwolken hängen weit draußen über dem Horizont.

»Das ist ja so schön«, murmelt Katrine.

Sie verkriecht sich in ihrem Mantel und lässt die beiden Tabletten los, die sie morgens aus ihrer Toilettentasche genommen und in die Manteltasche gesteckt hat, als Helle klingelte. Nur sicherheitshalber. Die Tabletten sind feucht und mehlig, weil sie sie so lange in der Hand gehalten hat, und ihre Finger kleben davon. Sie wischt sie an der Hose ab.

»Ja, hier ist es schön«, sagt Helle, legt einen anderen Gang ein und wechselt auf die linke Fahrspur, um einen Lkw zu überholen.

»Das ist das Sommerhaus deiner Eltern?«

»Meiner Tante.«

Helle sieht sie kurz an, dann richtet sie den Blick wieder auf die Straße. »Sie wollten nach Thailand. Normalerweise vermietet sie das Haus dann. Aber um diese Jahreszeit kommen ja nicht viele Touristen.«

Rørvig – »Schilfbucht«. Der Name klingt nach Idyll. Katrine war als Kind mit ihren Eltern in Rørvig. Das Einzige, woran sie sich erinnern kann, ist der Hafen mit den großen roten Krebsen, die andere Kinder mit Netzen fingen und in einen Eimer steckten. Dann lagen sie da und bewegten ihre riesigen Scheren, bis sie wieder ausgekippt wurden. Katrine hatte Angst vor den Krebsen. Sie erinnert sich auch noch an eine kleine Fähre und an ein gelb gestrichenes Bauernhaus mit Fahnenstange, an der die dänische Flagge gehisst war.

Katrine dreht den Kopf und berührt das kalte Glas der Fensterscheibe. Es fällt ihr noch immer schwer, ihren rechten Arm zu heben. Ohne den geistesgegenwärtigen Busfahrer und die Frau neben ihr, die sie gepackt hatte und die sie dann nach Hause gefahren hat, könnte sie jetzt tot sein. »Ich glaube nicht, dass es ihr so gut geht«, sagte die Frau, schob sich die Handtasche über die Schulter und erwiderte in der Diele Thomas' Blick.

»Nein.« Thomas lächelte die Frau an, bedankte sich und machte ganz schnell die Tür zu.

Katrine erzählte ihm, sie sei gestolpert und fast vom Bus angefahren worden. Sie wollte ihn so unbedingt davon überzeugen, dass sie selbst gar nicht mehr wusste, was passiert war. Alles war so unklar. Alles ist unklar. Und es war ja nichts passiert. Sie erzählte ihm von ihrem Besuch bei Troels. Sie gab sich alle Mühe, um im richtigen Moment zu lächeln oder ein ernstes Gesicht zu machen. Das meiste von dem Gespräch mit Troels erwähnte sie nicht.

Er sah erleichtert aus, als sie zwei Tage darauf erzählte, dass sie mit Helle in ein Ferienhaus in Rørvig fahren wollte. Er vertraut Helle. Er traut sich, Katrine und die Kleine alleinzulassen, wenn Helle dabei ist.

Es wird jetzt warm im Auto. Katrine kann die ruhigen Atemzüge der Kleinen auf der Rückbank hören. Bald darauf nickt sie ebenfalls ein.

»Katrine.«

Sie wacht auf, als sie an der Schulter berührt wird. Einen Moment lang weiß sie nicht, wo sie ist. SPAR steht in roten Buchstaben auf einem Schild. Sie halten auf einem großen, fast menschenleeren Parkplatz. Der Himmel hat sich jetzt mit einem leichten Dunst überzogen. Die weiße Fahne mit dem SPAR-Logo flattert in dem kräftigen Wind. Eine frische Kälte und der Geruch des Meeres strömen herein, als Helle die Autotür aufmacht.

»Ich kaufe nur schnell die wichtigsten Sachen, brauchst du irgendwas?«

»Sind wir schon da?«

Wie lange hat sie wohl geschlafen?

Helle lächelt, steht auf und legt den Arm über die Autotür.

»Darfst du denn mal ein Glas Wein trinken, auch wenn du diese Tabletten nimmst?«

Katrine nickt.

Im Rückspiegel kann sie sehen, dass Helle auf dem Weg in den Laden telefoniert. Ihre Schritte sind so anders, ihr rascher, zielstrebiger Gang ist verschwunden. Sie schlendert, zieht den Mantel um sich und telefoniert.

Katrine dreht sich um und sieht nach der Kleinen, die ruhig in ihrem Babysitz liegt und zu ihr hochschaut. Ihre Augen sind vom Schlaf blank. Der dunkle Blick mustert sie. Was sieht sie? Ein Anflug von Unruhe durchfährt Katrine wie ein Reflex. Dann lässt sie sich zurücksinken, nimmt die Decke, die vom Sitz gerutscht ist, und legt sie um das Kind. Sie sind jetzt nicht allein, geht es ihr auf, während ihr Herz zur Ruhe kommt und sie sich auf dem windigen und menschenleeren Parkplatz umschaut.

»Hier ist ja wirklich nicht viel los«, murmelt Helle, als sie über einen holprigen schmalen Weg fahren. Die Sommerhäuser wirken alle verlassen. Brombeerweg. Moosbeerweg. Hagebuttenweg. Sie fahren und biegen ab und fahren weiter. Diese Ferienhaussiedlung muss riesig sein, denkt Katrine, während sie in die leeren, verlassenen Häuser blickt. Die Fenster schauen mit ihren schwarzen Glasaugen tot zurück.

»Ich würde mich hier nie im Leben zurechtfinden.«

Helle biegt zum dritten Mal ab, in einen weiteren langen Kiesweg, der aussieht wie alle anderen. Seit sie von der Hauptstraße nach Rørvig abgebogen sind, haben sie keinen Menschen gesehen. Wenn nicht die winterblasse Sonne wäre, die hier und dort zwischen den Bäumen hervorschaut, wäre es richtig unheimlich. Helle dreht plötzlich nach links ab und hält auf einer kleinen Rasenfläche, die als Parkplatz dient. Die Autotüren schlagen zu, als sie aussteigen, und ihr Echo verhallt in der Stille. Die Luft ist salzig. Das Gras ist nass und weich unter der knirschenden, brüchigen Reifschicht.

»Da wären wir.«

Helle schaut zu einem weißen Gasbetonhaus hinüber, das sich hinter zwei hohen Tannen versteckt. »Schließ du auf, dann nehme ich die Kleine.«

Sie wirft Katrine einen Schlüsselbund zu.

Es duftet hier nach Harz und frischer Erde. Das Haus ist weiß und hat zwei Etagen. Es hat keine große Ähnlichkeit mit einem Sommerhaus. Es wirkt eher wie ein Einfamilienhaus. Mit Mühe kann Katrine die Glastür aufschließen.

Sie betritt das Wohnzimmer. Das Haus ist ausgekühlt. An der Wand tickt eine Uhr, in der Mitte stehen vier Stühle um einen großen Tisch aus Kiefernholz. Neben der blauen Polstergarnitur und dem braunen Fliesentisch steht ein Kaminofen.

Sie öffnet die Tür zu einem kleinen Schlafzimmer, wo nur ein Doppelbett mit einer currygelben Flanelldecke steht. Sie geht ins Wohnzimmer zurück.

»Was meinst du?«

Helle tritt sich auf der Matte den Schmutz von den Stiefeln. Sie hat die Kleine aus der Tasche genommen und hält sie vorsichtig auf dem Arm.

»Es ist schön hier. Soll ich sie übernehmen?«

Helle schüttelt den Kopf.

»Ist schon gut. Du kannst unsere Sachen aus dem Auto holen. Dann behalte ich die Kleine im Auge und werfe schon mal die Heizung an.«

Als Katrine das Auto ausgeräumt hat und die Tür zum Wohnzimmer schließt, hat Helle den mit Gas betriebenen Heizofen in Gang gebracht. Jetzt sitzt sie mit dem Kind auf dem Sofa. Sie hat den roten Overall ein bisschen geöffnet und kitzelt das Baby mit einem Finger am Bauch. Die Kleine sieht Helle begeistert an, strampelt mit den Beinchen und lacht zahnlos.

»Ist es nicht doch witzig, so einen kleinen Zwerg zu haben«, ruft Helle aus dem Wohnzimmer, während Katrine in der Küche die Tüten ausleert und alles in den Kühlschrank räumt. Sie weiß nicht, was sie antworten soll.

»Du hast dein Telefon zu Hause vergessen«, sagt Helle gähnend, als Katrine die Kleine schlafen gelegt hat und aus dem Badezimmer kommt.

Sie haben den Nachmittag mit Auspacken verbracht. Dann haben sie einen Spaziergang gemacht und gekocht. Nach dem Essen machte Helle im Kaminofen Feuer, während Katrine die Kleine wickelte und für die Nacht fertigmachte.

»Mein Telefon vergessen? Das kann doch nicht sein.«

Helle nickt. Sie hat die Füße auf die Armlehne gelegt. Sie hat Kerzen angezündet. Auf dem braunen Fliesentisch stehen die Rotweinflasche, die sie zum Essen geöffnet haben, und ihre Gläser.

»Thomas hat eben auf meinem angerufen. Er sagt, deine Mutter hat auch versucht, dich zu erreichen. Du solltest ihn zurückrufen.«

Sie reicht Katrine das Telefon und die nimmt es zögernd entgegen. Sie hat jetzt keine Lust, mit ihm zu sprechen.

»Du kannst ja noch ein bisschen warten«, sagt Helle, als ob sie ihre Gedanken lesen könnte.

»Ich habe gesagt, dass es uns gut geht. Aber bei deiner Mutter solltest du dich melden. Es scheint wichtig zu sein.«

Katrine steht auf und geht in die Küche. Was hat Thomas wohl zu ihrer Mutter gesagt? Sie öffnet die Gartentür und tritt in den Türrahmen. Es klingelt nur einmal, dann wird abgenommen. Und Katrine begreift sehr rasch, dass sie ihre ganzen Erklärungen vergessen kann, denn ihre Mutter hat nicht deshalb angerufen.

»Es geht um Jon.« Die Stimme ihrer Mutter klingt hektisch. »Er ist verschwunden.«

»Wie denn verschwunden?«

»Ich versuche seit zwei Tagen, ihn anzurufen. Aber er geht nicht ans Telefon. Also bin ich gestern hingefahren, und da war er weg. Die Sonntagszeitung lag auf der Fußmatte. Ich dachte, er hätte sich vielleicht bei dir gemeldet?«

»Bei mir? Er ruft mich schon lange nicht mehr an, das weißt du doch?«

Sie kann hören, dass die Mutter nervös ist. »Er ist schon seit einer Weile anders als sonst. Ich weiß nicht. Ich durchschau das nicht. Na ja, es ist jedenfalls gut, dass es dir besser geht. Thomas sagt, du bist mit einer Freundin in ein Ferienhaus gefahren. Genieß das jetzt. Sorg dafür, dass du frische Luft kriegst.«

Als sie ins Wohnzimmer zurückkommt, schreibt Helle in ein schwarzes Notizbuch. Katrine reicht ihr das Telefon und legt sich auf das andere Sofa. Die Windstöße von draußen lassen das Feuer im Ofen zischen. Die Wanduhr schlägt zehnmal. An der gelb angestrichenen Wand hinter dem Ofen hängt ein Amagerregal mit kleinen verstaubten Porzellanfiguren. Das Holz im Ofen duftet.

»Stimmt irgendwas nicht?«

Helle hört mit Schreiben auf und blickt von ihrem Buch hoch.

»Nein. Das war nur meine Mutter. Sie kann meinen Onkel nicht erreichen. Sie macht sich immer solche Sorgen um ihn, aber bestimmt taucht er bald wieder auf.«

Dann dreht sie sich um. »Hier ist es so schön, Helle. So ruhig. Und keine Menschen. Außer dir natürlich«, fügt sie eilig hinzu.

»Warum hast du solche Angst vor anderen Menschen?«

Helle wirft Notizbuch und Kugelschreiber auf den Tisch.

»Ich weiß nicht. Ich habe wohl Angst davor, was sie denken.«

Katrine nimmt das Glas und trinkt ganz schnell einen Schluck.

»Liebste Katrine. Du musst lernen, das nicht so eng zu sehen.«

Helle setzt sich ein wenig auf und zieht das Kissen hinter ihrem Rücken zurecht. Dann greift sie nach ihren Zigaretten. »Die Leute denken doch die ganze Zeit alles Mögliche. Eben auch alles mögliche Schreckliche.«

Sie gibt sich Feuer und bläst Rauch aus. Dann zieht sie sich ihre Decke um die Schultern. »Wenn ich es mir zu Herzen nehmen wollte, was andere über mich denken, dann wäre ich doch total fertig. Ich bin über vierzig. Ehrgeizig. Alleinstehende Frau, Aussehen einigermaßen, kein Kind. Entweder hassen mich die Leute, oder ich tue ihnen leid, oder sie fürchten sich vor mir.«

Sie lächelt Katrine an. »Du kannst die Gedanken der anderen nicht lenken, Süße, du sollst nur lernen, dich nicht darum zu kümmern.«

Es ist etwas wärmer geworden, als Katrine aufwacht. Es ist bewölkt, aber es regnet nicht. Die Vormittagssonne lugt ab und zu zwischen den dunklen Wolken hervor, die rasch über den Himmel ziehen.

Helle ist mit der Kleinen einkaufen gegangen. Jetzt steht Katrine im Garten hinter dem Haus, in grünen Gummistiefeln, die sie in einem Schrank gefunden hat. Das geschmolzene Eis hat das Gras glitschig und gelb gemacht. Sie sinkt ein wenig ein, als sie über den Rasen geht. Es riecht nach feuchtem Boden und kaltem Gras. Sie dreht eine Runde über das Grundstück. Durch die Tannen kann sie die Nachbarhäuser sehen. Die liegen still und verschlossen und mit vorgezogenen Gardinen da. Nur das Rauschen der Tannenwipfel bricht die Stille. Katrine geht zu dem kleinen Schuppen, der ganz hinten auf dem Grundstück liegt. Sie schaut durch das Türfensterchen hinein. In einer Ecke sind Gartenstühle mit geblümten Polstern aufeinander gestapelt. Zwei Federballschläger liegen auf dem Holzboden. In einem Regal stehen gelbe Plastikeimer mit Gartengeräten. Ein süßlicher Schimmelgeruch sickert durch das feuchte Holz der Tür. Sie greift nach der Türklinke. Abgeschlossen. Der ganze Sommer liegt zusammengepackt in einem Schuppen.

Der Blick im Rücken. Wieder dieses brennende Gefühl. Wer sieht mich an? Sie fährt herum, sieht die Sommerhäuser, die ihren Blick aus ihren toten Augen erwidern. Die Tannen, die abweisend in ihren Ecken dastehen. Das kann nicht stimmen.

Hör auf, du bist doch einfach nur krank, flüstert sie sich zu, aber sie geht trotzdem schnell ins Haus zurück und schließt die Tür von innen ab.

Helle hat im Kaminofen im Wohnzimmer ein Feuer gemacht, ehe sie mit der Kleinen im Kinderwagen losgegangen ist. Katrine legt Holz nach, macht im Wohnzimmer Licht und geht in die Küche, um Kaffee zu kochen. Sie hat gerade das Radio eingeschaltet und den Nachrichtensender P1 eingestellt, als energisch an die Glastür im Wohnzimmer geklopft wird. Katrine lässt den Wasserkocher mit dem kochenden Wasser in das Spülbecken fallen. Wer kann das denn sein?

Dann hört sie, dass jemand an der Klinke rüttelt.

»Hallo«, kann sie gerade noch rufen und rennt ins Wohnzimmer. Mitten im Raum bleibt sie dann stehen.

Auf der anderen Seite der Glastür steht eine Frau. Sie lächelt Katrine an und winkt freundlich mit einer kleinen Hand. Sie hat graue Locken, in der Hand eine rot-weiße Leinentasche und eine weite lila Daunenjacke. Helles Tante, kann Katrine gerade noch denken, während ihr das Herz bis in den Hals schlägt. Dann reißt sie sich zusammen und öffnet die Tür.

»Erschrecken Sie sich bitte nicht«, sagt die Frau in singendem Seeländer Tonfall. Sie bleibt in der Tür stehen. Katrine schüttelt den Kopf.

»Entschuldigung«, ist alles, was ihr einfällt.

»Es gibt keinen Grund, sich zu erschrecken«, sagt jetzt die Frau und fängt an, ihre hohen Winterstiefel auszuziehen. Dann reibt sie sich die Kälte aus den kleinen Händen und schaut zum Ofen hinüber. »Ah, schön. Ihr habt eingeheizt. Es ist ja richtig kalt geworden. Wir mussten unsere Reise nach Thailand verschieben. Bjarne hat einen Bandscheibenvorfall.«

Ganz selbstverständlich öffnet sie eine Tür des Schrankes unter der Treppe. »Ja, aber auf diese Weise können wir euch ja immerhin guten Tag sagen. Ich bin Else«, sagt sie und lässt ihre Hausschuhe auf den Parkettboden fallen.

»Sie sind also Helles Tante?«

»Das bin ich«, sagt Else und schaut aus dem großen Fenster zum Meer. »Ihr habt die Fahrräder noch nicht herausgeholt. Die stehen hinter dem Schuppen. Die Schlüssel hängen auf dem Gang.«

»Ja, ich habe gesehen, dass der Schuppen abgeschlossen ist.«

»Wir schließen immer ab.«

Else dreht sich um. »Im Winter ist hier ja kein Mensch. Ich glaube, wir hatten im vergangenen Jahr drei oder vier Einbrüche. Nicht, dass es hier etwas zu holen gäbe.«

Sie dreht sich wieder um und schaut in den leeren Vorgarten. »Was wollen eigentlich zwei junge Mädchen wie ihr um diese Jahreszeit hier ganz allein? Es war richtig unheimlich, herzufahren, es ist doch alles menschenleer.«

»Wir mussten ein wenig aus der Stadt heraus«, sagt Katrine und hofft, dass Else sich damit zufriedengeben wird. »Ja, ich bin ja noch in Elternzeit«, fügt sie hinzu und nickt zur Nuckelflasche auf dem Wohnzimmertisch hinüber. »Möchten Sie Kaffee?«, fragt sie dann und hofft, dass Else Nein sagen wird.

»Aber ja doch, sehr gern. Wenn Sie Zeit haben, meine ich.«

Sie sieht Katrine aus kleinen forschenden Augen an.

»Natürlich habe ich Zeit«, sagt Katrine, geht in die Küche und holt den Wasserkocher aus dem Spülbecken.

»Helle hat schon gesagt, dass ihr ein Baby bei euch habt. Habt ihr das Kinderbett gefunden?«

»Ja, danke«, ruft Katrine und gibt Nescafé in die Tassen.

»Wo steckt Helle denn eigentlich?«, fragt Else, als Katrine ins Wohnzimmer zurückkommt und ihr die Tasse reicht.

»Sie ist mit der Kleinen einkaufen gegangen.«

Katrine nickt zum Sofa hinüber. »Setzen Sie sich doch.«

Die Unruhe hat sich hingelegt, schläft aber nicht. Statt sich aufs Sofa zu setzen, lässt Else sich auf einer Stuhlkante nieder und überlässt Katrine das Sofa. Katrine sieht die kleine Frau an, die jetzt in der geblümten Porzellantasse rührt. Sie hat ihre Daunenjacke ausgezogen. Der weiße Pullover mit dem roten Muster sieht selbstgestrickt aus.

»Und Helle ist also mit der Kleinen einkaufen gegangen.«

Else nimmt die Tasse und bläst kurz auf den Kaffee. »Es ist ja doch traurig, dass sie selbst niemanden hat.«

Die blauen Augen schauen plötzlich auf, und ihr Blick wird scharf. »Hat sie denn wirklich niemanden?«

Ist das so? Katrine weiß es nicht. Sie schüttelt den Kopf und setzt sich gerade. Else redet sofort weiter.

»Nein, sie ist schon etwas ganz Besonderes. Ein bisschen wunderlich vielleicht. Aber dagegen lässt sich ja wohl nichts sagen, oder?«

Sie legt den Kopf schräg und schaute Katrine verständnisheischend an. Steht kurz auf, streicht ihre Trainingshose glatt. Setzt sich wieder. Räuspert sich. Die Wohnzimmeruhr tickt. Im Ofen lodert das Feuer plötzlich auf.

Else schüttelt den Kopf. »Ja, ich entschuldige sie immer damit, dass sie krank war. Aber die kleine Helle hat es ja auch nicht leicht gehabt«, fügt sie hinzu und nickt Katrine zu.

»Sie redet nicht so oft über solche Dinge«, murmelt Katrine.

»Nein, darüber redet sie nie. Das hat sie noch nie getan. Ihr hat man immer schon jedes Wort aus der Nase ziehen müssen. Sie ist wie ein Roboter. Und macht einfach immer weiter, wie sie das will.«

Else nimmt ihre Tasse, lehnt sich zurück und leert sie. Stellt sie weg und schlägt mit der flachen Hand auf den Kiefernholztisch. »Aber da will ich mich nicht einmischen. Ich wünschte ihr nur, sie könnte einen netten Mann finden.«

Dann steht sie auf und plötzlich klärt sich ihr Blick. »Da ist sie ja!«

Katrine dreht sich um. Durch das Fenster sieht sie, dass Helle mit dem Kinderwagen auf das Haus zukommt. Sie schiebt ihn mühsam vor sich her durch das nasse Gras. Helle hat am Handgriff des Kinderwagens eine Einkaufstüte hängen, und sie schaut zum Himmel hoch, während sie auf den Zementfliesen der Terrasse die Bremse des Kinderwagens anzieht. Sie steckt den Kopf in den Wagen und sieht nach der Kleinen. Bleibt für einen Moment stehen und schaut nach unten.

»Ja, zum Glück hat sie nicht viel von Anita«, murmelt Else. Dann geht sie in die Küche.

Katrine kann hören, wie sie das Wasser aufdreht und die Kaffeetasse mit einem leisen Klappern abstellt. Dann kommt sie zurück und öffnet die Glastür.

»Hallo, Helle«, ruft sie.

Helle dreht sich zu der offenen Tür um. Das Lächeln verschwindet für den Bruchteil einer Sekunde aus ihrem Gesicht.

»Seid ihr nicht in Thailand?«, ruft sie zurück.

»Was hat Else gesagt?«

Helle legt den Hähnchenschenkel auf den braunen Keramikteller mit dem gelben Blumenmuster. Dann wischt sie sich die Hände an einer Papierserviette ab und schiebt den Teller zurück. Sie erwähnt den Besuch ihrer Tante jetzt zum ersten Mal.

Die Wiedersehensfreude wirkte nicht gerade überwältigend groß.

»Ich glaube, sie wollte uns einfach mal guten Tag sagen«, sagt Katrine und faltet unter dem hellen Kiefernholztisch die Hände. Es ist so ein Tag, an dem es ihr schwerfällt, das Besteck zu halten. Sie sieht die gebackene Kartoffel und das gebratene Hähnchen an. Sie hatte gedacht, es würde jetzt besser.

»Sie wollte nur vorbeikommen und sehen, wie es uns geht«, fügt sie hinzu.

Helle leert ihr Glas in einem Zug. Stellt es auf den Tisch.

»Else kommt nie ›nur vorbei‹. Ja, das nur zu deiner Information.«

»Sie hat irgendetwas davon gesagt, dass sie sich Sorgen um dich gemacht hat.« Katrine schüttelt den Kopf. »Ich habe irgendwie nicht richtig zugehört«, sagt sie dann. Das stimmt ja auch. Sie hatte sich beim Gespräch nicht konzentrieren können.

»Ach, die alte Geschichte. Kein Mann. Keine Kinder. So, ja?«

Helle steht auf und nimmt Zigaretten und Wein vom Fliesentisch.

Sie haben fast schon eine ganze Flasche geleert. Katrine muss vorsichtig sein, und sie schüttelt den Kopf, als Helle nachschenken will.

»Ich bin am nächsten Tag dann so nervös«, sagt sie und will schon eine Hand über ihr Glas halten.

»Du kannst doch einfach schlafen«, sagt Helle. »Ich kümmere mich um die Kleine.«

Dann setzt sie sich wieder. »War es das also: das Mann-Kinder-Haus-und-Heim-Problem?«

»Ja, so was in der Richtung. Und etwas über eine gewisse Anita.«

»Ach, meine Mutter«, sagt Helle und bläst einen Rauchkringel. »Das hat Else niemals verdauen können. Es ist nicht leicht, eine Schwester zu haben, die Abteilungsleiterin im Finanzministerium ist, wenn man selbst in Nykøbing auf Seeland davon leben musste, anderen Leuten das Klo zu putzen.«

Sie dreht sich um und öffnet eine Schublade. »Wollen wir Rommé spielen?«

Katrine gähnt. »Nein, ich kann die Regeln nicht, und ich bin auch zu müde. Das kommt vielleicht von den Tabletten. Oder es liegt an der Gegend. Ich habe schon lange nicht mehr so gut geschlafen wie heute Nacht. Und jetzt könnte ich die ganze Zeit einfach so weiterschlafen.«

»Das liegt an der frischen Luft hier. Dann mach, dass du ins Bett kommst. Wir spielen morgen Rommé, das gehört sich so in einem Ferienhaus. Das oder Yatzy.«

Es ist kalt im Wohnzimmer, als Katrine am nächsten Morgen aus dem Schlafzimmer kommt. Die Kleine schläft noch immer. Es schneit jetzt. Es ist neun Uhr, sieht sie auf der großen Uhr in der Küche. Sie haben lange geschlafen.

Sie ist davon geweckt worden, dass Helle im Badezimmer war. Jetzt kann sie oben Helles Föhn rauschen hören. Im Kaminofen ist noch immer Glut vorhanden. Katrine legt Holz und Papier auf die Glut und bläst hinein, wie sie das bei Helle gesehen hat. Aber erst, als sie noch einen Anzündwürfel hineingeworfen hat, brennt das Feuer richtig. Es ist der letzte, und als sie die leere, nach Benzin riechende Schachtel hinterherwirft, lodert das Feuer mit leisem Knistern auf.

Die Kleine ist wach, als Katrine die Schlafzimmertür öffnet. Nur das Gesicht und die dunklen runden Augen lugen unter der Decke hervor.

Nachdem Katrine sie rasch gewaschen und neu gewickelt hat, legt sie das Kind auf die Decke im Wohnzimmer. Während sie Wasser auf den Kaffee gießt, hört sie Helle die Treppe herunterkommen.

»Guten Morgen« sagt die lächelnd und stellt sich in die Küchentür. »Ihr habt lange geschlafen, was?«

Katrine dreht sich um. Helles Parfüm riecht noch stärker als der Kaffee. Sie trägt hohe Absätze und enge Jeans. Sie hat die Haare hochgesteckt und sich geschminkt.

»Ja, ich habe fantastisch geschlafen. Und die Kleine hat zum ersten Mal so lange durchgeschlafen.«

Katrine legt den Löffel auf den Küchentisch. »Du hast dich aber feingemacht.« Sie lächelt auf Helles hohe Stiefel hinunter. »Willst du in den Hafen von Rørvig und dir einen Fischer angeln, oder was?«

Helle lacht nicht.

»Es tut mir leid, Katrine«, sagt sie stattdessen.

Und jetzt sieht Katrine die Autoschlüssel in Helles Hand. Die Schultertasche. Eine kalte Faust trifft sie in der Magengrube. Sie hat es gewusst. Die Ruhe. Die konnte ja nicht von Dauer sein.

»Ich muss für ein paar Stunden in die Stadt.«

Will Helle wegfahren? Katrine dreht sich um und schüttet Zucker in ihren Kaffee. Helle darf jetzt nicht ihr Gesicht sehen. Soll sie mit der Kleinen hier draußen allein bleiben?

»Kannst du bei diesem Wetter denn fahren?«

Katrine nickt zum Schneegestöber draußen hinüber. »Und wenn es den ganzen Tag so weiterschneit, kannst du dann überhaupt zurückkommen?«, fügt sie hinzu, an Helles Rücken gewandt, der schon auf dem Weg in den Flur ist, um ihren Mantel zu holen.

»Ach, das ist doch halb so wild«, ruft Helle zurück. Dann steht sie wieder in der Tür, mit ihrem Mantel und der Schultertasche.

Es geht zu schnell. Katrine kann es nicht zurückhalten. »Ich glaube nicht, dass ich hier allein bleiben kann.«

Helle lehnt sich an den Türrahmen. »Das wird schon gehen. Ich bin doch ganz schnell wieder da. Ich hatte Handwerker bestellt, die in meine Wohnung müssen.«

Sie zuckt mit den Schultern. »Ich doofe Nuss hatte das total vergessen, bis sie heute Morgen angerufen haben.«

Sie schaut auf die Uhr. Dann schüttelt sie den Kopf. »Es tut mir leid, Katrine. Aber du schaffst das schon«, sagt sie und lächelt aufmunternd. »Es sind doch nur ein paar Stunden. Ich sause kurz in die Stadt und kaufe auf dem Rückweg was zu essen für heute Abend, ja?«

Sie tritt einen Schritt vor und fasst Katrines Arm. »Und dann trinken wir ein winziges Schlückchen Wein, und ich fordere dich zu einer Runde Rommé heraus.«

Katrine kann das Auto noch hören, als Helle schon längst außer Sichtweite ist. Dann verebbt das Geräusch irgendwo weit in der Ferne, und nur die große Stille ist noch da. Während sie dort steht und auf den menschenleeren Weg hinausblickt, fällt ihr ein, dass ihr Mobiltelefon in Kopenhagen liegt. Und ihr geht auf, dass sie vollständig von der Außenwelt abgeschnitten ist.

Die Kleine schaut zu ihr hoch, als sie die Terrassentür hinter sich zuzieht. Das kurze Gefühl von Geborgenheit und Frieden, das sie empfunden hat, als sie mit dem Kind im Bett lag, ist verflogen. Das Kind spürt ihre Unruhe. Mustert ihr Gesicht. Katrine schaut aus dem Fenster. So abhängig von ihr. Draußen tanzen die Schneeflocken in wildem Gewimmel. Die hohen Tannenwipfel beugen sich geduldig im Wind. Katrine zieht ihren Pullover fester um sich. Es wird jetzt wieder kühl. Sie geht zum Ofen und legt das letzte Holzscheit auf, an dem die Flammen sofort gierig lecken. Sie versucht sich zu erinnern, ob Helles Tante etwas darüber gesagt hat, wo sie das Brennholz aufbewahren. Aber es muss ja in einem der Schuppen sein.

Aus irgendeinem Grund ist der Gasofen im Wohnzimmer ausgegangen. Haben sie den gestern Abend vielleicht ausgeschaltet? Das muss so gewesen sein. Sie drückt immer wieder auf den Taster und hält den Thermostat nach unten, aber es zeigt sie nur eine winzige blaue Flamme, die dann langsam erlischt. Dafür verbreitet sich der Gasgeruch im ganzen Wohnzimmer. Am Ende wagt Katrine nicht, es noch weiter zu versuchen.

Wie lange kann eine Fahrt von Børvig nach Kopenhagen und

zurück dauern? Haben sie auf der Herfahrt anderthalb Stunden gebraucht? Sie geht in die Küche und schaut dort auf die Uhr. Es ist kurz nach zehn. Helle muss spätesten um zwei wieder da sein. Katrine öffnet für einen Moment die Gartentür, um den Gasgeruch zu vertreiben. Es ist so still hier. Sie geht hinaus und stellt sich in das nasse Gras. In der Ferne, scheint ihr, kann sie das Brummen eines näher kommenden Autos hören. Was hat Helles Tante noch gesagt? Dass es hier um diese Jahreszeit viele Einbrüche gibt.

Sie stellt sich den blauen, heruntergekommenen Lieferwagen auf der Einfahrt vor. Sieht die feindseligen osteuropäischen Gesichter hinter einer beschlagenen Windschutzscheibe. Was soll sie tun, wenn jemand kommt? Nein, sie tut sich selbst keinen Gefallen, wenn sie sich jetzt solche Gedanken macht. Sie weiß, sie kann an einen Punkt gelangen, wo sie nichts mehr in der Hand hat. Und dann geht doch alles schief.

Sie hört die Kleine wimmern. Geht zu ihr und nimmt sie hoch. Die Händchen des Kindes werden jetzt kalt. Die Kleine muss Hunger haben. Katrine trägt sie in die Küche und holt die Schachtel mit dem Milchpulver. Beim Anblick der Schachtel fängt die Kleine eifrig an, mit den Armen zu rudern, aber als Katrine in die Schachtel blickt, sieht sie, dass die leer ist. Die Kleine jammert ungeduldig und zappelt gereizt. Katrine nimmt ganz schnell die Schachtel, geht ins Wohnzimmer und kann sie mit einiger Mühe in den Ofen quetschen. Das Holzstück, das sie vor weniger als zehn Minuten nachgelegt hat, ist schon fast verbrannt.

Der Ärger des Kindes schlägt jetzt in Weinen um. Das Schlafzimmer ist auch kalt geworden. Sie holt für die Kleine einen Pullover und kann ihn ihr mit großer Mühe überstreifen. Sie muss versuchen, sie ins Bett zu legen, damit sie sich auf die Suche nach Brennholz machen kann. Sie spürt, wie die Panik näher rückt, im selben Takt, in dem die Unruhe der Kleinen wächst. Und je nervöser Katrine selbst wird, umso unruhiger wird das Kind werden. Sie verzichtet darauf, das Kind neu zu wickeln.

»Ganz ruhig jetzt«, flüstert sie, ohne selbst Ruhe finden zu können.

Ihr Herz beginnt zu rasen. Nicht jetzt, murmelt sie vor sich hin. Vielleicht ist es oben warm. Sie hebt die Kleine hoch und trägt sie die Treppe hoch. Sie war noch gar nicht dort. Es ist auch kühl in dem Zimmer, das sie jetzt betritt. Die Tür zu Helles Zimmer ist geschlossen.

Sie kann die Tür mit dem Ellbogen aufschieben und merkt zu ihrer Erleichterung, dass die Wärme ihr von dem kleinen elektrischen Heizkörper an der Wand unter dem Fenster entgegenströmt. Sie kann das Kind auf Helles ungemachtes Bett legen. Kaum hat sie ihre Bluse hochgeschoben, als die ungeduldigen und hungrigen Lippen des Kindes sich an ihrer Brust festsaugen. Dann lässt das Kind die Brust wieder los und stößt einen wütenden Schrei aus. Katrine betastet ihre Brust. Sie hat doch jede Menge Milch. Sie dreht das wütende Kind um, das jetzt dermaßen außer sich ist, dass es selbst nicht weiß, was es will. Katrine versucht, ruhig durchzuatmen.

»Komm jetzt, komm jetzt«, flüstert sie und legt das Kind an die andere Brust. Als sie spürt, wie die kleinen Nägel sich in einem monotonen Rhythmus in ihre Haut bohren, wird sie ein wenig ruhiger und lässt sich auf das Kissen zurücksinken.

Das Zimmer ist hell, obwohl die hellen geblümten Vorhänge noch immer vorgezogen sind. An der Wand bei der Tür steht ein Bücherregal aus hellem Bambus. Es ist mit abgegriffenen Büchern vollgestopft. Agatha Christie, Maria Lang, sie entdeckt alle Bände von Lademanns Konversationslexikon in braunem Leder, während die Kleine trinkt. Auf dem weißen Teppich neben dem Bett liegt Helles gelbe Sporttasche. Ein schwarzes

Notizbuch ragt daraus hervor, das, mit dem sie Helle unten im Wohnzimmer gesehen hat. Sie greift danach, während die Kleine trinkt, und blättert. Sie kann die Schrift nur mit Mühe entziffern, und sie liest nur den Satz, *Ich kann es daran merken, wie er mich ansieht,* dann klappt sie das Buch wieder zu.

Man schnüffelt nicht in den Tagebüchern anderer Menschen herum.

Die Kleine lässt ihre Brust los und gibt einen Seufzer von sich. Sie ist kurz vor dem Einschlafen.

Katrine sieht sich im Zimmer um. Die Bettwäsche hat das gleiche helle fliederfarbene Muster wie die Vorhänge. Sie steht auf und greift nach einem Bild, das mit dem Rücken nach oben auf der Fensterbank umgekippt ist. Sie wischt den Staub ab und erkennt das weiße Sommerhaus. Das Foto ist vom Garten her aufgenommen worden, der – obwohl Sommer ist – seltsam nackt und neu aussieht. Es zeigt offenbar ein Familienessen irgendwann in den achtziger Jahren.

Katrine erkennt Else in der Frau, die lächelt, einen rot-weiß gestreiften Badeanzug trägt und ein Schnapsglas hebt. In der anderen Hand hält sie eine Zigarette. Sie ist mindestens fünfzehn Kilo leichter und dreißig Jahre jünger. Neben ihr sitzen zwei Kinder im Kindergarten- oder Grundschulalter in Badekleidung und heben ihre bunten Limogläser für den Fotografen, dessen grüner geflochtener Plastikstuhl derjenige sein muss, der Else gegenüber leer steht. Am Ende des Tisches sitzt eine Dame. Eine richtige Dame. Katrine kann in ihrem Blick, der auf die Kamera gerichtet ist, eine Ähnlichkeit mit Helles Tante erkennen. Ansonsten hat sie allerdings keine große Ähnlichkeit mit der lächelnden Tante in dem bonbonfarbenen Badeanzug.

Das Glas der Dame ist nicht gehoben, und sie lächelt geduldig und mit skeptischem Blick in die Kamera, wie eine Fremde, die unfreiwillig unter seltsamen Kindern gelandet ist.

Neben ihr sitzt ein kleines Mädchen in einem geblümten Kleid. Sie hat die Hände unter dem Tisch versteckt und sieht die beiden anderen Kinder so an, wie ihre Mutter in die Kamera schaut. Skeptisch und beobachtend. Katrine wischt noch mehr Staub von dem Bild. Es ist Helle. Sie hat die Haare zu zwei straffen Zöpfen geflochten. Katrine stellt das Bild wieder auf die Fensterbank. Daneben steht ein Porträt. Sie hebt es hoch. Ein Schwarz-Weiß-Foto einer Frau. *Anita,* steht mit eleganter Schrägschrift auf der Rückseite. Katrine dreht das Bild wieder um und betrachtet das Gesicht. Sie kann Helle in dem Blick wiedererkennen, den die Frau auf dem Foto ihr zuwirft.

Als sie nach unten kommt, ist das Feuer im Ofen ausgegangen. Es ist kalt hier. Sie holt ihren Mantel und nimmt die Schlüssel vom Schlüsselbrett im Gang. Draußen schneit es jetzt noch heftiger, aber zum Glück hat sich der Wind gelegt. Mit Mühe kann sie die Schuppentür öffnen. Der Geruch von Erde schlägt ihr entgegen. Eimer, Kescher, Gartengeräte, Gartenmöbel, aber kein Brennholz. Sie geht um das Haus herum, aber auch hier bleibt ihre Suche ergebnislos.

Sie behält den Mantel an, als sie ins Haus kommt. Die Fensterscheiben sind schon leicht bereift. Die Küchenuhr zeigt elf. Sie kann nicht warten, bis Helle zurückkommt. Sie muss den Weg zum SPAR-Laden finden, wenn die Kleine aufwacht. Dort muss es Brennholz geben, oder zumindest müssen sie ihr sagen können, wo sie welches besorgen kann. Sie schaut auf die Auffahrt hinaus. Die Reifenspuren des Autos sind zugeschneit.

Zum Glück hat es nicht in den Kinderwagen geschneit, stellt sie fest, als sie das Verdeck ausgeschüttelt und die Tasche mit dem Kind heruntergenommen hat. Während sie die Decke gut um das Kind feststeckt, schaut die Kleine sie aus blanken und ausgeschlafenen Augen an. Die Wangen haben sich von der Kälte bereits gerötet.

Es ist schwer, den Kinderwagen durch den Schnee und hinaus auf den Weg zu schieben. Katrine schaut sich zum Haus um. Prägt sich die Hausnummer ein, die auf dem grünen Briefkasten steht. Sie ist trotzdem nicht sicher, ob sie den Weg zurückfinden wird, aber sie wagt nicht, so weit zu denken. Sie steckt die Hand in die Tasche. Doch, da ist der Schlüssel. Dann geht sie über den Weg in die Richtung, aus der sie gekommen sind, das weiß sie noch.

Die Häuser stehen verlassen da in ihrem Winterschlaf. Sie geht durch Niemandsland. Hier ist es so still, dass sie nur ihre eigenen Schritte und den Kinderwagen hören kann, der mühsam weiterrollt. Der Schnee verstärkt das Gefühl, durch einen großen stillen Raum zu gehen. Im Moment gibt es auf der Welt nur sie und das Kind, denkt sie jetzt. Und dann dieser Blick. Die ganze Zeit haftet er an ihrem Rücken. Sie schließt die Hand ganz fest um den Griff des Kinderwagens und sagt laut zu sich selbst:

»Hör jetzt auf, das ist doch alles Einbildung.«

Als sie das Ende der Straße erreicht hat, steht sie vor einer Weggabelung. Der eine Weg führt scharf nach links, der andere geradeaus. Jetzt ist sie nicht mehr sicher, woher sie gekommen sind. *Ebereschenweg* steht auf einem Stein mit einem Pfeil. Sie schaut den Weg entlang und erkennt ihn nicht wieder. Nein, es muss der andere Weg sind. Sie beschließt, nach links abzubiegen.

Der holprige Lehmweg ähnelt dem, auf dem sie gekommen sind, wie ein Ei dem anderen. Verriegelte Sommerhäuser zurückgezogen auf überwachsenen Grundstücken, dunkle Tannen, die sich über den Weg beugen. Es schneit immer heftiger, und ein Wind wirbelt auf dem schmalen Weg den Schnee auf. Katrine hält sich ihren Schal vor den Mund. Während sie das Verdeck des Kinderwagens ein wenig nach vorn zieht, um die Kleine vor dem Wind zu beschützen, kann sie hören, dass sich das Kind unten im Wagen umdreht.

Weiter vorn scheint der Weg wieder eine Biegung zu machen. Aber als sie dort ankommt, sieht sie, dass sie in eine Sackgasse gegangen ist, und dass sie in der Auffahrt zu einem Haus steht. Das kann doch nicht sein! Sie ist mindestens zwei Kilometer gegangen! Soll sie jetzt mit dem schweren Kinderwagen den ganzen Weg zurücklaufen? Sie macht kehrt.

Als sie die Gabelung erreicht hat, weiß sie nicht, wo sie ist. Die Panik steigt zitternd aus ihren kalten Füßen nach oben. Sie muss sich jetzt wirklich zusammenreißen. Es können doch höchstens noch zwei Kilometer bis zum SPAR-Laden sein!

»Du bist hier schließlich nicht im brasilianischen Dschungel unterwegs«, murmelt sie sich wütend zu und dreht den Wagen um.

Preiselbeerweg steht dort, als sie bald darauf bei einer weiteren Weggabelung einen Stein frei wischt. Sie sieht sich verwirrt um. Sie hat sich verlaufen.

Sie hatte die ganze Zeit das Gefühl, dass etwas schiefgehen würde. Aber dieses Gefühl hat sie ja schließlich immer.

»Du bist eben nach rechts gegangen, jetzt gehst du nach links«, flüstert sie vor sich hin und geht den Weg hoch, der am breitesten wirkt, auch wenn das jetzt wegen des Schnees nicht mehr richtig zu sehen ist. Aber der Weg wird schließlich so schmal, dass die Tannenwipfel über der Wegmitte zusammenstoßen. »Nein, das hier kann nicht richtig sein«, murmelt sie, dreht voller Mühe den Kinderwagen um und geht wieder zurück. Sie geht durch eine schöne, gepflegte Ferienhaussiedlung. Warum hat sie gewusst, dass sie sich nicht einmal hier zurechtfinden würde? Sie spürt, wie die Panik sich breitmacht, als der Weg plötzlich an einer kleinen Kreuzung endet, wo sie ganz bestimmt noch nicht war

Das Kind wimmert unten im Kinderwagen. Sie versucht, schneller zu gehen, aber der Weg ist so holprig, dass sie den Wagen nur mit großer Mühe vor sich herschieben kann. Plötzlich ahnt sie einen Schatten, der sich weiter vorn zwischen den Baumstämmen bewegt. Er folgt ihr hinter dem Gebüsch.

»Hör auf«, flüstert sie sich zu, aber dann sieht sie den schwarzen Schatten wieder. Und ist sicher, dass dort wirklich etwas ist, als sie einen Zweig knacken hört.

»Nein, das bildest du dir ein, das spielt sich alles in deinem Kopf ab«, flüstert sie. Wie der Blick, der sie verfolgt hat. Wie die Hand in ihrem Rücken an der Bushaltestelle. Aber dann hört sie das Geräusch von Blättern, die sich weiter vorn bewegen. Sie sieht für einen Moment einen großen schwarzen Schatten zwischen zwei Bäumen, an der Stelle, wo der Weg eine leichte Biegung nach rechts macht. Als sie dort ankommt, sieht sie ihn.

Es ist ein Hund. Er steht nur zehn Meter vor ihr mitten auf dem Weg und schaut sie mit gespitzten Ohren und schrägen weißen Augen aufmerksam an.

Es ist irgendeine Sorte Kampfhund. Er ist groß und braun und hellrot an der Schnauze. Er steht ganz still da und beobachtet sie. Sie bleibt abrupt stehen. Was macht der hier so ganz allein? Sie schaut sich um. Es ist still und nirgendwo ist ein Mensch zu sehen. Als sie vorsichtig den Kinderwagen ein wenig bewegt, bewegt sich auch der Hund und scheint auf sie zukommen zu wollen. Er lässt sie nicht aus den Augen. Das Maul steht halb offen. Sie kann die spitzen Zähne gerade noch ahnen. Die Ohren sind nach vorn gelegt, die schräg stehenden Augen konzentrieren sich auf sie und den Kinderwagen. Wenn sie auch nur die geringste Bewegung macht, steigt ein leises Knurren aus seiner Kehle hoch.

Der Hund ist so groß, dass er sie bestimmt schwer verletzen

kann, wenn er das will. Und wenn er das Kind zu fassen bekommt, kann er es mit Leichtigkeit tot beißen.

Sie muss weg hier. Sie kann hören, wie die Kleine sich im Kinderwagen bewegt. Dann ein leises Wimmern. Noch eins. Das Kind wird gleich losweinen. Der Hund fängt an, sich auf sie zuzubewegen.

Jetzt passiert es, kann sie gerade noch denken. Jetzt ist es so weit.

»Zambo!«

Eine zornige Männerstimme bricht die Stille und hallt irgendwo weit hinter den Bäumen wider. Der Hund dreht sich für einen Moment aufmerksam zu dieser Stimme um, danach schaut er wieder Katrine an, bleibt aber stehen.

»Zambo!«, ruft die Stimme lauter.

Dann sieht sie weiter hinten am Waldrand zwischen den Bäumen eine Silhouette hervortreten. Katrine merkt, wie in ihrem Körper alles losbricht. Ihr Herz klopft wie wild, ihre Hände zittern auf dem Handgriff des Kinderwagens.

»Hier«, ruft sie, während sie den Blick des Hundes festhält. Der Hund schleicht jetzt lautlos auf sie zu, als wüsste er, dass das hier seine letzte Chance ist.

Aber der Mann hat sie gesehen. Atemlos kommt er zum Weg gerannt, springt über den Straßengraben und packt den Hund am Halsband, ehe der sie erreicht hat, und befestigt die Leine.

»Du darfst nicht weglaufen!«

Er schimpft mit dem Hund und schlägt ihm hart auf den Kopf. Der Hund krümmt sich und winselt demütig.

Dann schaut der Mann sie an. »Der ist weggelaufen.«

Das klingt nicht gerade wie eine Entschuldigung. Sie kann unter der schwarzen Mütze die schmalen Augen des Mannes nur ahnen. Sein Blick ist wie der des Hundes. Schräg und leuchtend. Er trägt einen grünen Mantel und hohe Lederstiefel.

»Um diese Jahreszeit ist doch sonst hier draußen keine Menschenseele unterwegs. Bestimmt hat er Sie gehört.«

Katrine nickt. Ihr Mund ist wie ausgedörrt. Die Kleine wimmert unten im Kinderwagen.

»Ist schon gut«, sagt sie und denkt das Gegenteil. Ist es in Ordnung, so eine Mordmaschine frei herumlaufen zu lassen? Was ist er für ein Mensch? Was denkt er sich eigentlich?

»Ich bringe da hinten ein Haus in Ordnung.«

Der Mann nickt zu den Tannen hinüber und kommt näher. »Ich lasse ihn dann immer ein bisschen rumlaufen«, fügt er hinzu und lässt sie dabei nicht aus den Augen.

Dann lässt er den Hund los. Der läuft zu ihr und dem Kinderwagen. Schnuppert mit seiner spitzen Nase und schaut aus seinen schrägen pupillenlosen Augen zu ihr hoch.

»Wissen Sie, wie ich zum SPAR-Markt komme?«, fragt sie, während der Hund sie umkreist. Sie will sich normal anhören, merkt aber, wie jämmerlich ihre Stimme klingt.

»Haben Sie sich verirrt?«

Der Mann lacht und schiebt seine Mütze ein bisschen höher.

Seine Stimme hat etwas Neckendes. Sie ist sich nicht sicher, ob er sie anlacht oder auslacht.

»Ich fürchte, ja.«

»Sie müssen hier umdrehen. Gehen Sie am Ende des Weges nach rechts und dann die erste links und dann einfach geradeaus. Das hier ist eine Sackgasse«, sagt er und nickt zum Weg hinüber.

»Danke.«

Mit Mühe kann Katrine den Kinderwagen drehen. Sie kann hören, dass die Kleine ungeduldig wird. Hungrig.

»Ist es weit?«, fragt sie und zwingt sich, stehen zu bleiben.

»Tja, was ist weit?« Er zuckt mit den Schultern. »Ein oder zwei Kilometer.«

Er streckt die Hand nach dem Hund aus. Der knurrt verärgert, als der Mann ihn am Halsband packt.

Sie geht los. Zwingt sich, nicht zu schnell zu gehen. Die Kleine weint jetzt. Als sie am Ende der Straße nach rechts abbiegt, hat sie wieder das Gefühl. Ein Blick im Rücken. Sie dreht sich um und schaut zurück. Der Mann steht mitten auf dem Weg. Steht da und sieht hinter ihr her. Er hat den Hund losgelassen.

Die Kleine ist eingeschlafen, als sie die Hauptstraße in Richtung Rørvig erreicht hat. Sie merkt, wie Müdigkeit und Erleichterung sich in ihrem Körper ausbreiten wie eine Droge, als das erste Auto auf der Straße an ihr vorbeifährt. Hier sind andere Menschen. Sie ist entkommen.

Sie sieht die beiden SPAR-Fahnen weiter vorn auf der linken Seite im Wind wehen. Auf dem großen Parkplatz stehen nur einige wenige Wagen.

Sie schiebt den Kinderwagen in den Windschutz hinter der Eingangstür zum Laden. Es schneit jetzt nicht mehr, aber noch immer weht der Wind. Sie sieht nach der Kleinen. Eine Hand hat sich auf die Decke gestohlen. Die Hand ist eiskalt. Vorsichtig schiebt sie sie unter die Decke. Gleich bei der Tür stehen Säcke voll Brennholz und Briketts, als sie den Laden betritt. Einen Sack muss sie doch unter dem Kinderwagen verstauen können. Das muss reichen, um bis zum Abend warm zu bleiben.

Außer einer jungen Verkäuferin, die an der Kasse sitzt und von ihrer Illustrierten aufschaut, ist hier kein Mensch zu sehen. Katrine nimmt sich einen Einkaufskorb.

»Fang jetzt bloß nicht wieder an«, mahnt sie sich selbst, während sie durch den Laden geht und das Regal mit der Babynahrung sucht.

Weiter hinten beim Gemüse sind zwei ältere Damen ins Gespräch vertieft. Ihre Unterhaltung verstummt für einen Moment, als Katrine an ihnen vorbeigeht. Also ist hier ja doch jemand, denkt sie seltsam erleichtert und versucht, die beiden anzulächeln. Die nicken kurz und vertiefen sich dann wieder ins Gespräch. Dennoch spürt sie ihre Augen im Nacken, als sie zur Kasse geht. »Hör doch auf«, flüstert sie sich zu, schließt in der Tasche die Hand um ihre Bankkarte und wiederholt ihre Pinnummer immer wieder. Die darf sie jetzt nicht vergessen.

Die Verkäuferin legt widerwillig ihr Klatschblatt weg, als Katrine ihre Waren auf das Band packt.

»Hallo.« Katrine lächelt sie an.

Die Verkäuferin nickt mürrisch und fängt an, die Waren einzuscannen.

»Ich nehme auch einen Sack Brennholz.«

Sie zeigt auf den Ausgang. Die Verkäuferin folgt ihrem Blick und gibt den Betrag ein.

Sie kann hören, wie die beiden Damen sich plaudernd nähern. Die Verkäuferin ist langsam. »Noch nicht reinstecken«, sagt sie, als Katrine die Karte in den Kartenleser schiebt.

»Ach nein.«

Sie zieht mit zitternder Hand die Karte wieder heraus.

Die beiden Damen reden jetzt nicht mehr miteinander. Sie stehen nur da und sehen Katrine an, während sie darauf warten, dass sie an die Reihe kommen.

»Auf den genauen Betrag?« fragt die Verkäuferin, ohne Katrine anzusehen.

Katrine kann ein *Ja* flüstern, während sie sich darauf konzentriert, die vier Ziffern einzutippen. Erleichterung breitet sich in ihr aus, als die Mitteilung »Betrag angenommen« aufleuchtet und endlich das kurze Piepen ertönt.

Sie schafft es, ihre Einkäufe in eine Tüte zu stopfen, ohne aufzusehen. Nimmt mit der anderen Hand einen Sack Brennholz und geht durch die Eingangstür nach draußen.

Zuerst kann sie es nicht glauben. Jetzt hör aber auf, flüstert sie sich vorwurfsvoll zu, während sie das leere Stück Asphalt neben der Eingangstür anstarrt. Die Stelle, an der sie vor weniger als zehn Minuten den Kinderwagen abgestellt hat. Jetzt ist der Wagen verschwunden.

Du musst aufhören. Mit dir stimmt etwas nicht. Nicht mit der Wirklichkeit. Reiß dich endlich zusammen. Sie stampft kurz mit dem Fuß auf den Asphalt, als ob das ihr Gehirn aufwecken könnte. Schaut wieder hin, aber der Wagen mit ihrem Kind ist noch immer verschwunden. Sie stürzt los. Hat sie ihn denn doch nach links zu den Einkaufswagen gestellt? Hat sie den Wagen in Wirklichkeit mit in den Laden genommen? Das muss sie doch getan haben. Hier ist er nicht. Sie hört den Wind zwischen den flatternden Fahnen heulen. Sie wirft ihre Einkäufe auf den Boden. Rennt zurück in den Laden und schaut sich um. Die beiden Damen unterhalten sich mit der Verkäuferin. Sie drehen sich um, blicken Katrine fragend an, als die plötzlich voller Hektik mitten im Laden steht.

»Mein Kind!«

Ihre Stimme hallt durch den großen hellen Raum.

Sie sieht die Frauen und die Verkäuferin an. »Mein Kind ist weg. Oder …«

Sie läuft durch den Laden, schaut sich um. Hier steht kein Kinderwagen.

»Was sagen Sie da?«

Die eine Frau steht jetzt neben ihr. Sie trägt eine braune Mütze. Katrine registriert, wie sie schnell ihren Einkaufskorb wegstellt und ihr eine Hand auf den Arm legt.

»Ich habe sie im Kinderwagen vor den Eingang gestellt. Jetzt ist der Wagen weg!«

Das Letzte ruft sie, und erst jetzt, in diesem Augenblick, begreift sie es. Das Kind ist verschwunden. Aber stimmt das wirklich? Sie läuft aus dem Laden. Hat sie den Kinderwagen irgendwo stehen lassen? Sie erinnert sich plötzlich nur noch an ihre eigenen panischen Schritte, ihren mühsamen Marsch durch die Ferienhaussiedlung. Sie hat doch nicht nachgedacht. Ist nur gegangen.

Sie dreht sich um und sieht, dass die Verkäuferin hinter ihrer Kasse aufspringt. Sieht ihren erschrockenen Blick, der den der anderen Frau trifft. Die andere steht noch immer bei der Kasse und den knallbunten Illustrierten. Sie wirken wie erstarrt. In dem großen erleuchteten Raum ist nirgendwo ein Kinderwagen zu sehen. Katrine läuft auf den Parkplatz, sie hört die Frau hinter sich.

»Ich habe sie doch hier abgestellt«, sagt Katrine und zeigt auf den Asphalt. »Ich weiß, dass ich sie hier abgestellt habe. Oh Gott. Sie ist weg. Mein Kind.«

Sie spürt die Arme der Frau um ihre Schultern.

»Ganz ruhig jetzt. Hier ist doch niemand …«, hört sie die Frau flüstern, aber Katrine kann doch die Unruhe in ihrer Stimme hören, während die andere ebenfalls den leeren Parkplatz absucht.

Die Verkäuferin und die andere Frau sind jetzt ebenfalls herausgekommen. Die Verkäuferin rennt um die Ecke zur Straße. Katrine steht einfach da. Sie sieht das runde Gesichtchen der Kleinen vor sich. Wo ist sie? Der Schnee weht ihr ins Gesicht. Sie sinkt in sich zusammen und schlingt sich die Arme um den Leib. Das kann doch nicht stimmen. Sie muss doch krank sei. Aber sie war eben noch mit dem Kind unterwegs. Oder nicht? Das Babyfon. Der Gammel Kongevej. Sie ist weggegangen. Das Messer in der Wiege. Das hatte sie dorthin gelegt.

Hat sie auch das hier getan?

»Hier«, hört sie plötzlich die Verkäuferin am Ende des Supermarktgebäudes rufen. Katrine richtet sich auf, dreht sich um und sieht, wie die junge Frau winkt und um die Ecke verschwindet.

Gleich darauf kommt sie zurück und schiebt den Kinderwagen vor sich her. Katrine kann das heftige Weinen des Kindes hören.

»Sie müssen vergessen haben, die Bremsen anzuziehen. Gut, dass hier um diese Jahreszeit nicht viele Autos unterwegs sind. Sie stand ja fast auf der Landstraße«, ruft die Verkäuferin mit plötzlicher Hysterie in der Stimme und schaut die beiden Damen an, die ebenfalls zu ihnen gekommen sind.

»Sie stand ja fast auf der Landstraße«, wiederholt die Verkäuferin.

Die ältere Dame schlägt sich die Hand vor den Mund, als habe sie schon gesehen, wie der Kinderwagen von einem Auto erfasst und durch die Luft geschleudert wurde.

»Aber, aber, Janni. Man muss nicht immer gleich das Schlimmste denken.«

Das ist die Frau mit der Mütze. Sie legt einen Arm um Katrine. »Kommen Sie, gehen wir wieder rein, es ist zu kalt hier draußen. Sie müssen sich bestimmt beide ein bisschen aufwärmen.«

Katrine hält das Kind fest und lässt sich von der Frau in den Laden führen.

»Hol doch mal eben einen Stuhl, Janni«, hört Katrine sie ruhig, aber befehlsgewohnt zu der Verkäuferin sagen. Die ist noch immer außer sich und starrt Katrine und das jetzt hysterisch schreiende Kind an.

»Stillen Sie?«, fragt die Frau vorsichtig und geht neben Katrine in die Hocke.

»Dann versuchen Sie doch, sie kurz anzulegen«, sagt sie ruhig, als Katrine nickt.

Katrine kann ihren Mantel öffnen und den Pullover hochschieben, während sie sich in dem leeren Supermarkt umblickt. Sie kann der Wirklichkeit nicht mehr folgen.

»Sollen wir jemanden anrufen, damit Sie abgeholt werden?«, fragt die Frau vorsichtig, als die Kleine sich beruhigt hat.

Katrine sieht das leere Sommerhaus vor sich. Denkt an das Mobiltelefon, das zu Hause in der Wohnung in Frederiksberg liegt und in das alle Nummern eingespeichert sind. Nicht einmal die von Thomas weiß sie auswendig. Die einzige Telefonnummer, die ihr einfällt, ist die ihrer Eltern. Aber was kann die ihr jetzt helfen? Die Stimme ihrer Mutter.

Sie schüttelt den Kopf. »Ich muss mich nur kurz aufwärmen«, flüstert sie. »Dann gehen wir nach Hause.«

Aber so leicht lässt die Frau sich nicht abfertigen. Sie folgt Katrine nach draußen und bleibt neben dem Kinderwagen stehen, während Katrine die Kleine hineinlegt.

»Sind Sie sicher, dass wir Sie nicht nach Hause fahren sollen?«

Die Wärme in ihrer Stimme treibt Katrine die Tränen in die Augen. Sie zwingt das Weinen zurück, während sie das leere Ferienhaus vor sich sieht. Wozu sollte das gut sein? Dass sie im Dunkeln vor dem Haus abgesetzt wird. Allein. Dann wird die Frau sich doch erst recht Sorgen machen. Katrine schüttelt den Kopf und wischt sich mit dem Mantelzipfel die Augen.

»Das ist lieb von Ihnen. Aber wir wohnen bei Freunden gleich hier um die Ecke. Ich wollte nur Brennholz für heute Abend holen. Wir haben einen Ofen. Wir haben darüber gesprochen, dass so ein Kaminfeuer so gemütlich ist«, stammelt sie.

Dann zwingt sie sich dazu, zu lächeln, und sie sieht die Erleichterung im Blick der Dame.

»Ach, Sie sind bei Freunden.«

Sie hält noch immer Katrines Arm. Drückt ihn sanft. »Da bin ich beruhigt. Ich weiß nicht, Sie sind mir so hilflos vorgekommen. So allein«, sagt sie und schüttelt den Kopf. »Was bin ich froh, dass ich mich geirrt habe. Dann wünsche ich Ihnen noch schöne Ferien.«

Die Frau steckt den Kopf in den Kinderwagen und sieht die Kleine an. Dann dreht sie sich um und geht zu ihrer Freundin, die beim Eingang des Ladens steht und zu Katrine und dem Kinderwagen hinüberschaut.

Katrine zwingt sich, ihr zuzulächeln. Sie winkt, ehe sie über den windigen leeren Parkplatz geht. Als sie von der Landstraße abbiegt und den schmalen Weg zur Ferienhaussiedlung einschlägt, spürt sie den Widerwillen in jeder einzelnen Zelle ihres Körpers. Sie will jetzt nicht allein sein, sie will nicht wieder in diese riesige gespenstische Siedlung gehen. Aber sie geht trotzdem weiter, denn was sollte sie sonst tun? Sie fängt an zu weinen. Sie kann nicht sehr weit sehen. Ein Nebel hat sich über den Weg gelegt. Es ist dunkel geworden.

Immer wieder fällt der Sack mit dem Brennholz unter den Kinderwagen. Am Ende des Weges atmet sie erleichtert auf. Sicherheitshalber wischt sie den letzten feuchten Schnee vom Stein. Aber es stimmt wirklich. Es ist die richtige Straße. Sie schiebt sich den Ärmel über die Hand, aber er ist jetzt nass und gibt keine Wärme mehr. Sie wagt nicht, daran zu denken, wie es der Kleinen unten im Kinderwagen geht.

Als sie fast das Ende des Weges erreicht hat und das Haus in der Dunkelheit hinter den Bäumen ahnt, überkommt sie zuerst Erleichterung. Ein schwaches gelbes Licht schimmert durch die Zweige der Birken und sie kann plötzlich den Rauch riechen. Aber dann sieht sie, dass Helles Wagen nicht in der Auffahrt steht. Sie stellt zögernd den Kinderwagen ab und nimmt die Kleine heraus.

Sie geht zur Gartentür und schaut durch das Türfenster. Das Wohnzimmer liegt leer in einem bräunlichen Licht, aber als sie nach der Tür greift, geht die auf. Erst, als sie hineingeht und zum gelb im Ofen knisternden Feuer hinüberschaut, entdeckt sie die Gestalt wie eine dunkle runde Silhouette. Die andere dreht sich stumm und eilig um, und Katrine kann nur das gelbe Licht der zwei Augen registrieren, die sie in der Dunkelheit einfangen

»Helle«, flüstert sie.

Die Gestalt erhebt sich und der Schatten wird an die Wohnzimmerwand geworfen. Die Person ist zu klein, das kann nicht Helle sein, kann Katrine noch schnell denken, dann will sie davonstürzen.

»Du brauchst keine Angst zu haben, Katrine.«

Eine zögernde Stimme, singender Tonfall. Else.

Was will Else schon wieder hier? Katrine denkt an Helle und an Elses ersten unangemeldeten Besuch. Helles Gesicht, erstarrt in einer Mischung aus Unruhe und Unbehagen. *Sie schnüffelt.*

Else kommt näher. Sie trägt ihre lila Daunenjacke, sie riecht nach Weichspüler. Hausschuhe. Die helle, zu starke Dauerwelle ist verfilzt. Die kleinen blauen Augen.

»Ich konnte euch nicht erreichen«, sagt Else und reibt sich die kleinen Hände. »Ich habe versucht, anzurufen.

Sie deutet auf eine Stelle unter der Treppe. »Aber ich kann ja sehen, dass ihr das Telefon nicht eingestöpselt habt.«

Sie schaut Katrine fast vorwurfsvoll an, und die dreht sich um und folgt Elses Blick. Dann sieht sie die graue, nackte Telefonsteckdose unter der Treppenstufe.

»Gibt es hier ein Telefon?«, fragt sie dumm und denkt daran, wie viel Kummer und Mühe ihr erspart geblieben wären, wenn sie das gewusst hätte.

»Ja. Und ich war eigentlich sicher, dass wir es eingestöpselt hatten.«

Else geht zu der abgebeizten Kiefernholzkommode neben dem Esstisch. »Wir räumen es immer weg, wenn wir an Urlauber vermieten.«

Sie geht in die Hocke, öffnet die unterste Schublade und wühlt unter einigen roten Platzdeckchen.

»Ich habe auch die Nummer von Helles Mobiltelefon probiert, aber sie hat sich nicht gemeldet. Und da habe ich zu

Bjarne gesagt, jetzt will ich doch mal nachsehen, wie es den Mädchen geht. Und dann wart ihr nicht hier, und es war doch schweinekalt.« Else sieht sich um und reibt sich wieder die Hände, während ihr Blick bei dem jetzt gefüllten Brennholzkorb zur Ruhe kommt.

»Hier war kein Brennholz mehr.« Katrine legt die Kleine auf das Sofa und öffnet ihr Jäckchen. Das Kind wimmert dabei ein wenig. Dann schläft es wieder ein. Sie müsste es umziehen und füttern. Bald wird sie das tun.

»Im Brennholzschuppen liegt doch jede Menge Holz«, sagt jetzt Else und nickt zur Einfahrt hinüber. »Hat Helle das vergessen? Wo steckt Helle denn überhaupt?«

Else schaut sich im Wohnzimmer um, als ob Helle unter dem Tisch sitzen oder unter dem Sofa liegen könnte.

»Sie wollte in die Stadt«, sagt Katrine und schaut noch immer ihr Kind an. »Da war irgendwas mit Handwerkern.«

»Mit Handwerkern?«

»Ja. Sie hat gesagt, sie würde nur ein paar Stunden wegbleiben.« Katrine streift ihren Mantel ab.

Else schaut auf die Uhr. »Es ist gleich sechs. Wann ist sie losgefahren?«

»Sie kommt sicher bald.«

Katrine nimmt die Kleine hoch. Sie muss sie jetzt wirklich umziehen.

»Dann werd ich mal das Telefon suchen«, sagt Else mehr zu sich als zu Katrine. »Sicher hat Bjarne es oben im Schrank versteckt. Er will doch nicht, dass die Touristen es benutzen. Aber ihr sollt hier nicht ohne Telefon sein.«

Während Katrine die Kleine von den nassen Sachen befreit, kann sie Else oben rumoren hören. Als sie das Kind auf die Decke dicht neben den warmen Ofen gelegt hat, ist Else noch immer nicht wieder nach unten gekommen.

»Möchtest du Kaffee?«, ruft sie nach oben, bekommt aber keine Antwort.

Sie gibt trotzdem Nescafé in zwei Tassen, und während sie Wasser daraufgießt, kann sie Elses Schritte auf der Treppe hören.

»Es lag oben im Schrank.«

Sie holt keuchend Atem, während sie ein älteres braunes Tastentelefon von Bang & Olufsen hochhebt.

Als sie den Stecker eingestöpselt hat, reicht Katrine ihr den Kaffee. Else schaut auf die Uhr. »Eine halbe Tasse schaff ich wohl noch. Bjarne holt mich in zehn Minuten ab.«

Während sie an dem braunen Fliesentisch vor dem Sofa sitzen, schreibt Else ihre Telefonnummer auf ein Stück Papier und reicht es Katrine. Ihre Schrift ist altmodisch und verschnörkelt. Katrine kann sie nur mit Mühe lesen.

»Ruf ja an, wenn etwas sein sollte. Ich hab euch auch die hier mitgebracht.«

Sie zieht mühsam einen Stapel Zeitschriften aus einem roten Einkaufsnetz. Katrine sieht den Stapel an und erkennt *Hjemmet* und *Familie Journalen*.

»Ja, ihr Mädchen aus der Stadt lest diese Art von Zeitschriften sonst sicher nicht, aber es ist doch gemütlich, in einem Ferienhaus solche guten alten Illustrierten zu haben.«

Die Kleine ist auf der Decke eingeschlafen. Katrine steht auf und deckt sie zu. Else sieht ihr dabei zu.

»Hat so ein Kleines denn auch einen Vater?«

»Sicher«, sagt Katrine und hofft, dass Else diese Frage nicht weiter verfolgen wird.

»Mein Großer war schon konfirmiert, als ich in deinem Alter war«, sagt Else und bläst auf ihren Kaffee. »Glaubst du vielleicht, sie interessiert sich für Mädchen?«

Sie wischt den Tassenboden mit der flachen Hand ab, ehe sie

sie wieder auf den Fliesentisch stellt. »Ja, du musst schon entschuldigen.«

Elses kleine Augen schauen Katrine an. In ihrem Blick liegt ein Hauch von schlechtem Gewissen und Verlegenheit. »Ich habe nur nie gehört, dass sie jemanden erwähnt hat.«

Erst jetzt begreift Katrine, dass hier offenbar von Helle die Rede ist.

»Ob sie sich für Frauen interessiert? Das glaube ich nicht.«

»Ja, ich weiß ja, dass mich das nichts angeht«, sagt Else, nachdem sie einen Moment geschwiegen hat. »Ich mach mir nur einfach Sorgen um sie. Sie verschließt sich total, wenn man versucht, mit ihr zu sprechen.«

Else schüttelt den Kopf. »Und von ihrer Mutter hat sie ja nie viel gehabt.«

»Früher habt ihr euch sehr ähnlich gesehen, du und deine Schwester«, sagt Katrine und versucht, das Thema zu wechseln. Else sieht sie fragend an.

»Ja, das Bild oben im Schlafzimmer.«

»Ach, das. Das alte Bild.«

Elses Gesicht öffnet sich plötzlich zu einem Lächeln. »Nein, Anita war doch immer um einiges hübscher als ich. Wir waren sehr verschieden, dafür, dass wir Zwillinge waren. Die Jungs waren hinter ihr her, das kann ich dir sagen.«

Else nickt und rückt auf dem Sofa ein wenig vor. Sie schließt die Hände um die Knie und verwandelt sich plötzlich in ein verlegenes junges Mädchen.

»Ich habe sie damals sicher immer ein bisschen beneidet. Anita war so fantastisch. So richtig eine elegante Dame. Ja, aber man weiß ja nie, was sich in den Menschen verbirgt, nicht wahr?«

Ehe Katrine etwas erwidern kann, hören sie draußen ein Auto. Dann huscht das Licht der Scheinwerfer durch das Zimmer, leuchtet auf und ist wieder verschwunden.

Else steht auf. »So. Das ist Bjarne.«

Sie geht zur Tür und schaut hinaus, dann dreht sie sich zu Katrine um. »Du rufst an, wenn etwas sein sollte, ja?«

Sie nimmt ihren Mantel und schaut auf die Uhr.

Hinter ihr wird leise an die Glastür geklopft. Ein kleiner untersetzter Mann kommt herein.

»Hallo, Bjarne«, sagt Else und zieht den Mantel über.

»Wo ist die Kleine?«, fragt der Mann und streift seine Holzschuhe ab. »Der muss ich doch eben guten Tag sagen.«

»Du brauchst die Schuhe nicht auszuziehen, Bjarne. Sie ist nicht da.«

Else nimmt ihr Netz und geht zu ihm. »Aber sie kommt sicher bald zurück. Sie musste kurz in die Stadt«, fügt sie hinzu, als sie die fragende Miene ihres Mannes sieht.

Als sie nebeneinander in der Tür stehen, sehen sie aus wie zwei kleine Trolle. Katrine steht auf und gibt Bjarne die Hand.

»Ruf ja an«, sagt Else und zieht ihren Reißverschluss hoch.

Der Wind ist stärker geworden, als Katrine zum Abschied winkt und den Wagen die Einfahrt hinunterfahren sieht. Sie hört noch leise den Klang des Autoradios und Elses singende Stimme. Bald darauf ist nur noch das Geräusch des Motors zu hören, das langsam irgendwo in der Dunkelheit verschwindet.

Katrine schaut auf die Küchenuhr. Es ist halb acht. Sie war mit der Kleinen im Schlafzimmer eingeschlafen und dann vom Geräusch des Autos in der Einfahrt geweckt worden. Ihre Erleichterung war unbeschreiblich. Sie sprang auf, und gleich darauf stand Helle in der Gartentür.

»Du musst wirklich entschuldigen«, sagte Helle und stellte zwei Einkaufstüten auf den Küchentisch. »Unten bei Holbæk war ein Unfall. Wir standen wahnsinnig lange im Stau, ich bin fast durchgedreht. Ich konnte ja nicht anrufen. Und ich hätte mir fast in die Hose gemacht.«

Dann stürzte sie auf die Toilette.

Katrine packte aus. Rotwein. Steaks. Kartoffeln. Ein kleines Glas Bearnaisesoße. Neue Spielkarten. Eine Yatzypackung. Sie zieht einen Strauß Tulpen hervor. Schämt sich plötzlich. Hatte sie denn gedacht, Helle würde einfach wegbleiben?

Sie dreht den Wasserhahn auf und fängt an, die Kartoffeln zu schälen. Sie ist fast fertig, als sie Helle aus dem Badezimmer kommen hört.

Helle nimmt die gelben Tulpen und reicht sie Katrine. »Die sind für dich.«

Dann bückt sie sich und schaltet den Backofen ein.

»Das wäre doch nicht …«

»Doch, das ist dringend nötig«, fällt Helle ihr ins Wort und schließt die Ofenklappe. Dann stellt sie sich vor die Tür zum Garten. »Else war hier?«

Sie dreht sich um und nickt zu den Illustrierten auf dem Küchentisch hinüber.

»Ja. Sie hat nur kurz vorbeigeschaut«, sagt Katrine, greift nach einem Wischlappen und fängt an, den Küchentisch zu säubern. »Sie hat Zeitschriften für uns mitgebracht. *Hjemmet* und *Familie Journalen*.«

Helle lächelt und zuckt mit den Schultern. »Sie hat mindestens zehn Mitteilungen auf meinem Anrufbeantworter hinterlassen.«

»Ich glaube, sie hat sich einfach nur Sorgen gemacht, Helle.«

»Sorgen? Warum denn?«

Katrine dreht den Wasserhahn auf. »Um uns. Sie hat mir gezeigt, wo das Brennholz ist, und mir ein Telefon geholt. Ganz ehrlich, ich war doch allein hier. Und es war kalt.«

»Ich hatte dir doch gesagt, wo das Brennholz ist, Katrine.«

Helle öffnet gerade eine Weinflasche. Sie füllt zwei Gläser und gibt Katrine das eine, dann trinkt sie durstig aus ihrem, stellt es weg und steckt sich eine Zigarette an.

»Entschuldige, das nervt mich einfach so«, sagt sie etwas ruhiger und öffnet den obersten Teil der Gartentür, um den Rauch abziehen zu lassen.

»Sie ist eben immer so eifrig.«

Helle seufzt. »Else hier und Else da und Else überall. Und ich dachte, die braten an einem Strand unten in Thailand.«

Katrine nimmt eine von Helles Blue King vom Küchentisch. »Sie scheint dich aber sehr gern zu haben.«

»Ja, ich weiß. Es hat nur immer so viel Streit zwischen ihr und meiner Mutter gegeben. Ich will nicht reingezogen werden und werde es dann doch.«

Sie stößt Rauch aus, hebt das Glas und prostet Katrine zu, ehe sie trinkt.

»Sie hat erzählt, dass sie Zwillinge sind. Das wusste ich nicht.«

Helle dreht sich um, dreht den Wasserhahn auf, drückt ihre Zigarette aus und wirft sie in den Mülleimer.

»Da hat sie ja ganz schön viel erzählt.«

»Na ja, ich hab eben eine Zeit lang hier oben bei ihnen gewohnt. Ungefähr ein Jahr lang. Meine Mutter hatte damals Probleme. Und Else scheint das einfach nicht vergessen zu können. Als ob sie meiner Mutter endlich eins auswischen könnte.«

»Ein Jahr? Das müssen aber ziemlich ernste Probleme gewesen sein«, sagt Katrine und schüttelt den Kopf, als Helle ihr die Flasche hinhält und ihr Glas wieder füllen will. Helle achtet nicht darauf und schenkt trotzdem ein.

»Das schon. Aber sie war mit mir allein und versuchte, gleichzeitig Karriere zu machen. Das war vielleicht ein bisschen zu viel. Ich habe jede Sekunde hier oben gehasst. Ich war glücklich, als ich dann wieder zu meiner Mutter ziehen durfte.«

Sie geht zum Kühlschrank und zieht die Tür auf. Nimmt den Salat heraus und reicht ihn Katrine.

»Else hat mich niemals loslassen wollen. Ich war ihre Trumpfkarte meiner Mutter gegenüber. Und jetzt ärgert sie sich, weil ich zu sehr meine Mutter geworden bin und zu wenig Else. Zu viel Kopenhagen und zu wenig Nykøbing. Ja, ja. Die haben hier oben ja auch ihre Probleme … Egal. Darüber wollen wir nicht mehr reden, Katrine. Wir sind doch hergekommen, um Ruhe zu haben.«

Thomas ruft an, als sie gerade mit dem Essen fertig sind.

Beim Essen hat Katrine von ihrem Ausflug in den Supermarkt berichtet. Von dem Hund und dem Kinderwagen, der plötzlich verschwunden war. Sie versucht, alles so locker wie möglich zu erzählen, als ob sie Helle einen Film schilderte, hier in dem warmen Wohnzimmer mit dem Feuer, das im Kamin knistert, und den Bäumen, die von draußen an die Fenster schlagen. Aber der Tag steckt ihr wie eine große unruhige Finsternis in den Knochen und sie hat das Gefühl, dass sie noch immer verängstigt und verzweifelt zwischen den verlassenen Ferienhäusern umherirrt. Eine Art Vorhölle. Sie hat Heimweh.

Helle isst und hört zu. Schüttelt den Kopf. Lacht.

Als Katrine fertig ist, nimmt Helle die Weinflasche und leert sie in ihre Gläser. »Und jetzt wollen wir Urlaub haben.«

Helle hebt das Glas. »Morgen nehmen wir die Kleine und machen einen langen Spaziergang am Wasser, ja? Selbst, wenn es einen Schneesturm gibt. Ich trag sie in diesem blauen Babydings, das du mitgebracht hast. Wir brauchen einfach mal frische Luft. Prost«, sagt sie und hebt ihr Glas.

Katrine trinkt. Sie kann Helle ansehen, dass die sich gern einen Schwips antrinken würde. Karten spielen und Zigaretten rauchen. Aber Katrine muss an die Tabletten denken, die sie nimmt. Und an das Kind im Nebenzimmer. Im Grunde will sie auch gar nicht mehr trinken. Sie will auch nicht Rommé oder Yatzy spielen. Im tiefsten Herzen will sie einfach nur nach Hause.

Sie hatte geglaubt, von der Unruhe wegfahren zu können, aber die hat sie doch bis hierher begleitet.

Und dann klingelt in der Küche Helles Telefon. Helle stellt mit einer müden Handbewegung ihr Glas weg, steht auf und geht hinaus. Katrine hört sie sprechen und lachen. Danach kommt sie wieder ins Wohnzimmer.

»Bis dann. Klar doch. Ebenfalls«, sagt sie und reicht Katrine das Telefon. »Thomas.«

Helle greift nach einer Zeitschrift und lässt sich auf das Sofa fallen.

»Thomas? Mein Thomas?«

»Dein Thomas.«

Helles Gesicht ist schon hinter der Zeitschrift versteckt.

Katrine steht auf. »Hallo.«

»Hallo, Katrine.«

Seine Stimme ist dunkel und müde, sie kann hören, dass er nicht auf ein langes Gespräch aus ist. Seine Fragen sind von der Sorte, die kurze Antworten verlangen. »Geht's euch gut? Was macht die Kleine?«

Katrine lehnt sich an die Wand, während sie reden.

»Doch, der Kleinen geht es gut. – Thomas«, sagt sie dann rasch, als er sich verabschieden will. »Bist du zu Hause?«

Sie lässt eine Hand über die verklinkerte Wand hinter sich gleiten. Sie hört eine quengelnde Verletzlichkeit in ihrer Stimme und merkt, wie Helle auf dem Sofa von ihrer Zeitschrift aufblickt. Das muss ihr jetzt egal sein. Sie schließt die Augen für einen Moment, um den Blick auszusperren. Das hier ist wichtiger.

»Ich finde, wir müssen miteinander reden. Ich finde, wir müssen entscheiden, was passieren soll«, bringt sie hervor. Die Wörter purzeln gar zu eilig übereinander.

Für einen Moment hört sie nur seinen Atem. »Katrine, bist du sicher, dass wir dieses Gespräch gerade jetzt führen müssen?«

»Wir können doch nicht ewig an entgegengesetzten Enden des Landes sitzen, oder? Dass ich hier bin, ist doch keine Lösung.«

Sie versucht, das locker klingen zu lassen, aber in ihrem Bauch brodelt die Unruhe auf. Etwas ist mit seiner Stimme. Mit diesem Ernst.

»Nein«, sagt Thomas. »Aber …«

»Dann kommen wir nach Hause. Morgen.«

Sie schaut zu Helle hinüber, die jetzt aufsteht und in die Küche geht.

Darüber hat Katrine nicht mit ihr gesprochen. Morgen wollten sie doch einen langen Spaziergang machen. Mit der Kleinen nach Rørvig. Frische Luft. Bis Freitag hierbleiben. Aber sie will jetzt nach Hause. Nicht hier im Niemandsland festsitzen. Nicht in dieser Vorhölle.

Als sie sich verabschiedet haben, legt sie das Telefon auf den Tisch. Sie kann Helle in der Küche mit dem Geschirr klappern hören. Sie will schon zu ihr gehen, als Helle ins Wohnzimmer kommt.

»Setz dich doch«, sagt Helle und reicht ihr eine Tasse. »Ich kümmere mich um den Abwasch.«

Katrine trinkt einen kleinen Schluck von dem heißen Tee. Helle klappert wieder in der Küche. Katrine blättert in einer Zeitschrift und nippt am Tee. Der ist bitter. Die Illustrierte ist vom vergangenen Sommer. Promis erzählen von ihren Ferienzielen. Sie blättert weiter. Alle Kreuzworträtsel sind gelöst. Sie kann hören, dass die Kleine im Nebenzimmer anfängt zu weinen.

Das Schlafzimmer duftet nach Baby, als sie die Tür öffnet. Ein warmer, süßlicher Duft. Sie hört die Decke rascheln und leise Geräusche aus dem Kinderbett. Sie bleibt stehen und schaut hinab auf das Kind, das sich jetzt umdreht. Sie kann die Kleine nicht auf den Arm nehmen. Es ist nicht normal, so für das eigene Kind zu empfinden, kann sie noch denken, dann sieht sie zu ihrer Erleichterung, dass das Kind wieder eingeschlafen ist.

Helle hat Teelichte angezündet und auf den Fliesentisch gestellt, als Katrine ins Wohnzimmer kommt. Sie hat die Lampen gelöscht und eine Flasche zusammen mit zwei gefüllten Gläsern auf den Tisch gestellt. Jetzt sitzt sie vor dem Ofen und hat die Füße daran gelehnt. Als Katrine sich auf das Sofa setzt, sieht sie den Widerschein des Feuers als Schatten in Helles Gesicht tanzen.

»Es ist dunkel hier.« Sie streckt die Hand nach Helles Packung Blue King auf dem Tisch aus. »Darf ich?«

Helle schaut kurz zu ihr herüber und nickt. »Natürlich darfst du.«

Dann hebt sie ihr Glas. Sie trinken sich schweigend zu. Der Wein schmeckt Katrine nicht.

»Du willst also gern nach Hause?«

»Es tut mir leid, dass wir das nicht mehr besprechen konnten. Aber Thomas und ich lösen doch nichts dadurch, dass ich hier oben sitze.«

Sie gibt sich mit einem Teelicht Feuer und bläst auf die Glut. »Wir müssen doch eine Lösung finden. Wir haben ein Kind zusammen. Es wird nicht besser für mich, wenn ich hier sitze, während alles zu Hause auf mich wartet.«

Helle legt mithilfe des Schürhakens neues Holz nach. Es knirscht, als sie die Ofenklappe wieder zuwirft. Sie bleibt vor dem Kamin auf dem Boden sitzen. »Ich kann ja verstehen, dass du eine Klärung willst.«

Sie schaut rasch zu Katrine auf. »Das verstehe ich wirklich.«

Dann dreht sie sich wieder zum Feuer um. »Aber, also … jetzt rede ich mal ganz offen. Als wir uns im vorigen Jahr kennengelernt haben, da warst du so ein fröhlicher Mensch, du warst so lebendig, so voller Selbstvertrauen, nicht wahr?«

Helle räuspert sich und wirft den Schürhaken wieder in den Brennholzkorb. »Aber jetzt, dieser Thomas … ja, ich weiß es ja nicht, aber bist du sicher, dass bei dem alles in Ordnung ist?«

Rasch schaut sie wieder Katrine an. »Ja, entschuldige. Aber ich habe ihn ja zum Beispiel an dem Abend auf eurem Fest gesehen. Mit dieser Andrea. Kannst du dich wirklich auf ihn verlassen?«

»Wie meinst du das?«, flüstert Katrine. Aber schon ist tief in ihr die Unruhe erwacht. Sie streckt die Hand nach ihrem Weinglas aus und trinkt gierig. Im Grunde weiß sie ja nur zu gut, wovon Helle da redet. Von dem, was sie selbst nicht zu denken wagt. Das alle anderen aber offenbar auch sehen können. *Sie war meine Freundin, aber jetzt gehört sie zu meinen besten Freunden.* Thomas an jenem Morgen. *Was macht ein Mann um sechs Uhr morgens mit einer hochschwangeren Frau und einem ausgeschalteten Telefon?* Der Arzt im Krankenhaus. *Sehn mich auch.* Die Postkarte. Und dann die vielen Abende, an denen er spät nach Hause gekommen ist. An denen er überhaupt nicht nach Hause gekommen ist. *Ich habe allein im Hotel übernachtet.* Der Morgen in der Wohnung.

»Ich verstehe ihn nicht. Warum macht er so was? Er hat doch gerade erst ein Kind bekommen.«

Sie kann ihre eigene Stimme nicht erkennen. Die ist so tief.

»Weil er ein verwirrter Trottel ist«, sagt Helle, nimmt ihr Glas vom Tisch und trinkt. »Wie so viele Männer. Ihr wart frisch verliebt, und alles war wunderbar und rosenrot. Dann wurdest du plötzlich schwanger, und es war Schluss mit Sex und allem Spaß.«

»Schluss mit Sex und allem Spaß? Hat er dir das gesagt, Helle? Woher weißt du das alles? Warst du vielleicht auch mit ihm zusammen?«

»So ein Unsinn.« Helle fährt zu ihr herum. »Sag so was ja nicht, Katrine. Was denkst du eigentlich, so bin ich nicht.«

Sie rutscht ein wenig zurück. »Aber ehrlich gesagt, wenn es nach Thomas gegangen wäre ... dann ja. Ganz sicher, dann hätte er mit mir auch etwas angefangen«, sagt sie leise und sieht ihr Glas an.

Was sagt sie da nur? Helle.

Ein Abgrund tut sich jetzt vor ihr auf. »Auch etwas angefangen? Wovon redest du, Helle? Warum hast du mir nichts gesagt?«

»Dir gesagt? Meinst du vielleicht nicht, dass du gerade schon Probleme genug hast?«

Helle steht vom Boden auf und setzt sich in den Sessel. »Aber von mir aus. An diesem Abend, dem Abend nach eurer berühmten Dinnerparty, als Thomas und deine Freundin so aneinandergeraten sind ... Er ist mir unten in der Frederiksberg Allé über den Weg gelaufen. Und da wollte er offenbar sehr gern sehr viel mehr, als nur in der Bar um die Ecke sitzen und sich ausweinen.«

Helle lässt sich im Sessel zurücksinken. Plötzlich kann Katrine ihr Gesicht nicht sehen. Nur das Feuer dahinter.

»Ich muss was trinken«, murmelt sie.

Sie erhebt sich, aber als sie einen Schritt machen will, geben die Beine unter ihr nach. Das Zimmer verschwimmt.

Helle kommt zu ihr. »Also nein, Katrine«, murmelt sie. Sie hilft ihr zurück aufs Sofa.

»Siehst du, was habe ich gesagt. Ich hätte das nicht erwähnen dürfen. Es ist doch nichts passiert. Ist alles in Ordnung mit dir? Ich hole ein Glas Wasser.«

Als Helle zurückkommt, bleibt sie stehen und schaut auf Katrine hinunter, während die das Wasser trinkt. »Entschuldige. Das war dumm von mir. Wir haben zu viel getrunken, um jetzt darüber zu reden.«

Katrine schüttelt den Kopf. Sie versucht, etwas zu sagen, aber plötzlich will kein Wort aus ihrem Mund kommen. Ihr ist schwindlig. Sie dreht ihr Gesicht weg und sieht es im schwarzen Glas des Fensters. Ein totes Gesicht. Schmal. Bleich. Ein Klotz an seinem Bein. Ist sie das? Ja. Genau das ist sie. Das weiß sie ja auch gut. Aber sie kann nicht mit dem Kind allein sein. Dann würde alles explodieren. Allein. Sie und das Kind. Die vielen Stunden. Was kann sie dann nicht alles anstellen? Krank vom Zusammensein mit ihm. Krank vom Alleinsein mit dem Kind. Plötzlich merkt sie, wie Übelkeit in ihr aufwallt. Sie springt auf und spürt noch, wie Helle sie ganz schnell packt.

»Ich muss raus«, sagt sie und sieht, wie das Zimmer sich vor ihren Augen auflöst.

Vogelkrallen auf dem Boden. Sie wird nie, nie entkommen. Ihr Mund füllt sich mit Wasser. »Ich muss nur schnell raus.«

Sie befreit sich aus Helles Griff.

Ihre Haare sind nass geworden, sie weiß nicht mehr, wie. Die Tür zum Schlafzimmer ist geschlossen. Sie sieht ihr Gesicht im Spiegel neben dem Bett. Blut an der Wange. Im Mund der Geschmack von Erbrochenem, sie weint, jetzt muss es genug sein.

Die currygelbe Decke auf dem Doppelbett. Das Kind, das im Bettchen daneben schläft.

Sie steht auf und sieht das Kind an. Den roten Pullover. Die graue Wollstrumpfhose. Die Kleine liegt auf dem Bauch. Ihr Po ragt in die Luft. Die Faust ist geballt. Sie hat die Decke weggestrampelt. Sie ist so klein. Katrine liebt sie so entsetzlich. Sie liebt sie nicht genug. Das Kissen in der Hand, jetzt muss es sein.

Sie will ihr nichts zuleide tun, aber sie tut es die ganze Zeit. Sie will ihr alles geben, aber sie schafft nichts. Das Kissen. Die Beine treten sanft gegen die Matratze. Das mollige Ärmchen hebt sich. Die Finger spreizen sich. Die Nägel, so winzig klein. Ihr wird schwindelig. Langsam dreht sich das Zimmer. Sie steht irgendwo und sieht, wie sie sich über das Kind im Bett beugt und auf das Kissen drückt. Tut sie das wirklich? Oder sieht sie nur zu, wie es passiert?

Sie liebt ihr Kind. Sie kann sie nicht ertragen. Die Liebe. Das Kind, das mit ihr in diesem leeren einsamen Raum eingeschlossen ist, aus dem alle fliehen: ihr Leben. Es reicht jetzt. Jetzt geht sie mit ihrem Kind von hier fort. Sie befreit ihr Kind. Sie werden den Raum verlassen. Und sie werden den Raum gemeinsam verlassen.

Lyngby Vest, 1974

Sie sind lange gefahren. Er hält bei einer Tankstelle und steigt aus. Als er zurückkommt, dreht er sich um und reicht ihr eine Limonade und zwei Tüten Bonbons. Er steckt sich eine Zigarette an und fährt weiter. Er öffnet beim Rauchen kein Fenster, und nach einer Weile erstickt sie fast an seinem Zigarettenrauch, sie sagt aber nichts.

Sie fahren lange, und als er auf den holprigen Weg abbiegt, weiß sie plötzlich, was er vorhat. Sie erstarrt. Nicht dorthin. Aber doch, offenbar hat er das vor.

Er hält vor dem Haus. Zwei Kinder kommen auf das Auto zugelaufen, sie heben die Arme und winken. Sie erwidert die fröhliche Begrüßung nicht. Der Geruch von Bratensoße und Meerschweinchen beißt ihr in die Nase, als sie ins Haus gehen. Sie will jetzt lieber nach Hause.

Sie sitzt auf dem Sofa und hört die Erwachsenen in der Küche reden. »Oh nein«, kreischt die Hexe. »Das kann doch nicht wahr sein!«

Jetzt sieht sie zu ihrem Entsetzen, dass eine Cousine mit einem Meerschweinchen auf sie zukommt. Die Cousine reicht es ihr. »Der heißt Blob«, sagt sie. »Willst du ihn mal halten?«

Sie nimmt das Tier und spürt, wie dessen lange Krallen sich durch ihr dünnes Kleid bohren. Es stinkt, das Tier.

Als sie es zurückgibt, hat es trockene braune Köttel auf ihr neues Kleid gekackt. Die Cousine steht mit dem Tier auf dem Arm zögernd da.

»Willst du mit uns draußen spielen?«

Sie ignoriert diese Frage, und dann geht die Cousine.

»Ich will mit dir fahren«, flüstert sie, als der Mann sich vor das Sofa hockt, um sich zu verabschieden.

»Das geht nicht. Nicht, wie die Dinge jetzt liegen. Aber vergiss nicht, was ich gesagt habe, ja?«

Er nimmt ihr Gesicht und zwingt sie, ihn anzusehen. »Ich werde auf dich aufpassen, so gut ich kann.«

Ihre Augen werden feucht, und sie starrt ihn an.

Er ist feige. Jetzt hasst sie ihn. »Warum? Warum kann ich nicht einfach mit dir kommen? Ich will nicht hier sein.«

Er richtet sich eilig auf. Diesmal gibt er ihr keine Antwort.

Als der Mann verschwunden ist, zwingt sie sich, eine Frikadelle und eine Kartoffel zu essen. Das Meerschweinchen sitzt in einem grauen Schuhkarton neben dem Tisch.

»Vergiss nicht, ihn rauszustellen, bevor ihr fahrt«, sagt die Hexe.

Sie antwortet nicht auf ihre Fragen, und bald lassen sie sie in Ruhe.

Die Hexe wäscht ab, während die anderen zum abendlichen Bad an den Strand fahren. Jetzt steht sie im Garten und schaut das Meerschweinchen an, das in einem großen Käfig sitzt und Gras frisst. Sie bückt sich und hebt das Tier vorsichtig auf.

Die anderen kommen erst spät zurück. Sie liegt im Dunkeln im Bett und hört, wie sie die Räder fallen lassen. Sie rufen und lachen.

»Ich sag ihm nur schnell gute Nacht«, hört sie die Kusine rufen.

Durch das offene Fenster kann sie das Rascheln hören, als die andere durch das Gras läuft. Dann hört sie den Schrei. Sie dreht sich zur Wand. Jetzt wird die Tür aufgerissen. Die Cousine kommt herein, knipst die Nachttischlampe an und leuchtet ihr ins Gesicht, sodass sie geblendet wird. Sie weint. »Was hast du mit meinem Meerschweinchen gemacht, du krankes Blag?«, schreit sie. »Was hast du mit meinem Meerschweinchen gemacht?«

Sie blinzelt, schiebt die Lampe weg und erwidert gelassen den Blick der Cousine. Dann dreht sie sich wieder zur Wand. Nein. Sie ist nicht wie die anderen, so wird sie niemals werden, und es wird nicht so kommen, wie sie es hoffen.

Krankenhaus Holbæk, 2011

»Katrine.«

Es riecht nach Desinfektionsmittel. Die Stimme kommt von weit her. Aus ihrem Traum heraus sieht sie das Licht. Es strahlt ihr ins Gesicht.

»Katrine, weißt du, wo du bist?«

Katrine dreht sich um und wird vom Licht geblendet. Die Stimme des Mannes ist tief.

Sie versucht, etwas zu sagen, aber ihr Hals ist wie ausgedörrt. Sie nickt unbeholfen. Er ist aus seinem Schatten getreten. Jetzt kann sie ihn sehen.

»Ich heiße Jannick.« Seine Stimme ist ruhig. »Ich bin psychiatrischer Oberarzt hier auf der Station.«

»Wo ist Ida?«

»Ida?« Er sieht sie fragend an und lächelt dabei.

»Meine Tochter.«

»Ach.«

Er sucht in seinem Ordner. Ein Stück Papier fällt zu Boden. Er bückt sich und hebt es auf. »Deine Tochter«, sagt er. »Im Krankenbericht steht kein Name. So heißt sie also?«

Er zieht einen Kugelschreiber aus der Jackentasche und sieht sie kurz an. Fährt mit einem Klicken die Kugelschreibermiene aus.

»Das war meine Idee.«

Ihr Blick fällt auf die Blumenvase. Nelken. Wer hat ihr Nelken geschenkt? Nimmt man die nicht zu einer Beerdigung mit? Sie hört wieder den Kugelschreiber klicken und sieht, wie er ihn in die Tasche steckt.

»Ida ist jetzt bei ihrem Vater. Es geht ihr gut.«

»Kann ich sie sehen?«

Es juckt unter ihrer Haut, dort, wo sie ihr den Tropf gelegt haben. Sie bohrt sich einen Nagel in den Finger, um sich nicht zu kratzen.

»Nein. Erst mal nicht.«

Er räuspert sich, aber seine Stimme klingt entschieden.

»Erst einmal brauchst du Ruhe, und dein Kind braucht Ruhe.«

Er schaut sie an. »Kannst du dich an irgendetwas erinnern? Von gestern?«

»Wie meinst du das?«

»Ja, du hattest ja eine ganze Menge getrunken. Und Medikamente genommen.«

Er sucht in seinen Unterlagen. »Starke Sachen«, murmelt er beim Lesen. »Wer hat die dir verschrieben?«

»Ein Psychiater. In Kopenhagen. Ein Freund von Thomas.«

»Hmmm.«

Er blickt auf und schaut sie dann wieder an. »Woran kannst du dich von gestern Abend noch erinnern?«

Sie friert und merkt, dass sie sich jetzt vor ihm fürchtet, aber sie zwingt sich, seinen Blick zu erwidern.

»Ganz ruhig«, flüstert er dann und nimmt ihre gesunde Hand, um sie festzuhalten.

»Ich weiß noch, dass ich im Schlafzimmer stand. Da war Blut. In meinem Gesicht. Mehr weiß ich nicht mehr.«

»Das klingt nach einer Vergiftung.«

Er lässt ihre Hand los und setzt sich auf ihre Bettkante. »Ist das alles?«

»Ja.«

»Und du weißt nichts mehr davon, was danach passiert ist, mit dir – und Ida?«

»Mit Ida? Was ist mit Ida?«

Sie setzt sich im Bett auf, sieht ihn an, aber jetzt wendet er sich ab. Gibt es etwas, das er ihr nicht sagen will?

»Ida geht es jetzt gut, Katrine.«

Er klopft leicht mit der flachen Hand auf die Bettdecke, ehe er sie ansieht und lächelt. Dann steht er auf. »Und du hast es hier auch gut. Das ist doch das Wichtigste.«

Ihr Vater kommt allein. Er riecht nach Regenwetter. Sein heller Ledermantel ist feucht, das merkt sie, als er sie einen Moment lang an sich drückt.

»Ich weiß nicht, was ich sagen soll«, murmelt sie.

»Du sollst nichts sagen«, flüstert er.

Dann setzt er sich ihr gegenüber in den orangefarbenen Sessel. Es ist deutlich, dass er sich nicht wohlfühlt. Zwischen ihnen steht ein Tisch aus hellem furniertem Holz. Sie sind allein im Aufenthaltsraum. Oder fast. Ein Patient sitzt in einer Ecke vor einem zu laut aufgedrehten Fernseher, und hinter der Fensterscheibe stehen einige Gestalten unter einem Vordach und rauchen. Es nieselt.

»Ich soll von Mama grüßen.«

»Sie wollte nicht mitkommen?«

»Nein. Oder doch, sicher. Sie weiß nicht, dass ich hier bin. Ich habe gesagt, ich wollte nur mal eine Runde fahren. Ja, und dann bin ich eben hier gelandet.«

Ohne ihren Blick zu erwidern, streift ihr Vater den Ledermantel ab und legt ihn auf die Sessellehne. Dann schaut er sich um.

»Du brauchst nicht zu sagen, dass es hier gemütlich ist.«

Katrine schenkt Kaffee aus der gelben Thermoskanne ein und schiebt seine Tasse über den hellen Tisch. Heute zittern ihre Hände nicht.

»Nein. Das lasse ich auch lieber.«

Erst jetzt hebt er das Gesicht, und die blauen Augen mustern sie unsicher. »Wie geht es dir?«

»Was glaubst du wohl?«

Sie folgt seinem Blick. Der Tisch mit Saft und Kaffee hinten bei der Tür zum Gang. Der laute schrille Fernseher in der Ecke. Der schäbige blaue Teppichboden. Die zusammengekrümmten Gestalten unter dem Vordach.

»Ja«, sagt ihr Vater und schaut zu Boden, während er die Hände zusammenschlägt.

»Wie geht es Mama?«

»Schwer zu sagen.«

Der Vater richtet sich ein wenig auf und kratzt sich am Nacken. »Du kennst sie ja. Bewahrt Haltung. Aber innerlich ist sie sicher zerbrochen.«

»Und was ist mit Jon? Habt ihr von ihm gehört?«

Der Vater dreht sich um. »Jon? Nein.«

Er beugt sich im Sessel vor. »Wir haben im Moment andere Sorgen. Sie werden ihn irgendwo im Wald finden, wenn der Schnee geschmolzen ist. Sicher bei einem See.«

»So was darfst du nicht sagen.«

»So was sage ich. Jon war nicht lebenstüchtig. Nicht wie wir. Wie du.«

»Wie ich? Schau doch mal, wo ich gelandet bin«, sagt sie und lässt den Blick durch den Aufenthaltsraum schweifen.

»Wir hätten dich damals nicht so viel mit ihm allein lassen dürfen …«

Dann verstummt er. Dreht sich um und sieht sie an. »Ich will jetzt nicht über Jon reden. Ich dachte, du hättest es so gut. Ihr hättet es so gut, du und Thomas. Er wirkte doch wie ein anständiger Bursche. Ihr hattet ein gutes Leben, eine schöne Wohnung. Er wirkte wie einer, der dich auf Händen tragen wollte …«

»Er hat mich betrogen. Als ich schwanger war, und sicher auch später.«

Sie schämt sich. Sie kann den Blick ihres Vaters nicht erwidern, aber als sie es tut, liegt in seinen Augen keine Spur von Mitgefühl. Kein Bedauern. Nicht einmal Zorn. Er sieht sie nur an. Dann lässt er seinen Blick zu dem lärmenden Fernseher in der Ecke wandern, wo jetzt Bingo läuft.

»Ach so. Nun ja.«

Seine Stimme ist ruhig.

Die Tür wird von außen geöffnet. Zwei Patienten kommen lärmend herein. Sie haben offenbar genug geraucht. Der Geruch des Zigarettenrauchs wird hereingeweht.

»Darf man da draußen rauchen?«

Der Vater nickt zur Tür hinüber. »Eine könnte ich jetzt gut brauchen.«

Er nimmt den Mantel von der Armlehne.

Der geschmolzene Schnee tropft draußen von den Dachrinnen. Die Luft ist voller Feuchtigkeit, aber es regnet nicht mehr. Der Vater fischt eine zerknüllte Camelpackung aus seinem Ledermantel. Ohne zu fragen zündet er zwei Zigaretten auf einmal an und reicht ihr die eine. Dann raucht er und bibbert in der Kälte.

»Er ist also zu anderen Frauen gegangen. Das kommt vor.«

»Was weißt du denn davon?«

»Vielleicht mehr, als mir lieb ist«, murmelt er und schaut weiter auf den regennassen Innenhof hinaus, ohne sich umzudrehen und ihren Blick zu erwidern. »Aber das ist nichts, worüber wir heute sprechen können, oder? Nicht hier.«

Er nickt zum Krankenhausgebäude hinüber.

»Nein, Papa, hier will man nur vom tadellosen und total perfekten Leben der anderen hören.«

Er hört den Sarkasmus in ihrer Stimme. »Nein, natürlich willst du das nicht«, seufzt er.

Es regnet jetzt wieder. Er raucht noch ein wenig weiter. »Alle Menschen machen Fehler«, sagt er. Er bläst Rauch aus und zuckt mit den Schultern. »Wir sind doch Menschen. Das gilt übrigens auch für mich.«

»Mit wem?«

Er schüttelt den Kopf und sieht sein Feuerzeug an. »Nur eine. Und ja, es war nicht ganz leicht, da wieder rauszukommen. Aber ich bin zum Glück zur Vernunft gekommen, als du geboren wurdest.«

Er wirft die Kippe weg. »Das Leben ist hart, Katrine. Aber so ist es eben.«

»Das Leben ist hart. Ach, wirklich? Bist du gekommen, um mir das zu erzählen?«

Sie wirft ihre Zigarette weg. »Das habe ich inzwischen auch schon begriffen, Papa.«

Der Vater zieht seinen Mantel fester um sich. Tritt dichter an sie heran und schaut auf sie herab. »Ich weiß ja, dass ich über diese Dinge nicht besonders gut sprechen kann. Da, wo ich herkomme, war das nicht üblich. Aber wir tun einander schreckliche Dinge an, und uns werden schreckliche Dinge angetan. Und dann muss man einfach weitermachen, oder nicht, Katrine?«

»Und was, wenn man das nicht kann?«

Sie friert. Sie will ins Haus.

»Das war keine Option, da, wo ich hergekommen bin. Da hieß es, man *muss*. Man muss weitermachen. Auch wenn man nicht kann. So ist das. Und das gilt auch für dich, mein Schatz.«

Die Krankenschwester hat den großen Vorhang zur Seite gezogen. Sie hat das Tablett mit Haferbrei und Kaffee auf den Nachttisch gestellt. Jetzt hält sie die Vase mit den verwelkten Nelken in der Hand.

»Soll ich die hier wegwerfen?«

Katrine schaut von ihrer Schüssel auf und nickt. Der Haferbrei ist zäh und klebrig, sie würgt ihn mühsam herunter. Auf der Station machen sie sich Sorgen um ihr Gewicht, und sie hat schon bemerkt, dass die Schwestern im Zimmer bleiben, bis sie aufgegessen hat.

»Da lag eine Karte bei. Die hatte sich zwischen den Blumen versteckt.«

Die Schwester bringt jetzt die leere Stahlvase zurück. Dann reicht sie Katrine einen hellroten kleinen Umschlag. *Liebste Katrine, die besten Wünsche für dich und deine kleine Tochter. Von Else und Bjarne.*

Sie wissen es also auch. Offenbar wissen es alle. Aber es ist trotzdem lieb von ihnen. Katrine legt die Karte in die Nachttischschublade.

Als die Krankenschwester gegangen ist, nimmt Katrine ihren Morgenrock und steht aus dem Bett auf.

Der Aufenthaltsraum ist fast leer. Wie immer läuft der Fernseher. Eine Frau in einem grünen Kittel wischt die Tische ab und räumt auf. Trotz des Regens steht wie immer jemand draußen und raucht.

Sie setzt sich auf eins der orangefarbenen Sofas und blättert in den alten Illustrierten und Zeitungen, die die Putzfrau in Aufenthaltsraum und Zimmern eingesammelt und auf dem Tisch aufgestapelt hat. Sie kann sich kaum konzentrieren, aber als sie eine Illustrierte durchgeblättert hat, nimmt sie sich eine Lokalzeitung vor, die ebenfalls schon fast eine Woche alt ist. Den Artikel über den Kampf gegen die Jugendarbeitslosigkeit am Ort schafft sie nur halb, und sie will schon weiterblättern, als ihr Blick auf den anderen Artikel auf der ersten Seite fällt. Der ist nicht so groß aufgemacht, und es gibt auch kein Bild.

Sie schafft es, alles zu lesen. Sie schafft es, das Gefühl zu haben, dass sie hier über andere Menschen liest. Sie schafft es, über diese Tragödie nachzudenken und über deren Umfang zu staunen. Ja, danach weiß sie noch, dass sie sogar denken konnte: Wie ist so etwas möglich?, während sie liest: *Mutter. Selbstmord. Medikamente. Alkohol. Versuchte, ihr kleines Kind mit in den Tod zu nehmen. Bewusstlos mit dem Rettungswagen im Krankenhaus von Holbæk eingeliefert.*

Erst, als die Wörter »Ferienhaus« und »Rørvig« in ihr Bewusstsein eindringen, dämmert es ihr langsam. Dann wird in ihr mit lautem Krach eine Tür aufgerissen.

Sie liest hier über sich selbst und ihr eigenes Kind!

»So solltest du es nun wirklich nicht erfahren.«

Jannick dreht sich abrupt von dem regennassen Fenster weg.

»Aber jetzt weißt du es also«, sagt er und setzt sich ihr gegenüber auf seinen Schreibtischstuhl.

Sie hat nichts gesagt, seit sie am Nachmittag die Zeitung gefunden hat. Hat nicht gerufen, nicht geschrien, ist nicht Amok gelaufen. Sie haben sie auf dem Sofa gefunden, dort, wo sie sich mit der Zeitung in der Hand in den Aufenthaltsraum gesetzt hatte, wo der Saft aus ihrem Glas über ihren Morgenrock und ihre Beine gelaufen war. Sie erinnert sich an die große Hand des Krankenpflegers auf ihrer Schulter. Sie erinnert sich an seine Stimme.

»Katrine, du hast was verschüttet …«

Dann sah er die Zeitung in ihrer Hand. Katrine hatte sich nicht bewegt.

»Was für Vollidiot hat denn bloß die Zeitung hierhergelegt?«, hörte sie ihn brüllen.

Von diesem Moment an hat sie keine Erinnerung mehr.

Versuchte, ihr kleines Kind mit in den Tod zu nehmen. Katrine sieht diesen Satz noch immer vor sich. Sie zwingt sich, Jannick anzusehen.

»Ich muss das doch wissen …«

»Na gut.«

Er dreht sich zu ihr um, nimmt ein Blatt Papier vom Schreibtisch und sieht es an. »Deine Freundin berichtet, dass ihr ziemlich viel Wein getrunken hattet. Keine Unmengen, aber eben ziemlich viel. Ihr hattet über deine Ehe gesprochen … deine Beziehung, meine ich, und deine Freundin sagt, dass das Gespräch aus den Fugen geraten war, weshalb sie sich jetzt Vorwürfe macht. Du hast gesagt, du wolltest schlafen gehen. Sie ging dann nach oben in ihr Zimmer. Sie war eingeschlafen und wurde davon geweckt, dass dein Kind laut schrie.«

Der Arzt räuspert sich und wendet das Blatt. Liest. »Deine Freundin ging ins Erdgeschoss. Du hattest die Tür zu deinem Schlafzimmer abgeschlossen. Sie versuchte, dich zu überreden, sie zu öffnen, aber das machtest du nicht. Dann hat sie Tür eingeschlagen.«

Er zögert und legt das Blatt auf den Schreibtisch. »Du warst fast tot, als der Rettungswagen eingetroffen ist. Katrine.«

»Und Ida? Was ist mit Ida?«

Sie will diese Frage nicht stellen, und sie will die Antwort nicht hören. Aber sie kennt sie ja schon und jetzt muss sie zuhören. Er antwortet nicht sofort.

»Wir wissen nur, dass sie sehr schlapp und apathisch war, als sie hier angekommen ist. Wir gehen davon aus, dass du sie mit in den Tod nehmen wolltest. Du hast versucht, sie zu ersticken«, sagt er leise und nimmt ihre Hand.

Der kleine Hof vor der geschlossenen Abteilung ist kein angenehmer Aufenthaltsort, aber hier kann man zumindest frische Luft atmen. Die graue Wolkendecke hat sich aufgelöst, und weiße Schäfchenwolken ziehen hurtig über den Himmel.

Katrine sitzt auf der feuchten Bank. Sie ist heute seit jenem Tag zum ersten Mal ins Freie gegangen. Die Zeit bis jetzt hat sie im Bett verbracht. Hat versucht, alles wegzuschlafen. Natürlich vergeblich.

Der Hof riecht nach Kippen und fauligem Gras. Sie zieht ihren Mantel fester um sich und umklammert den weißen Plastikbecher. Sie haben hier die Wahl zwischen rotem und gelbem Saft. Auf einem Tisch im Aufenthaltsraum stehen Stahlkannen. Sie hat die ganze Zeit Durst, das kommt von der Medizin, ist ihr gesagt worden.

»Katrine!«

Erst als er zum zweiten Mal ruft, geht ihr auf, dass sie gemeint ist. Katrine dreht sich zu der Stimme um. Es ist Ivan, einer der Krankenpfleger.

Er lehnt sich an die Tür. »Besuch«, ruft er kurz mit seiner tiefen, dumpfen Stimme.

Als sie mit dem Becher in der Hand von der Bank aufsteht, ahnt sie hinter Ivan den Schatten, der jetzt vortritt und bei der Tür stehen bleibt.

Es ist Helle. Sie trägt einen langen Mantel und hat sich die Arme um den Leib geschlungen. Sie scheint zu frieren.

Katrine schnappt nach Luft. Nicht Helle, nicht jetzt. Sie ballt die Faust und bohrt sich die Nägel tief in die Haut. Sie muss das hier durchstehen. Sie kann nicht fliehen. Von hier schon gar nicht …

»Katrine!«

Helle duftet ein wenig nach Parfüm, als sie den Arm um Katrine legt. Dann lässt sie sie los und sieht sie an. »Du bist so schrecklich dünn geworden«, flüstert sie.

In Helles Blick liegt Angst, und sie versucht nicht, die zu verbergen.

Katrine schaut an sich hinunter. Sie hat Saftflecken auf dem Mantel.

»Ja«, sagt sie, weil ihr nichts anderes einfällt.

»Ist es in Ordnung, dass ich gekommen bin?«

»Ja. Du siehst gut aus, Helle. Bist du verliebt?«, flüstert sie.

»Nein.« Helle schüttelt den Kopf und lächelt. »Nein, hör doch auf. Ich bin nicht verliebt. Darf man hier rauchen?«

»Nein«, sagt Katrine und setzt sich wieder auf die Bank. »Krieg ich auch eine?«

Helle setzt sich ebenfalls und zieht die Zigaretten aus der Tasche. »Hast du viel Besuch?«

Katrine schüttelt den Kopf. »Mein Vater war hier … ein Mal.«

Helle beugt sich vor und scharrt mit dem Fuß im Kies. »Ich muss mich für den Abend neulich bei dir entschuldigen. Ich bin zu weit gegangen. Aber ich konnte es dir doch ansehen. Du hattest wieder Hoffnung.«

Dann dreht sie sich um und mustert Katrine. »Ich hatte den Eindruck, dass es dir besser ging. Ich konnte die Vorstellung nicht ertragen, dass du nach Hause fahren wolltest und dass alles wieder von vorn anfangen würde. Aber mich geht das doch nichts an. Es war dumm von mir, von diesem Zwischenfall zu erzählen. Bitte entschuldige.«

Als Helle sich verabschieden will und Katrine die beiden Krimis und die Frauenzeitschrift in der Hand hält, die Helle ihr mitgebracht hat, bleibt Helle stehen.

»Das musst du noch wissen, die Sache kommt nicht vor Gericht. Ich habe gesagt, dass ich als Zeugin nicht infrage komme. Ich war an dem Abend ja selbst betrunken. Ich habe der Polizei gesagt, dass sie nicht auf mich zählen können. Und da außer mir niemand dabei war, ja, da …«

Sie zuckt mit den Schultern, hebt die Hand, als Katrine etwas sagen will. »Nein. Dafür brauchst du dich nicht zu bedanken«, murmelt sie. Dann geht sie.

Es ist wie ein Déjà-vu, die Wohnung in der Nansensgade zu betreten. Katrine bleibt für einen Moment in der Diele stehen. Der Geruch. Der Duft des Holzbodens und der Geruch vom Abendessen der Nachbarn einen Stock tiefer, der durch das Treppenhaus schwebt. Das Badezimmer rechts, der Hahn tropft noch immer. Links die kleine enge Küche mit den schwarzen Schränken. Das Wohnzimmer vor ihr, das dunkel im Nachmittagslicht liegt. Sogar die Blumen vor dem Fenster zur Straße. Alles sieht so aus, als wäre sie nur fünf Minuten weggewesen.

Es ist über ein Jahr her, dass sie, wie sie glaubte, zum letzten Mal hier war. Sie erinnert sich an die Tasche, die eilig gepackt wurde. Thomas, der wartend in der Diele stand.

Sie kann hinter sich ihre Mutter hören. Die steht mit Katrines Tasche in der Hand im Treppenhaus. Sie sagt nichts, sondern bleibt stehen und wartet darauf, dass Katrine in die Wohnung geht. Auf dem Schreibtisch liegen einige Briefe, sieht sie, als sie Licht macht. Sie erkennt das Logo von Wahlströms. Sie braucht den Brief nicht zu öffnen, sie weiß ja, was darin steht. Sie bezahlen ihr ein halbes Jahresgehalt. Sie ist freigestellt. Neben dem Poststapel steht ein Tulpenstrauß.

»Warst du das?«

Sie dreht sich zu ihrer Mutter um, die noch immer ihren Mantel anhat.

Ihre Mutter nickt und stellt die kleine Reisetasche ab. Dann zieht sie die Handschuhe aus und reibt sich die Hände. »Ich hab vorher ein bisschen sauber gemacht. Ich dachte …«

Der Blick ihrer Mutter wird für einen Moment unsicher, sie knöpft ihren Mantel auf, scheint ihn aber nicht ausziehen zu wollen. Schaut sich ein bisschen um. Sie wirkt auf seltsame Weise gebrechlich.

»Ich will nur schnell …«, sagt sie und nickt zur Toilette hinüber.

Ihre Mutter hat sie abgeholt. Allein. Sichtlich verlegen stand sie da und blickte sich im Aufenthaltsraum im Krankenhaus verstohlen um. Sie wollte weder Kaffee noch Wasser. Lass uns doch einfach machen, dass wir fortkommen, hatte sie gesagt.

Ihr Gespräch versandete auf der Fahrt hierher. Jon ist noch immer nicht wieder aufgetaucht. Jetzt hat die Mutter ihn bei der Polizei vermisst gemeldet. Als Katrine fragte, ob sie sich große Sorgen mache, hatte die Mutter sich rasch umgedreht und sie angesehen: »Es war doch so viel … aber doch, natürlich mache ich mir Sorgen.«

Katrine legt ihre Reisetasche auf das Bett in dem kleinen Zimmer. Das Bett ist frisch bezogen. Die Mutter ist von der Toilette gekommen und steht in der Tür.

»Im Kühlschrank ist etwas zu Essen. Kaffee ist auch da, und eine Flasche Weißwein. Ich dachte, wenn jemand vorbeikommt.«

Hier kommt niemand vorbei.

»Danke, Mama, das ist wirklich lieb von dir.«

Katrine steht auf. Sie stehen schweigend da. Unten im Haus fällt eine Tür ins Schloss.

»Ja, dann«, sagt die Mutter und zieht ihren Mantel fester um sich, schaut an sich hinunter und schließt die Knöpfe. Als sie beim untersten Knopf angekommen ist, zögert sie für einen Moment. Dann schaut sie auf. »Kommst du denn jetzt damit klar, allein zu sein, Katrine?«

Etwas bricht in dem blauen Blick, als sie fragt. Plötzlich sieht sie alt aus.

»Ja.« Katrine versucht, ihre Stimme überzeugend klingen zu lassen. »Ist doch genauso gut, gleich ins kalte Wasser zu springen.«

Die Mutter nickt. »Ich wusste nicht, Katrine, dass es so schlimm war. Dass du so krank warst. Was habe ich für einen Unsinn geredet. Dass du dich zusammenreißen solltest. Spazieren gehen.«

Die Mutter wendet sich ab. »Na ja, du kennst mich ja. Ich bin eben dazu erzogen, dass man einfach … weitermacht.«

In ihrer Stimme liegt ein Hauch von Zorn.

Ist das so? Kennt sie ihre Mutter? Katrine bleibt in der Wohnzimmertür stehen. Die Autos auf der Straße. Hier ist es so still. Nein, sie kennt ihre Mutter nicht. Jedenfalls nicht die Frau, die jetzt mitten in ihrem Wohnzimmer in der Nansensgade steht und deren Fassade Risse zeigt.

Sie weiß nicht, was sie zu dieser Frau sagen soll.

»Ich war unglücklich. Das kam so schleichend, dass ich es nicht bemerkt habe, und es wurde immer noch schlimmer. Ich war nicht die, für die Thomas mich gehalten hat. Und die konnte ich auch nicht werden. Jetzt bin ich hier.«

Sie schaut sich im Zimmer um.

»Und was ist mit der Kleinen? Wann darfst du sie sehen?«

»Vorläufig darf ich das nicht. Und wenn es nach ihm geht: nie.«

»Das kann nicht sein. Sie ist doch deine Tochter.«

Die Mutter schließt den letzten Knopf. Reißt sich zusammen. Legt eine Hand an Katrines Wange. »Lass ein bisschen Zeit vergehen, Katrine. Kleine Kinder kann man nicht verlieren«, flüstert sie. »Wir hängen an ihnen. Egal, was kommt. Zum Glück. Vielleicht war es eigentlich das, was ich mit allem hier sagen wollte. Ich rufe dich an.«

Katrine bleibt stehen und lehnt den Kopf an die Tür. Sie kann

Stimmen aus der Nachbarwohnung hören. Einen Fernseher. Eine erwachsene Stimme, die etwas ruft. Kinderstimmen, und dann ein weinendes Kind. Sie kann Stimmen unten auf der Straße hören. Autos. Ein kollektives Lebenssummen. Hier in der Wohnung steht die Welt still.

Jetzt ist sie hier. Zurück auf Los. Es gibt die anderen, und es gibt sie. Und sonst niemanden.

Katrine dreht sich mit einer Tüte Nudeln in der Hand vom Regal weg. Vor ihr steht ein kleines Mädchen mit wilden blonden Locken und lächelt sie aus fragenden blauen Augen an. Ist die Kleine einem Märchen entsprungen? Katrine kennt sie, weiß aber nicht woher.

»Da, Papa, das ist Mamas Freundin«, ruft die Kleine mit ihrer heiseren Stimme und deutet mit ihrem kleinen dicken Zeigefinger auf sie, während sie sich zu einem dunkelhaarigen Mann umdreht.

Und nun weiß Katrine, woher sie das Kind kennt. Es ist Belindas Tochter, Sille. Jetzt über ein Jahr älter und zehn Zentimeter größer als bei Katrines letztem Besuch in Belindas Wohnung, wo Sille in der Tüte mit dem Matadormix gewühlt hat. Kann Sille sie wirklich wiedererkennen?

Der Mann kommt einen Schritt auf sie zu.

»Hallo«, sagt er und streckt verlegen die Hand aus.

Katrine kann das reizende kleine Mädchen und den Mann, der offenbar Silles Vater ist, nicht miteinander in Verbindung bringen. Sie hatte ihn bemerkt, als sie den Laden betreten hat. Die schulterlangen dunklen Haare, die schwarze Lederkluft, und obwohl es Dezember ist und draußen schon längst stockdunkel, trägt er eine dunkle Sonnenbrille. Rocker, hatte sie gedacht und war ihm instinktiv ausgewichen, als sie im Mittelgang an ihm vorbeimusste. Er sieht überhaupt nicht aus wie ein Vater.

»Hjalmar«, sagt er und schiebt sich die Sonnenbrille in die schwarzen Haare. Er lächelt und zeigt eine Reihe schiefer Zähne. Aber das Lächeln kommt ihr ehrlich vor, und aus seinen großen braunen Augen spricht Freundlichkeit.

»Na, Prinzessin, du hast also Mamas Freundin wiedererkannt, ja?«

Er streckt eine Hand aus und streichelt Silles blonde Locken.

»Dann gehen wir jetzt nach Hause und erzählen es Mama. Dass wir ihre Freundin getroffen haben … Entschuldige, ich habe deinen Namen eben nicht mitgekriegt«, sagt er dann und lächelt wieder.

Das höfliche und korrekte Auftreten passt überhaupt nicht zu seinem Aussehen.

»Die heißt Katrine«, sagt die Kleine. »Sie hat auch ein Baby. Und einen blöden Mann, sagt Mama.«

Das Letzte murmelt Sille und starrt zu Boden.

»Na gut.« Hjalmar grinst Katrine an. »Dann herzlichen Glückwunsch. Also jedenfalls zu dem Kind.«

Dann nimmt er das kleine Mädchen an der Hand und geht weiter durch den Laden. Katrine schaut hinter ihnen her. Als sie sich wieder zu den Nudeln im Regal umdreht, geht ihr auf, dass das seit ihrer Heimkehr ihr erstes Gespräch mit anderen Menschen war.

Katrine steht in der Küche und kocht. Die vergangenen Nachmittage hat sie auf dem Sofa verbracht, immer läuft der Fernseher. Kochen. Das ist neuerdings offenbar eine Wissenschaft für Männer mit ernsten Mienen.

Plötzlich hatte sie dann Lust, selbst zu kochen. Sie notierte ein Rezept, ging in die Stadt und kaufte ein. Dann kochte sie. Danach warf sie fast alles weg. Das Kochen hatte ihr gefallen, sie hatte nur keinen Hunger gehabt.

Heute macht sie Perlhuhn mit einem Salat aus Wassermelone und Feta. Dieses Rezept hat sie aus dem schwedischen Fernsehen. Auf P2 hört sie klassische Musik, denn dieser Sender spielt die wenigsten Weihnachtslieder. Sie schaltet sofort zum nächsten Kanal, als eine Moderatorin anfängt, über Weihnachten zu reden. Dann hört sie ein tiefes, brummendes Geräusch. Zuerst kann sie es nicht einordnen, aber als sie das Radio leiser dreht, geht ihr auf, dass es die Türklingel ist. Sie lässt die Klingel brummen und beschäftigt sich weiter mit ihrem Perlhuhn. Die Leute, die Werbung austragen, sollen sich andere zum Öffnen suchen. Aber die Klingel gibt keine Ruhe. Katrine gibt sich seufzend geschlagen und geht zur Tür.

»Ja!«, sagt sie gereizt in die Gegensprechanlage. »Wenn es sein muss.«

Dann drückt sie auf den Summer.

Sie hält gerade das Küchenmesser in der Hand und will die Melone zerschneiden, als an die Tür geklopft wird. Wer klopft an ihre Tür? Sie hat überhaupt keine Lust, für irgendwen auf zumachen, aber wer immer dort steht, weiß offenbar, dass sie zu Hause ist, denn jetzt wird erneut geklopft. Sie wirft ihr Geschirrtuch auf den Küchentisch und geht wieder zur Tür. »Wer ist da?«, ruft sie, ohne aufzumachen, und hört, wie abweisend ihre Stimme klingt.

»Ich«, ruft eine Stimme, die dann in dem Klopfen verschwindet, und die Person auf der anderen Seite der Tür macht immer weiter. Katrine reißt die Tür auf.

Es ist Belinda. Sie steht im Licht des Treppenhauses dicht vor ihr. Ihre Faust hängt noch immer in der Luft, dort, wo eben die Tür vor ihr noch geschlossen war. Sie starrt Katrine erschrocken an.

»Katrine! Meine Güte, Sille hatte ja recht, du bist ja wirklich wieder hier. Warum bist du nicht in der Wohnung in der Frederiksberg Allé? Wann bist du wieder in die Nansensgade gezogen?«

»Komm rein. Ich bin gerade beschäftigt.«

Katrine nickt zur Küche hinüber.

Belinda hat sich die Haare schneiden lassen. Die weiße Daunenjacke ist neu, aber hinten hat sie schon einen großen Fleck, sieht Katrine, als Belinda die Jacke auszieht. Es sieht aus wie Öl.

»Kriegst du Besuch?«

»Nein, nein, das ist nur für mich. Ich hab damit jetzt angefangen. Ich war doch noch nie eine gute Köchin.«

Katrine nimmt die Wassermelone und legt sie auf das Schneidebrett.

Belinda ist in die Tür getreten. In ihren grünen Augen liegt noch immer ein erschrockener Ausdruck.

»Wo ist Thomas?«, fragt sie und starrt die Wassermelone in Katrines Hand an.

»Thomas. Das ist … ach, das ist eine längere Geschichte.«

Sie lässt die Hand über die glatte Schale der Melone gleiten.

Hebt das Messer und will schneiden. Sie kann Belindas Schritte auf Socken hören. Jetzt steht Belinda beim Kühlschrank.

»Sille und Hjalmar haben gesagt, das ihr euch im Supermarkt unten an der Ecke über den Weg gelaufen seid. Ich konnte das gar nicht fassen. Wieso bist du per Handy nicht zu erreichen?«

Katrine bohrt die Messerspitze in die Melone. »Ich hab es verloren. Und hier hab ich ja einen Festanschluss.«

Sie nickt zum Wohnzimmer hinüber. »Bist du wieder mit Hjalmar zusammen – schon wieder?«

Sie reicht Belinda ein Stück Melone.

»Vielleicht.«

Belinda nimmt das Melonenstück. »Wo ist Thomas, Katrine?«

»Wir haben uns getrennt. Es hat nicht funktioniert.«

»Und dann bist du mit der Kleinen wieder hergezogen, während er draußen in Frederiksberg in einsamer Pracht residiert?«

Belinda beißt in die Melone, während die grünen Augen Katrine mustern.

»Ja. Oder nein. Die Kleine ist bei ihm.«

Sie öffnet den Mülleimer und wirft die Melonenschale hinein.

»Bei ihm? Wie alt ist sie, Katrine, sieben Monate?«

Katrine bückt sich und schaut in den Backofen. Dann richtet sie sich wieder auf.

»Ja. So ungefähr. Isst du mit mir?«

Belinda verzieht den Mund und schüttelt dabei den Kopf.

»Nein«, sagt sie und sieht Katrine an, als suche sie nach etwas, das sie nicht finden kann. »Oder eigentlich – doch. Sehr gern sogar.«

Katrine schaut auf Belinda hinab, die wie ein schlafendes kleines Tier zusammengerollt auf dem Sofa liegt. Es ist früh am Morgen. Belinda hat etwas an sich, das sie niemals verstehen wird, etwas geradezu Tierisches. Sie handelt nicht nach den Konven tionen, denen alle anderen Leute folgen. Und eigentlich ist das befreiend.

Sie steht auf, geht hinaus und fängt an, den Tisch abzuräumen. Die Nachbarn lassen Weihnachtsmusik laufen. Fast ist sie so weit, dass sie es ertragen kann. Dennoch schaltet sie ihr Radio ein und dreht es laut.

Belinda hat eine neue Stelle.

»Ich verdiene besser und bin nicht umgeben von Idioten mit gekentertem Ego«, hat sie am vergangenen Abend gesagt.

Sie arbeitet für Thorkild. Thorkild mit dem sozialen Wohnungsbau, den letzten Kommunisten Dänemarks.

Belinda gefällt ihre Arbeit, auch wenn ihr Chef manchmal an die Decke geht.

»Man schmeißt doch kein Gold aus dem Fenster«, hatte er empört gesagt, als er sie anrief, nachdem er von ihrem Rauswurf gehört hatte.

Jetzt hat er sie unter seine Fittiche genommen. Und da sitzt sie offenbar sehr gut.

»Hurra. Kein Kater.«

Belinda steht im T-Shirt in der Küchentür.

»Darf ich duschen?« Sie nickt zum Badezimmer hinüber. »Und dann muss ich Weihnachtsgeschenke für Hjalmar und Sille kaufen.«

Katrine holt ihr ein Handtuch und kocht Kaffee. Belinda trinkt eine halbe Tasse und raucht eine Zigarette, als sie aus dem Badezimmer kommt. Frühstücken will sie nicht. Das haben sie jetzt gemeinsam. Als sie in der Tür steht und gehen will, wird sie wieder ernst.

»Was machst du Heiligabend?«

»Ich fahre zu meinen Eltern nach Birkerød. Wir sind dann nur zu dritt.«

»Das klingt doch entsetzlich. Kannst du am zweiten Weihnachtstag nicht zu uns kommen? Dann setzen wir Hjalmar vor die Tür. Kannst du mir das nicht versprechen? Du darfst nicht zu lange da oben bleiben. Das macht dich nur verrückt.«

Katrine legt ihr die Hand an die Wange. »Ich bin schon verrückt. Das weißt du doch.«

»Nein, das bist du nicht. Und du darfst das nicht sagen. Ich hab dir das doch gestern schon gesagt. Irgendwer hat dich in eine Falle gelockt, Katrine. Dieser Thomas.«

Belinda schüttelt den Kopf. »Oder jemand anders. Aber du darfst ihnen kein Wort glauben. Du kannst nervtötend sein, und du bist furchtbar verwöhnt. Aber ansonsten ist mit dir alles in Ordnung.«

»Aber vielleicht haben sie ja recht. Sie fehlt mir nicht einmal. Ich denke überhaupt nicht an sie.«

Belinda packt sie am Arm. »Das ist der Schock. Das kommt schon noch. Ein Kinderhändchen, eine Windelreklame im Fernsehen – plötzlich bricht es mit aller Wucht über dich hinein, und du wirst vor Sehnsucht ganz krank. Und dann wirst du merken, was das für ein Gefühl ist, sein Kind zu vermissen.«

Der Vater biegt vom Parkplatz am Bahnhof Birkerød ab. Der Saab beklagt sich lauthals, als der Vater schaltet.

»Willst du dir nicht bald ein neues Auto anschaffen?«

Katrine wischt die beschlagene Fensterscheibe ab. Es schneit jetzt wieder. »Der Wagen ist doch uralt. Und das Geld hast du.«

»So gute Autos werden nicht mehr gebaut«, murmelt der Vater und biegt vor der Eisenbahnbrücke ab. »Und so schöne erst recht nicht.«

Er dreht sich eilig um und sieht sie an.

»Es gibt Tauben heute Abend. Und wir haben keinen Weihnachtsbaum gekauft. Mama fühlt sich nicht stark genug für den ganzen Weihnachtswirbel.«

Er zuckt mit den Schultern. »Mir hat das ja sowieso nie zugesagt. Und dann die Sache mit Jon. Und das mit dir … das ist ja nicht gerade förderlich für die Weihnachtsstimmung, oder?«

Er nickt zum Handschuhfach hinüber. »Da liegt eine Packung Zigaretten. Würdest du mir eine anzünden?«

»Gibt es noch immer nichts Neues über ihn?«

Katrine gibt sich mit dem Wegwerffeuerzeug Feuer und reicht ihm die Zigarette.

»Nein. Und deine Mutter hat die Hoffnung nun wohl auch verloren.«

»Der arme Jon.«

»Ja. Er hatte ein Drecksleben. Schrecklich, dass es so enden musste.«

Katrine schaut hinaus. In den Häusern, an denen sie vorbeifahren, leuchten die Fenster. Kerzen auf der Fensterbank. Menschen um einen gedeckten Tisch. Weihnachtsbäume, die mit brennenden Lichtern warten. Sie ist froh darüber, dass die Mutter in diesem Jahr auf Ente und Baum verzichtet.

»Jon war früher immer einer, auf den die Mädchen flogen. Gut aussehender Bursche, ich geb es zu«, murmelt der Vater mit der Zigarette im Mundwinkel, während er das Fenster herunterkurbelt, ehe sie ihn darum bitten muss. »Charmant. Reizend. Aber er hatte ein Rückgrat wie ein Regenwurm.«

Der Vater blinkt und biegt auf den kleinen Lehmweg ab, der um den See und zum Haus hochführt. Er hält einen Moment am Seeufer und raucht, während er auf das blanke schwarze Wasser hinausblickt. Es zischt, als er die Zigarette aus dem Fenster wirft.

»Opa war ja offenbar auch nicht gerade ein sanfter Mann.«

Katrine schließt den Reißverschluss ihres Mantels. Der Geruch nach fauligem Seewasser zieht herüber.

»Ach, hör doch auf.« Ihr Vater legt den Gang ein. »An dem Alten war wirklich nichts auszusetzen. Aber nein, ein sanfter Mann war er nicht, der Richter, das wissen die Götter«, sagt er und fährt dann die Einfahrt zum Haus hoch.

Sie sind schon fast beim Nachtisch angekommen, als das Telefon klingelt. Sie hat ihnen gesagt, dass Thomas das alleinige Sorgerecht für das Kind hat. Über seinen Anwalt hat sie erfahren, dass sie vorerst nicht damit rechnen kann, ihr Kind sehen zu dürfen. Die Mutter zupft an ihrer Perlenkette, während Katrine das erzählt. An ihrem Hals tauchen rote Flecken auf, als Katrine den Anwalt erwähnt.

»Das kann doch nicht stimmen«, sagt sie und springt auf, als das Telefon wieder klingelt. »Es ist doch auch dein Kind. Kann Gunnar sich die Sache nicht mal ansehen?«

Sie schaut zum Vater hinüber, während sie durch das Wohnzimmer zum Telefon geht.

»Ja, bitte«, hören sie sie sagen, als sie den Hörer abgenommen hat. Sie schweigen und hören die kurzen Antworten der Mutter. Der Vater füllt die Gläser wieder.

»Was meinst du, soll ich Gunnar bitten, sich die Sache mal anzusehen?«

Sie schüttelt den Kopf. »Er kann ja doch nichts machen. Im Moment jedenfalls nicht.«

Jetzt kommt die Mutter zurück. Sie steht mitten im Zimmer vor ihnen.

»Was ist los, Edith?«

Der Vater schaut zu ihr hoch.

»Jon«, antwortet sie kurz.

Der Vater springt auf.

»Ach, Edith.« Er legt den Arm um sie. »Aber jetzt haben sie ihn wenigstens gefunden.«

»Nein, John«, sagt die Mutter und befreit sich von seinem Arm. »Es ist nicht so, wie du glaubst. Sie haben ihn nicht an einem Seeufer unter dem Schnee in einem Wald gefunden.«

Sie sieht den Vater an. »Er hat selbst angerufen. Aus der Telefonzelle unten beim Bahnhof Birkerød.«

Die Mutter lässt sich auf ihren Stuhl sinken und starrt vor sich hin. Dann dreht sie sich zu Katrine um. »Er will seine Angelsachen holen. Jetzt gleich.«

»Jetzt gleich? Hier? Aber wo hat er denn die ganze Zeit gesteckt?«

Der Vater steht allein mitten im Zimmer und lässt Asche auf den Boden fallen.

Der Blick der Mutter folgt der Asche. Er bleibt auf dem Fußboden hängen.

»Er war auf Lolland. Bei Leuten namens Jens und Lotte.

Ehemalige Drogensüchtige. Jetzt haben sie sich darauf spezialisiert, Drogen- und Tablettensüchtigen beim Entzug zu helfen. Er wollte uns nichts sagen, er hatte Angst, ich würde ihn daran hindern, dorthinzufahren.«

Sie streckt die Hand nach ihrem Glas aus. »Das hätte ich wohl auch versucht«, sagt sie und leert es.

Jon verschüttet die Hälfte des Portweins auf der Tischdecke, als sie anstoßen. Er scheint es nicht zu merken.

»Entschuldigt den Zeitpunkt«, murmelt er. »Ich hatte nicht daran gedacht, dass heute Heiligabend ist.«

Er ist noch immer fett, aber sein Gesicht ist nicht mehr so aufgedunsen, und nicht nur der Kerzenschein lässt seine blauen Augen leuchten.

Die Mutter will sein Glas wieder füllen, aber er legt die Hand darüber.

»Dieses klebrige Zeug hab ich noch nie gern getrunken. Hast du kein Bier?«

»Doch, gleich.«

Der Vater springt auf und verschwindet in der Küche.

»Willst du nicht hierbleiben, Jon? Nur für heute Nacht?«, fragt die Mutter.

Jon schüttelt den Kopf. »Nein. Aber vielen Dank, Edith. Ich will nach Hause und packen. Wir fahren übermorgen.«

Sein Blick wandert immer wieder zu Katrine. Aber er sagt nichts.

»Ihr fahrt? Wohin denn? Meinst du nicht, du solltest alles etwas ruhiger angehen?« Die Stimme der Mutter klingt schrill.

»Jetzt hör aber auf. Ich bin dein Bruder, nicht dein Kind.«

Die Mutter zuckt kurz zusammen, als sie seine zornige Stimme hört.

»Entschuldige«, murmelt er. »Wir wollen nur mal kurz zum Øresund. Die Lage peilen, wie der Kaufmann sagt.«

Es zischt, als er die Bierdose öffnet, die der Vater nun vor ihn hingestellt hat. Jon trinkt durstig.

»Der Kaufmann?«

»Ja, der Kaufmann«, sagt Jon mit einem leisen Rülpser. »Ich hab bei ihm Zigaretten gekauft. Er und sein Sohn wollen Neujahrsdorsch fangen.« Er zuckt mit den Schultern. »Und sie haben gefragt, ob ich mitkommen will. Und dann fiel mir ein, dass meine ganze Ausrüstung ja noch immer hier oben herumliegt.«

Er sieht den Vater an. »Wärst du wohl so nett, mir eine anzuzünden?«

Jon nickt zur Zigarettenpackung auf dem Tisch hinüber. »Meine Hände wollen heute nicht so wie ich«, sagt er und schaut die rote Portweinlache auf dem Tisch an. »Entzugserscheinungen. Die Ärzte sind die übelsten Dealer hierzulande. Na ja, aber jetzt bekomme ich neue Tabletten. Die sind bei Weitem nicht so effektiv. Aber sie machen mich auch nicht zum Zombie.«

Er schaut Katrine an. »Danke übrigens für den Tritt in den Hintern. Du hattest wirklich recht. Da unten auf Lolland haben sie dasselbe gesagt. Ich bin empfindlich, ich bin verletzlich, aber deshalb ist man ja noch lange nicht geisteskrank, oder was? Man darf nur nicht immer solche Angst haben.«

Er stellt die leere Bierdose weg und klopft auf den Tisch.

»Na ja, jetzt muss ich los. Stehen meine Angelsachen noch immer hinten im Haus?«

Die Schachtel fällt heraus, als sie nach dem Kasten mit Jons Angelsachen suchen.

Die Angelruten finden sie im Korb auf dem Gang. Die Mutter will sie mit einem Lappen abwischen, aber Jon entreißt sie ihr.

»Das bringt doch nichts, aber was habt ihr mit dem Kasten mit den Haken gemacht?«

»Sicher hat John den draußen in den Schrank gelegt«, sagt die

Mutter und kommt auf Katrine zu, die in dem kleinen Gang bei der Tür stehen geblieben ist. Sie friert. Durch die Glastür kann sie den Vater oben im Wohnzimmer sehen. Er sitzt noch immer am Tisch. Er hat sich die Zeitung geholt.

Als die Mutter den Schrank geöffnet hat und versucht, das oberste Fach darin zu erreichen, fällt eine Schachtel auf den Boden. Katrine kann gerade noch ein Foto und ein verblasstes Stück Papier sehen, ehe die Mutter sich bückt und alles wieder aufliest.

»Lass mich.«

Katrine ist größer als ihre Mutter, und als sie sich auf Zehenspitzen stellt, kann sie den Plastikbehälter ganz hinten im Schrank erreichen.

»Meinst du das hier?«

Sie dreht sich um und hält Jon, der jetzt zu ihnen gekommen ist, die kleine lila Dose hin. Er wischt den Staub von dem durchsichtigen Plastikdeckel.

»Ja. Das ist er wohl«, murmelt er und mustert das Teil.

»Kommst du, Mama?«, fragt Katrine und dreht sich in der Tür um.

Jon ist schon in den Garten gegangen. Die Mutter hockt noch immer da. Sie hält das Foto in der Hand. Jetzt schaut sie auf. Sie ist ganz bleich und wirkt weggetreten.

»Was ist los?«

Nun scheint sie wieder zu sich zu kommen. Sie richtet sich auf. Schließt die Schachtel und stellt sie in den Schrank. Dreht sich um. Ihr Gesicht ist auf irgendeine Weise verändert.

»Ich komme schon«, sagt die Mutter rasch und knipst hinter sich das Licht aus.

»Was ist los mit ihr?«

Der Vater nimmt die Brille ab und reibt sich die Augen. Die Mutter hat Jon zum Bahnhof gefahren. Sie hat nichts mehr gesagt, seit sie wieder ins Haus gekommen sind. Der Nachtisch soll offenbar ausfallen. Jetzt können sie hören, wie die Mutter in der Küche viel zu laut mit Porzellan herumklappert. Die Kühlschranktür wird geöffnet. Klirren von Glas, die Tür wird zugeknallt.

Katrine will schon aufstehen und zum Helfen in die Küche gehen, als sie hinter sich die leise Stimme der Mutter hört.

»Du blöder Mistkerl.«

Die Mutter stellt wütend ein halbleeres Weißweinglas auf die Tischdecke und setzt sich. Das Glas weist fettige Fingerabdrücke auf. »Flamboyant, so hat Gunnar dich doch genannt? Ha! Ja, ich kann dir sagen, da hat er recht gehabt!«

»Was ist denn los, Edith …«

Der Vater streckt langsam die Hand nach seinen Zigaretten aus, während er sie ansieht.

»Es ist los, dass ich keine Lust mehr habe, noch weiter deine kleine Vorzeigefrau zu sein.«

Die Mutter beißt sich in die Lippe. Wie viele Glas hat sie in der Küche wohl gekippt? Jetzt beugt sie sich zum Vater vor. »Du hast ja noch immer Bilder von ihr, du Vollidiot. Im Schrank unten im Gartenhaus. Ganz hinten. Sorgfältig versteckt.«

Sie nickt hinaus in die Dunkelheit, zu dem kleinen Gartenhaus hinüber.

»Du konntest ja doch keinen Schlussstrich ziehen, was? Meinst du denn, ich hätte das nicht gewusst? Aber trotzdem wolltest du mich heiraten. Warum, John? Denk mal scharf nach. Warum hast du das Oberklassenmädchen aus Silkeborg geheiratet, wenn du doch deiner Jugendliebe aus den Wohnsilos von Herlev verfallen warst? *Wir wollten weiter,* hat Gunnar an deinem Geburtstag gesagt. Und ja, das ist euch verdammt noch mal auch gelungen. Aber ihr brauchtet Geld, und damit brauchtet ihr auch mich, was? Du Schoßkind des Glücks!«

Das Letzte spuckt sie aus, ohne den Vater anzusehen. Sie reißt die Decke mit, als sie aufspringt, und das Glas fällt um. Gleich darauf hören sie die Toilettentür zuknallen.

Der Vater hält noch immer die nicht angezündete Zigarette und das Feuerzeug in der Hand.

»Das ist nun wirklich kindisch. Da geht es dir so schlecht, und wir beide streiten uns.«

Zum ersten Mal macht die Mutter den Mund auf, seit sie von der Toilette gekommen ist. Sie ist in der Küche hin- und hergelaufen. Hat die Schüsseln mit den vielen Essensresten geholt. Der Vater ist in seinem Arbeitszimmer verschwunden.

Jetzt spült Katrine die Teller unter dem kalten Wasser ab und reicht sie der Mutter. Die hat die Schuhe ausgezogen und steht auf Strümpfen da. Ihre Augen sind geschwollen, und sie hat den Versuch aufgegeben, das durch Make-up zu tarnen.

»Man kann nicht einfach allen Mist unter den Teppich kehren, dann liegt er nur da und wächst, das lerne ich jetzt gerade.«

»Ihr müsst doch darüber gesprochen haben, Mama?«

Katrine wischt das Spülbecken mit einem Lappen trocken.

»Darüber gesprochen? Er hat einfach alles abgestritten. So ist er doch, und du warst da, da konnte ich nicht einfach gehen. Aber dann ist das alles mit dir passiert, und er fing an zu behaupten, ich sei eine schlechte Mutter gewesen. Hätte dich einem kranken Mann überlassen. Mehr an Jon gedacht als an dich. Einmal war ich angeblich zu kalt, wie mein Vater. Dann wieder zu anspruchsvoll und zimperlich. Wie meine Mutter. Und jedenfalls ist alles nur meine Schuld.«

Die Mutter öffnet den Kühlschrank und gießt mehr Weißwein in das Glas auf dem Küchentisch. Sie versucht nicht, es zu verbergen, sondern hebt die Weinflasche und blickt Katrine fragend an. Die schüttelt den Kopf. Dann nickt sie doch und hält ihr ein Wasserglas hin.

»Hältst du mich für ein kaltes Biest, Katrine?«, fragt die Mutter und hebt ihr Glas. Sie ist angetrunken. Aber ihr Blick ist nackt, als sie Katrine ansieht.

»Siehst du mich so?«

Du warst da, da konnte ich nicht einfach gehen. Katrine stellt ihr Glas weg und nimmt die Mutter in die Arme.

»Nein, natürlich halte ich dich nicht für ein kaltes Biest, Mama. Zimperlich, ja. Anspruchsvoll, ja. Voller Angst vor Gefühlen, ja. Aber kalt? Nein.«

Katrine wartet eine halbe Stunde, nachdem sie gehört hat, wie der Vater die Tür des Gästezimmers geschlossen hat. Als sie sicher ist, dass ihre Eltern schlafen, schleicht sie sich auf den Flur und holt ihren Mantel und ihre Stiefel.

Als sie unten vor der Haustür steht, schaltet sie das Lämpchen in ihrem Mobiltelefon ein, öffnet dann den Schrank und zieht den Karton heraus. Es ist ein alter grauer Schuhkarton. Er stinkt nach Schimmel, die Pappe ist aufgeweicht. Katrine fröstelt in der Dunkelheit. Sie nimmt den Karton und geht in Jons kleines Wohnzimmer.

Als sie die Tür hinter sich geschlossen hat, macht sie Licht und setzt sich in den großen Sessel. Sie kommt sich vor wie eine Diebin, sie ist eine Diebin, aber sie will die Gespenster ihres Vaters sehen, und sie weiß, wenn sie das an diesem Abend nicht tut, wird es niemals passieren. Der Karton und sein Inhalt werden verschwunden sein, wenn sie das nächste Mal zu Besuch kommt.

Die Pappe reißt ein, als sie den Deckel herunternimmt. Die Zeitung, mit der der Karton ausgepolstert ist, ist schon mehrere Jahrzehnte alt. Darauf liegen einige Bilder und ein Stück Papier.

Sie dreht das vergilbte Stück Papier um. Es ist der Motorradführerschein ihres Vaters.

Dann ein Foto des Vaters, der stolz den Arm um die Mutter gelegt hat und ein Dokument in der Hand hält. Das Bild wurde nach seinem letzten Examen aufgenommen.

Eine Aufnahme von ihm auf seinem Motorrad. Den Wohnblock hinter ihm erkennt sie als den in Herlev, wo er als Kind gewohnt hat.

Ein Foto von ihm mit einem sehr jungen und sehr gut aufgelegten Gunnar, sie stehen vor dem Tivoli.

Sie nimmt das letzte Foto aus dem Karton. Es ist das größte. Es ist ebenfalls schwarz-weiß und zeigt eine Frau. Eine dunkelhaarige Schönheit, die an einem Strand in der Sonne auf einer Decke sitzt. Sie trägt einen gestreiften Badeanzug und eine dunkle Sonnenbrille und sie posiert mit erhobenem Gesicht und geradem Rücken. Sie hat die langen Beine züchtig aneinandergelegt, mit einer Hand stützt sie sich in den Sand. Ihr Gesichtsausdruck ist lockend, und sie flirtet eindeutig mit dem Fotografen. Sie kommt Katrine bekannt vor. Katrine starrt das Bild an. Wo hat sie diese Frau schon einmal gesehen? Ist das eine alte Freundin ihrer Eltern? Eine der vielen Sekretärinnen ihres Vaters? Ein damals berühmtes Fotomodell?

Sie schließt den Karton. Dann öffnet sie ihn wieder und nimmt das Foto der Frau heraus. Wenn der Vater entdeckt, dass es verschwunden ist, wird er glauben, dass die Mutter es weggenommen hat. Und er wird bestimmt nicht wagen, sie zu fragen, was sie damit gemacht hat.

Am nächsten Morgen fährt ihr Vater sie zur Bahn. Er wirkte erleichtert, als sie sagte, sie wolle lieber nach Hause.

Unterwegs räuspert er sich einige Male, als ob er etwas sagen wollte. Ein einziges Mal schafft er ein: »Katrine ...«

Erst, als sie die Tür öffnet und aus dem Saab aussteigen will, packt er sie am Arm.

»Was ich da im Krankenhaus gesagt habe, das war mein Ernst. Du und Mama. Ihr wart immer das Wichtigste in meinem Leben. Es ist nicht so, wie ihr glaubt. Ich habe niemals jemanden mehr geliebt als euch.«

Auf dem Bahnsteig nieselt es. Der Zug ist brechend voll, es ist warm, und die Luft ist feucht durch die vielen Menschen, die alle nach den Feiertagen nach Hause wollen. Die Fenster sind beschlagen, es riecht nach Schweiß. Eine Frau nimmt netterweise ihre große Tasche weg. Sie lächelt Katrine verlegen an. »Hier ist ja heute nicht viel Platz«, sagt sie.

Die zwei Kinder der Frau beachten Katrine nicht, ihre gesamte Aufmerksamkeit wird von einem Gameboy in Anspruch genommen. Der Junge hat ihn wohl zu Weihnachten bekommen, jedenfalls muss er ihm gehören, denn immer, wenn seine kleine Schwester voller Begeisterung danach greift, streckt er den Arm aus und reißt ihn ihr weg.

»Der gehört mir!«

»Sofie, denk dran, den hat Anton zu Weihnachten bekommen«, mahnt die Frau am Ende mit scharfer Stimme.

Das kleine Mädchen starrt nach unten. Sie ist vielleicht vier

Jahre alt. Ihre kleine Hand krampft sich um den Stoff ihres schönen grün gemusterten Mantels schuldbewusst zusammen. Aber sie schämt sich doch nicht übermäßig, denn sie kann ihre gierigen Fingerchen nicht beherrschen, und schon greifen die abermals nach dem Gameboy des großen Bruders. Katrine kann ihren Blick nicht von den Patschhändchen der Kleinen losreißen.

Was Ida und Thomas jetzt wohl machen? Rasch dreht sie sich von dem kleinen Mädchen weg und sieht für einen Moment in silbergrauem Licht den See von Holte vorüberziehen.

An die Kleine zu denken, tut ihr im ganzen Körper weh. Sie holt tief Luft, kann aber keine Ruhe finden. Ihrem Körper fehlt etwas, das hier sein müsste. Es tut so weh, der Schmerz erstickt das Weinen in ihrer Kehle. Sie versucht, alles zu verdrängen. Aber an diesem Tag geht das nicht. Am ersten Weihnachtstag. Sie hat es den ganzen Tag und den ganzen Vorabend geschafft, nicht an Ida zu denken. Das ist ihr gelungen. Jetzt aber schlägt der Schmerz mit doppelter Kraft zu. Es ist Idas erstes Weihnachtsfest. Das ist lächerlich, mahnt sie sich. Das wäre doch nur für sie selbst von Bedeutung. Ida ist zu klein, um etwas von Weihnachten zu begreifen.

Aber für sie bedeutet es etwas.

Sie hätte bei Nørreport aussteigen müssen, aber sie bleibt sitzen, als der Zug anhält. Sie erwidert die Weihnachtswünsche der Mutter mit den beiden Kindern. Sie zwingt sich zu lächeln.

Bei Vesterport nimmt sie ihren Rucksack und steigt aus. Es ist erst elf. Ohne nachzudenken geht sie in Richtung Gammel Kongevej. Beim Værnedamsvej biegt sie nach links ab. Die Läden sind geschlossen. Die Straßen sind menschenleer. Sie bleibt auf der anderen Seite, als sie die Frederiksberg Allé hochgeht. Sie versucht, sich daran zu erinnern, was man von den Fenstern dort oben aus sehen kann, aber sicher steht er nicht gerade jetzt da, um misstrauisch nach ihr Ausschau zu halten. Wenn sie nicht zu dicht ans Haus herankommt, wird er sie nicht sehen können.

Sie will Ida sehen, sie verzehrt sich förmlich danach. Nur für einen kleinen Augenblick, und sei es aus einer Entfernung von fünfzig Metern. Als sie über die Kreuzung am Ørstedsvej geht, drückt sie sich dichter an die Häuser. Sie zieht sich die Mütze tiefer ins Gesicht und schaut zur Wohnung hoch. Dann sieht sie die orangefarbenen Aufkleber an den Fensterscheiben. *Zu verkaufen. Frederiksberg Immobilien.* Helles Firma.

Vielleicht ist er mit dem Kind schon weggezogen. Wohin? Sie spürt ihre Panik, bleibt stehen und versucht, sich beruhigend zuzureden. Wohin wird er mit Ida gehen? Nach Schweden? Hat sie die letzte Spur verloren? Müsste er sie nicht informieren? Nein. Sie hat jetzt keine Rechte, er kann machen, was er will. Sie will schon umdrehen und gehen, als sie plötzlich sieht, wie die Haustür geöffnet wird und Thomas auf die Straße tritt.

Thomas.

Rasch zieht sie sich hinter einen Baum zurück. Von hier aus gesehen scheint er sich überhaupt nicht verändert zu haben. Er trägt Lederjacke und Jeans und schleppt einen großen braunen Umzugskarton, den er bei einem Lieferwagen abstellt. Er öffnet die Heckklappe und hebt den offenbar schweren Karton in den Wagen. Dann reibt er sich die Hände, bläst darauf, lässt die Klappe aber offen stehen. Er schiebt mit dem Fuß die Matte in die Haustür, damit die einen Spalt geöffnet bleibt.

Bald darauf kommt er wieder heraus. Diesmal hält er einen schwarzen Plastiksack in der Hand. Er bleibt stehen, dreht sich um und ruft jemandem im Treppenhaus etwas zu. Gleich darauf tritt er einen Schritt zurück, lauscht und bricht plötzlich in lautes Lachen aus, während er den Kopf schüttelt und wieder auf das Auto zugeht. Er wirft den Sack hinten hinein und legt den einen Arm auf die offene Hecktür, während er zur Haustür hinüberblickt. Er wartet auf jemanden. Ein Augenblick vergeht. Dann tritt jemand aus dem Haus. Zuerst kann Katrine nicht sehen, ob es ein Mann oder eine Frau ist, denn das Gesicht ist hinter einem hohen Karton versteckt. Sie kann nur Thomas beim Auto lachen sehen, er läuft auf die Gestalt zu und nimmt ihr den Karton aus den Armen.

Es ist eine Frau, und als er den Karton weggenommen hat, sieht Katrine Helles Gesicht. Helle legt Thomas den Arm um die Schulter und redet auf ihn ein, während er den Karton zum Auto trägt. Als er die Hecktür geschlossen hat, dreht er sich rasch um und legt beide Arme um sie. Dann küsst er sie, und sie kann sehen, wie Helles Arme sich um seinen Rücken schließen. Als sie einander losgelassen haben, setzen sie sich ins Auto. Thomas blinkt. Gleich darauf, gerade, als Katrine aus ihrem Versteck hervortritt, sieht sie den Wagen beim Verkehrskreisel Frederiksberg nach rechts abbiegen und verschwinden.

»Nein. Das kann doch nicht wahr sein, Katrine!«

Belinda knallt die Teller ins Spülbecken und wischt sich die Hände an der Hose ab. Dann dreht sie sich zu Katrine um.

»Bist du wirklich sicher, dass du die beiden gesehen hast? Wie viele Pillen hast du heute Morgen schon eingeworfen?«

Dann schüttelt sie den Kopf. »Das war nur ein Witz. Aber das ist doch wirklich nicht zu fassen. Diese beiden. Bist du sicher, dass es nicht nur eine freundschaftliche Umarmung war?«

Belinda konnte es natürlich sofort sehen, als sie die Tür öffnete und Katrine im Treppenhaus stehen sah. Dass Katrine einfach außer sich war. Dass sie geweint hatte.

»Zu Weihnachten werden alle psychisch krank«, sagte sie ruhig und nahm Katrines Mantel. »Und dann auch noch bei deiner Familie!«

»Das ist es nicht.«

Im Wohnzimmer saß Hjalmar und spielte mit Sille an dem braunen Kieferholztisch Karten. In der Wohnzimmerecke stand ein Weihnachtsbaum, der Christbaumschmuck war fast vollständig heruntergefallen und lag zwischen den Kiefernnadeln auf dem Boden. Hjalmar trug ein T-Shirt, das seine vielen Tätowierungen zeigte. Er hatte die schwarzen Haare zu einem langen Pferdeschwanz gebunden. Silles blonde Locken schauten hinter einem Stuhl hervor, Sie war zu sehr ins Spiel vertieft, um sich umzudrehen, aber Hjalmar hob die Hand zu einem kurzen Gruß.

Belinda nickte in Richtung Küche. »Komm doch mit. Ich wollte gerade spülen.«

Und jetzt hat Katrine es also erzählt. Thomas und Helle. Das geht ihr einfach nicht aus dem Kopf. Vielleicht spielt ihre Paranoia ihr einen Streich. Haben die sich denn richtig geküsst? Sie sind doch irgendwie befreundet. Katrine ist sich nicht sicher.

»Ich weiß es nicht«, sagt sie. »Es war nur, wie sie sich umarmt haben. Zu lange.«

»Dann musst du aber herausfinden, was Sache ist.«

Belinda sitzt jetzt auf dem Küchentisch. Sie hat sich das Geschirrtuch über die Schulter gelegt und hält eine Zigarette in der Hand. Sie gibt sich Feuer und wirft Katrine die Packung zu.

»Mich geht das ja eigentlich nichts mehr an. Vielleicht hilft sie ihm einfach beim Umzug. Schließlich soll ihre Firma die Wohnung verkaufen.«

Katrine gibt sich Feuer, ihre Hände zittern. Sie schaut zu Belinda hinüber, aber die sitzt einfach nur da und spielt nachdenklich an der Jalousie vor dem Küchenfenster herum.

»Katrine«, sagt sie. »Thomas und Helle. Auch wenn zwischen denen etwas läuft, dann hat das nichts mit alldem zu tun, was in Rørvig passiert ist, oder? Ich meine, dein angeblicher Selbstmordversuch … Ida …«

Sie schaut Katrine an.
»Nein, Belinda. Das wäre doch krank.«
»Es gibt kranke Menschen. Sogar sehr kranke.«
»So ein Mensch sitzt gerade in deiner Küche.«
»Jetzt hör aber auf«, sagt Katrine und springt vom Küchentisch. Dreht den Wasserhahn auf. »Meine Oma hat mal eines Tages meine Mutter gefunden. Das war kurz nach der Geburt meines ältesten Bruders. Auf dem Tisch stand eine halbvolle Flasche Schnaps, und meine Mutter hatte meinen Bruder auf dem Arm und das Fenster sperrangelweit aufgerissen. Sie wollte ihn hinauswerfen.«
»Stimmt das? Aber deine Mutter. Die ist doch eine fantastische Mutter …«
Belinda dreht sich um. »Ja. Aber in dem Moment war sie das eben nicht. Es ist nicht immer so witzig, Mutter zu werden. Aber wenn man dann noch erlebt, dass die ansonsten so hilfsbereite Freundin im Nullkommanichts mit dem eigenen Mann zusammenkommt, dann stinkt die ganze Sache doch gewaltig. Findest du nicht?«
Katrine steht auf und nimmt ihren Mantel. »Ich weiß es nicht. Ich begreife überhaupt nichts mehr. Vielleicht bilde ich mir ja alles nur ein …«
Belinda streicht ihr über die Wange. »Ich kann ja gut verstehen, wenn du total verwirrt bist. Aber da ist es doch nur gut, dass du mich hast, hab ich recht?«

Einige Tage vergehen. Dann ruft Belinda am späten Abend an.

»Bist du wach?«

Katrine schaut auf die Uhr. Es ist halb eins. Sie setzt sich im Bett auf. Stürmischer Regen prasselt gegen das nachtschwarze Schlafzimmerfenster. »Jetzt jedenfalls.«

»Ich hab sie gefunden.« Belindas Stimme ist leise. »Es stimmt.«

»Wovon redest du?«

»Sie sind zusammengezogen. An den Stadtrand, Katrine. Ich finde, du solltest mal vorbeischauen. Und wenn es dir schwerfällt, das Haus zu verlassen, dann sag ich dir, dass deine alte Freundin wirklich alles gekriegt hat. Auf einmal. Das reinste Klatschblattidyll. Warte nur, bis du die Adresse siehst. Ich schick sie dir gleich.«

Dann legt sie auf.

Der Wind vom Øresund schlägt ihr ins Gesicht, als sie im Bahnhof Klampenborg aus dem Zug steigt. Katrine zieht ihren viel zu dünnen Mantel enger um sich und geht den kleinen asphaltierten Weg hoch, der vom Bahnhof wegführt. Der Wind wird stärker, als sie nach rechts in Richtung Wasser abbiegt. Sie spürt, wie der Schneematsch durch ihre dünnen Turnschuhe dringt. Sie hat vergessen, Handschuhe mitzunehmen.

Große schwarze Wolken ziehen draußen über den Øresund. Katrine kann eine Fähre erahnen, die sich durch den Nebel bewegt. Ein riesiger dunkler Schatten auf dem Weg nach Kopenhagen.

Der Meeresgeruch kriecht ihr in die Nase, als sie sich dem Strandvej nähert. Sie biegt nach rechts in Richtung des kleinen Fischerdorfes ab.

Ein Bus fährt vorbei, und Katrine wird von oben bis unten mit Wasser und Schlamm bespritzt. Für einen Moment bleibt sie stehen und versucht, ihren hellen und jetzt triefnassen Mantel abzuwischen. Dann sieht sie ein, wie sinnlos dieses Vorhaben ist, und sie geht weiter durch Matsch und Wind.

Nummer 123. Sie braucht nicht einmal den zerknüllten Zettel mit der Adresse hervorzuziehen. Sie weiß die Nummer auswendig. 123. Seit Belinda in der vergangenen Nacht angerufen hat, hat sie kein Auge zugemacht. Diese beiden. Das kann einfach nicht stimmen!

Als sie den Kreisverkehr vor dem kleinen Ort erreicht, merkt sie, wie die Unruhe erwacht. Sie wickelt sich den breiten Schal um das Gesicht, schlingt sich die Arme um den Leib, während sie weiter durch den Wind geht. Sie ist unruhig, ja, aber sie hat keine Angst. Wovor sollte sie denn auch Angst haben? Sie hat doch schon alles verloren.

Da ist es. Sie weiß einfach, dass es hier sein muss. Sein Haus. Das Paradies der beiden. Durch das, was nun zu peitschendem Regen geworden ist, sieht sie eine zweigeschossige hellgrüne Holzvilla vor sich liegen. Ein Haus, das gerne älter aussehen will, als es ist. Eine mondäne Villa Kunterbunt. Sein Haus. Sein Stil. Ganz bestimmt. Katrine geht dichter heran und legt ihr Gesicht an das neue schmiedeeiserne Gitter, das das Grundstück umgibt. Hält sich an dem kalten Eisen fest und schaut hinein. Durch das Dämmerlicht kann sie sehen, dass der Garten kahl ist, und der aufgewühlte Boden um das Haus weist auf größere Umbauarbeiten hin. Neben dem Schuppen in der Ecke stehen ein Zementmischer und zwei große Holzböcke, und sie sieht auch ein nagelneues Spielhaus, einen Sandkasten und eine Schaukel mit schreiend gelbem Plastiksitz, die sich im Wind leicht bewegt und dabei ein schrilles Quietschen von sich gibt. Ist das die Schaukel ihrer Tochter? Idas? Wird sie dort eines Tages sitzen und schaukeln? Katrine merkt, dass alles wieder in ihr hochkommt, aber sie schüttelt das unangenehme Gefühl ab.

»Hör schon auf«, flüstert sie sich zu, während sie die Hand um den Zettel in ihrer Tasche schließt. »Reiß dich zusammen.«

Zum ersten Mal redet sie so mit sich selbst. Hart und energisch. Das hätte sie schon längst tun sollen.

Auf der Fensterbank stehen brennende Teelichte, und im Erdgeschoss hinter den hellen Vorhängen brennen Kerzen. Diese beiden – was für Heuchler! Sie schüttelt den Kopf. Verdammt, das darf doch nicht wahr sein. Es ist einfach zu absurd, zu grotesk. So benimmt sich doch kein Mensch. Aber es ist wahr.

Sie versetzt dem Zaun mit ihrem nassen Turnschuh einen wütenden Tritt. Das Geräusch gefällt ihr, und ihre Zehen sind wie taub, sie spürt nichts. Sie ist wütend, das ist ein seltsames Gefühl. Sie war schon so lange nicht mehr wütend, und es macht ihr auch nichts aus. Im Gegenteil.

Sie geht auf die andere Straßenseite, um das Haus besser sehen zu können. Im Schutz der leeren Garage des Nachbarn von gegenüber, die so groß ist wie ein kleines Einfamilienhaus, steht sie wie ein kleines wütendes Gespenst und schaut durch den Regen zu dem Märchenhaus hinüber.

Sie hat gerade gedacht, dass die großen Fenster im ganzen Erdgeschoss sicher Blick aufs Meer haben, als im Zimmer gegenüber Licht gemacht wird. Und dann passiert es. Es ist wie ein Hammerschlag, der allen Zorn und das bisschen Kraft zerschlägt, die sie gesammelt hat, um hierherkommen zu können. Plötzlich bricht ihr der Schweiß aus, und die Angst in ihr erwacht beim Anblick von Helle, die mit Katrines Kind auf dem Arm ans Fenster tritt. Mit Ida. Helle steht hoch erhobenen Hauptes da und lächelt, während sie aufs Meer hinausschaut. Eine Madonna mit Kind. Mit Katrines Kind. Ida trägt einen Schlafanzug. Ihre Händchen flattern eifrig winkend durch die Luft. Helle fasst nach den Händen, ohne den Blick des Kindes zu erwidern.

Katrine macht noch ein paar Schritte rückwärts, tiefer in die Garage hinein. Sie kann die Wärme von Idas Körper spüren. Sie kann sie riechen. Wie hätte sie ihn vergessen können, den Duft des warmen kleinen Kindes? Einmal hat dieser Duft ihr Angst eingejagt, jetzt aber hebt er sie halbwegs über die Straße durch den Matsch, ehe sie einsieht, wie gefährlich und sinnlos ihr Tun ist.

Nein, sie kann ja nicht einfach zu dem Tor und über den Weg gehen und an die große Eichentür klopfen. Durch das gehen, was jetzt sein, nein, deren beider Leben ist, und ihr Kind nehmen und mitnehmen, sie umarmen, weinen, um Entschuldigung bitten und sie immer wieder an sich drücken und sie unendlich lieb haben.

Es würden kaum fünf Sekunden vergehen, und sie würden anrufen. Den Arzt, die Polizei oder irgendeine Behörde, die sofort zur Stelle sein würde, weil Thomas ihnen mitteilt, dass die geisteskranke Mutter seines Kindes vor der Haustür durchdreht. Sie muss sich etwas anderes einfallen lassen, aber sie ist wütend, und sie muss ihre Wut loswerden.

Sie macht kehrt und geht über den dunklen Strandweg zurück. Vor der Biegung dreht sie sich um. Sie kann die beiden noch immer oben in dem großen Fenster sehen. Es sieht aus wie ein schönes Bild. Eine Mutter, die ihr Kind auf dem Arm hält.

Er sieht blendend aus. Und er sieht ein wenig desorientiert aus, hier im Hauptbahnhof.

»Worüber willst du also mit mir reden?«

Thomas' Stimme ist zornig, aber ruhig, als er sich neben sie auf die Bank setzt. Er dreht sich um und schiebt seinen Ärmel hoch. Schaut auf die Uhr.

»Mein Zug geht in einer Viertelstunde.«

»Du kannst dir also kein Auto mehr leisten?«

»Das ist in Reparatur.«

Katrine spürt, wie alle Luft aus ihr entweicht. Das bisschen Zorn, das sie dazu gebracht hat, seine Nummer einzugeben, und das sie bis hierher zum Hauptbahnhof begleitet hat, verfliegt jetzt gerade. Nach der langen Zeit der Trennung geht es ihr auf: Sie hat Angst vor ihm, das hat sie immer schon gehabt.

»Ich möchte nur wissen, ob du mit Helle zusammen bist.«

Ihre Stimme hat nicht die gleiche Stärke wie noch vor einigen Stunden, als sie ihn angerufen hat, immer wieder seine Nummer gewählt hat, bis er aufgab und den Hörer abnahm. Der Zorn hat ihre Stimme verlassen und ist dem Gefühl von Unterlegenheit gewichen, das er schon immer in ihr hervorrufen konnte.

»Mit Helle zusammen?« Er sieht sie an. »Ja, Katrine. Ich bin mit Helle zusammen.«

»Und seit wann seid ihr zusammen?«

»Katrine. Ich sehe wirklich nicht ein, wozu es gut sein soll, das jetzt alles aufzuwühlen.«

»Wir beide waren ein Paar, Helle war meine Freundin. Und

jetzt seid ihr beide plötzlich ein Paar. Kannst du nicht verstehen, dass ich das ein bisschen seltsam finde?«

Thomas blickt zu Boden. Kratzt sich am Kopf. Dann dreht er sich zu ihr um. »Nein. Doch, vielleicht. Helle und ich haben angefangen, miteinander zu reden, als du krank geworden bist. Und daraus hat es sich eben entwickelt.«

»Und jetzt wohnt ihr mit unserem Kind in einer Villa am Strandvej?«

»Ja. Das tun wir.« Er nimmt seine Tasche von der Bank und will aufstehen. »Hör mir jetzt gut zu, Katrine. Ich will dir nichts Böses. Helle will dir nichts Böses. Im Gegenteil. Wir wollen nur weiterkommen. Und wir wollen auch, dass du weiterkommst. Statt also deine Zeit mit paranoiden Verschwörungstheorien zu vergeuden, solltest du dich darauf konzentrieren, gesund zu werden.«

Er steht auf. Streckt eine Hand aus und legt sie ihr ungeschickt auf die Schulter. »Hör jetzt auf, noch mehr Chaos anzurichten, Katrine, um deinetwillen. Davon geht es dir doch auch nicht besser, oder?« Er bleibt einen Moment lang stehen und schaut auf sie herab. Dann dreht er sich um und verschwindet im Gewimmel.

Thorkild steht da in seinem blauen Maurerkittel und zeigt auf die Ecke des Festsaals. »Belinda? Die steht dahinten.« Katrine betritt den großen Saal. Hier geht es hoch her. Kellner laufen umher und decken die großen Tische. Andere schmücken den Raum mit goldenen Sternen und Kerzen. Sie bereiten alles für den Silvesterabend vor. Sie sieht, dass Belinda hinten im Saal mit zwei Kellnern spricht. Als Katrine näher kommt, hebt Belinda die Hand, um zu zeigen, dass sie sie gesehen hat. Katrine bleibt stehen und wartet.

»Na, hast du mich gefunden«, sagt Belinda und lächelt. Sie hält einen großen Ordner in der Hand und knallt ihn jetzt zu.

»Thorkilds Silvesterparty«, seufzt sie und schaut zu den Kronleuchtern hoch über ihnen auf.

»Er hat dieses Riesenlokal gemietet?« Katrine schaut sich um, der Saal ist einfach endlos.

»Gemietet? Nein, das gehört ihm doch.« Belinda setzt sich in Bewegung. »Komm, ich muss eine rauchen.«

Als sie die Eingangstür erreichen und an Thorkild vorbeigehen, der in ein Gespräch mit einigen Handwerkern vertieft ist, unterbricht er sich und fasst Belinda am Arm. »Sie hat dich gefunden.« Unbeholfen streichelt seine Pranke Katrines Schulter. Sein kantiges Gesicht sieht aus wie aus Stein gemeißelt, er linst Katrine aus kleinen, aber freundlichen blauen Augen an.

»Stimmt die Liste jetzt?«, fragt er, zieht eine kleine Lesebrille aus der Jackentasche und setzt sie auf die Nase. Dann nimmt er Belinda den Ordner aus der Hand und schaut hinein. »Großer Gott. Können die überhaupt alle gleichzeitig hier sein? Bist du dir da sicher, Herzchen?« Belinda reißt ihm den Ordner aus der Hand.

»Ja, hundertpro. Und die Telefone laufen heiß, weil dauernd Leute anrufen, die nicht begreifen können, warum sie nicht eingeladen sind.«

»Ja, ja. So ist es jedes Jahr. Alle wollen dabei sein, aber du kannst dich noch immer nicht zum Kommen herablassen.«

Er kneift Belinda in die Wange.

»Nein!«

Belinda reißt sich los. »Das ist eben nicht gerade die Sorte Menschen, mit denen ich gern Silvester feiere.«

»Geht mir auch so«, sagt Thorkild und schaut Katrine an. »Aber du könntest doch deine zerzauste kleine Freundin mitbringen.«

Er richtet seinen großen Zeigefinger auf Katrine. »Sie sieht aus wie eine, der so ein Ball guttun würde.«

»Das will ich ihr nicht zumuten.«

Belinda packt Katrine. »Komm jetzt, wir wollten doch eine rauchen.«

»Warum hast du ihn denn überhaupt angerufen? Mich hättest du anrufen sollen.«

Belinda bleibt auf der Treppe stehen, zieht an ihrer Zigarette und scharrt mit dem Stiefel im Schnee, während Katrine auf den kleinen Platz vor dem Palast hinuntergeht.

»Ich weiß nicht, ich war so wütend. Sie stand da oben mit meinem Kind auf dem Arm am Fenster. Es war so, als ob sie mir mein Leben gestohlen hätte.«

Belinda wirft die Kippe in den Schnee.

»Das hat sie ja irgendwie auch.«

»Ja, aber ich darf mich da jetzt nicht einmischen.«

Sie kann hören, wie Thomas' Stimme aus ihrem Mund kommt. Kann ihn sehen, wie er da im Hauptbahnhof stand und auf sie herabblickte. Jetzt kann sie sich mit seinen Augen sehen. Eine kranke und paranoide Frau. Er hat recht. Das ist sie ja auch. Es steht sogar irgendwo in einem Krankenbericht.

»Thomas hat recht. Manchmal bist du wirklich jämmerlich, Katrine. Aber trotzdem kannst du endlich anfangen, aufzuwachen, wieder du selbst zu werden. Versuchen, die Sachen mal auf den Kopf zu stellen. Sie aus einem anderen Blickwinkel zu sehen. Deinem eigenen, zum Beispiel. Ich rufe heute Abend an. Und dann überlegen wir uns etwas«, sagt Belinda und geht wieder ins Haus.

Es nieselt, als sie Nykøbing links liegen lassen. Es ist später Nachmittag, jetzt wird es dunkel. Das Autofenster will ständig beschlagen. Die Lüftung in Belindas altem Peugeot funktioniert nicht richtig, und deshalb fahren sie schon fast den ganzen Weg seit Kopenhagen mit offenem Fenster und frieren.

Bald darauf trifft der Lichtkegel des Autoscheinwerfers das Ortsschild von Rørvig, und dann taucht in der Dämmerung die weiße Fahne des SPAR-Ladens auf.

»Da musst du abbiegen.«

Katrine zeigt, und sie fahren hinter dem Supermarkt den kleinen Weg hinunter. Es ist hier noch immer menschenleer, als sie in die Ferienhaussiedlung fahren. Die Häuser sind noch immer so abweisend und stumm. Der Geruch von nassen Tannen und vom Meer schleicht sich ins Auto. Der Weg wird immer schmaler und dunkler.

»Das ist aber unheimlich«, murmelt Belinda. »Was habt ihr hier bloß gemacht?«

Die Einfahrt ist leer, aber unter einer Außenlampe, die in bleichem Gelb vor der Gartentür leuchtet, lehnt ein lila Damenrad an der weißen Mauer des Ferienhauses. Auch oben im Haus brennt Licht.

Katrine klopft energisch an die Glastür, die mit einem Knirschen nachgibt, als sie sie aufschiebt.

»Hallo«, ruft sie.

Sie bekommt keine Antwort, kann aber das Geräusch eines Staubsaugers oben im Haus hören und ruft lauter.

Der Staubsauger wird ausgeschaltet. »Ja?«, hören sie von oben.

Die Stimme ist ängstlich und misstrauisch. Katrine erkennt sie als Elses.

»Ich bin's nur … Katrine«, ruft sie eilig und geht ins Haus.

»Katrine? Du bist das?«

Jetzt kommt Else herunter. Auf halber Treppe bleibt sie stehen und sieht Katrine an. Sie wischt sich die Hände an einem gelben Lappen ab.

»Ich finde die Babytasche, wegen der du angerufen hast, einfach nirgendwo«, sagt sie. »Kann Helle die mitgenommen haben?«

Else trägt eine gelb-rosa Strickjacke. In ihren kleinen blauen Augen liegt etwas Abwartendes. Hat sie Angst vor ihr? Katrine hört hinter sich Belinda und tritt zur Seite.

Else kommt nach unten und bleibt vor Katrine stehen. Dann schüttelt sie den Kopf. »Was für eine schreckliche Geschichte, Katrine.«

Das Misstrauen ist plötzlich verschwunden. Sie legt Katrine die Hand auf die Schulter. »Hast du denn unsere Blumen bekommen?«

»Ja«, sagt Katrine. »Danke. Das war so lieb von euch.«

Else drückt ihren Arm. »Na, aber ihr könnt jetzt sicher eine Tasse Kaffee brauchen. Mach die Tür zu.« Sie zeigt mit dem Lappen in der Hand auf die Tür.

»Ist das deine Freundin, Katrine?«, ruft sie und geht in die Küche.

»Ja«, ruft Katrine hinter ihr her. »Aber unseretwegen brauchst du wirklich keinen Kaffee zu machen.«

Sie merkt, dass Belinda ihr von hinten einen leichten Tritt gegen das Bein versetzt.

»Ach, keine Sorge. Den Kaffee habe ich fertig in der Thermoskanne. Bjarne kommt in einer Stunde. Er weiß, dass ich nur sehr ungern hier allein bin.«

Sie kommt zurück und stellt Tassen auf den braunen Fliesentisch.

»Es ist leider keine Milch da.«

Die Wanduhr tickt noch immer zu laut, denkt Katrine, als sie auf den heißen schwarzen Kaffee bläst und sich verstohlen umschaut.

»Hier ist es ja wirklich schön«, sagt Belinda.

»Ja, im Sommer. Ich finde es schrecklich, im Winter allein hier zu sein. Es ist viel zu still hier.«

Else schüttelt sich und reibt sich die Hände. »Aber hier musste ja dringend mal sauber gemacht werden«, sagt sie und schaut sich im Wohnzimmer um.

»Hier ist doch alles sauber und ordentlich«, murmelt Belinda. »Was für eine Geschichte, Katrine.«

Else beugt sich ein wenig vor und schenkt sich selbst Kaffee ein. »Bjarne meinte, ich hätte den Verstand verloren, als ich ihn aus dem Bett gescheucht habe, aber ich konnte nicht damit leben, dass ihr nicht zu erreichen wart. Und da blieb uns ja nichts anderes übrig, als herzufahren.«

»Wart ihr an dem Abend hier?«

Katrines Tasse hält in der Luft inne.

»Aber das weißt du doch, Katrine. Das hat Helle dir ja sicher erzählt.«

Katrine wendet sich ab und schaut zum Garten hinüber, erblickt aber nur ihr eigenes Spiegelbild in der Fensterscheibe. Hat Helle etwas darüber gesagt? Oder der Arzt? Sie kann sich nicht daran erinnern. Sie sieht Else wieder an.

»Ihr wart also hier?«

»Ja, sicher.«

Else lächelt und wirkt plötzlich verlegen. »Ich habe mehrere

Male angerufen, aber ihr wart nicht zu erreichen. Ich war immer schon überängstlich, das sagen auch meine Kinder. Es war mir ja ohnehin nicht recht, dass zwei junge Mädchen allein hier draußen wohnen wollten. Und dann rief Helle ja nicht zurück. Das ließ mir keine Ruhe, und am Ende habe ich dann also Bjarne geweckt.«

»Und ihr seid hier herausgefahren.«

»Ja, wir kamen hier an, und was für ein Elend! Helle war total außer sich. Sie hatte sie gerade gefunden …«

Else sieht Belinda an. Dann fällt ihr Katrine ein.

»Euch, meine ich.«

Sie schluckt, als ob sie das Letzte nur mit Mühe hinausbringen konnte.

»War der Rettungswagen schon da?«

Belinda steht auf, geht zum Büfett und nimmt etwas in die Hand.

»Nein, nein. Helle versuchte, anzurufen, sie war doch total außer sich.«

Else schüttelt den Kopf und schließt die Hand um die Goldkette um ihren Hals. »Ich verstehe es noch immer nicht«, flüstert sie über den Tisch hinweg Katrine zu. »Ich sage es die ganze Zeit zu Bjarne und den Kindern, es muss ein Unglück gewesen sein. War es nicht so, Katrine? Du wolltest doch nicht …«

Weiter kommt sie nicht. Weiter kann sie nicht kommen, denkt Katrine. Solche Gedanken kann es in Else nicht geben.

»Wer ist das?«

Belinda steht noch immer am Büfett. Sie hat noch immer den Gegenstand von vorhin in der Hand. Das Foto von Else und Helles Mutter und den Kindern vor dem Sommerhaus. Das Foto, das Katrine zuletzt oben in Katrines Zimmer gesehen hat. Jetzt ist es offenbar hier unten auf dem Büfett gelandet.

»Das bin ich mit meiner Schwester. Ja, und mit Helle und meinen Kindern«, sagt Else jetzt. »Das war zu Pfingsten im

Jahre … ach, es ist viel zu lange her. Ich weiß nur noch, dass es in diesem Jahr früh Sommer wurde.«

»Ist das Helles Mutter?«, fragt Belinda und zeigt auf die dunkelhaarige Frau. »Die sieht aber gut aus.«

»Ja, Anita war immer die hübschere von uns beiden.«

Else lächelt.

»War? Lebt sie denn nicht mehr?«, fragt Katrine.

Else dreht sich zu ihr um. »Aber, Katrine. Ich dachte, das wüsstest du, das muss Helle dir doch erzählt haben. Nicht? Im Mai werden es zwei Jahre.«

In Elses blauen Augen zeigt sich eine vage Unruhe. »Hat sie das nicht gesagt?«

Katrine schüttelt den Kopf. Was hat Helle noch über ihre Mutter erzählt? Dass sie Abteilungsleiterin im Finanzministerium sei. Dass Else neidisch sei. Und dieser Kurztrip nach Paris, hatte Helle nicht gesagt, dass ihre Mutter und sie sich am Flughafen Babyzeitschriften angesehen hatten?

»Woran ist sie gestorben?«, fragt Belinda.

Ehe Else antworten kann, weiß Katrine es schob. Sie kann es daran sehen, wie Else auf ihrem Stuhl sitzt. Daran, wie sie sich an die Wange fasst. An den roten Flecken, die jetzt ihren Hals überziehen.

»Anita hat sich das Leben genommen. Es ist so eine lange und traurige Geschichte. Sie hatte es so schwer mit sich selbst.«

Sie schließt die Augen und öffnet sie wieder. »Da war aber auch irgendeine unglückliche Liebesgeschichte. Ein Mann, der sie im Stich gelassen hatte. Danach war sie dann nie wieder sie selbst.«

Else reicht Katrine die Babydecke und eine gelbe Einkaufstüte, als sie gehen wollen.

»Hier sind noch Babysachen, die ich im Schlafzimmer gefunden habe. Ja, Helle war ja schon längst hier, um ihre Sachen zu holen. Himmel, das hätte ich ja fast vergessen.«

Else fasst sich an den Mund. »Deine Tabletten!«

Sie geht zum Büfett und öffnet eine Schublade.

»Meine was?«

Katrine schaut hinter ihr her.

»Ja, Helle hat gesagt, ohne die könntest du nicht überleben«, sagt Else und wühlt in der Schublade. »Wir haben überall gesucht. Sie hat sogar den Mülleimer in der Küche auf den Kopf gestellt. Ja, und auch die Mülltonne draußen im Garten. Aber sie waren nicht zu finden. – Aber dann sind sie neulich doch aufgetaucht, als ich einmal hier war. Der Schnee ist ja geschmolzen. Sie lagen vor der Tür auf der Terrasse. Bestimmt hast du sie da verloren.«

Else kommt zurück und reicht Katrine ein Pillenglas. Katrine sieht es an. Rohypnol. Ein rotes Warndreieck. Wird das nicht verwendet, um andere bewusstlos zu machen?

Nichts, woran du sterben kannst, hatte Troels gesagt.

Starke Sachen. Das klingt nach einer Vergiftung. Der Psychiater im Krankenhaus.

Die Sache kommt nicht vor Gericht. Helle in der Tür, ehe sie ging, als sie sie im Krankenhaus besucht hatte. Katrine war so dankbar gewesen. Warum eigentlich?

Sie will Else das Glas schon zurückgeben. Dann sieht sie in die freundlichen blauen Augen, in denen nichts als Güte liegt. So soll es auch bleiben. Sie öffnet ihre Tasche und sagt tausend Dank für das Glas mit den Tabletten, die niemals ihr gehört haben.

»Diese Helle ist wirklich ein Fall für Fortgeschrittene!«

Belinda steht an ihrem Esstisch und befestigt mit viel zu heftigen Bewegungen Federn an schwarzen glänzenden Papphüten. »Aber jetzt bist du ja immerhin zur Besinnung gekommen.«

Die Hüte sind für die Silvesterparty. Thorkild wird sie nachher abholen.

»Verdammt«, sagt Belinda, als sie ihre Kaffeetasse anstößt, worauf der Kaffee auf den Tisch schwappt und einen weißen Seidenhut samt Federboa trifft. »Verdammt«, wiederholt sie wütend und schaut sich in der Wohnung um, wie auf der Suche nach jemandem, dem sie die Schuld für dieses Malheur zuschieben kann.

Ihr Blick bleibt bei Hjalmar hängen, der im Nebenzimmer an seinem Computer sitzt, eine Zigarette raucht und Tee trinkt. Sie können sein Profil sehen. Er hat Ähnlichkeit mit einem Indianer. Das liegt nicht nur an dem langen schwarzen Pferdeschwanz und den dunklen Augen, sondern an seinem ganzen Wesen. Er ist hier, und doch ist er nicht hier. Mit seinem langen knochigen Körper scheint er immer einige Zentimeter über dem Boden zu schweben. Anfangs hatte Katrine ihn für high gehalten, aber das kann er doch nicht die ganze Zeit sein.

»Kannst du nicht mal etwas Vernünftiges machen?«, ruft Belinda zu ihm hinüber. »Du spielst doch die ganze Zeit nur an deinem Computer herum.«

Hjalmar dreht sich ruhig um und lächelt Katrine an. Er achtet nicht auf Belinda, oder er hat sie nur als Stimme gehört, die sich an ihn richtet. Dann zuckt er mit den Schultern, zwinkert ihr zu und dreht sich wieder zum Bildschirm um.

Belinda setzt sich ihr gegenüber auf einen Stuhl. Katrine kann ihr Gesicht hinter dem Stapel aus Papphüten gerade noch sehen.

»Diese Silvesterparty wird noch mein Tod sein.«

Belinda seufzt und macht sich an einem Hut zu schaffen. »Also, was willst du denn jetzt unternehmen?«

Ja. Was will sie unternehmen? Sie hat keine Ahnung, was sie tun kann. Sie hat die ganze Nacht wach gelegen. Zuerst dachte sie, die Angst sei zurückgekehrt und schnüre ihr brutal die Kehle zu. Aber als sie sich zu Hause im Bett hin- und herwälzte, ging ihr auf, dass es etwas anderes war. Nicht weniger gefährlich und ebenso heftig. Wut. Der Anblick von Helle im hübschen Vorort Taarbæk, am Fenster mit Ida auf dem Arm. Thomas. Ihre ganze Paranoia. Ihre »Verschwörungstheorien«, wie Thomas das genannt hat. Sie hat ihm geglaubt, aber es waren nicht nur krankhafte Vorstellungen. Stand da jemand hinter den Kulissen und lenkte mit einem Lächeln auf den Lippen den Verlauf der Schlacht? Belindas Babyfon. Das Messer in der Wiege. Das Gefühl einer Hand im Rücken, als sie vor den Bus fiel. Sie und Helle allein im Haus. Übelkeit und Schwindelanfälle. Helle, die den Mülleimer nach ihren Tabletten durchwühlt.

Es gibt so viele Gedanken, die sie jetzt nicht zu Ende zu denken wagt.

»Ich will doch nur mein Kind zurückhaben«, murmelt sie.

»Und wie willst du das bewerkstelligen?«

Sie hasst Belinda, wenn die sie so ansieht.

»Willst du zu ihnen fahren?«

»Und sagen, dass sie mir die Tabletten eingeflößt hat? Ich bin doch gerade erst aus der Geschlossenen entlassen worden. Ich könnte doch auch selbst am Maria Kirkeplads vorbeigeschaut und irgendeinen Dealer angequatscht haben, um diese Tabletten zu kaufen.«

»Etwas musst du aber tun.«

»Ich kann da doch nicht einfach auf der Matte stehen, Belinda? Thomas würde sich sicher wahnsinnig über meinen Anblick freuen, und meine haarsträubende Geschichte würde ihn bestimmt auch brennend interessieren. Von Helle ganz zu schweigen … Ein Anruf bei der Polizei, und dann stecke ich in der Zwangsjacke und bin wieder unterwegs in die Geschlossene.«

»So war meine Frage auch nicht gemeint«, sagt Belinda und schielt zu Hjalmar im Wohnzimmer hinüber. »Du könntest sie doch besuchen, wenn sie nicht zu Hause sind. Ein bisschen herumwühlen, sehen, was sich dabei ergibt.«

»Einbrechen? Das kann ich doch nicht? Und wie soll ich sicher sein, dass sie nicht zu Hause sind?«

»Das erste Problem lässt sich sicher lösen«, sagt Belinda und schaut zu Hjalmar hinüber. »Und um das andere müssen wir uns dann mal kümmern.«

»Wie denn?«, fragt Katrine, aber Belinda gibt keine Antwort, sie sitzt nur mit einem Silvesterhut in der Hand da und schaut ihren Freund an.

»Hjalmar«, ruft sie dann.

In ihrer Stimme liegt plötzlich ein zärtlicher Unterton. Das klingt ziemlich scheinheilig und passt gar nicht zu ihr. »Sitzt Leo eigentlich noch immer?«

»Nein«, ruft Hjalmar zurück, ohne den Bildschirm aus den Augen zu lassen. »Er sitzt schon seit drei Jahren nicht mehr. Und bei seiner letzten Entlassung hatte er einen Bachelor in Jura in der Tasche, den hat er im Bau gemacht, weil er sich mit seinem Anwalt zerstritten hatte. Warum? Willst du mit ihm Silvester feiern?«

»Nein, lieber nicht«, flüstert Belinda Katrine zu.

Dann sieht sie die Besorgnis in Katrines Blick. »Hab doch nicht immer solche Angst«, flüstert sie. »Was die beiden dir angetan haben, ist ja wohl der Gipfel. Solche Leute muss man eben mit ihren eigenen Waffen schlagen.« Dann nickt sie zu Hjalmar hinüber.

»Und vielleicht kann mir dieser Typ da drüben endlich mal von Nutzen sein.«

»Verdammt noch mal, das geht doch wirklich nicht, Belinda.«

Thorkild schaut Belinda missbilligend an. Das Portweinglas verschwindet fast in seiner Pranke, als er es vom Tisch nimmt. Er nickt, und in den kleinen Augen in dem breiten Gesicht liegt ein Hauch von Verlegenheit, als er verstohlen zu Katrine hinüberschielt.

Dann hebt er das Glas an den Mund und leert es auf einen Zug. »Ahh«, murmelt er zufrieden. »Herzchen, zweihundert Menschen haben mich am Telefon terrorisiert, weil sie auch auf die Gästeliste wollen«, sagt er energisch als Antwort auf Belindas schräg stehende grüne Augen, die ihn stumm und entschlossen mustern.

»Auf dem Fest ist einfach kein Platz für weitere Arschlöcher. Schluss, aus.«

Wie um die Endgültigkeit seiner Worte zu betonen, hebt er noch einmal das kleine Portweinglas und knallt es dann zurück auf den Tisch. Belinda schenkt wieder ein. Auch für Katrine und Hjalmar, der ins Wohnzimmer gezerrt worden ist, um Thorkild einen guten Rutsch zu wünschen und beim Hinuntertragen der Kartons voller Hüte zu helfen.

»Aber das sind doch nur zwei«, schnurrt Belinda und steckt den Korken in die Flasche. »Und der eine ist einer der Direktoren im Wahlströms-Konzern«, lockt sie. »Es ist doch immer gut, so einen zu kennen. Und seine Frau.«

»Ahhh«, faucht Thorkild. »Nicht noch mehr Schlipsträger mit ihren halb verhungerten Tussis. Und Wahlströms schuldest du übrigens gar nichts«, sagt er und schaut Belinda an. »Die haben dich schließlich gefeuert.«

Thorkild ist viel zu groß für das Wohnzimmer, das durch seine Anwesenheit wirkt wie ein baufälliger Holzschuppen, der jeden Augenblick über ihnen zusammenbrechen kann.

»Nein, aber es ist nun mal sehr wichtig, dass gerade diese beiden zum Fest kommen.«

»Das sagen sie alle«, seufzte Thorkild müde und wirft einen Blick in die Kartons mit den Neujahrshüten, die Belinda vor dem Bücherregal in ihrem kleinen Wohnzimmer aufgestellt hat. »Nächstes Jahr fahre ich einfach nach Kuba und rauche mit einem der Castros Zigarren«, murmelt er und schaut Belinda vorwurfsvoll an.

»Ich nehme seit November die doppelte Dosis Blutdruckmedizin. Ich bin zu alt für solche Feste.«

Dann seufzt er. »Na gut, ich werde sehen, was ich machen kann.«

»Ist es dann abgemacht, dass eine deiner Sekretärinnen Thomas Wahlströms privat anruft und sich dafür entschuldigt, dass er keine Einladung zur Silvesterparty bekommen hat?«, fragt Belinda, als Hjalmar und Thorkild mit den Kartons in der Tür stehen, um sie zu Thorkilds Mercedes hinunterzutragen.

»Ja, aber ich kann ja nicht garantieren, dass sie kommen«, sagt Thorkild resigniert.

»Zu deiner versnobten Silvesterparty? Das garantiere ich dir aber.«

Dann verabschiedet sich Thorkild und geht, dicht gefolgt von Hjalmar, nach unten. »Weiber!«, können sie ihn noch stöhnen hören, während seine Clogs auf den Treppenstufen klappern.

Katrine hat schon den Mantel angezogen und steht in ihrer Wohnung. Draußen über den Seen werden schon die ersten Raketen hochgeschossen. Sie ist auf dem Weg, etwas zu tun, das sie sich nicht traut. Andererseits hat sie immer schon vor allem Möglichen Angst gehabt. Und was war das Ergebnis? Das hier. Schlimmer kann es nicht werden.

In der Wohnung gegenüber stehen einige festlich gekleidete Menschen. Sie haben soeben den Fernseher ausgeschaltet. Sicher nach der Neujahrsansprache der Königin. Jetzt stehen sie unschlüssig mit ihren langstieligen Gläsern da. Die Zeit zwischen der Ansprache der Königin und Mitternacht war immer schon zu lang.

Ein Auto gleitet durch die Straße und bleibt vor dem Haus stehen. Katrine kann sehen, wie die Regentropfen im Licht der Autoscheinwerfer aufleuchten. Es ist ein großer schwarzer Audi. Aus irgendeinem Grund hatte sie mit etwas Kleinerem gerechnet. Sie zeichnet ein Herz auf das beschlagene Fenster. Dann zieht sie ihren Mantel fester um sich und geht nach unten.

Sie sind soeben vom Jagtvej auf die Østerbrogade abgebogen. Im Auto riecht es nach neuem Leder, und der Motor schnurrt fast lautlos.

»Alles in Ordnung mit dir?«

Hjalmar dreht sich auf dem Vordersitz um und lächelt sie an. Sie nickt. Zum ersten Mal ist, außer dem kurzen *Hallo*, als sie eingestiegen ist, etwas gesagt worden.

Von Leo, dem Fahrer, hat sie nur den Rücken gesehen. Blonde Haare und einen breiten Rücken und ab und zu seine Augen, die im Rückspiegel leuchten. Sie beobachten. Als sie am Fort Charlottenlund und der alten Badeanstalt vorbeikommen, wo sich der Øresund plötzlich in funkelndem Schwarz öffnet, piept Hjalmars Telefon. Er liest die Nachricht.«

»Gut. Die Bahn ist frei«, murmelt er und hebt sein dunkles Gesicht. »Sie sind bei der Party eingetroffen.«

Er schaut einen Moment lang vor sich hin. Dann dreht er sich um. »Eins musst du mir erklären, Katrine.«

Er erwidert ganz kurz ihren Blick, dreht sich um und macht sich an der Sonnenblende über der Windschutzscheibe zu schaffen. »Wenn diese Freundin sich deinen Typen krallen will, wieso reicht ihr das nicht, das einfach zu tun, so, wie ihr Mädels das eben so macht? Hohe Absätze, freche Unterwäsche und eine Menge Sex, was weiß ich. Ich meine, wozu der ganze Aufstand? Warum diese ganze Mühe? Wenn es ihr nur um deinen Typen geht?«

Katrine schaut auf das schwarze blanke Wasser hinaus. Am anderen Ufer werden massenhaft Raketen abgeschossen. »Ich weiß es nicht.«

Darüber hat sie auch schon nachgedacht. Warum konnte Helle sich nicht einfach damit begnügen, ihr Thomas auszuspannen? Warum diese Riesenaktion? Warum musste Katrine so dermaßen am Boden zerstört werden?

»Na, vielleicht finden wir heute Abend die Antwort«, hört sie Hjalmar auf dem Vordersitz murmeln.

»Ich glaube, wir halten hier.«

Hjalmar zeigt auf eine kleine Seitenstraße, als sie durch das idyllische Fischerdorf gefahren sind und den Kreisverkehr passiert haben.

»Wollt ihr danach noch auf die Party?«, fragt sie überrascht, als sie aus dem Auto gestiegen sind. Sie lässt ihre Blicke an Hjalmars schwarzem Anzug und den auf Hochglanz polierten Schuhen auf und ab wandern. Leo versucht, die an den breiten Schultern spannende Smokingjacke geradezurücken. »Es ist besser, wenn wir uns der Umgebung anpassen.«

Er sieht aus wie der neue James Bond, an dessen Namen sie sich nicht erinnern kann. Ihr gefällt der verlegene Blick der blauen Augen, die unter seinen verwuschelten blonden Haaren aufleuchten.

Sie gehen weiter den Weg entlang, und Katrine spürt, wie sie vor Nervosität zu zittern beginnt, als vor ihnen im Strandvej die Villa Kunterbunt auftaucht.

»Da ist es«, flüstert sie.

Leo dreht sich um. »Das wissen wir.«

Er geht zum Gartentor und öffnet es für sie. Gleich darauf ist er hinter dem Haus verschwunden.

»Freie Bahn«, flüstert er, als er wieder auftaucht.

Sie folgt den beiden auf die andere Seite des Hauses. Das Kellerfenster steht bereits offen. »Und schaltet ja eure Telefone aus«, flüstert Leo und steigt hinein.

Im Kellerraum riecht es nach Weichspüler. Leo schaltet seine Taschenlampe ein, und Katrine ahnt eine Waschmaschine und eine Trockentrommel. Als sie in den Flur treten, schaltet er die Taschenlampe aus, denn fast überall im Haus brennen ohnehin schon die Lampen.

»Überprüfst du die Alarmanlage?«, hört sie Hjalmar Leo zuflüstern, als der die Treppe hochgeht.

»Schon unterwegs.«

Sie haben sich hier im Haus schon vorher umgesehen, denkt Katrine, als sie oben im Flur steht und auf einen Raum schaut, bei dem es sich um die Küche handeln muss. Hjalmar ist in das

Wohnzimmer gegangen, das zur Straße hinausgeht. Er geht an den Vorhängen vorbei, um sich davon zu überzeugen, dass sie fest geschlossen sind. Sie selbst steht ein wenig hilflos da und sieht sich um. Hier wohnt sie also, die kleine Familie. Thomas, Helle und Ida.

»Schau dich einfach um, ob du irgendwas findest«, flüstert Hjalmar. »Vergiss nicht, auch oben nachzusehen.«

Er nickt zur Treppe in den ersten Stock hinüber.

»Wonach soll ich denn suchen?«, murmelt Katrine.

»Nach nichts Besonderem. Sieh dich einfach um, irgendwas taucht immer auf. Wir sacken mal kurz den Fernseher ein, so anstandshalber.«

Während sie hören kann, wie Leo und Hjalmar den riesigen Flachbildschirm von der Wohnzimmerwand lösen, geht sie in die Küche.

Sie hat das Gefühl, mitten in einer Zeitschrift für Design und Wohnkultur gelandet zu sein. Überall helle, glänzende Schränke. Der große Eichenholztisch mitten im Raum ist frisch gescheuert, und abgesehen von der Tageszeitung und einem einsamen halbleeren Weinglas mit Lippenstiftrand ist alles klinisch rein. Das gilt auch für den Küchentisch, der eine ganze Ecke einnimmt. Nur neben dem Kühlschrank liegt ein hellrotes Schlabberlätzchen. Auf einer weißen Vitrine neben der Gartentür steht ein großer Strauß weißer Tulpen. Abgesehen von dem großen Esstisch und dem Küchentisch ist alles weiß, weiß, weiß. Es riecht nach Seife und Reinigungsmitteln.

So findet Thomas es gut. Keine Unordnung. Kein Kram in irgendwelchen Schüsselchen. Kein schmutziges Geschirr. Kein alter Essensgeruch. Keine leeren Flaschen. Keine Zigarettenstummel. Keine einzelnen Socken. Keine auf Abwege geratenen Messer. Alles ist so sauber und ordentlich. Als ob hier noch nie ein Mensch gewohnt hätte.

»Ich hab keinen Bock mehr auf diesen bescheuerten Flachbildschirm«, hört sie Leo stöhnen, als sie auf dem Weg nach oben am Wohnzimmer vorbeigeht. Sie haben den Fernseher von der Wand gelöst und wollen ihn jetzt wegbringen.

»Nein, ich auch nicht, aber irgendwas müssen wir doch mitnehmen«, murmelt Hjalmar.

Als Katrine nach oben kommt, öffnet sie die Tür zu einem Raum, der sich als riesiges Badezimmer erweist. Drei in einen langen Steintisch mit großem längs verlaufenden Spiegel eingelassene Waschbecken. Bis auf die Tischplatte aus grauem Marmor ist auch hier alles weiß. Als sie die Schubladen unter dem Tisch hervorzieht, hört sie ein sanftes Klicken. Flauschige Handtücher in der einen Schublade. Sie erkennt zwei von Thomas' Rasierwassern und seinen Rasierapparat in der anderen. In der dritten ist sorgfältig seine Unterwäsche aufgestapelt. Die nächste enthält offenbar Helles. Seidene Slips und BHs, ebenso ordentlich abgelegt wie seine. Zwei Ordnungsmenschen. In der untersten Schublade beim Fenster findet sie die Medikamentenvorräte. Sie zuckt ein wenig zusammen, als sie den Kasten, der als Medizinschränkchen dient, herausnimmt. Aber sie wird enttäuscht. Hier gibt es nur Kopfschmerztabletten und ein Mittel gegen Heuschnupfen.

Sie geht auf den Flur hinaus und kann von dort in ein kleines Schlafzimmer blicken. Auf dessen anderer Seite erkennt sie das große Fenster, das auf den Øresund blickt. Sie tritt in die Tür und schaut hinein. Hier in diesem Haus lieben sie die Farbe Weiß ja wirklich. Auf dem hellen Holzboden liegt ein großer weißer Wollteppich, und mitten im Zimmer thront ein riesiges Bett. Ganz hinten steht ein großer antiker Schreibtisch.

Als sie die Schubladen öffnet, sind die leer. Sie schaut sich im Zimmer um. Es gibt hier kein Kinderbettchen. Ida muss also ein eigenes Zimmer haben.

Das findet sie hinter einer Tür, die vom Flur abgeht. Der Geruch wirft sie fast um, als sie hineingeht. Ida ist überall im Zimmer. Katrine geht zu dem Gitterbettchen, hebt die Decke hoch und presst sie sich an die Nase. Schließt die Augen. Es ist ihr Kind, hier in dieser Decke. Sie setzt sich mit der Decke hin und sieht sich das an, was das Zimmer ihrer Tochter ist.

Auch dieses Zimmer scheint aus einer Zeitschrift für Wohnkultur entsprungen zu ein. Das Spielzeug ist ordentlich in ein Regal an der Wand eingeräumt. Sogar auf dem Wickeltisch in der Zimmerecke herrscht peinliche Ordnung. Katrine dreht sich um und schaut zum Fenster hinüber. Davor steht ein alter roter Schreibtisch. Sie geht hinüber und stellt sich vor den Tisch. Durch das Fenster kann sie die vor Nässe glänzenden Dächer der Nachbarhäuser in der Dunkelheit aufleuchten sehen. Dahinter ragt wie ein noch dunklerer Schatten der Wald auf.

Auf der Fensterbank steht ein Foto. Sie hebt es hoch. Es zeigt Thomas mit Ida auf dem Arm. Helle steht neben ihm und hat ihm eine Hand auf die Schulter gelegt, während sie das Kind ansieht. Sie stehen vor einem Weihnachtsbaum. Ida lächelt zahnlos in die Kamera. Sie trägt eine viel zu große Weihnachtswichtelmütze. Ida. Katrine nimmt das Bild und setzt sich damit, während sie abermals die Decke an die Nase presst. Dann schließt sie die Augen und spürt ihr Kind. Für einen Moment ist es bei ihr. Ida ist bei ihr.

»Alles in Ordnung?«

Leo steht in der Tür und sieht sie verlegen an. Als er dem Blick ihrer roten Augen begegnet, wendet er sich rasch wieder ab.

»Ja.«

Sie wischt sich die Augen und steht auf. »Aber leider habe ich nichts gefunden«, sagt sie.

»Sicher?«

Die Stimme klingt ein wenig verlegen. Er fährt sich mit einer Hand durch die hellen Haare. »Wo hast du denn gesucht?«

»Na ja, im Schreibtisch, bei den Toilettensachen und so.«

Jetzt sieht er sie an. Die blauen Augen leuchten auf. Er lacht. »Im Schreibtisch! Das ist doch der letzte Ort, wo du etwas finden kannst. Deine Freundin ist ja offenbar nicht blöd. Man versteckt Dinge da, wo man am wenigsten damit rechnet, dass jemand danach sucht.«

Dann macht er kehrt und geht zur Toilette hinüber.

Wo man am wenigsten damit rechnet, dass jemand danach sucht.

Katrine stellt das Foto wieder auf die Fensterbank und streicht mit der Hand über die glatte rote Schreibtischplatte. Die kleine Schublade klemmt, als sie sie öffnen will. Das ist offenbar ihr Glück, denn sie muss so heftig daran reißen, dass sie dann endlich mit voller Wucht nachgibt und der ganze Inhalt herausfüllt. Und mitten im Chaos unter *Lieder für die Kleinsten, Teddybärs Bilderbuch* und *Schlaflied für den kleinen Fuchs* findet sie das schwarze Notizbuch, das sie zuletzt in Rørvig in Helles Handtasche gesehen hat. Damals hatte sie es geöffnet, einige Zeilen gelesen und das Buch dann mit dem Gefühl zugeklappt, in etwas zu schnüffeln, das sie nichts anging. Aber jetzt ist alles anders.

Während sie Leo im Badezimmer hört, blättert sie im Buch. Sie erkennt Helles Schrift. Auf den ersten Seiten ist die Schrift ruhig und gleichmäßig. Dann wirkt sie gehetzter. Katrines Blick fällt auf eine Seite:

Ich könnte mir gut vorstellen, sie leiden zu sehen. Zu sehen, wie sie zugrunde geht. Wie sie alles verliert.

Vielleicht ist es an der Zeit für einen kleinen Rollentausch? Damit ich das bekomme, was mir zusteht. Und damit sie zu spüren bekommt, wie weh es tut, wenn man ganz unten landet. Au. Es ist schlimm, dort zu landen, wenn man aus ihrer Höhe kommt …

Sie hat keine Zeit, um hier noch mehr zu lesen. Traut sie sich, das Buch mitzunehmen? Wenn sie es tut, wird Helle dann nicht Lunte riechen und begreifen, dass es nicht einfach nur ein Einbruch war?

Sie steht vom Bett auf und überlegt noch, was sie tun soll, als etwas hinten aus dem Buch flattert und auf dem Boden landet. Sie hebt es auf und will es wieder ins Buch stecken, als sie sieht, dass es kein loses Blatt ist, sondern ein Zeitungsausschnitt. Sie dreht ihn um.

Ein Schoßkind des Glücks wird 70.

Es ist der Artikel, den sie selbst gelesen hat, als ihr Vater seinen Siebzigsten feierte.

Sie hört Leo im Badezimmer etwas murmeln, dann kommt Hjalmar die Treppe hoch. Sie öffnet das Notizbuch, legt den Ausschnitt hinein und sieht wieder in das lächelnde Gesicht ihres Vaters. Jetzt in Schwarz-weiß und sehr jung, aber ebenso lächelnd. Und während sie Hjalmar hört, der Leo sehr schnell und laut etwas zuruft, spürt sie am Ziehen in ihrem Bauch, dass sich die Puzzlestücke endlich zu einem Bild zusammenfügen.

Ihr Vater im Krankenhaus. *Nur eine. Ich hatte sie schon gekannt, ehe ich Mama kennengelernt habe. Und ja, dann war es nicht ganz leicht, da wieder rauszukommen.*

In diesem Moment hört sie unten im Haus ein Geräusch. Jemand schiebt einen Schlüssel in die Haustür. Gleich darauf erklingt eine zarte und ängstliche Frauenstimme.

»Hallo?«

Katrine nimmt Buch und Bilder. Sie hat keine Zeit, die *Lieder für die Kleinsten* vom Fußboden aufzuheben. Sie stößt im Flur mit Leo zusammen und hört die Frau unten rufen.

»Wir sollten wohl machen, dass wir wegkommen«, flüstert Leo.

Im selben Moment steht Hjalmar vor ihnen. »Weg hier«, ruft er und sie laufen wieder die Treppe hinunter. Katrine sieht gerade noch eine kleine dunkle und verängstigte Gestalt, die in der Küche neben dem großen Esstisch steht, eine Daunenjacke trägt und sich die Hand vor den Mund hält.

»Ein philippinisches Au-Pair. Natürlich. Das hätten wir uns ja denken können.«

Hjalmar reicht ihr eine zerdrückte Zigarettenpackung.

Sie halten vor einer roten Ampel, dann gibt Leo Gas und sie biegen nach links in Richtung Stadt ab.

»Leo, das Tempo«, flüstert Hjalmar, während er Katrine Feuer gibt. »Wir dürfen jetzt nicht erwischt werden.«

Dann dreht er sich um, öffnet das Handschuhfach und zieht etwas heraus, das aussieht wie kleine glitzernde Flaschen. »Na, was haben wir also einsacken können?«

»Ja, wegen des Au-Pairs brauchten wir uns mit dem Flachbildschirm zum Glück nicht abzuschleppen«, sagt Leo und kratzt sich am Kopf. »Aber wir haben den Rechner. Und das hier gehört offenbar dir. Reizendes Foto hast du da in deinem Führerschein, meine Schöne.«

Leo zieht etwas aus der Jackentasche und wirft es Katrine zu.

Sie greift danach. Es ist ihre Brieftasche. Die ihr damals gestohlen wurde, als sie nachts draußen bei Belinda überfallen wurde. Was macht die bei Helle und Thomas zu Hause? Katrine zieht energisch an ihrer Zigarette. Die Lichter des Strandvej gleiten vorüber. Ihr wird schwindlig.

»Irgendwas heben sie immer auf«, murmelt Leo, als habe er ihre Gedanken gelesen. »Kleine Trophäen. Sie können es nicht lassen.«

Er nimmt eine Flasche, die Hjalmar ihm reicht. Dann sieht er Katrine im Rückspiegel an. Sie erwidert seinen Blick. Die blauen Augen lächeln sie im Spiegel an.

»Prost, meine Schöne.«

Er hebt die Flasche. »Das hast du wirklich gut gemacht.«

Sie lächelt zurück.

Erst, als Hjalmar ihr eine der kleinen Flaschen gibt und sie trinkt, geht ihr auf, dass es Champagner ist.

Im selben Augenblick wird der Øresund von einer Explosion aus Farben erleuchtet. Es ist Silvester. Das hatte sie vollkommen vergessen.

»Ich weiß, dass er zu Hause ist«, flüstert Leo und drückt wieder auf die Klingel, während sie an dem Wohnkomplex in der Østerbrogade hochblicken. Es nieselt, und das neue Jahr ist etwas mehr als drei Stunden alt. Die Østerbrogade schwimmt im Feuerwerksabfall und immer noch knallt hier und dort eine einzelne Rakete in den Himmel.

Im Anschluss an ihren kleinen Ausflug nach Taarbæk waren sie zu Katrine nach Hause gefahren. Dort hatte Leo versucht, sich in Helles Computer einzuhacken, aber das war ihm nicht gelungen.

»Die Frau ist nicht dumm«, sagte er, als er aufgab und den weißen Mac wegschob, während sie an Katrines Wohnzimmertisch saßen und Baked Beans aßen und Kaffee tranken. Das war alles, was sie im Haus hatte.

Als Leo sagte, sie brauchten professionelle Hilfe, und den Namen Frode erwähnte, befand sich Katrine gedanklich bereits im Hinterzimmer eines dubiosen Sexshops im Rotlichtviertel hinter dem Bahnhof. Aber jetzt stehen sie also vor einem gepflegten älteren Wohnkomplex in der Østerbrogade und klingeln bei jemandem, den Hjalmar und Leo aus Computerexperten bezeichnen und der offenbar keine Lust hat, sie einzulassen. Am Ende schnarrt die Gegensprechanlage und eine müde Männerstimme faucht: »Jetzt ist aber mal Schluss mit der Silvesterfeierei, Kinder.«

»Hier ist Leo, und es ist wichtig«, antwortet Leo, und das reicht offenbar, denn sie hören nur ein müdes Seufzen und gleich darauf die Tür, die lärmend mitteilt, dass Frode Erbarmen hat.

Frode ist wahrscheinlich der einzige Nüchterne in Kopenhagen, denkt Katrine, als sie in dem großen Wohnzimmer mit der hohen Decke stehen.

»Ja, ich saß hier mit einer Zeitung und einer Tasse Tee«, sagt Frode und nickt zu dem braun kariert bezogenen Schaukelstuhl von Wegner hinüber. Auf dem niedrigen Couchtisch liegt eine aufgeschlagene Zeitung. Daneben steht eine blau-weiß gestreifte Teekanne aus Ton.

»Warst du denn auf keinem Fest, Frode?«

Leo stellt den Mac auf den Tisch.

»Nein, Gott bewahre.«

Frode sieht Leo verärgert an und macht sich an seiner Pfeife zu schaffen. Die ist ausgegangen.

»Ihr trinkt vielleicht auch eine Tasse?«

Frode schaut Katrine an. In den blauen Augen liegt ein listiges Lächeln, und es scheint ihn nicht weiter zu stören, dass sie um diese Zeit hier aufgetaucht sind.

Er trägt nicht etwa einen Pyjama, sondern eine helle Cordhose, die mit einem Gürtel in Höhe des Bauchnabels straff zusammengehalten wird, und ein Hemd, das bis zum Hals zugeknöpft ist.

»Ja, danke.«

Katrine öffnet ihren Mantel und stellt ihre Tasche auf das Sofa. »Ich hätte gern eine Tasse Tee.«

Frodes Wohnung hat kaum Ähnlichkeit mit einem Sexshop, denkt sie, während sie ihren Blick über das Sofa von Børge Mogensen und die blassblaue Poul-Henningsen-Lampe über dem niedrigen Eichentisch wandern lässt. Die Wände sind von dunklen Bücherregalen bedeckt. Hjalmar ist ihrem Blick offenbar gefolgt. Denn während Leo mit Frode in die Küche geht, um neues Teewasser aufzusetzen, flüstert er: »Eine richtige Lehrerwohnung, was?«

»Ja. Woher kennt ihr ihn?«

»Leo kennt ihn. Frode war sein alter Informatiklehrer, und eine Zeit lang wohl auch sein Bewährungshelfer. Hat ihn wieder auf die rechte Bahn gebracht.«

Frode kommt mit einem Tablett mit einer Teekanne und drei Bechern zurück. Sein Gesicht sieht jetzt streng aus. Lehrerhaft streng, denkt Katrine, und nimmt den Becher, den er ihr reicht.

»Nein, Leo.«

Frode lässt sich seufzend in seinem Schaukelstuhl nieder. »Um so etwas darfst du mich einfach nicht bitten. Das ist doch verboten und kriminell. Und ich dachte, dieses Kapitel hättest du abgeschlossen«, fügt er hinzu und sieht Leo leicht vorwurfsvoll an.

»Ja, das hab ich auch. Ein für alle Mal. Aber das hier dient einem guten Zweck«, sagt Leo. »Da hat jemand dieses Mädel hier ganz schön übel in den Dreck geritten.«

Er nickt zu Katrine hinüber.

Frode dreht sich zu ihr um und schließt beide Hände um die Armlehnen seines Schaukelstuhls. »Na, und wer hat dich also in den Dreck geritten?«

Katrine schüttelt den Kopf und weiß überhaupt nicht mehr, wo sie anfangen oder aufhören soll.

Jetzt schaltet sich Hjalmar ein.

»Nein, diese Frau ist wirklich nicht dumm«, murmelt Frode konzentriert, während er auf den Monitor starrt.

Sie stehen in seinem kleinen Arbeitszimmer hinten in der Wohnung. Es ist fast halb fünf. Hjalmar ist auf dem Wohnzimmersofa eingeschlafen. Leo sitzt neben Frode, der seit einer Stunde an Helles Computer herumbastelt.

»Aber es gibt doch eine Möglichkeit, hineinzukommen«, sagt

er dann, schlägt auf die Tastatur und erhebt sich triumphierend mit der Pfeife in der Hand. »Ich habe ihr Passwort zurückgesetzt und entfernt, und jetzt könnt ihr einfach reingehen. Ihr habt sicher nicht so viel Zeit.« Frode blickt auf die Uhr. »Wollte sie auf ein richtig rauschendes Fest, Katrine?«

»Das hoffe ich.«

»Na gut«, sagt Frode und legt Leo die Hand auf die Schulter. »Du bist jetzt drin. Mit dem Rest will ich nichts zu tun haben. Ihr könnt gern hier sitzen bleiben, um keine Zeit zu verlieren. Ich gehe schlafen.«

»Danke für die Hilfe«, sagt Katrine, als er auf dem Weg zur Tür an ihr vorbeikommt. Frode bleibt für einen Moment stehen und schaut auf sie herunter. Die grauen Augen sind müde.

»Die kannst du auch brauchen, Katrine. Und deine kleine Tochter ebenfalls. Viel Glück bei allem. Und koch dem da einen Kaffee.«

Er nickt zu Leo hinüber, der schon in den Computer vertieft ist.

»Was bist du hübsch, wenn du dich freust«, sagt Leo, als sie zurückkommt und die Tasse neben ihn hinstellt.

Er beugt sich über den Schreibtisch, stützt das Gesicht in die Hände und schaut den Bildschirm an. »Ja, entschuldige. Also, auch, wenn du dich freust«, fügt er hinzu.

»Wie meinst du das?«

Katrine bläst auf ihren Kaffee.

»Wie ich es sage.«

Leo schiebt den Schreibtischsessel zurück und zeigt auf den Bildschirm. Und jetzt sieht sie es. Ihre Hände fangen an zu zittern. Leo merkt es und nimmt ihr die Tasse aus der Hand. Es ist ein Bild von ihr. Sie tritt dichter an den Bildschirm heran. Und weiß, wann es aufgenommen worden ist. Sie steht auf der

Terrasse vor dem Restaurant. Sie trägt das gelbe Kleid und hält ein Champagnerglas in der Hand. Sie lacht, und Gunnar hat den Arm um sie gelegt. Am Geburtstag ihres Vaters.

»Es gibt noch mehr«, flüstert Leo und drückt auf die Enter-Taste, ohne Katrine aus den Augen zu lassen.

Ein verschwommenes Bild. Als sie sich vorbeugt, erkennt sie sich selbst. Sie geht durch eine Art Park. Erst, als sie auf der linken Bildseite die Grabsteine sieht, fällt es ihr wieder ein. Es war an dem Tag, als sie bei dem Arzt in Sjælør gewesen war. An dem Tag, als sie über den Friedhof gegangen war. Nein, gelaufen, weil sie plötzlich das seltsame Gefühl hatte, überwacht zu werden. Sie war sich dumm vorgekommen. Hatte geglaubt, den Verstand zu verlieren.

Wieder klickt Leo. Sie und Thomas stehen vor der Ampel beim Magasin du Nord. Während alle anderen nur die Ampel anstarren und darauf warten, dass Grün kommt, sind sie und Thomas mitten im Bild in einen Kuss vertieft.

»Ich kann nicht ertragen, noch mehr zu sehen.«

Sie streckt die Hand nach Leos Zigaretten aus, die auf dem Tisch liegen.

»Gut. Dann zeige ich dir nur das letzte. Dann höre ich auf.«

Sie will nicht mehr sehen, schaut aber doch hin.

Es ist ein Foto, das aus großer Entfernung aufgenommen worden ist. Sie steht mit dem Kinderwagen da. Die ganze Gegend ist verschneit, und die Tannen bilden ein weißes Tor über ihr. Sie spricht mit einem Mann. Vor ihnen steht ein Hund. Anders als Helle und der Mann hat der Hund Augen und Ohren der Kamera zugewandt. Die Person, die fotografiert hat, muss weiter unten auf dem Weg gestanden haben. Rørvig. Der Tag, an dem sie sich in Rørvig verirrt hatte. Helle, die nach Kopenhagen musste.

»Ich muss mal kurz raus«, sagt sie und springt auf.

»Ich glaube, ich habe zuletzt mit dreizehn nüchtern Silvester gefeiert«, sagt Hjalmar gähnend auf dem Rücksitz, als Leo aus der Gyldenløvesgade in die Nansensgade abbiegt und vor Katrines Haus anhält.

Ein leichter Nebel hängt über der langen, geraden Straße. Katrine steigt aus dem Auto aus, beugt sich vor und sieht die beiden durch die Windschutzscheibe an.

»Danke für eure Hilfe«, sagt sie. »Das war so lieb von euch …«

Sie will noch etwas hinzufügen, findet aber nicht die richtigen Worte. »Schlaft gut«, bringt sie dann endlich heraus.

Leo beugt sich vor und packt ihren Arm. »Jetzt machst du aber keine Dummheiten. Du fährst nicht allein da raus, oder, Schöne?«

»Ich weiß nicht, was ich tun werde.«

Sie hebt die Hand zum Abschied und schaut dem schwarzen Audi lange hinterher, als der in der langen, nebligen und menschenleeren Nansensgade verschwindet.

Es ist zwei Uhr nachmittags am ersten Tag des neuen Jahres, als sie aufwacht. Unten auf der Straße kann sie lauthals jubelnde Kinder hören. Als sie die Jalousie anhebt, sieht sie, dass die Temperatur während des Morgens gefallen sein muss. Der Nieselregen vom Vortag ist jetzt zu feinem Schnee geworden, der langsam an ihrem Fenster vorbeirieselt und unten auf dem bereits von einer dünnen weißen Decke bedeckten Hof landet. Die Kinder aus dem Haus wühlen schon darin herum. Sie zieht die Jalousie hoch und schaut eine Weile hinaus in das Schneegestöber. Das milde weiße Licht des Schnees hat sich in der Wohnung verbreitet. Katrine kann das Fernsehen in der Wohnung über ihr hören, dann fällt im Treppenhaus eine Tür ins Schloss. Plötzlich freut sie sich darüber, dass sie hier aufgewacht ist. Nicht eine Sekunde lang hatte sie bisher Heimweh nach der großen, unfreundlichen Wohnung in Frederiksberg.

Sie steht auf und geht über den grau gestrichenen Boden in die kleine Küche. Backt sich im Ofen ein Brötchen auf und sieht dabei den Kindern unten auf dem Hof zu. Als der Kaffee fertig ist, macht sie sich ein Tablett zurecht und bringt es zu ihrem Bett. Dann nimmt sie sich die Papiere und das Notizbuch und fängt an, von Anfang an zu lesen.

Mutter ist gestern gestorben. Als ich zum Einkaufen unten war, muss sie ihren Entschluss gefasst haben. Als ich meine Einkäufe auspackte, hat sie alle ihre Tabletten auf den kleinen runden Tisch gelegt. Ich werde nie erfahren, was sie dabei empfunden hat, als sie dort allein in ihrem Zimmer saß und ihre Entscheidung traf. Ich werde nie das Ausmaß der Einsamkeit erfassen können, die sie in diesem Moment verspürt haben muss, als sie endlich das Leben losließ, das ihr niemals etwas anderes als Schmerzen bereitet hat.

Ich bin zu der Wohnung in Lyngby gefahren. Ich gerate noch immer in Atemnot, wenn ich dort durch die Tür gehe. Es war dunkel wie immer, die Vorhänge waren geschlossen, wie immer in den letzten Jahren. Chaos. Flaschen. Tabletten. Eine halbleere Flasche Kirschwein stand noch auf dem kleinen Tisch neben ihrem Sessel.

Ich wusste, wonach ich suchte, oder vielleicht doch nicht? Sie hatte mich ja immer daran gehindert, zu »schnüffeln«, wie sie das nannte.

Ich fand die abgegriffene Mappe unten in ihrem Schrank. Bilder aus ihrer Jugend. Sie hat so oft darin gewühlt, wenn sie angetrunken war, hat sie aber mit Argusaugen bewacht. Sie war schön damals, so voller Träume. Zwei Bilder von ihr und Else als junge Mädchen, eins vom Abschluss ihrer Sekretärinnenausbildung. So stolz und froh. Auf dem Weg nach oben. Strahlender Blick. Ihr Blick strahlte auch, als die Bilder des jungen Mannes auftauchten. Der mit dem Motorrad. Er hat den Arm um sie gelegt, und sie schaut glücklich zu ihm auf.

Ein Foto von ihm allein. Er trägt einen Anzug, hat ein zusammengerolltes Stück Papier in der Hand und sieht sehr stolz aus. Für Anita, stand auf der Rückseite. Mit Dank für deine Hilfe und deine Liebe, auch wenn ich sie gar nicht verdient hatte.

Dann ein Farbfoto. Er. Von Nahem aufgenommen. Er lächelt in die Kamera, aber sein Blick wirkt gereizt, als ob ein quengelndes Kind, das kein Ende findet, die Fotos machte. Ich sah ihn an. Bilder von anderen Männern gab es nicht. Er muss es doch sein.

Dann fand ich den Briefumschlag. Er war leer. Aber er war an sie adressiert. Aber auf der Rückseite stand sein Name. Jetzt weiß ich endlich, wer er ist. Mein Schutzengel.

Katrine lässt das Buch fallen und sieht sich das Bild an, das sie am Heiligen Abend bei ihren Eltern gefunden hat. Anita am Strand, wo sie posiert und mit dem Fotografen flirtet. Offenbar ohne Erfolg. Ihr Vater – hatte er eine Affäre mit dieser alleinstehenden jungen Mutter? Einer Geliebten, die er besuchen konnte, um sich das zu holen, wovon er zu Hause offenbar nicht genug bekam, ein letzter Schluck Jugend, ehe er an den Stadtrand zurückkehrte und die Tür hinter sich zuzog? War dies die banale Wahrheit?

Sie sieht sich Helles Mutter an. Sie ist so schön und glücklich, wie sie da am Strand sitzt und ihn anlächelt. Von dieser Lebensfreude war keine Spur mehr vorhanden auf dem Bild der älteren Anita, das zunächst in Helles Zimmer in Rørvig und nun unten auf dem Büfett stand. Irgendwann in der Zeit zwischen den beiden Aufnahmen war er wohl für immer in seinem bürgerlichen Zuhause in Birkerød verschwunden. Hatte er nicht an sie gedacht? Hatte er nicht gedacht, dass sie Erwartungen und Hoffnungen mit ihm verbinden könnte? Hatte er nie darüber nachgedacht? Hatte er geglaubt, er könnte einfach zu seiner Frau nach Hause fahren und die andere in ihrer Wohnung ihrem eigenen elenden Dasein überlassen?

Damals gab es nicht viele alleinstehende Männer, auf die sie sich stürzen konnte. Schon gar nicht mit einem Kind am Bein. Sicher war er ihre große Chance. Hat er daran gedacht? Sie sieht das glückliche Gesicht ihres Vaters vor sich. *Flamboyant*, hat Gunnar ihn genannt. Zynisch, sagt ihre Mutter. Nein, er hat sicher nicht daran gedacht. Schon gar nicht, wenn Helles Mutter dieselbe Fähigkeit besaß wie ihre Tochter, ihre Hölle hinter einem blendenden Lächeln zu verbergen, das dann irgendwann in sich zusammenfiel.

Die Türklingel brummt. Sie wacht zwischen Papieren und Notizbuch auf und stellt fest, dass es draußen schon dunkel ist. Dann läutet es erneut, und sie geht hinaus und drückt auf den Summer. Warum klingeln wohl alle Zeitungsboten bei mir, kann sie noch denken, da wird schon an ihre eigene Wohnungstür geklopft.

»Geh ja nicht allein dahin. Das lass ich nicht zu.«

Er steht im Treppenhaus. Leo. Lehnt sich an die Wand und räuspert sich. Erst jetzt erwidert er ihren Blick. Kneift die blauen Augen zusammen. »Die ist doch nicht jugendfrei, oder was?«

Er mustert sie forschend. Dann lächelt er plötzlich und richtet sich auf.

Seine Lederjacke ist nass. Sie riecht nach Schnee und frischer Luft, als sie die Tür öffnet und ihn eintreten lässt. Sie hat im Wohnzimmer noch kein Licht gemacht. Sie sieht ihn wie einen Schatten, als er sich vor den Tisch stellt. Nebenan lärmt der Fernseher der Nachbarn, ansonsten ist alles still.

»Ich wollte jetzt gar nicht hinfahren«, sagt sie zu seinem Rücken.

»Nein«, murmelt er und dreht sich um. »Darf ich meine Jacke ausziehen?«

»Ja. Natürlich.«

Sie sieht, wie er eine Flasche auf den Tisch stellt, ehe er die Lederjacke abstreift und über einen Stuhl hängt. Er trägt ein T-Shirt, helle Jeans und Turnschuhe. Jetzt stehen sie einander in der Dämmerung gegenüber und sehen sich an. Er kommt auf sie zu. Sein blonder Pony ist ihm in die Augen gefallen. Er streicht ihn mit einer Hand zurück und lässt die Hand danach verlegen über Katrines Wange gleiten.

»Ich mag nicht lügen«, flüstert er. »Ich bin auch gekommen, um dich zu sehen. Aber wenn du willst, kann ich auch wieder gehen.«

Sie schließt die Augen und nimmt seine Hand. Schüttelt den Kopf. Sie will doch, dass er bleibt.

Dann beugt er sich vor. »Gut«, flüstert er und küsst sie und zieht sie behutsam an sich.

Er ist eingeschlafen, als sie sich vorsichtig aus seiner Umarmung löst und sich ins Badezimmer schleicht. Danach geht sie in die Küche. Durch das Fenster kann sie in der Dunkelheit den Schnee fallen sehen. Sie nimmt Gläser und stellt einen Aschenbecher auf ein Tablett. Findet einige Cracker und Butter und zündet eine Kerze an und stellt sie ebenfalls auf das Tablett. Damit geht sie zurück durch das dunkle Wohnzimmer und ins Schlafzimmer. Er schläft noch immer. Auf dem Bauch. Sein Oberkörper ist nackt und dunkel. Er wacht auf, als sie das Tablett auf den Boden stellt. Als sie seine Flasche bringt, dreht er sich um und sieht sie an.

»Kommst du nicht wieder her?«

Die blauen Augen mustern sie.

»Doch«, sagt sie. »Ich wollte nur schnell das hier holen.«

Sie nickt zur Flasche hinüber.

»Ach so. Mein Champagner«, sagt er und lächelt. »Wir konnten ja gestern nicht so richtig Silvester feiern. Gib sie mir mal.«

Er nimmt ihr die Flasche aus der Hand und öffnet sie. »Hast du Gläser?«

Sie hält sie ihm hin und er schenkt ein. Lehnt sich an die Wand.

»Willst du dich nicht neben mich legen?«

Er rückt ein wenig zur Seite, als sie ins Bett steigt.

»Prost«, flüstert er. Sie kann hören, wie er Atem holt.

»Machst du das immer so mit Mädels, auf die du scharf bist?«

»Nein. Spinnst du? Eigentlich bin ich mordsmäßig schüchtern.«

Dann trinkt er.

»Wie alt bist du eigentlich?«

Sie legt den Kopf in den Nacken und sieht zu ihm hoch.

»Kann das nicht ganz egal sein«, sagt er und beißt in einen Cracker, während er sie forschend ansieht.

»Nein.«

»Einunddreißig. Bald zweiunddreißig.«

»Dann bist du um einiges jünger als ich.«

»Wirklich?«

Er streicht ihre Haare zurück und mustert sie. Dann lächelt er.

»Ich hatte immer schon eine Schwäche für reifere Damen. Je älter, desto besser.«

»Gut.« Sie beißt ihm in den Arm. »Außerdem kann ich ganz schön kindisch sein.«

Er lachte. »Ja, das passt doch dann sehr gut zueinander. Ich bin jedenfalls wahnsinnig und wild verrückt nach dir«, fügt er hinzu, verschwindet unter der Decke und greift nach ihr.

»Verrückt.« Dieses Wort. Sie weicht ein wenig von ihm zurück. »Dieses Wort bringt mir böse Erinnerungen.«

»Ach. Dann eben verliebt. Sehr verliebt.«

Er hält ihren Arm fest und will sie wieder an sich ziehen.

»Passiert dir das oft?«

Sie bleibt hartnäckig sitzen.

»Nein, zum Teufel«, murmelt er und legt sie auf den Rücken, während er ihr Handgelenk festhält. »Nie! Ich hatte ja gar keine Ahnung, was das ist. Aber als ich dich gestern Abend gesehen habe … da ist endlich das Zehn-Öre-Stück gefallen!«

Am nächsten Morgen schneit es nicht mehr. Der Himmel ist frostklar. Leo dreht die Heizung im Auto hoch. Das Fischerdorf sieht aus wie aus einem Märchen entsprungen, als sie hindurchfahren. Die großen Häuser sind zugeschneit, die Rasenflächen weiß. Hier und da kann Katrine durch die Fenster der Villen das Blau des Øresund ahnen. Vor den Häusern sind die Bewohner mit Schneeschippen beschäftigt, zwei Jungen ziehen einen Schlitten hinter sich her, ansonsten ist es so früh am Tag aber ziemlich menschenleer. Niemand muss zur Arbeit.

Sie schaut ihre Hand an, die den Computer festhält. Nicht nur die Kälte hat ihre Fingerknöchel weiß werden lassen. Als sie am Morgen neben Leo in dem warmen Bett aufgewacht ist, kam ihr alles so überschaubar vor. Dieses Gefühl hat sie jetzt nicht mehr.

»Was ist los?«, flüstert Leo, als er das Auto auf der kleinen Seitenstraße des Strandvej abgestellt hat. Er zieht den Schlüssel heraus und dreht sich zu ihr um.

»Ich habe Angst. Ich weiß nicht, ob ich mich traue.«

Leo lässt seine Hand durch ihre Haare gleiten.

»Frode hat einmal zu mir gesagt, dass man nicht richtig mutig ist, wenn man nicht gleichzeitig auch richtige Angst hat. Ich habe kein Wort davon verstanden, wovon er da redete ... bis gestern Abend, als ich unten vor deinem Haus stand und klingeln wollte.«

Sie dreht sich um und sieht ihn an. »Hast du den Spruch lange geübt, Leo?«

Er lacht, lässt sie los und öffnet die Wagentür. »Ein bisschen … na ja. Ich seh mal eben nach, ob sie da sind.«

»Pass aber auf!«

Er hält die Tür fest, während er sie ansieht. »Wenn jemand sich mit solchen Leuten auskennt, dann ja wohl ich.«

Dann geht er.

Sie sieht im Rückspiegel, wie er sich dem Strandvej nähert. Er zieht die Handschuhe an und blickt sich um. Er sieht aus wie ein ganz normaler Mann, der einfach einen Spaziergang machen will. Wie ein ganz schön attraktiver Mann allerdings.

»Du musst tief durchatmen und darfst nicht sofort in eine Redepsychose verfallen«, hat er nachts gesagt. »Wir müssen jetzt zuschlagen, ehe sie sich eingeigelt hat, und sie kann dir nichts tun, wenn er dabei ist. Das Wichtigste ist, dass du durch die Tür da kommst. Wenn du erst dort bist, hast du die besseren Karten.«

»Aber wie soll ich da reinkommen? Thomas hält mich doch für wahnsinnig. Wenn ich damit loslege, dass Helle mich verfolgt, mich überwacht und versucht hat, mich umzubringen. Das klingt doch irrsinnig. Das ist doch geradezu Wasser auf seine Mühlen.«

»Na und? Meinst du, sie hat ein Interesse daran, dass er die Polizei anruft? Wohl kaum.«

Leo kommt zurück und setzt sich ins Auto. »Freie Bahn. Er war eben mit Schneeschippen fertig, als ich gekommen bin. Sieht gut aus, der Typ, übrigens.«

Er lächelt sie an.

Katrine nimmt die Computertasche und öffnet die Tür. »Zu gut.«

Sie steigt aus.

»Du weißt, wo du mich erreichen kannst.«

Er hebt sein Mobiltelefon. »Ab jetzt ist es deine Show, Katrine.«

Sie hat das Gefühl, gleich ohnmächtig zu werden, als sie vor der großen Eichentür steht. Sie spürt, wie die Erde unter ihren Füßen schwankt, als sie nach dem Türklopfer greift und ihn viel zu zaghaft gegen die Tür schlagen hört. *Tock, tock*. In diesem Geräusch liegt eine Niederlage, kann sie noch denken, und schlägt zweimal härter zu. Sie kann hören, wie eine Tür geöffnet wird und Füße über einen weichen Teppich laufen. Eine Hand, die sich am klirrenden Schloss auf der anderen Seite der Tür zu schaffen macht. Dann wird die Tür geöffnet. Jetzt oder nie, ruft ihr eine innere Stimme zu.

»Katrine?«

Thomas blickt auf sie herunter. Er hält ein Geschirrtuch in der Hand. Ist es Furcht, was sie da in seinen Augen ahnt? Oder Hass?

»Ich habe doch gesagt, du sollst uns in Ruhe lassen.«

»Du musst mich aber einlassen«, sagt sie mit etwas, das eher ein Flüstern ist als eine Stimme. »Ida zuliebe.«

»Ich muss überhaupt nichts«, antwortet Thomas ruhig und baut sich in der Tür vor ihr auf, während die grauen Augen sie mustern. »Und wieso sprichst du von Ida? Du weißt genau, dass sie nicht so heißt, Katrine. Sie heißt Victoria.«

Tut sie nicht. Katrine zwingt sich dazu, seinem Blick standzuhalten. »Gib mir nur fünf Minuten, Thomas. Ich bin nicht hergekommen, um Ärger zu machen. Ich verspreche dir, dass ich in fünf Minuten wieder weg bin. Es ist wichtig.«

Er schaut auf seine Armbanduhr. Dann tritt er einen Schritt von der Tür zurück.

»Na gut. Fünf Minuten«, sagt er und lässt sie eintreten.

Die große Küche ist ebenso ordentlich wie bei ihrem ersten Besuch. Durch die Wohnzimmerfenster kann sie das hellblaue Wasser in der Sonne glitzern sehen. Sie kann hören, wie oben im Haus eine Tür geschlossen wird. Helle? Sie muss sich beeilen. Sie öffnet ihren Mantel, legt ihn aber nicht ab. Thomas geht an ihr vorbei und schaltet den Herd aus, auf dem eine Pfanne steht.

»Und worum geht es nun also?« Er dreht sich um.

»Ich muss dir etwas zeigen.«

Sie stellt ihre Tasche auf den großen Esstisch und nimmt den Computer heraus.

»Ist Helle da?«

»Das ist also deine erste Frage? Ich dachte, dir ginge es um das Kind …«

»Thomas, das ist nicht …«

»Helle ist nicht da«, fällt er ihr ins Wort und dreht sich zum Flur um, wo jemand die Treppe hinunterkommt. Es ist das Au-Pair-Mädchen. Sie hat einen Wäschekorb in der Hand und lächelt zaghaft, ehe sie in den Keller geht.

Thomas schaut auf die Uhr. »Jetzt sind genau anderthalb Minuten vergangen. Was hast du eigentlich angestellt?«

»Die Zeit reicht nicht, um dir das zu erklären«, murmelt sie und schaltet den Computer ein. »Sieh jetzt mal her.«

Widerstrebend tritt er neben sie. Schaut auf den Bildschirm und sieht das Bild von ihr im gelben Kleid.

»Bist du den ganzen Weg hergekommen, um mir Bilder von dir zu zeigen?«

»Warte noch. Das hier ist von uns beiden«, sagt sie und dreht den Computer, damit er besser sehen kann.

»Wann ist das denn aufgenommen worden?«

Thomas schaut das Foto auf dem Bildschirm an.

»Das war damals, als wir im Magasin du Nord waren, um die Reisetasche zu kaufen.«

Sie zeigt auf den Bildschirm. Sie stehen an der Ampel vor dem Kaufhaus.

»Ja, das weiß ich noch genau. Aber warum kommst du den ganzen Weg hierher, um mir deine alten Fotos zu zeigen? Was soll das alles?«

»Das sind nicht meine Fotos.«

Zum ersten Mal schaut sie zu ihm auf.

»Na gut«, sagt er. »Und von wem sind sie also?«

»Von Helle.«

Sie lässt die Hand über die glänzende weiße Tastatur gleiten. »Das ist ihr Computer.«

Thomas klappt den Laptop zu. »Und woher hast du ihren Computer? Warst du neulich hier? Hast du hier eingebrochen? Katrine! Du bist ja komplett wahnsinnig …«

Seine Stimme bebt vor Zorn.

Sie denkt an Leo. *Ganz ruhig bleiben. Um Gottes willen.* Sie öffnet den Laptop wieder und klickt. Leos Scan der Bilder ist so gut wie überhaupt möglich. Aber die Bilder sind alt, und man muss sich dicht zum Bildschirm hin vorbeugen, um die Personen erkennen zu können. Wenn er sie überhaupt erkennen kann.

»Ist das nicht dein Vater als junger Mann?«

»Doch.«

Dann klickt sie wieder und zeigt auf das Bild der Frau im Sand.

»Und das ist Helles Mutter. Das Bild meines Vaters habe ich bei Helle gefunden. Das von Helles Mutter am Strand witzigerweise bei meinem Vater. Seltsam, oder?«, fragt sie, dreht sich um und sieht Thomas an.

»Ja, ihre Handschrift kann sie nicht verleugnen.«

Thomas klappt das schwarze Notizbuch zu und schiebt es weg. Er lässt sich im Wegner-Sessel zurücksinken und beißt sich in den Finger. Seine Schultern sind heruntergesunken. Plötzlich sieht er so alt aus.

»Ich versteh das nicht«, murmelt er. »Das ergibt doch einfach keinen Sinn.«

»Nein. Ich glaube, den finden wir auch nicht ohne Helles Hilfe.«

Katrine sammelt ihre Papiere zusammen. Sie ist so erschöpft, dass sie dem Computer fast nicht in der Tasche verstauen kann. Die fünf Minuten sind längst vergangen, sie ist schon über eine halbe Stunde hier.

»Kommt sie bald?«

Ohne zu überlegen streckt sie die Hand nach Thomas' Kaffeetasse aus und trinkt. Er bemerkt es nicht.

»Ob sie kommt?«

Er hebt das Gesicht. Sieht sie an, und dann scheint etwas in ihm zu erwachen. »Nein. Sie kommt nicht. Ich sollte heute Abend zu ihnen fahren. Zu ihr und der Kleinen.«

Er schüttelt den Kopf, steht langsam auf und starrt vor sich hin, als ob er gerade erst hinter Katrine etwas entdeckt hätte. »Sie konnte es hier nicht aushalten. Nach dem Einbruch. Das hat sie jedenfalls gesagt. Sie konnte nicht schlafen. Lief einfach nur hin und her. Sie sind gestern Nachmittag losgefahren. Ich wollte heute Abend nachkommen. Sie hat die Kleine mitgenommen.«

»Wohin, Thomas? Wo sind sie hingefahren?«

»Nach Rørvig«, murmelt er und fährt sich mit einer Hand durch die Haare.

»Nach Rørvig?« Ihre Stimme droht zu versagen. »Das ist doch nicht dein Ernst!«

»Doch, ich dachte ja auch für einen Moment … aber sie hat gesagt, dass ihre Tante da ist und ihr mit der Kleinen helfen wird.«

Er zuckt hilflos die Schultern. »Alles war so chaotisch, du hättest mal sehen sollen, wie es hier ausgesehen hat …«

Er blickt sie an. »Na ja, das weißt du natürlich. Sie ist mit meinem Auto gefahren«, flüstert er. »Ich sollte ihres nehmen. Aber ich konnte die Schlüssel nicht finden. Sie hatte sie aus Versehen mitgenommen … das hat sie jedenfalls am Telefon gesagt.«

Er verstummt.

»Hast du ein Auto?«, fragt er und wird endlich wach. Dann erlischt sein Blick. »Nein, verdammt, das hast du sicher nicht.«

»Nein, aber ich kenne jemanden, der eins hat.«

Die Sonne steht schon tief am Himmel, als sie die Autobahn nach Holbæk erreichen. Katrine hält sich am Sicherheitsgurt fest und spürt das Ziehen im Bauch, als Leo lautlos Gas gibt und den großen schwarzen Audi auf die Überholspur zieht. Vor sich ahnt sie Thomas' Nacken. Er nimmt das Telefon vom Ohr und hält es krampfhaft zwischen den Händen, als er damit auf seinen Oberschenkel schlägt. Dann stützt er den Ellbogen gegen das Fenster und lässt seinen Blick zwischen der Landschaft und dem Tacho herwandern, der jetzt zwischen hundertfünfzig und hundertsechzig zittert.

»Ich weiß, was ich tue«, hört sie Leo leise als Antwort auf Thomas' besorgten Blick murmeln, während er darauf wartet, dass der Wagen vor ihnen ausweicht. Was der auch sehr schnell tut.

Sie kann sehen, dass Thomas den Mund öffnet, doch ehe er etwas sagen kann, meint sie ruhig: »Das ist jetzt egal, Thomas, wir müssen einfach so schnell wie möglich zu ihr.«

»Hast du die Tante erreicht?«, fragt Thomas und dreht sich zu ihr um.

»Nein, weder zu Hause noch am Mobiltelefon. Ich glaube auch, sie hat etwas darüber gesagt, dass sie und Bjarne ihre Thailandreise auf den Januar verschieben mussten.«

»Shit.«

Thomas macht sich wieder am Telefon zu schaffen.

»Lass das.«

Leo streckt ruhig die rechte Hand aus und drückt das Telefon nach unten. »Du hast ihr vor weniger als einer Viertelstunde eine Nachricht hinterlassen. Wir müssen ihr ja nicht gerade erzählen, dass wir Lunte gerochen haben.«

»Aber ich sollte doch mit dem Zug hinfahren. Da muss sie doch mit einem Anruf von mir rechnen.«

»Ich glaube, so weit kann sie nicht mehr denken«, sagt Leo, beugt sich an Thomas vorbei vor und öffnet das Handschuhfach, während er weiterhin den Blick auf die Straße richtet. Für einen kurzen Moment erblickt Katrine ein Stück glänzendschwarzes Metall. Leo berührt es kurz, dann knallt er das Handschuhfach wieder zu.

Thomas ist völlig erstarrt.

Sie wendet sich ab und lässt sich auf dem Sitz zurücksinken. Holt tief Luft und zählt, während sie die Luft anhält: 1-2-3-4-5-6-7-8-9-10. Dann schlägt die Panik doch über ihr zusammen. Ida. Allein mit Helle im Sommerhaus. Während sie hier im Auto sitzen.

Helle darf Ida nichts antun. Sie kann Thomas haben, sie kann sein Haus und sein ganzes Geld haben. Sie kann alles haben. Nur Ida nicht.

Katrine beugt sich zum Fahrersitz vor. Räuspert sich. »Leo, von mir aus kannst du auch auf Zweihundert hochgehen«, flüstert sie heiser und klammert sich an den Sitz.

Thomas dreht sich um und starrt sie an. Er ist bleich, hat die Lippen fest aufeinandergepresst. Er sieht ihr lange ins Gesicht. Dann streckt er die Hand aus und legt sie auf ihre. »Entschuldigung«, flüstert er.

Sie zieht die Hand zurück und lehnt den Kopf an den Sitz, während sie merkt, wie das Auto noch schneller wird. Sie schließt die Augen. Sie fliegt. Gleich muss sie sich übergeben.

Es ist schon dunkel, als sie im Nebel vor ihnen die weiße SPAR-Fahne ahnt. Die Digitaluhr im Armaturenbrett leuchtet gelb in der Dunkelheit. Sie haben die Strecke in weniger als einer Dreiviertelstunde geschafft.

»Die nächste Straße rechts«, flüstert Katrine.

Leo biegt ab, aber als sie ein Stück weiter die Straße entlang gefahren sind, hält er vor einer leeren Einfahrt.

»Warum halten wir?«

Thomas' Stimme klingt ungeduldig.

Leo dreht sich zu ihm um. Seufzt müde. Lässt sich auf dem Sitz zurücksinken und schaut nach vorn durch die Windschutzscheibe. »Hast du dir vorgestellt, dass wir alle drei einfach so mit Zweihundert Stundenkilometern vor das Haus gebrettert kommen?«

Er zieht seine Zigaretten hervor.

Zu ihrer Überraschung sieht Katrine, dass Thomas sich ebenfalls eine nimmt, als Leo ihm die Packung reicht.

»Soll ich nicht einfach allein reingehen?«, fragt Thomas.

»Ich glaube, du rechnest besser nicht damit, dass sie dich mit gedecktem Tisch empfängt, wenn du jetzt auftauchst«, sagt Leo. »Hat sie dir überhaupt die genaue Adresse gegeben?«

Thomas schüttelt den Kopf.

»Dann ist sie sicher ziemlich überrascht, wenn du einfach so hier im Niemandsland reingetrampelt kommst und so tust, als sei alles in schönster Ordnung.«

»Hast du vielleicht eine bessere Idee?«

Thomas dreht sich zu dem dunklen Autofenster um und fängt an, auf der beschlagenen Scheibe zu zeichnen. »Dass so ein Rockertyp wie du reinplatzt, vielleicht?«

»Hör auf, Thomas.«

Katrine öffnet die Tür. »Ich weiß, wo das Haus liegt. Ich geh hin.«

»Katrine …«, ruft Leo, als sie aussteigt.

»Ich seh nur mal nach«, fällt sie ihm ins Wort. »Es ist gleich um die Ecke. Weißes Haus auf der linken Seite. Und ich hab ja das hier.«

Sie hebt ihr Telefon.

Als sie am Ende der Straße angekommen ist, ist das Auto so weit weg, dass sie durch das Schneegestöber hinter sich die beiden gelben Autoscheinwerfer gerade noch ahnen kann. Sie biegt ab und hat das Haus fast erreicht, als sie das Auto auf der Auffahrt sieht. Oder genauer gesagt, etwas, das ein Auto sein muss, denn es ist unter dem Schnee fast begraben. Sie bleibt für einen Moment stehen und versucht, ihre Unruhe zu bezwingen, während sie das Haus anstarrt. Es sieht sehr dunkel aus. Die Vorhänge vor der Gartentür sind geschlossen, aber an der Giebelwand ahnt sie ein flackerndes Licht. Es muss aus dem Zimmer kommen, in dem sie und Ida geschlafen haben. Nur dort ist ein Licht zu sehen. Die Wohnzimmerfenster schauen sie an wie schwarze, trügerische Augen. Sie kann nicht ins Haus hineinsehen, aber sie kann von dort gesehen werden, und sie darf das Blickfeld dieser Augen nicht betreten. Helles Augen, denkt sie und zittert in der Kälte.

Und dann riecht sie es. Ein Holzfeuer. Sie müsste jetzt zurückgehen und den anderen sagen, dass Helle offenbar wirklich hier ist. Aber vorher muss sie etwas überprüfen.

Sie bewegt sich auf die Giebelwand zu. Ein mildes Licht dringt durch die geschlossenen Vorhänge des Schlafzimmers. Das stimmt also. Sie weiß nicht, warum sie damit gerechnet hat. Dass Helle die Kleine dorthin legen würde. Zum Schlafen?

Zu welcher Art Schlaf?

Sie verdrängt diesen Gedanken mit aller Macht und bewegt sich entlang der Mauer auf das Fenster und das Licht zu. Sie kann sehen, dass irgendwo weiter unten ein Vorhangzipfel festhängt, denn dort ist das Licht kräftiger, und als sie näher kommt, sieht sie, dass der Vorhang wirklich nicht ganz geschlossen ist. *Das tust du nicht,* flüstert eine Stimme in ihr, aber der kleine scharfe Lichtfleck in der Dämmerung, weniger als zwei Meter von ihr entfernt, ist wie ein Magnet. Sie muss einfach nachsehen. Sie kann nicht weggehen, ohne sie gesehen zu haben. Ida.

Als sie das Fenster erreicht hat, geht sie darunter in die Hocke und horcht. Sie kann von innen nichts hören. Dann richtet sie sich vorsichtig auf und packt die Fensterbank. Als sie dann gerade steht, kann sie das Kind auf dem Bett sehen. Ein roter Baumwollpullover, den Rücken zum Fenster. Ein einschläferndes gelbes Licht der Nachttischlampe. Dann wird der Vorhang zur Seite gerissen. Helle tritt ins Licht. Ein weißes Nachthemd. Zu dünne Arme. Die grauen Augen, dunkle Schatten in einem bleichen Gesicht. Und dann das Lächeln: eine Grimasse. Helle steht im Fenster und lächelt sie an. Oder lacht sie? Katrine will kehrtmachen und weglaufen und weiß doch, dass dies das Letzte ist, was sie jetzt tun wird. Ida. Sie holt rasch Luft. Dann zwingt sie sich dazu, Helles Lächeln zu erwidern.

»Wie nett. Hattest du Lust, einfach mal so vorbeizuschauen?«

Helle tritt in der Gartentür zur Seite und lächelt. Sie steht in ihrem Nachthemd in dem dunklen Zimmer. Auf dem Tisch brennt eine einzelne Kerze. Im Kaminofen bullert das Feuer. Ansonsten ist es dunkel. Katrine versucht, ihren Blick zu deuten. Ist sie ironisch? Wahnsinnig? Oder haben sie sich doch geirrt? Aber Helle lächelt nur auf diese seltsame Weise, die die müden, hohlen Augen nicht erreicht. Die langen dunklen Haare sind zerzaust, als ob sie gerade erst aufgestanden wäre, aber sie hat etwas Ruheloses, so, wie sie da barfuß in dem dünnen Nachthemd steht.

»Wie geht es Ida?«

Katrine versucht, das beiläufig klingen zu lassen, während sie zum Schlafzimmer hinüberschaut.

»Du brauchst sicher erst mal einen Kaffee«, entgegnet Helle.

Hat sie Katrines Frage ganz bewusst ignoriert?

Helle macht in der Küche Licht. Es flackert für einen Moment, dann ist die kleine Küche in grelles Neonlicht gebadet.

»Wie geht's denn sonst, Schwesterherz?«

Helle öffnet einen Hängeschrank und nimmt zwei braune Tassen heraus.

Vom Wohnzimmer aus kann Katrine sehen, dass ihre Hand ein wenig zittert, als sie den Wasserkocher unter den Hahn hält und Wasser hineinlaufen lässt.

Katrine öffnet ihren Mantel und sieht sich um. Auf dem Tisch und überall auf dem Boden liegen stapelweise Kleidungsstücke.

Dazu jede Menge Papier, einiges zerrissen und vor den Ofen geworfen. Auf dem Büfett liegt das Familienbild mit dem Rücken nach oben. Sie kann Helle draußen in der Küche hören. Sie reißt mit wütenden Bewegungen an einer Schublade.

Katrine kann sich gerade noch umdrehen und das Küchenmesser aufblitzen sehen, das Helle in der einen Hand hält, während zwei Tassen auf dem Küchentisch stehen und darauf warten, dass das Wasser kocht.

»Helle?«, flüstert sie und tritt in die Küchentür, weiter traut sie sich nicht.

Helle fährt herum und sieht sie an. Katrine nickt zu dem Messer in ihrer Hand hinüber. Helle mustert es gelassen, dann richtet ihr Blick sich wieder auf den schwarzen Wasserkocher. Sie legt das Messer weg, während sie Wasser in die Tassen gießt und Katrine eine hinhält.

Katrine nimmt die Tasse, dann tritt sie vorsichtig aus der Küchentür zurück.

»Das mit dir und Thomas. Ich bin wirklich nicht sauer, wenn du vielleicht meinst …«

»Hast du gewusst, dass dein Vater meine Mutter gefickt hat?«, fällt Helle ihr ins Wort und hebt kurz den Blick vom Messer.

Dieser Blick. Die Pupillen scheinen verschwunden. Man kann nicht in diese Augen hineinsehen.

»Nein. Doch.«

»Na, dann weißt du sicher auch, dass wir Schwestern sind. Halbschwestern«, sagt Helle, greift zu ihrer Tasse, trinkt hastig, verbrennt sich am Kaffee, spuckt aus und wirft die Tasse ins Spülbecken. »Au, verdammt«, ruft sie, nimmt die Tasse und zerschlägt sie wütend an der Zinkwand des Beckens.

»Schwestern? Was redest du da?« Katrine versucht, ruhig zu klingen, aber Helle achtet gar nicht auf sie.

»Komm, gehen wir rein«, sagt sie und nickt zum Sofa hinüber.

Nimmt das Messer wie ein Schlüsselbund in die Hand, geht an Katrine vorbei und stellt sich mit dem Rücken zu ihr vor den Ofen. Ihr weißes Kleid bewegt sich leicht im warmen Luftstrom, das Licht des Feuers spiegelt sich im Messer, das sie vor sich hält.

»Bist du sein Kind? Ist er dein Vater?«, fragt Katrine und setzt sich auf die Sofakante, zwingt ihre Stimme zur Ruhe.

Helle bleibt stehen. »Ich dachte, er würde sich freuen, als ich mit dem Geschenk bei seinem Geburtstagsfest aufgetaucht bin. Er hat damals doch gesagt, er sei mein Schutzengel. Dass er mich im Auge behalten würde. Aber er hatte mich ganz einfach vergessen. Und gefreut hat er sich nicht, so kann man das wirklich nicht ausdrücken.«

Helle schnaubt leise und dreht sich um. Hält immer noch das Messer zwischen sich und den Ofen.

»Und als wir uns dann am Tag nach dem Fest in diesem vornehmen Hotel Plaza getroffen haben … Ja, auf das Fest durfte ich ja nicht kommen, das habe ich schnell begriffen. Da ging mir so langsam auf, aus welchem Holz er geschnitzt ist.«

Aber ich habe dich damals doch geholt und zu deiner Tante nach Rørvig gefahren!, ruft Helle mit viel zu lauter und schriller Stimme.

»Ha, da saß ich und sah ihn an, und mir ging auf, dass er überhaupt kein Schutzengel war. Er war mein eigener Vater, der mich in der Hölle sitzen ließ, die er selbst geschaffen hatte, und dann ging, ohne sich auch nur ein Mal umzusehen.«

Ja, aber ich habe doch die ganzen Jahre für euch bezahlt.

Helles Imitation der tiefen Stimme ihres Vater ist beängstigend gut.

»Bezahlt. Ja, das kann ich dir sagen. Gerade genug, damit sie in der Zweizimmerwohnung sitzen und Kirschwein picheln und langsam vor Kummer, Verbitterung und Hass zugrunde gehen konnte.«

Katrine sieht das Messer hinter Helles Rücken an. Sieht Helle an. *Das Kind.* Es liegt gleich nebenan …

»Warum bist du nicht zu mir gekommen?«, flüstert sie. »Statt das alles hier zu inszenieren?«

Helle tritt auf sie zu. Jetzt lächelt sie. Es ist kein warmes Lächeln.

»Das hätte ich auch getan. Ich dachte, wo er ja nichts mit mir zu tun haben will … *Ich muss doch an meine Familie denken, das musst du verstehen*, das sagte er zu mir. Da habe ich mir eingebildet, du wärst vielleicht anders. Vielleicht könnte ich Zugang zu deinem Leben finden. Vielleicht könnten wir Freundinnen werden. Dann könnte ich es dir erzählen. Du würdest dich freuen. Wir würden Freundinnen sein. Schwestern. Aber das war sehr naiv.«

Helle lacht laut und schaut zur Decke hoch.

Dann kehrt die Wut in ihre Stimme zurück. »Denn du bist doch genau wie er. Vor deinem kleinen Scheißoberklassenleben stand ein großes Schild mit ›Eintritt verboten‹. – Ihr lagt da im Schlafzimmer und habt gevögelt und über mich gelacht, weil ihr genau wusstet, dass ich in der Küche stand und alles hören konnte. Das fandest du geil, was? Zu vögeln, während die blöde Maklerin zuhören musste. Aber weißt du was? Als ich da in der Küche stand. Da habe ich gedacht … Jetzt reicht es, verdammt noch mal. Jetzt hängen wir die schwesterliche Liebe und die guten Absichten erst mal an den Nagel. Jetzt erledige ich alles auf meine eigene Weise. Dann kann ich mit meinem reichen Mann und meinem hübschen Kind im Strandvej wohnen, und du kannst dich mit dem ganzen Dreck herumschlagen, in dem ich leben musste.«

Sie kommt auf Katrine zu.

»Wenn du wüsstest, was es für ein erlesenes Vergnügen war, dich in der Geschlossenen zu besuchen. Ich hatte so auf diesen Augenblick gewartet. Den musste ich einfach auskosten …«

Helle bleibt stehen. Ihr Gesichtsausdruck ändert sich. Sie hebt die eine Hand an ihre Haare. Beißt sich in die Lippe und setzt sich vor Katrine in einen Sessel. Katrine kann es in Helles Blick sehen. Sie hat den Verstand verloren.

»Ich bin in meinem Zimmer eingeschlossen worden, wenn er kam«, flüstert Helle und sieht plötzlich aus wie ein kleines Kind.

Katrine rückt vorsichtig auf dem Sofa zurück. »Wer hat dich eingeschlossen? Mein Vater?«

»Nein. Das war, als er schon zu fein war, um da hineingezogen zu werden.«

Helle springt auf und hockt sich dann vor den Ofen. Sie öffnet die Ofentür und lässt die Messerklinge in der Glut ruhen.

»Das hat er meiner Mutter überlassen. Bei seinem letzten Besuch habe ich aus Versehen geschrien, weil ich die ganze Zeit solche Angst hatte, sogar im Schlaf. Und das hat mir das hier beschert.«

Helle hebt ihr weißes Nachthemd an. Berührt die Außenseite ihres linken Oberschenkels.

»Zwei winzige Narben«, sagt sie dann. »Nicht viel zu sehen, aber sie sind vier Zentimeter tief, das ist heftig für ein Kind von vier Jahren. Die Flasche auf den Kopf war dann noch das Tüpfelchen auf dem i. Das hat mich ein für alle Mal gelehrt, den Mund zu halten. Au. Das ist heiß.«

Helle nimmt das Messer in die andere Hand.

»Aber dann ist er verschwunden. Denn dann warst du ja da. Seine kleine Prinzessin. Und damit war das Leben meiner Mutter vorbei. Schluss, aus, Ende. Ja, und meins eigentlich auch.«

Helle steht auf und tritt dicht vor sie hin. Ein scharfer Geruch füllt ihre Nase. Helles Atem. Wie der eines verwesenden Tieres.

»Findest du das nicht gemein?«, flüstert Helle und hebt das Messer. Katrine spürt die scharfe heiße Klinge an ihrem Hals.

Ein plötzlicher Schmerz. »Ja«, bringt sie heraus.

»Nein, dir ist das scheißegal. Du bist wegen *deines* Kindes gekommen, sonst hast du keinen weiteren Grund.«

Helle drückt das Messer fester an Katrines Hals.

»Findest du, das Leben ist gerecht, Katrine? Du hast keine Narben. Und dein kleines Luxuskind auch nicht, und weißt du, was? Vor Kurzem, als wir von dieser beschissenen Silvesterparty nach Hause kann, da hatte ich einfach so ein Gefühl …«

Sie schüttelt den Kopf.

»Ihr gewinnt doch immer. Landet auf beiden Füßen. Ich bin so müde.«

Helle lässt das Messer sinken.

Dann blickt sie Katrine in die Augen. Tritt plötzlich auf sie zu und packt ihre Haare. Zerrt ihren Kopf nach links. Hebt wieder das Messer. Katrine spürt die Messerklinge hart an ihrem Hals. Jetzt stirbt sie. Jetzt ist es wirklich so weit.

Dann hört sie hinter sich ein Geräusch. Zersplitterndes Glas. Kälte, die hereinbricht.

»Jetzt ist Schluss!«

Leos Stimme.

Das Messer dringt durch ihre Haut. Ein jagender Schmerz. Helle schreit laut auf, während Katrine spürt, wie etwas Warmes an ihrem Hals hinunterläuft. Die Beine geben unter ihr nach. Ihr Mund füllt sich mit Blutgeschmack. Leo brüllt. Überall Glasscherben. Irgendwo fängt ein Kind an, laut zu schreien. Wieder das Messer. Diesmal in ihrem Bauch. Leo schreit wieder. Das Kind weint lauter.

»Ida.«

Das kommt aus ihrem Mund, kurz bevor sie in die Finsternis gesaugt wird.

Lyngby Vest, 1976

Sie ist wieder zu Hause bei ihrer Mutter. Sie hat auf den Mann gewartet, aber der ist nicht mehr gekommen. Jetzt kommt niemand mehr hierher.

Sie kann hinter den Fenstern im Schlafzimmer ihrer Mutter stehen und den Kindern zusehen, die unten auf dem Rasen spielen. Sie schaukeln und spielen Ball. An einem regennassen Samstag im Oktober, während die Mutter zum Einkaufen in der Stadt ist, sieht sie ein Mädchen allein auf einer Schaukel sitzen.

Sie weiß nicht, woher sie den Mut nimmt, aber sie schlüpft blitzschnell in ihre schwarzen Clogs, zieht den Türriegel zurück und läuft nach unten auf den Rasen.

Das Mädchen sitzt noch immer auf der Schaukel, als sie unten ankommt. Die Ketten knirschen, als sie langsam hin- und herschaukelt. Es duftet nach regennassem Gras, und der Weißdornstrauch, der hinten beim Spielhaus steht, verströmt wie üblich einen säuerlichen Geruch.

»Wollen wir spielen?«, fragt sie zögernd.

Erst jetzt drehen sich die Zöpfe zu ihr um. »Spielen?«, äfft das Mädchen sie nach. »Glaubst du, ich bin ein Baby?«

Dann trägt die Neugier aber doch den Sieg davon. »Ich dachte, deine Mutter lässt dich nicht zum Spielen nach unten kommen.«

Das Mädchen sieht sie aus kleinen braunen Augen an.

»Wieso das denn?«, fragt sie, obwohl sie genau weiß, dass die andere recht hat.

Das Mädchen antwortet nicht sofort, sondern klettert auf das

Schaukelbrett, streckt die Arme nach der Querstange aus und zieht sich hoch.

»Deine Mutter ist verrückt. Das sagen alle.«

Sie hebt die Beine und baumelt dann kopfüber von der Querstange, sodass ihre orange Unterhose zu sehen ist. »Das hier kannst du nicht«, kommt es von dort oben.

Es wird dunkel und der Regen ist heftiger geworden, als sie auf dem Dach des Spielhauses sitzen. Das Mädchen springt herunter, holt ihre Gummistiefel aus dem Spielhaus und hinkt davon, während sie versucht, die Stiefel anzuziehen.

»Ich muss ins Haus«, ruft sie über ihre Schulter zurück.

Dann schaut sie zu den Fenstern der Wohnung auf, in der sie mit ihrer Mutter wohnt. Obwohl es jetzt so heftig regnet, kann sie doch einen dunklen Schatten am Fenster und einen sich bewegenden Vorhang ahnen. Ihr kleiner Körper erstarrt, ihre Zähne fangen an zu klappern. Sie hat die Zeit total vergessen. Ist es schon so spät? Sie springt herunter und läuft in ihren nassen Clogs durch das Gras.

Sie klopft vorsichtig an die Tür, als sie hochkommt, aber niemand macht ihr auf.

»Mama«, flüstert sie, denn die Mutter hat ihr verboten, im Treppenhaus zu reden.

Noch immer passiert nichts. Dann hört sie, wie unten die Haustür geöffnet wird. Sie beugt sich über das Geländer und sieht die Frau von oben schwere Einkaufstüten die Treppe hochschleppen.

»Wieso stehst du denn hier herum, Kind? Du bist doch triefnass. Ist deine Mutter nicht zu Hause?«

Die Fragen hallen im ganzen Treppenhaus wider. Fragen, auf die sie keine Antwort weiß. Die Nachbarin bleibt mit ihren Tüten in der Hand noch ein wenig stehen. Dann geht sie weiter die Treppe hoch.

»Ganz schön seltsame Leute, meine Güte«, hört sie die Frau murmeln.

Als sie das Licht im Treppenhaus eingeschaltet und ausgeschaltet und eingeschaltet und ausgeschaltet hat, öffnet jemand im Erdgeschoss die Tür und ruft: »Hör endlich auf, mit dem Licht zu spielen!«

Sie lehnt sich ein letztes Mal an die Wohnungstür und ruft nach ihrer Mutter.

Sie ist nicht sicher, glaubt aber zu hören, dass hinter der Tür jemand atmet. Aber noch immer passiert nichts, und als wieder jemand die Treppe hochkommt und sie so seltsam ansieht, rennt sie an diesem Mann vorbei, die Treppe hinunter und hinaus in die kalte Nacht.

Im Spielhaus stinkt es nach Katzenpisse und nassem Sand. Vor zwei Jahren war hier ein Mann, der mit einem Mädchen im Spielhaus etwas Schlimmes gemacht hat, hat sie gehört. Ihr Rock ist wie ein nasser, kalter Lappen, und sie schlingt sich die Arme um den Leib, während sie dasitzt und zuhört, wie die Schaukeln im Wind hin- und herschlagen. Durch das kleine Fenster im Spielhaus kann sie sehen, wie in den großen Fenstern der Wohnungen um sie herum ein Licht nach dem anderen ausgeht. Jetzt sitzt sie mitten in der schwarzen Nacht.

»Ich behalte dich im Auge«, hat er gesagt. »Ich bin dein Schutzengel. – Ich bin dein Schutzengel. – Ich bin dein Schutzengel.« Das flüstert sie vor sich hin und hält den Atem an, bis ihr kleiner Kopf mit den nassen Haaren und den unruhigen Gedanken erschöpft in einen kalten, ängstlichen Schlaf sinkt.

Krankenhaus Holbæk, 2012

Sie ist betrunken. Sie ist glücklich. Sie sitzt auf einer Veranda und hat die nackten weißen Beine lang vor sich ausgestreckt. Neben ihr steht eine fast leere Champagnerflasche. Sie raucht eine Zigarette. Sie war in ihrem ganzen Leben noch nicht so glücklich. Da ist ein Licht in ihrem Innern, das hinausstrahlt, sie kann es spüren, kann es sehen. Sie sitzt da in der Sonne und raucht. Spürt, wie das Licht aus jeder Pore ihres Körpers hinausströmt. Sonne zu Sonne. Vögel. Jetzt singen sie, sie dreht sich um. Sieht sie. Nein.

Der Nachttisch. Roter Saft. Schaut auf. Die Decke. Abgeblättert. Sieht zur Seite. Die blassgelben Wände. Sieht nach unten. Der graue Linoleumboden. Dreht sich um. Die Kanüle in ihrer Hand. Krankenhaus.

»Oh nein. Nicht das hier. Nicht schon wieder«, murmelt Katrine und merkt, dass ihr Mund wie ausgedörrt ist.

Dann sieht sie ihn. Ein Mann vor dem beigen Vorhang vorm Fenster. Dunkle Haare, er kehrt ihr den Rücken zu. Was sieht er an?

Sie bewegt sich. Die Decke raschelt. Er dreht sich um, blickt sie aus grauen Augen an. Er sieht attraktiv aus. Und müde. Es ist Thomas.

»Du bist wach«, sagt er.

Sie will nach dem Glas greifen, aber die Hand schwebt leer in der Luft. Er kommt herüber. Hilft ihr sich aufzurichten und nimmt das Glas. Hält ihren Kopf, während sie trinkt.

»Bin ich wirklich schon wieder hier?«, fragt Katrine und lässt den Kopf aufs Kissen sinken. Fasst sich ans Gesicht. »Doch, das bin ich. Krankenhaus Holbæk. Psychiatrie. Geschlossene Abteilung.«

Thomas setzt sich auf den Stuhl neben dem Bett.

»Nein … und ja. Du bist zwar im Krankenhaus Holbæk. Aber nicht in der Psychiatrie. Du bist auf der Intensivstation. Du warst bewusstlos, als du eingeliefert worden bist. Du hast sehr viel Blut verloren.«

Er nimmt eine Serviette vom Tisch und wischt ihr Saft vom Mund.

»Du musst still liegen, Katrine. Du darfst dich nicht bewegen. Und du brauchst nichts zu sagen.«

Sie schließt wieder die Augen. Die Beine. Die Zigaretten. Die Veranda. Ist sie irgendwo in New Orleans? »Ich bin wohl zugedröhnt«, murmelt sie.

»Sicher. Sie haben dir alles Mögliche gegeben. Sie hat dich doch mit dem Messer verletzt. Du hattest starke Schmerzen. Es war ganz schön knapp.«

Sie spürt, dass er nach ihrer Hand greift. Die ist warm. Wenn sie die Augen schließt, schaut sie in die Sonne. Alles ist weg. Sonne. Gras. Ein Swimmingpool?

»Ich werde mir das hier nie verzeihen«, hört sie seine Stimme aus weiter Ferne. »Ich war ein Idiot. Und noch dazu ein blinder, egoistischer Idiot! Ich habe mich so lächerlich gemacht. Verdammt …«

Sie dreht sich zu der Stimme um. Die klingt gut. Noch immer. Verrückt. Sie kann sich daran erinnern. Diese Stimme hat sie einmal gelockt. Das tut sie nicht mehr.

Die Sonne brennt auf ihre Beine. Sie spreizt die Zehen. Sie liest Pu der Bär. Tigger. Das grüne Buch. Sie hat roten Nagellack.

Dann zwingt sie sich dazu, die Augen zu öffnen. Schaut in

den grauen Blick. Darin sind Türen, dahinter sind Türen, die sie nicht mehr öffnen will.

»Wir haben unser Bestes getan, Thomas«, murmelt sie. »Alle beide.«

»Nein. Ich weiß nicht, was mit mir los ist. Bei Frauen benehme ich mich wie ein Arschloch.«

»Du hast dein Bestes getan. Du bist ein guter Vater. Du hast sie nicht im Stich gelassen. Das ist doch gut genug.«

Sie schließt die Augen.

»Wo ist sie denn überhaupt?«

Thomas zögert kurz. Dann kommt es: »Sie ist in der Geschlossenen. Hier nebenan.«

»Ida?«

Katrine reißt die Augen auf und dreht sich zu ihm um.

»Nein, Helle. Ach, die Kleine. Sie fing an zu brüllen, als wir hier gesessen haben. Dann hat sie die Windel vollgekackt und den Schnuller weggeschmissen. Sie hat sich wohl gelangweilt, ist total hysterisch geworden. Ja, und dann hat sich dieser Leo erbarmt. Jetzt wandert er mit ihr unten auf dem Parkplatz herum.«

»Ganz die Mama«, murmelt sie. »Hält die Männer auf Trab.«

Sie leert das Glas, gleitet an der Verandawand nach unten, streckt die Beine aus und schläft in der Sonne ein.

Der Vater manövriert die Yacht ein wenig umständlich in den Hafen von Sletten hinein, und Katrine vertäut das Boot am Anleger.

Obwohl die Sonne scheint und es warm ist, ist der Hafen nicht gerade belebt. Es ist still hier. Es ist Dienstag, und die Urlaubszeit hat noch nicht richtig angefangen.

»Du auch?«, ruft der Vater ihr zu, als sie vom Steg zurück ins Boot steigt.

Er wartet ihre Antwort nicht ab, sondern nimmt zwei Bier aus der Kühltasche und öffnet sie. Er trinkt durstig. Dann sitzen sie da und schauen zum Land hinüber. Zwei Katzen dösen oben auf der Hafenmauer in der Sonne. Auf dem kleinen Platz davor steht ein alter Fischer und ordnet seine Netze. Hinter ihm, oben beim Restaurant, laufen die Kellner umher, rücken Sonnenschirme gerade und decken draußen zum Mittagessen. Es riecht nach Salzwasser und ein wenig faulig nach Tang. Der Vater trinkt noch einen Schluck.

»Ach, was für eine Geschichte«, sagt er und kneift in der Sonne die Augen zusammen. »Anita.«

Er seufzt. Dreht sich um und beugt sich über die Reling, um einen Fender zurechtzurücken. »Ja. Ich habe ihr ja nie etwas versprochen«, murmelt er und dreht sich zurück. »Aber sie hatte wohl ihre Träume, wie wir anderen auch. Auch sie wollte weg vom Geruch nach gekochtem Kohl, von gichtgequälten Vätern und versteinerten Müttern. Von der Armut. Diese ganze Arbeiterromantik, ich könnte kotzen. Die Leute sollten selbst mal versuchen, an einem solchen Ort aufzuwachsen.«

Er schaut in sein Bier. »Sie hat wohl nur gehofft, dass ich die Fahrkarte von dort weg sein könnte. Und als ihr aufging, dass ich das nicht sein wollte, wurde sie schwanger.«

Er schüttelt den Kopf.

»Verdammt. Das war doch nur eine Affäre.«

Er leert die Bierflasche. »Na ja. Komm, gehen wir ein bisschen.«

Er steht auf und duckt sich unter dem Baum durch. »Ich brauche Bewegung.«

Katrine zieht ihre Sandalen aus, als der Vater auf den kleinen Strand hinter dem Hafen zusteuert. Die Häuser stehen am Ufer dicht an dicht. Die Menschen haben die Fenster geöffnet und die Bettdecken hinausgehängt. Auf einer Terrasse vor einem gelben Haus sitzt eine schöne blonde Frau und liest. Aus einer grünen Hängematte zwischen zwei Bäumen ragt ein Bein hervor. Das Wasser ist trübe und kalt, als Katrine hineinsteigt und am Strand entlanggeht. Der Vater ist kurz vor ihr. Dann bleibt er stehen, dreht sich um und mustert sie.

»Du siehst gut aus, mein Schatz.«

»Es geht mir auch besser«, murmelt sie, als sie ihn eingeholt hat.

»Ist er lieb zu dir?«

»Sehr.«

»Das ist auch richtig so. Ein Jurist.«

Er legt ihr den Arm um die Schultern.

»Ja. Aber er hat auch so einiges auf dem Kerbholz. Er wird also nie am Obersten Gericht zugelassen werden, falls du dir das vorgestellt hast.«

»Gott bewahre. Am Obersten Gericht, warum sollte er da seine Zeit verschwenden? Und so lange er kein Modedesigner oder Koch oder sonst etwas Weibisches ist …«

Der Sandstrand läuft aus und wird von einer kleinen grünen

Wiese abgelöst. Der Vater setzt sich in den Schatten eines Baumes, schaut auf das Wasser und klopft neben sich auf den Boden.

»Puh, das ist ja vielleicht warm. Setz dich doch auch. Meine alten Beine brauchen eine Pause.«

»Was hast du eigentlich gemacht, als sie schwanger geworden war?«

Katrine weiß genau, dass er sich das lieber ersparen würde, aber sie hat ihn zu diesem Ausflug gezwungen. Das ist er ihr schuldig. Und er weiß es auch. Sie zieht Grashalme aus dem Boden. Hält sie sich an die Nase und schnuppert daran.

»Ich war wütend.«

Er schaut aus zusammengekniffenen Augen auf das Wasser. »Habe versucht, sie zu einer Abtreibung zu überreden. Ja, ich weiß, das klingt zynisch. Aber sie war nicht normal, Katrine. Sie war sehr, sehr schön, aber auch total unberechenbar und schon ein gutes Stück auf dem Weg in den Wahnsinn. Sie taugte einfach nicht zur Mutter.«

»Es steht doch nicht fest, dass es so schlimm gekommen wäre, wenn du …«

Er dreht sich zu ihr um. »Doch, das tut es. Glaub mir. Ehrenwort«, murmelt er, lässt sich im Gras zurücksinken und schaut zu den Baumkronen hoch.

»Und du hast dich trotzdem noch mit ihr getroffen, ja?«

»Ja. Aber nicht so, wie deine Mutter glaubt. Anfangs, ja. Zugegeben. Aber als die Sache mit Mama ernst wurde, habe ich zu Anita gesagt, jetzt sei Schluss. Ich würde ja für sie und das Kind sorgen. Aber es war Schluss. Ich habe für sie und die Kleine eine Wohnung in Lyngby besorgt. Ich habe ihr Geld gegeben. Ich habe getan, was ich konnte, aber sie tauchte immer wieder auf, um mir zu drohen.«

»Zu drohen? Wollte sie Mama alles sagen?«

»Nein, so dumm war sie nun doch nicht. Und sie hatte das Geld, das ich ihr zukommen ließ, viel zu gern.«

»Wie konnte sie dir denn da drohen?«

Der Vater setzte sich auf. Schaute auf das Wasser hinaus. »Mit dem Kind.«

Er zieht den Pullover aus und erhebt sich. »Ich muss nur mal einen Moment stehen.«

Er geht zum Wasser hinunter. Sie bleibt im Gras liegen und sieht ihn an. Er steht bis zu den Knien im Wasser. Ein alter Mann in weißen Shorts, der es hasst, über seinen sozialen Aufstieg zu reden. Sie begreift nach und nach, weshalb.

»Also. Gehen wir noch ein Stückchen«, sagt er, als er aus dem Wasser kommt und am Ufer stehen bleibt. Hinter ihm ragt draußen im Nebel die Insel Ven auf. Er geht los, ohne auf sie zu warten. Sie holt ihn ein. »Und was war mit dem Kind, Papa? Hast du sie einfach so im Stich gelassen?«

Der Vater fährt herum. Bleibt stehen und sieht sie an. Er ist wütend.

»Was glaubst du denn wohl, Katrine?«

Dann seufzt er.

»Nein, natürlich nicht. Ich habe getan, was ich konnte. Bin hingefahren, wenn sie anrief und am Telefon jammerte und drohte, sich und der Kleinen etwas anzutun. Dem Kind, das sie unbedingt gewollt hatte. Nicht, weil sie sich ein Kind wünschte, sondern, um es als Waffe gegen mich zu verwenden. Diese Frau hatte einfach keine Hemmungen.«

»Aber was hast du denn gemacht? Etwas musst du doch gemacht haben?«

Er dreht sich um. Bückt sich, hebt einen Stein auf und schleudert ihn aufs Wasser hinaus.

»Ich konnte deiner Mutter doch nicht einfach ein kleines Mädchen ins Haus bringen, oder was? Sagen, ich hätte da leider vergessen, ihr etwas zu erzählen. Wir hatten gerade dich bekommen. Gunnar und ich hatten beruflich endlich Fuß gefasst. Wirklich erfolgreich Fuß gefasst.«

Er seufzt und schüttelt sich Sand von der Hand. »Und ja, für Geld, das wir von deinem Großvater geliehen hatten …«

»Also hast du sie im Stich gelassen?«

»Nein, Katrine.«

Er sieht sie an. »Das habe ich nicht. Ich bin immer gekommen, wenn sie angerufen hat. Etwas anderes hätte ich nicht gewagt. Auch an jenem Tag. Da war ihr wohl aufgegangen, dass sie diesen Kampf nicht gewinnen könnte. Und sie war Amok gelaufen, was das Kind anging. Einfach Amok. Ich wusste, dass sie eine Schwester in Nykøbing hatte, die rief an und machte sich Sorgen, und Anita verabscheute sie. Dahin habe ich sie gebracht. Und ich kann dir sagen, es bestand ein gewaltiger Unterschied zwischen den beiden Schwestern. Zum Glück. Sie waren in ihrem Sommerhaus draußen in Rørvig. Jede Menge Kinder. Fahrräder im Garten. Planschbecken. Sie hatten Meerschweinchen. Sie war so lieb zu der Kleinen, die Schwester. Sie lasen die Illustrierte *Hjemmet,* das weiß ich noch. Auf dem Wohnzimmertisch lagen lauter Ausgaben davon. So ein Haus war das … Ich weiß nicht, es war so ein Haus, wie Kinder es brauchen.«

»Aber sie ist doch wieder zu Hause gelandet, oder?«

»Ja, das ist sie.«

Er schaut auf das Wasser hinaus. Die Sonne steht tief am Horizont. »Ja, das war leider der Fall«, sagt er und seufzt.

»Grauenhaft«, hört sie ihn vor sich hin murmeln. »Grauenhafte Vorstellung.«

Sie stehen vor dem Auto beim Hafen von Rungsted. Katrine wirft ihre Tasche nach hinten und kurbelt das Fenster herunter.

»Du musst es Mama sagen.«

Die Hand des Vaters erstarrt vor dem Zündschloss. »Das kann ich nicht. Dann verlässt sie mich.«

»Im Moment glaubt sie, dass du in Wirklichkeit eine andere geliebt hast. Denkt: Warum ist er nicht zu ihr gegangen? Zu ihr, die er wirklich geliebt hat? Zu ihr, die arm war. Warum hat er mich genommen? Die mit dem Geld.«

Sie klappt die Sonnenblende herunter und betrachtet sich in dem kleinen Spiegel. Sie hat überall Sand im Gesicht. Dann blickt sie den Vater an.

»Was glaubst du, was das für ein Gefühl ist, Papa? Soll sie sich für den Rest ihres Lebens mit diesen Gedanken herumquälen? Kann noch mehr unter den Teppich gekehrt werden? Nein, das geht nicht. Du musst es ihr sagen. Sonst tu ich das.«

»Ida!«

Leo wirft das Kind in die Luft. Ida quietscht begeistert, und die beiden neuen Zähne in ihrem Unterkiefer sind zu bewundern. Sie landet entzückt wieder in seinen Armen.

»Sei vorsichtig«, sagt Katrine. »Sie ist noch so klein!«

Leo legt den Kopf auf das Kissen und schüttelt das Kind. Ida lacht glücklich und strampelt mit ihren dicken Beinchen. Die großen Augen strahlen.

»Ja, aber sie ist auch stark. Eine kleine bärenstarke Prinzessin.«

»Hinterhofprinzessin«, sagt Katrine und steht auf, als die Türklingel ertönt.

»Wollte er sie denn nicht erst heute Abend holen?«

»Ja, aber das ist nicht Thomas. Das sind meine Eltern. Meine Mutter hat angerufen, sie wollten irgendwas vorbeibringen. Sie misten ihren Keller aus.«

Katrine streicht sich die Haare glatt und zieht ihre Schlafanzughose hoch. Sieht, dass die Mutter ein großes schmales Paket die Treppe hochschleppt. Sie bleibt erst vor der Wohnungstür stehen, um Atem zu holen.

»Hast du Papa nicht mitgebracht?«

Katrine schaut ins Treppenhaus hinunter.

»Nein.«

Die Mutter geht an ihr vorbei ins Wohnzimmer und legt Paket und Tasche auf den Tisch. Sie öffnet ihren Mantel. Geht zum Fenster. Sie sieht müde aus.

»Papa ist zum Kaffeetrinken in Holbæk. Geschlossene Gesellschaft. Da ist offenbar eine, die er schon zu lange zu besuchen vergessen hat.«

Leo kommt aus dem Schlafzimmer. Er hat Ida über der Schulter liegen. Er sieht kurz Katrine an, dann nickt er zur Wohnungstür hinüber.

Die Mutter nickt zurück. »Hallo, Leo. Sie brauchen sich gar nicht zu verdrücken. Damit ist jetzt Schluss«, sagt sie energisch.

Ihre Augen leuchten auf, als sie Ida auf seinem Arm sieht.

»Ommo«, jubelt das Kind und streckt die Hände aus.

»Omas Prinzessin!«

Die Mutter geht zu Leo, nimmt ihm die Kleine aus den Armen und drückt sie an sich.

»Na ja, ich würde mich aber doch lieber verdrücken …« Leo lächelt die Mutter hilflos an, kneift das Kind in die Wange und gibt Katrine einen Kuss. »Bis nachher, Schöne«, flüstert er schnell.

Gleich daran poltern seine Schritte die Treppe hinunter.

Der Blick der Mutter bleibt für einen Moment an der ins Schloss gefallenen Wohnungstür hängen. »Er ist ja doch reizend«, murmelt sie und dreht sich mit dem Kind auf den Armen um. Nickt zu dem Paket auf dem Tisch hinüber. »Ich habe deinen Jorn mitgebracht. Thomas hat ihn bei uns abgeliefert, ehe er nach Taarbæk gezogen ist.«

»Und Papa hat es dir also erzählt, Mama?«

Die Mutter küsst Ida auf die Wange und setzt sie auf ihre Krabbeldecke auf dem Boden. Ida macht sich sofort über eine quietschende Gummigiraffe her.

»Ja, ich kenne jetzt die ganze Geschichte.«

Die Mutter steht auf, kommt zu ihr herüber und fängt an, in ihrer Handtasche zu suchen.

»Dein Christiania-Bild passte einfach nicht ins Auto. Das müsst ihr selbst holen. Aber ich habe das hier mitgebracht …«

Sie nimmt einen Gegenstand aus der Tasche und stellt ihn auf den Tisch.

»Den hatte Thomas damals auch bei sich. Er hat gesagt, der gehöre dir.«

Katrine sieht den Stelton-Aschenbecher an. Will schon etwas sagen, überlegt sich die Sache aber anders. *Damit ist jetzt Schluss.* Sie räuspert sich.

»Mama. Das ist ein Aschenbecher, den Helle Papa zum Geburtstag geschenkt hat. Er wollte ihn nicht. Also habe ich ihn genommen.«

Die Mutter sieht den Aschenbecher einen Moment lang an. »Na, dann kommt der zu uns nach Hause auf den Wohnzimmertisch. Stelton hat mir immer schon gut gefallen.«

Sie setzt sich mit dem Aschenbecher in der Hand in ihren Sessel. Ihre Kraft schwindet. Die Schultern senken sich. Sie ist plötzlich so still.

»Was ist er nur für ein Mensch, Katrine? Dein Vater. Was hat er sich dabei nur gedacht?«, flüstert sie.

»Er hat an seine Zukunft gedacht. An dich und mich. Aber sicher auch oft an sie …«

Katrine tippt die Schulter ihrer Mutter an. »Du verlässt ihn doch nicht, oder?«

Sie setzt sich. Nimmt die Hand der Mutter, und die Mutter wehrt sich nicht.

»Ich weiß nicht. Aber er ist nun längst nicht mehr so … flamboyant. Das steht ihm gut.«

Katrine kann den Verkehrslärm unten aus der Nansensgade hören. Ida sitzt hinter ihnen und plappert mit ihrer Giraffe. Ihre Mutter weint leise. Katrine hält noch immer ihre Hand. Und sie hat noch nie darüber nachgedacht, oder vielleicht hat sie es einfach nicht gewusst. Wie weich sie ist, die Hand ihrer Mutter. Fein und weich. Ganz zerbrechlich. Wie die eines Kindes.